ACIMA DE QUALQUER SUSPEITA

VERA
KURIAN

ACIMA DE QUALQUER SUSPEITA

TRADUÇÃO
SOFIA SOTER

Dados Internacionais de Catalogação na Publicação (CIP)
(Câmara Brasileira do Livro, SP, Brasil)

Kurian, Vera
Acima de qualquer suspeita / Vera Kurian; tradução Sofia Soter.
– 1. ed. – São Paulo: Editora Melhoramentos, 2022.

Título original: Never saw me coming
ISBN: 978-65-5539-444-3

1. Ficção norte-americana I. Título.

22-109442 CDD-813

Índice para catálogo sistemático:
1. Ficção: Literatura norte-americana 813

Aline Graziele Benitez – Bibliotecária – CRB-1/3129

Título original: *Never Saw Me Coming*

Tradução: Sofia Soter
Preparação: Laura Pohl
Revisão: Laila Guilherme e Vivian Miwa Matsushita
Projeto gráfico: Carla Almeida
Diagramação e adaptação de capa: Bruna Parra
Capa: adaptada do projeto original
Imagem de capa: Trevillion

1ª edição, junho de 2022
ISBN: 978-65-5539-444-3

Atendimento ao consumidor:
Caixa Postal 729 – CEP 01031-970
São Paulo – SP – Brasil
Tel.: (11) 3874-0880
www.editoramelhoramentos.com.br
sac@melhoramentos.com.br

Siga a Editora Melhoramentos nas redes sociais:
/editoramelhoramentos

Impresso no Brasil

Para Katie.

1

Dia 60

Assim que fechei a porta do meu novo quarto no alojamento, fui até a janela para procurá-lo pelo pátio. Não que houvesse alguma possibilidade de ele estar ali, por acaso, entre as famílias que carregavam caixas de mudança e os poucos alunos espalhados pela grama.

Ali! Uma cabeça de cabelo loiro-escuro ondulado. Will. Fiquei boquiaberta. Até que a pessoa se virou e vi que era só uma garota com um corte de cabelo infeliz. Sério, era de esperar que ela se esforçasse mais no dia da mudança.

Eu me virei e encarei o quarto vazio, com seu triste chão de linóleo, repassando mentalmente minha lista de afazeres. 1. Me livrar da mamãe. Feito. Ela já tinha ido embora e provavelmente estava acelerando pela autoestrada I-95, estourando champanhe para comemorar o fato de ter finalmente se livrado de mim. 2. Escolher o espaço mais vantajoso antes que minha colega de quarto, Yessica, chegasse. 3. Fazer de seis a oito amigos antes de… 4. Minha consulta obrigatória no departamento de Psicologia. 5. Encontrar Will.

As acomodações eram duplas, com dois quartos, um nitidamente maior do que o outro. Apesar de o meu primeiro instinto ser o de escolher o maior, vi o problema de imediato. As janelas dele davam direto para o pátio. E se eu quisesse entrar ou sair pela janela de madrugada? Hoje em dia, as pessoas gravam qualquer coisa vagamente interessante com o celular, e eu estaria facilmente à vista dos outros alojamentos e salas que davam para o pátio – público demais para o meu gosto.

Peguei o quarto menor. Minha generosidade contaria pontos com minha nova colega; porém, mais importante do que isso, o quarto tinha vista para o muro de tijolos do prédio ao lado e uma saída de emergência que saía diretamente da janela. Acesso fácil para ir e vir sem ser notada – perfeito. Larguei algumas caixas no quarto e fiz a cama, coloquei minha baleia de pelúcia ali em cima, para deixar clara minha escolha. As vozes no alojamento estavam me chamando, e eu precisava me estabelecer rapidamente.

Eu me olhei rapidinho no espelho antes de sair do quarto, retocando o brilho labial e ajeitando o cabelo, que precisava estar da maneira certa: uma trança lateral frouxa e desarrumada, que, na verdade, não tinha nada de desarrumada. É preciso ser o tipo de garota que "não se esforça nada" mas sai da cama com a aparência natural de uma estrela de cinema tarada e, ainda assim, recatada. Se conseguimos atingir um certo padrão de beleza objetivamente atraente, as pessoas acreditam que somos melhores do que a realidade: mais inteligentes, interessantes, merecedoras de existência. Combinar isso com a personalidade certa garante algum poder.

O alojamento Brewser tinha um corredor comprido, com dormitórios dos dois lados. Dei uma olhada no quarto vizinho, onde duas garotas de cabelo castanho tentavam tirar um edredom da embalagem de plástico.

– Oi! – cumprimentei, alegre. – Sou Chloe!

Eu podia ser o que elas quisessem. Uma garota divertida, uma melhor amiga em potencial, alguém para quem contar segredos e com quem lanchar de madrugada. Esse tipo de socialização exige apenas que eu interprete pequenos papéis por alguns momentos, mas, quando preciso caprichar, vou com tudo. Consigo parecer mais jovem se quiser, com roupas largas que escondem meu corpo e um brilho de burrice nos olhos – uma fantasia completa de inocência. Com maquiagem e algumas roupas bem escolhidas, revelando pele quando necessário, posso parecer mais velha. É fácil, porque as pessoas costumam ver o que querem.

Fui de porta em porta. Quarto 202.

– Aimeudeus, *amei* seu cabelo – falei para uma loira sorridente que desconfio que será popular.

Quarto 206.

– Vocês não são irmãos, são? – perguntei, tímida, para dois garotos da equipe de remo (corpos bonitos, mas carinhas de bebê; não fazem meu tipo).

Eles sorriram para mim, olharam para meus peitos e tentaram falar alguma coisa esperta. Nenhum dos dois é esperto.

No quarto 212, encontrei uma dupla de meninas desajeitadas. Fui amigável, mas não fiquei muito tempo, sabia que elas nunca seriam importantes.

Enquanto conhecia mais gente, simultaneamente avaliava quem parecia querer se envolver nas fraternidades. Will estava em uma fraternidade, a SAE, e um dos meus primeiros planos era me entrosar por lá. Os garotos do remo já estavam no corredor, falando alto sobre a boate à qual iriam à noite. Isso era bom: um passeio, e os garotos do remo pareciam do tipo que tentaria entrar para uma fraternidade.

– Eu amo dançar – falei para fulaninho, o mais alto, enrolando a ponta da minha trança nos dedos. – É o melhor jeito de conhecer gente.

Ele sorriu para mim, enrugando os olhos. Se a escola me ensinou alguma coisa, é que a vida social é um jogo que gira em torno de hierarquias. Seja alguém que os caras querem comer, ou ficará invisível para eles. Seja alguém que as garotas querem nos seus círculos mais íntimos, como amiga ou inimiga, ou sucumbirá por irrelevância.

Nessas interações mais breves, notei que ninguém do alojamento estava no mesmo programa que eu. Nunca conheci ninguém como eu, mas, quando conhecer, acho que vai ser como dois lobos se encontrando à noite, farejando e reconhecendo outro predador. Só que duvido que coloquem dois de nós no mesmo lugar – somos apenas sete, e provavelmente tiveram que nos espalhar para impedir que uma guerra começasse.

Logo depois precisei sair para a reunião do programa, deixando meus novos amigos para trás.

O departamento de Psicologia ficava do outro lado do pátio, na diagonal, visível das janelas da sala da minha acomodação compartilhada. O pátio tinha uma grama verdejante, entrecortada por trilhas de tijolinho, e cada tijolo tinha o nome de um ex-aluno entalhado: John Smith, turma de 2003. Que engraçado, Will nunca ganharia um tijolo, mas eu, sim. Um dos alojamentos maiores, o Tyler Hall, tinha pendurado uma faixa enorme que dizia BEM-VINDOS, CALOUROS!!! Parei no caminho para tirar uma selfie em frente da faixa: aqui, uma garota animada para o primeiro dia de faculdade, ocupada com coisas da faculdade!

Foi praticamente destino eu ter acabado na Universidade John Adams. Eu sabia que precisava estar em Washington, DC, então me inscrevi para a

Georgetown, para a Universidade Americana, para a George Washington, para a John Adams, para a Universidade Católica e para o Trinity College, todos no distrito. Por segurança, também me inscrevi em faculdades razoavelmente próximas, como a George Mason e a Universidade de Maryland. Fui aceita em todas, exceto na Georgetown. Que se fodam eles, sério. Meu currículo é impecável: tenho QI de 135 – a cinco pontos de ser considerada um gênio –, boas notas na escola e no vestibular. Comprei a maioria das minhas roupas com o dinheiro que ganhei escrevendo trabalhos para outros alunos. Vai saber quantos deles entraram na faculdade por causa de redações comoventes sobre a avó morta por câncer que nunca tiveram.

Várias faculdades me ofereceram bolsas, mas nenhuma como a Adams. Mesmo que eu tivesse recusado o estudo de Psicologia, ainda teria uma bolsa generosa dada a alunos do meu pedigree para encorajá-los a frequentar uma faculdade de segunda linha. Não me importei: a Adams sempre fora minha primeira escolha, por causa do Will. Outro bônus era a localização da escola em DC: uma cidade movimentada, com taxa de assassinatos relativamente alta. O campus ficava no bairro de Shaw, que estava em processo de gentrificação, logo a leste do chique Logan Circle e ao sul da rua U, um lugar comum de boemia. Um bairro que, apesar dos bons restaurantes, também era o lugar onde bêbados às vezes brigavam e se esfaqueavam, e onde pedestres eram assaltados. A polícia estava ocupada com os constantes protestos, conferências e visitas diplomáticas para se importar com o que se passava na cabeça de uma menina aleatória de dezoito anos com um iPhone na mão e um sorriso gentil no rosto.

Gostei da aparência de castelo sombrio do departamento de Psicologia. Os tijolos vermelho-escuros eram cobertos por heras, e as janelas, emolduradas de ferro preto, distorciam a imagem como se seus vidros fossem antigos. Por dentro, era mal iluminado por um lustre pendente com lâmpadas alaranjadas que piscavam, e o saguão cavernoso cheirava a livro velho. Entrando ali, imaginei uma câmera me acompanhando, os espectadores preocupados com os perigos que eu enfrentaria. Seria por mim que eles torceriam.

Subi a escada curva até o sexto andar, onde eu deveria me apresentar ao programa. A sala 615 ficava no fim do corredor, isolada. Uma placa na porta dizia LEONARD WYMAN, PH.D, e ELENA TORRES, DOUTORANDA. Eram os nomes que estavam nos meus documentos.

Bati na porta, e, alguns segundos depois, uma mulher a escancarou.

– Você deve ser Chloe Sevre!

Ela estendeu a mão. Provavelmente tinham um dossiê inteiro sobre mim. Eu havia passado por um monte de entrevistas por telefone com alguns examinadores, depois com o próprio Wyman; e minha mãe e o conselheiro da minha escola também tinham sido entrevistados.

A mão da mulher era ossuda, mas quente e seca, e os olhos dela eram destemidos e de um tom de castanho que lembrava chocolate.

– Sou Elena, uma das orientandas do doutor Wyman.

Ela sorriu e me convidou a entrar com um gesto. Guiou-me por uma recepção bagunçada, com uma escrivaninha lotada de papéis e três notebooks, e por um corredor até um escritório menor; provavelmente o dela.

Elena fechou a porta quando entramos.

– Vamos acertar suas coisas. Deu tudo certo no departamento financeiro antes de você chegar?

Na condição de uma dos sete alunos no estudo, eu havia ganhado uma bolsa integral na John Adams. Em troca, só precisava me dispor a servir de cobaia no Estudo Longitudinal Multimétodos sobre Psicopatia.

Assenti, olhando ao redor. As estantes estavam lotadas de livros e pilhas de artigos impressos. Três edições diferentes do *Manual Diagnóstico e Estatístico de Transtornos Mentais*. Volumes sobre psicologia "anormal". *Sem consciência*, de Robert Hare, que eu já tinha lido.

– Ótimo – disse Elena.

Ela abriu alguma coisa no computador e mordeu o pãozinho que estava largado em cima do mouse pad, mastigando ruidosamente. Ela era bonita, de um jeito acadêmico. Pele cor de oliva e belas saboneteiras. Dava para imaginá-la apaixonada por um nerd magrelo e tentando ter filhos tarde demais.

– Aqui está! – declarou.

Depois de alguns cliques, a impressora ligou. Quando ela se levantou para pegar o papel, me inclinei para a frente, tentando ver a tela do computador, mas ela usava um filtro de privacidade. Não sabia se era para ser segredo nem nada, mas eu descobrira quantos alunos estavam no programa quando um funcionário do administrativo estava liberando minha bolsa. Estava morta de curiosidade sobre os outros seis. A elite bizarra.

Elena me entregou um monte de documentos presos por um clipe. Eram formulários de consentimento para o estudo, garantias de que meus dados seriam mantidos em sigilo, que havia risco mínimo associado a pesquisas computadorizadas, que amostras de sangue seriam coletadas por enfermeiros credenciados, blá-blá-blá. Uma ladainha sobre privacidade, monitoramento de localização (ao que prestei mais atenção) e as obrigações legais quanto a me denunciarem se eu ameaçasse fazer mal a mim mesma ou aos outros. Ah, fala sério! Eu não planejava revelar nenhuma das minhas ameaças.

Quando terminei de assinar os documentos, vi Elena pegar um pacotinho em um cofre e retirar dele um objeto brilhante.

– Aqui está seu smartwatch.

Gostei dele imediatamente. Era preto e elegante, parecia algo saído de um filme de espiões.

– Você deve usá-lo o tempo todo – explicou ela –, como estipulamos. Ele registra seus batimentos cardíacos e ritmo de sono... Ah, e é à prova d'água, por sinal, então não precisa tirar para tomar banho. Dá até para usar se for nadar.

Estiquei o braço e, como uma joalheira colocando uma pulseirinha, ela o prendeu no meu pulso esquerdo.

– Se atrapalhar seu look – continuou –, pode tirar a pulseira e usar como pingente por baixo da blusa. Quando você precisar responder a uma pesquisa de humor, vai receber um ícone desses.

Ela mexeu no computador, e um pontinho de exclamação vermelho apareceu na tela preta do relógio. Ela indicou que eu devia tocá-lo. Quando o fiz, o ponto de exclamação sumiu, dando lugar a um texto me perguntando que atividade eu estava fazendo, seguido da pergunta "Qual é seu nível de felicidade agora? 1 2 3 4 5 6 7".

– As pesquisas de humor são curtinhas – explicou ela. – Não levam mais do que um ou dois minutos. É para responder assim que receber a notificação, porque serve para tentar medir como as pessoas de fato se sentem ao longo do dia, fora do ambiente artificial do laboratório. Mas você pode esperar se estiver no meio de uma prova. Não quero que os professores achem que você está colando nem nada do tipo.

– Os professores da faculdade sabem que faço parte do estudo?

– Não, sua participação e seu diagnóstico são inteiramente confidenciais.

– E o relógio registra onde estou o tempo todo?

– Não. Quer dizer, um satélite em algum lugar deve fazer isso, mas não, só guardamos os dados de localização quando você responde a uma pesquisa de humor, porque queremos entender o contexto em que estava e o que sentia. Imagino que você ficará interessada em saber quanto isso vai ajudar no seu entendimento das suas emoções.

Ela abriu um sorriso largo, revelando um dente torto. Fiquei aliviada quanto ao monitoramento de localização. Claro que eu tinha um plano B, para o caso de estar fazendo algo que não deveria: tirar o relógio e deixar no quarto, ou talvez esconder entre as coisas de Yessica, para acompanhá-la, e não a mim. Um risco que se tornaria um álibi: o relógio diz que eu estava em casa, estudando e bebendo leite!

– Com que frequência eu preciso vir aqui para os outros experimentos?

– Não são necessariamente experimentos. Alguns são só questionários. Mas será no máximo um ou dois dias por semana, e as ressonâncias magnéticas são marcadas com semanas de antecedência.

Admirei meu novo relógio. Quando toquei a tela apagada, ela se acendeu, mostrando um monte de iconezinhos simpáticos.

– E os outros seis alunos? – perguntei. – Vou conhecê-los?

– Pessoalmente, não, mas talvez vocês interajam mais para a frente.

Na verdade, parecia mesmo interessante. Claro, eu estava lá pela bolsa integral na cidade de Will, mas, sejamos sinceros: as pessoas amam psicologia porque são narcisistas. E, como psicopata, eu sou especialmente narcisista.

Elena empilhou umas folhas de papel e as bateu na mesa para alinhá-las.

– Você terá uma entrevista introdutória com o doutor Wyman ainda esta semana, mas não precisamos de mais nada hoje, então seja bem-vinda ao estudo!

Com meu novo brinquedinho no braço, atravessei o pátio de volta até o alojamento, esperando que Yessica já tivesse aparecido. Yessica era minha maior incógnita – podia, intencionalmente ou não, dificultar muito meus planos –, e eu queria entender que tipo de colega de quarto ela seria. Se ela fosse legal, poderíamos ser uma dupla dinâmica no Brewser. Se ela fosse intrometida, eu teria mais um problema para enfrentar.

Ouvi movimento no quarto logo antes de entrar. Uma garota esguia, de pele marrom e cabelo escuro, volumoso e ondulado estava empurrando uma caixa no canto do cômodo.

– Chloe! – gritou ela, se aproximando com um sorriso enorme, e nos cumprimentamos com um aperto de mão. – Yessica, prazer!

Tinha olhos enormes e escuros, emoldurados por cílios volumosos e possivelmente falsos. Tinha pele boa e usava botas sem salto, em estilo élfico, o que a fez ganhar pontos no meu caderninho. Mais pontos pelo frigobar.

– Acabei de chegar! – disse ela. – Eu estou me sentindo culpada; tem certeza de que quer o quarto menor?

– Estou de boa... prefiro ficar daquele lado.

Nós desfizemos as malas, com a ajuda uma da outra, tagarelando, como garotas fazem, decidindo onde colocar cada coisa, enquanto eu a analisava. Decidi que ela era uma adição mais positiva do que negativa. Era bonita, engraçada e parecia relaxada – não tinha cara de quem ia fuxicar meu computador, nem me julgar se eu levasse um cara para lá. Depois de arrumarmos nossas coisas, fomos ao corredor animado para conhecer mais pessoas. Havia mais gente falando em sair.

Eu estava impaciente. Sabia que era a coisa certa a fazer – formar alianças, causar boa impressão –, mas queria partir para a próxima fase. Era dia vinte e quatro de agosto, primeiro dia da orientação de calouros, e faltavam sessenta dias até vinte e três de outubro, data que eu selecionara com cuidado: me dava tempo para me organizar, mas, mais importante, haveria um enorme protesto na cidade naquele dia, concentrado no National Mall. Era uma convergência de várias manifestações diferentes: uma passeata pela liberdade de expressão, uma passeata antirracista contra a passeata pela liberdade de expressão, uma passeata pró-impeachment e uma manifestação ambientalista. Considerando as postagens em redes sociais, os aluguéis de Airbnb na cidade e as vendas de passagem de ônibus, os comentaristas políticos previam que a convergência de fervor político levaria a um movimento que exigiria todos os recursos da cidade. O momento era promissor. Os jornais já tinham mencionado que eventos daquela magnitude muitas vezes levavam à queda de sinal de celular. A polícia estaria ocupadíssima com os manifestantes e as brigas, como acontecia havia anos. Seria um caos.

Era o dia perfeito para matar Will Bachman.

2

Eis o que sei sobre Will Bachman.

Ele mora no número 1530 da rua Marion NW, a exatos 510 metros do meu alojamento. A delegacia mais próxima da casa dele fica a cinco minutos de carro. A casa é um sobrado geminado, com um sobrado de cada lado. As janelas do térreo e a porta são protegidas por barras de ferro. No último ano, aconteceram trinta e três crimes violentos próximo àquela casa, a maioria assaltos à mão armada.

Eis o que deduzi a partir das várias contas dele na internet.

Will Bachman faz parte da fraternidade Sigma Alpha Epsilon – SAE –, cuja sede fica a poucas quadras dali. Ele mora com Cordy, também da SAE. Will Bachman está no terceiro ano do curso de Ciência Política, decidindo se quer acrescentar uma especialização em Economia. Ele faz parte do time de lacrosse, mas também gosta de nadar. A gente nadava junto quando era pequeno. Ele gosta de música eletrônica e de fumar maconha. Ele tem um Volkswagen Jetta preto que um babaca amassou no estacionamento do supermercado Giant. Ele lê o jornal *Drudge Report* e acha que todos os mimizentos têm que calar a boca. Ele tem uma mãe que usa pérolas e faz trabalho voluntário na Cruz Vermelha e um irmão mais novo. Eles moram na rua Hopper, 235, Toms River, Nova Jersey, código postal 08754.

Suponho que Will faça compras no supermercado Giant em Shaw, porque foi onde amassou o carro, e ele também relatou que o Safeway mais próximo da rua Marion, 1530 era "cheio de arrombados que ficam empacando a fila". Sei que ele frequenta a padaria Buttercream porque ele postou que ganhou um café de graça na décima vez. Ele já perdeu o celular na rua 14, entre as ruas P e S, voltando bêbado para casa, então é provável que frequente muito aquela área. Ele não gostava de ir a leste da rua 7 por causa dos "locais". Havia uma loja de muffins com uma vista direta para a porta de Will. O tipo de lugar onde é possível passar umas horas com um café sem ninguém notar que estamos encarando a casa do outro lado da rua, fazendo planos.

Estimo que Will Bachman tenha por volta de um metro e oitenta e cinco. O time de lacrosse da Adams é decente, então ele sem dúvida é atlético e fisicamente mais forte do que eu – algo que nunca devo esquecer. Tem cabelo loiro e grosso e lábios finos. Ele prefere vestir camisa polo e calça cáqui. E usa um colar branco feito de conchinhas.

Os amigos dele são a mistura previsível de playboys de fraternidade e jogadores de lacrosse: quase todos brancos, o rosto corado por causa da bebedeira, apontando para tudo em fotos fora de foco. Eles bebem cerveja, fazem festas temáticas e velejam no rio Potomac. Nenhuma festa acaba sem que alguém seja internado em coma alcóolico. #SEXTOU

Temos o Cordy, que posta muito sobre videogames e futebol americano. Cordy e a namorada, Miranda Yee, parecem terminar e voltar o tempo todo, mas, quando estão juntos, ele costuma dormir no apartamento dela em Dupont Circle, e não em casa, o que deixa Will sozinho. Ainda no grupo de amigos temos Mike Arie, do time de lacrosse e membro da SAE. Mike aparece em fotos cercado de garotas que posam mostrando a língua. O tipo de garota que eu poderia facilmente ser, alguém que entra e sai da vida dos outros sem ser notada. Will, Cordy e Mike recentemente foram a um evento organizado por alguém de nome Charles Portmont. Charles também é da SAE, e o Instagram dele é lotado de fotos de festas. Uma das mais recentes mostra Will e os amigos vestidos de branco em um evento beneficente. Uma busca rápida na internet mostra que o pai de Charles Portmont, Luke Portmont, é o representante estadual do Comitê Nacional Republicano na Virgínia. O evento serviu lagosta e drinques especiais. #CharlesEterno

Will Bachman não tem namorada porque prefere os amigos às piranhas e não confia em vadia nenhuma.

Will Bachman provavelmente não tem nenhuma arma por causa das leis restritivas de porte de arma em DC.

Will Bachman posta o suficiente sobre as aulas para uma pessoa inteligente como eu descobrir seus horários. A hashtag #VidaSAE é usada com frequência suficiente para ser possível descobrir o que os irmãos da fraternidade fazem todo fim de semana. Aonde vão, com quem e quão bêbados estarão.

Will Bachman bebe muito e só sai com gente que não cuida dele.

Will Bachman cometeu alguns erros.

Will Bachman tem mais sessenta dias de vida.

3

Leonard abriu a porta e recebeu Chloe Sevre.

– Sou o doutor Wyman, diretor do programa, mas pode me chamar de Leonard.

A garota entrou, olhando ao redor do escritório com curiosidade.

– Sente-se onde quiser – disse ele, indicando as várias cadeiras em frente à escrivaninha.

Ela tinha por volta de um e sessenta e sete e pele lisa, um pouco pálida. Grandes olhos azuis. Vestia legging e uma túnica larga, seu cabelo castanho-escuro estava preso em um rabo de cavalo. Ela parecia não ter nem dezoito anos, pelo menos naquele momento. Ele já vira outras versões dela nas redes sociais. Maquiagem dramática, vestidinhos curtos, saltos altos. Os perfis dela passavam por uma curadoria cuidadosa, as fotos "espontâneas" e "despreocupadas" perfeitas demais para serem aquilo a que se propunham.

Ela escolheu uma poltrona grande e sentou em cima dos pés.

– Isso funciona igual a uma sessão normal de terapia? – perguntou ela.

– Mais ou menos, mas trabalhamos, sim, com o seu diagnóstico, e ensinamos métodos para lidar com isso. Como foi sua primeira semana até agora?

– Um borrão – disse ela, levando a mão à boca para roer uma unha. – Já conheci tanta gente que mal lembro os nomes. Mas consegui entrar em todas as aulas que queria.

– Você fez amigos?

Ela assentiu.

– Minha colega de quarto é legal, e tem uma galera do alojamento. Saímos para dançar. Vocês ainda não mandaram nenhum teste, né?

– Não são testes, são registros. Não há resposta certa para eles, só um relato do que você está sentindo em determinado momento.

Chloe concordou com um movimento de cabeça, olhando para os livros na estante atrás dele.

– Quando vou conhecer os outros?

– Isso não é um grupo de recreação! – brincou ele.

Ela apontou para o relógio.

– Vocês usam isso com a polícia universitária e tal? Para saber onde estamos?

Leonard precisava responder à pergunta com cautela:

– Claro que não. Ter um diagnóstico como o seu não é ilegal, Chloe.

Ela deu de ombros, emburrada.

– Tratam a gente como monstros. Meu antigo conselheiro, minha mãe...

– Você não é um monstro.

– Então por que vocês me deram um diagnóstico pior do que o que eu tinha na escola?

– Psicopatia não é "pior" do que Transtorno de Personalidade Antissocial. São só diferentes, e, infelizmente, muita gente usa os termos como sinônimos. Acho que você, assim como muitos outros, faz parte de um grupo diagnosticado com TPAS quando deveria ter sido diagnosticada com psicopatia, que eu não acredito inteiramente ser um "transtorno de personalidade", em nosso entendimento clássico da categoria. Infelizmente, a palavra *psicopata* foi maculada por uma suspeita de criminalidade, principalmente porque um dos primeiros pesquisadores do tema, Robert Hare, começou sua pesquisa focada em criminosos. Eu gostaria que transformássemos o termo em algo mais útil.

– Então você não acha que sou perigosa?

Leonard estava acostumado com os pacientes chegando à consulta com interpretações equivocadas de seu diagnóstico, provavelmente em parte informados por séries policiais sensacionalistas e filmes de terror. A maioria recebia o diagnóstico e chegava até ele por meio de médicos que não sabiam como prosseguir, mas só alguns poucos eram adequados para o Estudo Longitudinal Multimétodos sobre Psicopatia. Eles precisavam ser jovens, inteligentes e estar dispostos a se esforçar.

– É um equívoco comum. Estimo que por volta de dois a três por cento da população estadunidense seja psicopata. Consegue imaginar o caos que seria se todos fossem perigosos? Sou um caso peculiar se comparado à maioria dos médicos. Bem, em primeiro lugar, porque poucos estudam esse tema, mas também porque não o considero diferente de outros transtornos de base biológica, como a esquizofrenia.

– Como uma doença mental – disse ela, seca, parecendo incomodada.

– Tá, então vamos considerar que é mais como uma capacidade biologicamente limitada para entender e sentir a gama completa de emoções humanas, ou para gerenciar o controle de impulsos.

– Você dá a impressão de ser como dislexia, sei lá. Minha mãe diz que é egoísmo patológico.

– Eu não usaria o termo "patológico". Sua falta de empatia se dá por causa do funcionamento do seu cérebro. Já que não sente medo da mesma forma que os outros, acaba procurando empolgação. Há uma dimensão afetiva do transtorno, como a falta de empatia, a manipulação, o charme superficial e a dimensão antissocial, que é a parte mais associada à criminalidade. O controle de impulso, a atração por comportamentos de risco e afins. Mas muito disso depende da biologia.

– Se é biológico, por que você não pode só me dar logo um remédio?

– É a eterna questão no nosso país, não é? Nunca encontramos um protocolo de sucesso no tratamento da psicopatia. Espero mudar esse fato e a percepção das pessoas sobre o transtorno. E também a nomenclatura... Sempre que aparece um assassino com transtorno mental ou um atirador, todo mundo diz que são psicopatas.

– Mas não é verdade que muitos de nós acabamos presos? – rebateu ela. Chloe não cedeu frente a ele imediatamente, o que indicava algo de interessante sobre a garota. Ela o estava testando.

– A cadeia possui uma população desproporcional de psicopatas, mas isso está mais ligado à falta de controle sobre o impulso do que qualquer outra coisa. A maioria dos psicopatas não vai presa, e com a orientação adequada eles podem ter uma vida produtiva, sem destruir os relacionamentos a seu redor.

– E se não tiverem orientação adequada? E se não acharem que têm algum problema?

– Se não descobrirem como viver no mundo por conta própria, podem, sim, tomar decisões ruins e acabar presos, ou se aproveitar de uma pessoa depois da outra, até precisarem fugir da cidade e acabarem sozinhos.

Ela mordeu o lábio.

– E você acha que não vou acabar assim?

– Tenho certeza. Você tem notas excelentes, o que mostra que possui, sim, controle sobre seus impulsos quando deseja. Você tinha amigos, fazia atividades extracurriculares e não tem ficha criminal.

– Só porque nunca fui presa – brincou.

Ela, como muitos psicopatas, tinha uma aura de confiança. Não apresentava aquele constrangimento muito presente nos jovens adultos, ainda desconfortáveis no próprio corpo.

– Qual é a diferença, então – perguntou ela –, entre um psicopata como eu e aqueles que acabam condenados à morte porque colecionam cabeças?

– Bom, para começar, eles não têm seu talento para a evasão – brincou ele, e ela riu alto. – Você não precisa se preocupar com nada disso. Essas pessoas normalmente têm uma constelação de questões. Lesões cerebrais traumáticas na infância, tendência ao sadismo. Mas você pode apresentar falta de empatia sem ser sádica.

– Ah – disse ela, desviando o olhar para a janela e franzindo a testa. – E se eu for assim, então? E se minha mãe tiver me derrubado quando eu era bebê e eu tiver batido a cabeça?

– São muitos os fatores que levam alguém a acabar dessa forma. Você já quis machucar alguém, fisicamente?

– Essa pergunta é uma armadilha. Todo mundo sente raiva às vezes e pensa "Meu Deus, eu quero dar um tapa nessa pessoa!".

– Mas você nunca quis machucar alguém, machucar de verdade, só para vê-lo com dor?

Ela deu de ombros e roeu a unha de novo.

– Só na minha imaginação.

– Você já feriu ou matou um animal?

– Não – respondeu ela.

"Não foi o que sua mãe me contou", pensou ele, anotando mentalmente a hora exata. Ela respondera totalmente impassível, sem hesitar. Ele conferiria os dados do relógio depois, para ver se registrara alguma mudanças em seus batimentos cardíacos. Não que o objeto servisse de polígrafo – e ele nem acreditava em polígrafos, afinal –, mas os detalhes fisiológicos dos psicopatas o fascinavam havia muito tempo.

– Só quero uma vida normal. Quero ser médica, namorar, ter muitos amigos e, quem sabe, um vlog.

– E muita gente como você faz exatamente isso. Você provavelmente já conheceu alguns na vida cotidiana... jornalistas, médicos, professores, até CEOs.

Ela sorriu, tímida. Leonard lembrou do motivo de amar o trabalho: pelas possibilidades.

– Então ainda posso ser médica?

– Se você aprender e treinar as técnicas que ensinarmos, e seguir a lei, por que não? Você pode ser qualquer coisa.

1

Andre desceu a escada para deixar uma cesta de plástico com suas coisas perto da porta e foi atingido pelo cheiro de waffles. Normalmente, o cheiro o deixaria com fome, mas, naquela manhã, seu estômago era um bolo de nervosismo. Ele e a mãe tinham desenvolvido um hábito nos últimos dois anos do Ensino Médio: ele acordava cedo para tomar café com ela antes de ir para a escola e ela sair para o trabalho. Ele gostava do tempo sozinho com a mãe. O pai muitas vezes trabalhava no turno da noite, e Isaiah, irmão de Andre, nunca acordava antes do meio-dia.

– Pegou tudo? – perguntou ela quando ele entrou na cozinha.

Ela usava o uniforme hospitalar azul-claro do trabalho e servia um copo de suco.

– Acho que sim, e volto quando precisar – respondeu ele, sentando.

Os pais tinham imaginado que o ajudariam na mudança, mas Andre os liberara da tarefa, dizendo que não havia necessidade de tanto esforço, visto que eles moravam em Brookland, no quadrante nordeste de DC, e a Universidade John Adams ficava só a uma hora e meia de ônibus dali. A decepção que haviam demonstrado por não poder ajudá-lo o deixara com vontade de morrer, mas era inteiramente crucial que os pais passassem o mínimo de tempo possível na Adams, então ele fez de conta que iriam constrangê-lo.

Tomaram café vendo o jornal na pequena televisão da cozinha, que mostrava uma inundação na Carolina do Norte. Isso, seguido por uma notícia sobre armas nucleares, levou a mãe de Andre a fazer um barulhinho de desaprovação.

– Andre, é melhor você se formar antes do fim do mundo.

Os dois riram com certo amargor, daquele jeito desamparado com que todo mundo ria nos últimos anos, cheios de massacres em escola e políticos que berravam uns com os outros.

Depois do café, Andre pegou a cesta e saiu com a mãe, para cada um seguir para seu devido ponto de ônibus. Ela o abraçou. A mãe dele era magra – como toda a família Jensen – e, por mais que comesse, jamais ganhava peso. A magreza dela o preocupava, como se indicasse saúde ruim, mas seus abraços eram repletos de força.

– Tem certeza de que não precisa de ajuda? Posso pedir folga no trabalho…

Andre sacudiu a cabeça.

– Me manda mensagem quando chegar – disse ela, como se ele fosse atravessar o oceano.

Andre assentiu e andou até o ponto de ônibus. As casas na rua Lawrence eram, em geral, pequenas, com quintais bem cuidados. A de Andre, como a maioria da rua, tinha uma varanda na frente, onde as pessoas costumavam socializar.

Ele subiu no ônibus e sentou, apoiando a cesta de plástico no colo. Respirou fundo. "OK", pensou quando o ônibus começou a avançar, "cheguei até aqui, o resto vai dar certo."

O ônibus parou devagar e soltou o assobio pneumático ao se abaixar para receber alguém que não conseguia subir o degrau. Uma mulher baixinha entrou, e Andre, ao vê-la, acenou. A sra. Baker frequentava a igreja de sua mãe e tinha muito a dizer sobre todos os assuntos.

– Andre Jensen – cantarolou ela, se instalando no assento à frente dele. Ela nitidamente viu a cesta com roupas no fundo e cadernos novos no alto, porque perguntou: – Indo para a faculdade? Qual vai ser seu curso?

– Eu nem comecei minhas aulas!

– Mas você deve fazer alguma ideia.

– Jornalismo, acho.

Ele se sentia meio bobo em responder. Dois anos antes, a ideia de entrar na faculdade parecera um sonho impossível.

– Bom, melhor tirar nota dez! – disse a mulher.

A sra. Baker deu um tapinha carinhoso no ombro dele e passou a se concentrar no tricô. Ouvindo o som baixo das agulhas estalando, Andre se perguntou o que ela contaria a respeito dele para as senhoras da igreja.

Quase todo mundo no bairro tinha suas opiniões sobre os Jensen. Uma família de classe média derrubada por uma tragédia bizarra. Porém, os Jensen seguiram em frente, uma família de cinco passando a ser uma família de quatro. Era o teatro todo que eles faziam: waffles no café, toda a comoção sobre a ida de Andre para a faculdade, um sorriso esticado de uma ponta à outra do abismo da tristeza. Kiara deveria ter sido a primeira da família a entrar na faculdade.

O ônibus avançou, cruzando a rua 13. Ele tentava não pensar em Kiara, mas, assim como o inchaço dentro da bochecha que ele às vezes mordia, acabava sempre voltando àquilo, mesmo quando era dolorido. Ele tinha doze anos no dia em que a mãe aparecera na escola, ainda de uniforme, para buscá-lo no meio da aula. Ela *nunca* faltava ao trabalho, então ele sabia que alguma coisa tinha acontecido. Andando para casa, ela explicara:

– Sua irmã teve uma crise de asma.

– Tá?

– Na aula de dança. Foi muito grave.

A expressão da mãe estava estranha. Pálida, congelada.

– Ela está no hospital?

– Ela morreu, Andre – respondeu a mãe.

Uma moto rugiu por eles, o barulho quase abafando o que ela dissera, fazendo Andre acreditar que ouvira algo errado.

– O quê?

A mãe dele olhava para a frente, concentrada no horizonte, como se tudo fosse melhorar se eles chegassem lá.

– Ela teve uma crise de asma muito grave. Chamaram uma ambulância. Levou quarenta minutos para chegar.

Ela falava baixo. Ao redor deles, ninguém parecia notar a gravidade do que ela dizia. Um homem passeava com um cachorro velho. Uma mulher mexia no celular, sem nem olhar para eles ao passar. A mãe não olhara para Andre no caminho apressado para casa, e, na hora, aquilo havia doído, mas, depois, ele entendera que era porque, se ela o olhasse, começaria a chorar. E foi isso que ela fez quando chegaram à segurança da casa, cercados por familiares aturdidos.

E agora Andre entrara na faculdade de raspão, e isso era motivo de orgulho na família trágica. Um garoto que dera a volta por cima depois de um infortúnio terrível. Kiara tinha sido uma aluna nota dez.

Ela provavelmente teria estudado Direito. Outra vida negra perdida, e ninguém estava contando.

O celular de Andre vibrou com uma notificação. Ele enfiou os fones no ouvido, animado. Saíra um novo episódio de *Cruel e raro*, o novo podcast de crime pelo qual ele andava obcecado. Naquele mês, o podcast estava fazendo uma série de dez episódios sobre o Assassino do Zodíaco, e ele já ouvira os seis primeiros episódios mais de uma vez.

A voz rouca do apresentador se tornou uma trilha sonora estranha para a cidade, cada vez mais branca conforme o ônibus avançava na direção oeste: menos casas, mais cafés e restaurantes. Apesar de tudo, Andre não podia conter uma onda de empolgação, movimentando a cabeça de um lado para o outro para estalar o pescoço, como um lutador prestes a entrar no ringue. O ônibus parou no ponto de Shaw mais próximo da Adams.

Encontrou o Tyler Hall, o alojamento que seria seu lar pelos nove meses seguintes. Era uma larga construção de tijolos aparentes que ocupava metade do quarteirão, as janelas enfileiradas estavam decoradas com itens variados: bandeiras de países diferentes, mais de uma placa com os dizeres IMPEACHMENT!, REFUGIADOS SÃO BEM-VINDOS e VIDAS NEGRAS IMPORTAM.

Ele entrou no Tyler, onde três garotas brancas e sorridentes estavam sentadas em uma mesa de armar, recebendo as pessoas.

– Andre Jensen – disse ele.

– Jensen, Jensen... Ah, aqui – disse uma das garotas, mexendo em uma pilha de envelopes de papel pardo.

Ela riscou o nome dele de uma lista e entregou um envelope.

– Tem um monte de coisas introdutórias aí... mapas, lugares úteis et cetera. O cartão é sua identidade estudantil, que você vai usar basicamente para tudo. É o que se usa para entrar no alojamento. Normalmente, fica um aluno logo atrás da porta, que pede para você passar o cartão para entrar. Suas chaves também estão aí, e, só para saber, se você ficar preso do lado de fora sem a chave três vezes, as próximas passam a ter uma multa de dez dólares. Parece que seu colega de quarto ainda não chegou. Se você tiver qualquer dúvida, seu monitor de alojamento, Devon, estará no seu andar.

Andre segurou o envelope debaixo do braço e subiu a escada até o quarto 203. O cômodo era um retângulo, com duas camas de solteiro encostadas na parede, uma de cada lado. À esquerda, ficava um banheiro pequeno e limpo, de azulejos brancos.

Do fundo da cesta ele tirou um objeto cuidadosamente embrulhado em dois moletons, além da bolsa que o continha: a câmera que tinha ganhado de aniversário dos pais. De acordo com o pai, que pesquisara câmeras na internet, lendo atentamente com os óculos bifocais, era uma melhoria considerável em comparação com a que Andre tinha antes, comprada usada na internet. Uma boa DSLR para fotógrafos iniciantes que se levavam a sério. Andre só fizera uma ou duas aulas de fotografia no centro comunitário antes de se formar na escola, supondo que, aonde quer que a vida o levasse – jornalismo, blogs, podcasts –, ser capaz de tirar boas fotos era um talento que ele deveria desenvolver.

Tinha algumas horas livres antes de precisar se apresentar ao departamento de Psicologia. Ele confirmara, por meio de vários telefonemas para o departamento financeiro, que realmente estudaria na Universidade John Adams, e que a mensalidade e as outras taxas tinham sido, de fato, inteiramente pagas. Não, não era piada.

Andre ouviu outra chave na porta. Um garoto entrou e o examinou. Era baixo, tinha a cabeça raspada e usava um suéter azul e uma gravata-borboleta vermelha, apesar do calor do fim de verão.

– Você acha que botam todos os alunos negros juntos? – perguntou o garoto.

Andre riu: estava pensando a mesma coisa.

O garoto se apresentou como Sean, e eles conversaram enquanto arrumavam as coisas. Sean era do condado de Prince George, em Maryland (que ele pronunciava *Môralind*). Fora orador da formatura da escola. Ele também insistiu para Andre se afastar o máximo possível para que pudesse pendurar um pôster gigantesco, que, Andre gostou de ver, era do filme *Aliens: o resgate*.

– Melhor filme de terror já feito! – disse Sean.

– Ah, não sei não.

Eles discutiram amigavelmente sobre filmes de terror, Andre sentindo uma onda de satisfação por eles terem interesses em comum.

Foram juntos à loja da faculdade, conversando pelo caminho. "Eu até gosto desse cara", Andre notou. Ele chegou ao primeiro ponto decisivo de todo o seu estratagema universitário: deveria contar a Sean que seu colega de quarto, com quem viveria pelo ano todo, fora diagnosticado como psicopata?

A primeira mentira direta foi fácil: Andre disse que precisava ir ao departamento financeiro, sendo que, na verdade, era hora de ir ao departamento de Psicologia. Sean aceitou a mentira tranquilamente, e Andre consultou o mapa do campus. Como se já não tivesse motivos o bastante para o nervosismo, o departamento de Psicologia tinha uma aparência bizarra. Era um tanto gótico, apesar de estar bem no meio de um campus moderno. Ele se perguntou, subindo as escadas, um degrau por vez, se tudo acabaria no segundo em que o dr. Leonard Wyman pusesse os olhos nele. Afinal, ele era Ph.D.

Andre bateu na porta aberta da sala 615, e um homem branco mais velho, com uns setenta e poucos anos, levantou as mãos, pedindo desculpas. Ele estava comendo um enorme e tentador sanduíche de pastrami. Constrangido, apontou para a boca e fez sinal para Andre segui-lo até uma sala mais reservada. Andre sentou e ficou observando Wyman, que ainda mastigava, juntar uma pilha de papéis.

– Desculpa, eu sabia que você vinha, mas ainda não tinha comido nada hoje! – exclamou ele por fim.

Andre sentiu algo estranho ao apertar a mão do homem.

– Andre... Jensen... Jensen – murmurou Wyman, procurando alguma coisa no computador. – Ah, aqui está.

Andre então notou o que o incomodava, apesar de não fazer sentido. Ele nunca havia visto Wyman em pessoa – eles sequer tinham se falado ao telefone –, e Andre sabia que isso era inteiramente verdade. Contudo, se era esse o caso, por que aquele desconhecido parecia tão familiar?

5

Dia 54

Billy do Remo era um dos dois garotos com cara de bebê do time de remo que moravam no meu andar no alojamento. A sorte, o destino, ou como preferir chamar, estava do meu lado. Naquela primeira noite, quando o pessoal do meu andar saiu para a balada, o ouvi mencionar que tinha um irmão mais velho na SAE. Dei mole para ele, sabendo que isso levaria a convites para festas ou outras farras noturnas com os amigos de Will Bachman. Billy mencionou, distraído, a localização da sede da SAE, e disse que podia me levar lá quando fizessem a festa de boas-vindas.

A festa seria só no fim de semana, e eu estava impaciente. Toda vez que cruzava as ruas lotadas do campus entre as aulas, parte de mim procurava Will. Eu não sabia o que faria se o visse, e quase temia atacá-lo sem pensar. Eu não sabia se ele me reconheceria, pois fazia anos que não me via. Toda vez que chegava a uma nova aula – Biologia, Física –, eu procurava o cabelo loiro dele entre os alunos. Claro que ele não estava lá. Já estava no terceiro ano, e provavelmente não fazia matérias do primeiro semestre de Medicina.

Quando eu conseguia estabelecer que ele não estava na minha sala, eu relaxava e me instalava, analisando o território. Eu aprendo bem ouvindo e não preciso anotar muita coisa, então passei muito das primeiras aulas examinando meus colegas. Levei um dia para notar que não era necessariamente interessante ver um relógio preto e elegante como o meu. Muita gente os usava, não só os alunos do meu programa. Contudo, aquelas pessoas seriam meus competidores na Medicina, meus futuros amigos e inimigos. Podiam ser cúmplices ou obstáculos. Amantes, até. Eu andava com vontade de transar ultimamente. Fiquei de olho em um garoto sentado na primeira fileira, que tinha ombros largos, mas, quando ele se virou, vi a cara de cavalo. Uma pena.

Fiz questão de voltar para o alojamento pelo caminho mais comprido, que passava na frente da sede da SAE. Ficava no cruzamento entre duas ruas arborizadas, uma casa grande, de três andares, em estilo vitoriano, feita de tijolos laranja-escuros e telhas pretas, bem na esquina. O quintal estava imundo, coberto de latas de cerveja, bolas de futebol americano furadas e algumas churrasqueiras velhas. Às vezes os caras da fraternidade ficavam sentados em cadeiras de armar, bebendo cerveja e vendo os alunos – as alunas, mais especificamente – passar.

Todo dia eu passava por ali, agarrada à bolsa do meu notebook, e analisava a casa. As portas (duas, da frente e dos fundos), a proximidade dos vizinhos (bem perto) e possíveis saídas discretas e rápidas (o beco nos fundos, que era escuro e não tinha câmera de segurança). Nunca vi Will enquanto fazia essas análises – eu precisava descobrir quanto tempo ele passava lá. Contudo, quando passei por lá no terceiro dia de aulas, vi três garotos sentados do lado de fora. Um deles fez contato visual, e eu abri o tipo de sorrisinho rápido e tímido que indicava que eu me impressionava com facilidade.

– Ei – disse ele, se endireitando. – Como você se chama?

Até o tom da voz dele dava a impressão sutil de estar zombando de mim.

– Chloe – falei, me aproximando.

Olhei de relance para a direita, e meu coração deu um pulo. Imediatamente reconheci um dos outros caras, que tinha aparecido nas minhas investigações na internet: Cordy, colega de apartamento de Will. Eu ia fazê-los gostar de mim, e não seria difícil. Seja atraente, não discorde e, principalmente, escute – dá para não dizer uma palavra e ainda ser elogiada por um cara por ser boa de papo.

– Quer uma cerveja? – ofereceu o primeiro.

– Claro – falei.

Passei por cima da cerquinha baixa de ferro que delimitava o terreno, sentindo o olhar deles em mim. Eles se apresentaram e me ofereceram uma cadeira, que notei estar úmida quando sentei. O que perguntou se eu queria uma cerveja se chamava Chris, e era do segundo ano. Cordy era Cordy, e o outro era Derek, do terceiro ano. Eles me fizeram perguntas provocantes e eu flertei como era apropriado para a situação, rindo como se eles fossem incríveis.

Mencionei lacrosse, mas ninguém mordeu a isca. Por um tempo, bebemos cerveja e fizemos piadinhas sobre as pessoas que passavam, e eu tentei desacelerar, dizendo a mim mesma que a fase de juntar informações exigia paciência, e que tudo que eles diziam poderia se mostrar útil no futuro. O que eu queria era um convite para entrar na casa, onde poderia analisar o ambiente, mas seria suspeito tentar me convidar meros vinte minutos depois de conhecê-los. A não ser que eu quisesse que algum deles me apalpasse.

Em silêncio, registrei os nomes dos outros colegas de fraternidade que eles mencionavam. Quão próximos eles eram? Se Will desaparecesse, eles formariam um grupo de busca, ou só voltariam a encher calouras de cerveja barata? Eles falaram dos protestos.

– Ah, pode crer – disse Cordy. – Eu tenho ido e feito live de tudo. Só espera virar revolta.

Registrei isso mentalmente: qualquer atividade de Cordy poderia envolver Will.

– Acho que vai rolar outro no fim de semana. Mas vou fugir da cidade quando rolar aquele de outubro. Não quero lidar com toda aquela multidão, bando de metido a anarquista – disse Derek, e acenou com o queixo para mim. – E você, Medicina?

Eles tinham começado a me chamar de Medicina. Como se fosse engraçado uma menina estar tão decidida assim na primeira semana de aulas. Certamente não tinha nada a ver com o fato estatístico de que é menos provável mulheres largarem a faculdade do que homens.

– Não decidi – falei.

Chris olhou para o celular.

– O Charles Horrível vai dar outra festa na casa do lago. Open bar.

A conversa foi interrompida quando um ruído agudo de aparelho de som escapou de uma janela no terceiro andar.

– Bogey! – gritaram dois deles ao mesmo tempo.

A porta de tela nos fundos da casa se abriu, e um garoto saiu por ela. Fiquei sem ar. Não era Will, mas, quem quer que fosse, me distraiu da minha tarefa atual. Era um pouco mais velho e olhava para seu iPhone. Devia ter um metro e oitenta, por aí, e tinha o tipo de corpo de que eu gostava: quadril estreito, um pouco musculoso, mas não muito. Diferentemente dos outros garotos, ele estava bem-vestido, usando jeans de marca e um suéter fino verde-escuro. Quando ele ergueu o olhar, fiquei feliz. O rosto que revelou era classicamente lindo: maçãs do rosto evidentes, um nariz fino e reto, olhos cujo verde chamava atenção até de longe. Uma boca sensual. O cabelo dele era castanho-claro, com aquele topetinho estiloso que os caras andavam usando.

– Falando nele! – disse Cordy.

O garoto acabou de mexer no celular, o guardou no bolso e se aproximou para pegar uma cerveja do isopor.

– Charles Horrível, esta é nossa nova amiga, Chloe. Ela é caloura – disse Cordy.

Isso era bom. Cordy gostava de mim. Olhei diretamente para Charles Horrível, tentando transmitir tudo que eu admirava nele só com o olhar.

Ele mal me cumprimentou com um aceno de cabeça.

– Bem-vinda a Adams. Tente ficar longe de babacas que nem esses aí.

Eles uivaram em protesto. Charles Horrível sorriu – mais para eles do que para mim –, mostrando dentes brancos perfeitos, e abriu a cerveja.

– Tenho que cuidar de umas coisas da eleição. A gente se vê mais tarde.

Fiquei decepcionada, mas, quando ele saiu, fui capaz de pensar de novo.

– Peraí, Charles? Aquele era Charles Portmont?

Chris confirmou.

Charles Portmont do Instagram de Will! Com outro membro do pessoal de Will à vista, eu estava me aproximando, um abutre fazendo o cerco devagar.

Um ponto de exclamação apareceu no meu relógio. Concluí que já tinha cumprido minha missão na SAE e, sem querer desperdiçar mais tempo, já que Will não ia aparecer, me despedi. Era melhor sair no ponto alto. Deixar eles com gosto de quero mais.

Fiquei curiosa sobre o que eram aqueles tais registros de humor. Desci parte da rua, sem querer que registrassem minha localização na sede da SAE. A rua era ladeada por árvores frondosas com folhas outonais, e era quase a Hora Mágica, aquela logo antes do pôr do sol, com a luz perfeita para selfies. Parei em um dos bancos de madeira dedicados a ex-alunos, tirei uma foto e voltei para meu relógio.

Toquei na tela. O horário apareceu no alto, mas logo sumiu, e a tela mostrou a mensagem: *Em uma escala de 1 a 7, em que 7 é o máximo que você pode sentir uma emoção e 1 é nada, por favor, responda o quanto sente as emoções seguintes agora.*

Toquei a tela para avançar.

Felicidade.

2, respondi.

Ansiedade.

1

Empolgação.

5

Raiva.

6

6

Dia 53

Yessica e eu fomos à livraria com um grupinho de garotas do alojamento e nos arrastamos para casa carregando pesadas sacolas de livros didáticos caríssimos.

– Não entendo por que preciso comprar a décima edição, que é cinquenta dólares mais cara que a nona – reclamou ela, largando as sacolas no chão do nosso quarto.

Todo mundo estava de portas abertas, gritando em concordância pelo corredor.

– É golpe! – gritou alguém.

– Vocês compraram massinha adesiva? Para pendurar pôster? – perguntou outra pessoa.

Depois de arrumar meus livros novos na escrivaninha, hesitei. Parte de mim, que não queria perder nada, tinha vontade de ficar ali, papear com o pessoal, fazer o que todo mundo estava fazendo na primeira semana de faculdade. Mas a outra parte... Meu único consolo era que, quando eu acabasse com Will, poderia me jogar de corpo e alma no que a faculdade deveria ser: intrigas românticas, causar brigas aleatórias com outras garotas por diversão, ter casos com professores.

Saí com meu notebook, alegando que tinha que ir trabalhar no departamento de Psicologia. Dizer que eu trabalhava lá meio período era um bom disfarce para usar com Yessica, em vez de precisar explicar que eu tinha uma série de consultas e experimentos associados com meu diagnóstico de psicopatia. Qualquer pessoa com entendimento pouco sofisticado da minha mente decerto não gostaria de morar com uma "surtada", muito menos com uma que tinha bolsa integral, sendo que ela precisou fazer financiamento estudantil para estar aqui.

Fui até a rua Marion e fiquei feliz ao notar que só havia algumas pessoas na loja de muffins, além das duas jovens que trabalhavam no caixa e viviam dizendo "Ah, fala *séeeeerio*" e conversando em árabe ou amárico. Escolhi uma mesinha de frente para a janela, com vista direta e desimpedida para a casa de Will Bachman. Abri o notebook e meu livro de Biologia e arrumei meu estojo de marca-textos. Li metade de um capítulo, olhando de relance e marcando com um risquinho toda vez que alguém passava na frente da casa. Eu queria ter uma noção do fluxo de pedestres na rua.

Distraída, liguei o notebook e passei pelos posts mais recentes de Will no Instagram. Ele havia postado uma foto com outro irmão da fraternidade, os dois tentando botar um barril de cerveja no porta-malas de um carro hatch. #FestadeBoasVindas.

Entrei no Google e digitei "Charles Portmont". O resultado apareceu imediatamente. Ao que tudo indicava, Charles Horrível estava concorrendo a presidente do DCE. Havia uma foto dele, mas não era tão agradável, porque havia sido tirada por trás, mostrando suas costas enquanto ele fazia um discurso para uma multidão. Ele era apoiado pelo jornal da faculdade, o *Coruja Diário* (que na verdade era semanal), além de duas organizações estudantis. Nossa, a política era levada a sério aqui na capital. Quem ligava para o presidente do DCE, afinal?

Havia um formulário para fazer perguntas anônimas. "Tem alguma pergunta para nosso candidato?" Você é um babaca desalmado que nem seus irmãos da fraternidade?

Olhei para a casa de Will e fui tomada por uma compulsão. Por que não ir até lá, só para dar uma olhada? A parte inteligente do meu cérebro sabia que aquilo era má ideia – em plena luz do dia, com tanta gente por perto. Porém, às vezes a parte réptil e viperina dele, que é impulsiva e impaciente, ganha. A cobra queria quebrar janelas, xeretar o quarto dele, abrir a geladeira e cuspir no leite. Enfiei todas as minhas coisas na mochila, saí da loja e atravessei a rua.

O truque para fazer coisas que não devem ser feitas sem ser notada é sempre ter cara de quem está só indo para casa lavar roupa. Olhei com cuidado para a porta da frente de Will, que tinha duas fechaduras.

Eu tinha comprado pela internet um kit de arrombar fechadura, mas os vídeos que eu vira no YouTube davam a impressão de ser mais fácil do que de fato era. Eu treinara em casa e em uma ou outra casa vizinha, mas ainda não era nada proficiente.

Para chegar aos fundos da casa, precisei andar meio quarteirão e entrar no beco que dava acesso aos fundos das casas geminadas. Andei na direção da casa de Will enquanto mexia na bolsa, como se estivesse procurando alguma coisa, talvez as chaves. Eu fazia muito isso para furtar lojas: me ocupar com alguma tarefa para não parecer que estava fazendo outra coisa, como roubar, por exemplo. Uma tensão crescia em mim conforme me aproximava do número 1530 da rua Marion. Dois operários estavam trabalhando na casa vizinha, cortando tijolo com uma máquina barulhenta. O ruído poderia ajudar a disfarçar minha entrada, mas, por outro lado, os dois caras estavam bem ali. A casa de Will tinha um deque de aparência podre que levava a uma porta de vidro de correr. Meia dúzia de tijolos bolorentos desciam até um porão de janelas escuras. Desacelerei o passo, fingindo estar distraída com o celular, torcendo para que os operários não me notassem.

Ao olhar para a casa com seu revestimento amarelo sujo, parte de mim dizia que eu deveria ir embora, que eu poderia ser pega. A parte viperina apontava que, apesar das grades nas janelas do térreo, talvez a porta de correr pudesse ser arrombada, e, se não pudesse, aquele cano que descia da calha parecia firme o suficiente para que eu o escalasse.

"Ele pode estar aí dentro", pensei. Mas não, não era hora de confronto nenhum.

Quer dizer, talvez fosse.

Ou talvez ele nem estivesse em casa.

Mas quem sabe eu podia deixar uma armadilha de urso na cama dele.

A porta de vidro seria difícil de abrir. Porém, ainda havia aquele cano que levava ao telhado e, ali, uma janela que parecia bem velha. O telhado não era tão alto. Eu era razoavelmente boa em escalada, não tinha medo de altura e, considerando meu estilo de vida, eu havia desenvolvido a capacidade de me esgueirar em silêncio, escalar, dar um jeito de entrar em qualquer lugar. Eu sempre fora o tipo de garota que trepava em árvores, pulava do telhado na piscina e sempre se levantava logo depois de se machucar.

Eu já estava sentindo os músculos me impulsionando para a frente, mas um barulho me distraiu. Um dos operários mexeu comigo. Olhei para ele com nojo e me afastei rápido, quase mais irritada comigo mesma por meu descuido do que com a atitude dele. Às vezes me deixo levar. Sei que a vingança é um prato que se come frio, mas ninguém me explicou exatamente como seria esperar aqueles últimos momentos, o prato no carrinho bem ao lado da mesa, ainda fumegante. Eu queria Will perfeitamente nas minhas mãos, se contorcendo. Eu queria que fosse perfeito. Eu teria que esperar.

Além disso, a festa da SAE seria na noite seguinte, e ele definitivamente estaria lá, maduro e pronto para colher.

Fui ao departamento de Psicologia para meu primeiro experimento, meu último dever de casa oficial do dia. Quando abri as portas duplas de madeira pesada do prédio, o ambiente estava silencioso, poeira flutuando nos feixes de luz que entravam pelas janelas enormes atrás da escada em curva. O prédio me lembrava uma igreja assombrada. Subi até o sexto andar, mas fui ao lado oposto da sala do dr. Wyman.

O corredor ficava cada vez mais escuro conforme eu avançava, uma das lâmpadas fluorescentes piscando, intermitente. Encontrei a sala 654a, cuja porta era trancada com senha. Digitei o código que o relógio me dera e a abri. As luzes se acenderam automaticamente, revelando um ambiente mais parecido com um cubículo do que com uma sala. Era estéril, sem decorações além de um quadro branco limpo, e só tinha um computador e uma mesa. O relógio deve ter notado minha presença. *Por favor, sente-se, e o computador fornecerá as instruções*, dizia a tela no meu pulso.

Eu me sentei e liguei o computador, mexendo o mouse. Precisei clicar em alguns formulários de consentimento antes do início do experimento.

Este experimento trata de tomada de decisão e dinheiro. O dinheiro usado no experimento é de verdade. Isso significa que, ao fim do experimento, se sobrarem $15 da atividade, você receberá $15 em espécie.

Nada mau! Cliquei para ir à página seguinte.

Apareceu uma foto de uma nota de cinco dólares no alto da tela.

Você está jogando com outra pessoa. Vocês têm duas escolhas: dividir o dinheiro ou ficar com tudo. Se os dois escolherem dividir, cada um recebe metade. Se os dois escolherem ficar com tudo, nenhum dos dois ganha nada. Se uma pessoa escolher ficar com tudo enquanto o outro escolhe dividir, o que escolheu ficar com tudo ganha tudo, e o que escolheu dividir não ganha nada.

Em seguida, apareceram dois botões: DIVIDIR e FICAR COM TUDO. Era algum tipo de piada?

Uma caixinha de chat se abriu no canto direito da tela. Fui identificada por um ícone que dizia JOGADOR A, e havia um JOGADOR B abaixo de mim. Nenhum de nós disse nada.

Começar.

Cliquei em FICAR COM TUDO.

Você tem $0, disse o computador. Franzi o nariz.

Segunda tentativa. FICAR COM TUDO.

Você tem $0. Babaca egoísta!

A mesma coisa aconteceu na terceira rodada. Jogador B estava digitando, reticências indicando o uso do teclado: Se quisermos sair daqui com dinheiro, nós dois temos que dividir.

Eles dão mesmo dinheiro?, digitei.

Dão. Eu gosto de dinheiro.

Então quem estava jogando comigo já havia participado desse teste antes. Seria um dos outros seis, ou um participante aleatório da pesquisa?

Começou a quarta jogada. Cliquei em FICAR COM TUDO.

Você tem $0.

Você disse que ia dividir!, apareceu a mensagem.

Você também disse.

Você está mentindo.

A quinta rodada deu na mesma.

Faça uma análise de custo-benefício, ele escreveu. Estamos perdendo tempo sem ganhar nada. Se cooperarmos, nós dois ganhamos dinheiro.

“Mas, se não cooperarmos, eu ganho tudo”, pensei.

Jogador B idiota. Não ganhei dinheiro nenhum com o experimento.

7

Dia 52

– Por favoooooor! – implorei para Yessica, que estava com os braços cruzados no peito, o quadril requebrado, se recusando a ir a uma festa de fraternidade. – É uma parte essencial da vida universitária, você precisa ir a pelo menos uma festa antes de escrever uma matéria sobre a perversidade das fraternidades para uma revista literária alternativa qualquer – argumentei.

Ela apertou os lábios e assentiu, e então nós duas caímos na gargalhada. Algumas outras pessoas do nosso andar do alojamento iam, a horda comandada por Billy do Remo e seu colega de quarto, Jed, Ted, sei lá.

Revirei as várias roupas na minha cama. Não queria chamar atenção demais, mas, por outro lado, certos garotos bonitos talvez estivessem por lá. Era agosto, então escolhi um short jeans curto, mas não curto tipo piriguete, e minha blusa prateada de decote redondo. Coloquei meu colar de prata com pingentinho de lagosta e baguncei o cabelo. Yessica era o tipo de garota que podia enfiar um vestidinho simples de malha preta e estar pronta para sair. (Os cílios, no fim das contas, eram de verdade.)

Nosso grupo saiu do alojamento e subiu a rua. Viramos na direção da sede da SAE e senti um calafrio. Já dava para ver gente entrando e saindo da casa, a festa se espalhando pelo gramado. Música saía de um alto-falante equilibrado na janela do terceiro andar, e havia uma fogueira acesa no quintal. Eu nem sabia se era permitido acender fogueiras. Por outro lado, também era proibido distribuir bebidas para menores de idade, mas a polícia do campus fazia vista grossa desde que nada saísse demais do controle.

A opinião deles era de que era melhor fazer um pouco de confusão no campus do que muita confusão fora dele.

Yessica ergueu uma sobrancelha para mim quando nos enfiamos pela porta. Dois garotos estavam jogando *beer pong* na "sala de jantar", e todo mundo parecia gritar mais alto do que o necessário. Na sala de estar, as pessoas dançavam na área apertada ao redor do sofá de couro e de uma mesinha de centro coberta de latas de cerveja, copos de plástico e um ou outro bong. Um cara de franja oleosa estava sentado na beirada da mesinha, soprando vapor para todo canto enquanto discursava sobre os protestos espalhados pelo país, que muitas vezes convergiam para a capital.

– O país está indo pro caos!

Billy do Remo nos levou à cozinha, onde um coitado que acabara de ingressar na fraternidade tinha sido obrigado a cuidar do barril de cerveja. Ele nos cumprimentou e me ofereceu uma bebida cheia de espuma.

– Vamos dar uma volta! – gritei no ouvido de Yessica.

– Procurando alguém especial? – perguntou ela de maneira doce.

Bem, olha só quem fala, porque, na metade da volta, um cara de camiseta dos Dodgers esbarrou nela e eles começaram a conversar sobre beisebol. Eu os deixei ali e continuei a observar a multidão. Vi um cara tão bêbado que tropeçou parado no lugar, atordoado. Vi duas garotas brigando e vários casais se agarrando. Eu me animei quando vi Cordy sentado no sofá de couro rodeado por um monte de gente, tragando profundamente em um bong. Ele acenou vigorosamente quando me viu.

– Você veio!

Dei um oi e o vi tragar de novo. Ele estava fora de si, bêbado e chapado ao mesmo tempo. Provavelmente estivera falando com a garota ao lado, mas ela tinha dado as costas e o deixado sozinho, desconcertado. Ele abriu espaço e deu um tapinha no assento ao seu lado no sofá. Eu me encaixei ali e sorri.

– Seu colega de quarto vem? – perguntei.

Ele piscou devagar.

– Will? Ele deve estar por aí.

Ele fez um gesto vago, balançando a cabeça. De repente, demonstrou surpresa pela minha proximidade, o que era estranho, visto que eu estava esmagada contra ele.

– Você é bem bonita... – falou. – Já te disseram isso?

– Ele é uma pessoa horrível?

– Will? É, às vezes ele é um babaca.

– Você já teve vontade de acabar com a raça dele?

– Com certeza – respondeu ele, pegando o bong de novo.

Decidi que gostava de Cordy.

Ouvi uma gargalhada repentina e olhei por cima do ombro. Um grupo de irmãos da SAE estava ali por perto – suponho que fossem os membros mais antigos, porque Derek e Charles estavam no grupo. Charles vestia uma camisa de botão branca e bem ajustada, que aprovei, e um broche que dizia PORTMONT PARA PRESIDENTE. Tinha uma garota pendurada nele – literalmente pendurada no braço dele, rindo do que ele dizia. Meu Deus do céu. Que desesperada. Outra garota, imediatamente à esquerda da primeira, piscava para ele com seus olhos enormes. Ele não estava necessariamente deixando de retribuir o flerte. Eu estava prestes a me levantar e me intrometer quando uma loira se esgueirou pela multidão e Charles esticou o braço, puxando-a para perto. As outras garotas saíram voando que nem passarinhos machucados, e ele deu um beijo no topo da cabeça da loira, de um jeito que não combinava com a festa. Aquele beijo não dizia "Vou te embebedar e tentar te comer em um edredom úmido de estampa de futebol lá no segundo andar".

– Quem é aquela? – perguntei, cutucando Cordy.

– Kristen? A namorada do Charles. Eles estão juntos desde, tipo, sempre.

– Não existe "tipo, sempre" na faculdade.

Ele soluçou.

– Existe, sim. Você tá ligada de quem é o pai dele, né? É um fodão da área do combustível. A mãe dela é herdeira da GenCo Media. Que desperdício – falou, sacudindo a cabeça.

Um desperdício e tanto.

– E aí, cara – disse uma nova voz, se aproximando por trás de mim para cumprimentar Cordy com um soquinho. – Quem é sua amiga?

Levantei o olhar e, de repente, parei de ouvir a música que ecoava pela casa, as gargalhadas e os gritinhos, o quicar das bolas de pingue-pongue. Foi como se o tempo congelasse. Will Bachman estava literalmente inclinado por cima do sofá, sorrindo para a gente. Senti uma calma fria me tomar.

Sorri para ele, lembrando que, para parecer sincero, o sorriso precisava chegar aos olhos.

– Chloe, prazer – falei.

Esperei para ver se ele me reconheceria – não nos víamos fazia anos. Tudo que eu faria nos cinquenta e dois dias seguintes dependeria do fato de ele me reconhecer, e das mudanças no meu cálculo, caso acontecesse. Mas eu apostava que ele não me reconheceria. Eu tinha crescido. Mudado de nome. Mas nunca esquecido.

O rosto dele estava corado por causa do álcool. Pessoalmente, vi melhor as mudanças do rosto dele desde a infância, mas o formato da boca continuava igual, e as sobrancelhas loiras também. Will Bachman. Pensei em pegar uma lapiseira na minha bolsa e enfiar no olho esquerdo dele.

– Chloe – respondeu ele, sorrindo. – Não é um nome que escuto muito por aí.

– Não – respondi. – Não mesmo.

O sobrenome Sevre é ainda menos comum, e por isso nunca o uso nas redes sociais. Meu plano seria muito mais fácil se ele nunca descobrisse quem eu era.

Will sentou no braço do sofá, e passamos rapidamente pelas formalidades: nosso ano na faculdade, onde morávamos (claro que eu tinha preparado uma história falsa, alegando ser de Connecticut).

– De onde você é? – perguntei, fingindo beber um gole de cerveja.

– Toms River, Nova Jersey, mas me poupe das piadas sobre Jersey.

Não te pouparei de muito, Will. Não agora que te encontrei.

8

Dia 48

A Fase Um está completa: Will Bachman virou meu amiguinho. Fiquei tentada a atraí-lo para outro canto durante a festa, mas me obriguei a ficar concentrada na Fase Dois: Interrogatório. Agora ele me conhecia e confiava em mim, o que facilitaria muito para encontrá-lo sozinho. Ele me seguiu no Instagram, mas não o segui de volta. Não queria tantas conexões entre nós que pudessem ser encontradas quando ele virasse comida de verme.

Tanto Will quanto Cordy insistiram que eu *precisava* ir à festa do Charles Horrível no fim de semana. Eu já tinha considerado a possibilidade. Não sabia bem o que achava de entrar na Fase Dois durante a festa de Charles. Por um lado, eu não sabia nada da localização, então teria pouco controle nesse aspecto. Além disso, eu não tinha carro. Por outro lado, a área isolada era atraente. A casa – a propriedade, na verdade – ficava a uns quarenta minutos de carro, em Fort Hunt, relativamente perto de Mount Vernon, a histórica casa de George Washington. De acordo com os registros públicos e o Google Maps, a propriedade dos Portmont ficava bem no rio Potomac em Virgínia, com Maryland na outra margem. Além disso, eu não sabia se queria ir a uma festa na casa de Charles sem que ele me convidasse diretamente. Tecnicamente, a festa nem era dele – seus pais tinham organizado esse evento beneficente em nome de CEOs que precisavam de manicures na cela especial da prisão, qualquer coisa assim. Aparecer como penetra inesperada e indesejada talvez só chamasse atenção.

Dei zoom no mapa do campus no meu computador. Se não na propriedade dos Portmont, que outro lugar seria bom para o interrogatório?

Não seria difícil embebedar Will e enfiá-lo em um quarto fechado na sede da SAE, ou até na casa dele, mas o problema das duas opções era que seria seu território e os amigos dele poderiam estar por perto. Outra possibilidade era ir com ele a uma festa, convidá-lo para o meu quarto, levá-lo por um labirinto de prédios acadêmicos, encontrar uma sala de aula isolada em algum canto e usá-la para meus fins.

– Coleguinha – ouvi Yessica chamar, bem atrás de mim, e não me sobressaltei. – O que você está fazendo?

– Tentando descobrir onde vai ser esse seminário.

– Quer ir à Starbucks?

– Preciso vestir sutiã? – perguntei.

Eu estava usando calça de pijama xadrez e uma camiseta curtinha com OBVI escrito.

– De jeito nenhum! – respondeu ela, que também estava de pijama.

Coloquei minhas pantufas felpudas e ela calçou chinelos. Morávamos a uma quadra do enorme Centro de Atividades Estudantis, que tinha uma Starbucks no porão, assim como milhões de outras coisas. Na esquina havia um atalho que permitia atravessar um dos prédios acadêmicos, o Albertson Hall, e seguir pelo térreo sem precisar sair na rua de pijama. Albertson era o prédio do departamento de Música e tinha salinhas de ensaio para os alunos, enfileiradas no corredor estreito. Ali era sempre frio e cheirava a concreto, mas eu gostava de descer o corredor e ouvir os diferentes instrumentos. Espiei por uma janela e vi uma garota tocando trompa. Em outra sala, quatro pessoas cantavam *a capella*. Quando olhei para a terceira sala... Charles Horrível! Ele estava de perfil, sentado a um piano de parede, os dedos passando pelas teclas. A música era sombria e complicada, subindo e descendo em um ritmo tenso.

– Que foi? – ouvi Yessica cochichar, alto, olhando por cima do meu ombro, onde apoiou o queixo. – Rachmaninoff.

– Ele é bom, né? – sussurrei.

Charles parou de tocar abruptamente, e nós duas nos sobressaltamos, mas aparentemente ele tinha errado. Ele se inclinou para a frente, olhou com mais atenção para a partitura e voltou a página. Nós nos afastamos da porta antes de sermos notadas.

– Quer um lenço? – perguntou Yessica. – Para limpar essa baba toda?

– Ah, fala sério. Ele é lindo. Pianistas são o melhor tipo de músico. Eles têm toda a aura, só que sem a babaquice dos guitarristas.

Ela riu. Seguimos até o Centro de Atividades e entramos na comprida fila do café. Ela pediu um americano e eu pedi um mocha, porque ainda precisava fazer uma lista de pelo menos dez locais de interrogatório em potencial. Além disso, tinha que ler metade de um romance para minha aula de literatura.

Na volta para o alojamento, assim que abrimos a porta que dava no Albertson, demos de cara com Charles e a namorada. Ele estava carregando as partituras debaixo do braço e ela, um monte dos pôsteres de campanha dele e um rolo de fita adesiva. Nossa, ela era tão sem graça que chegava a doer ver os dois juntos. Ela era bonita, mas não *tanto* assim, tipo uma personagem de elenco de apoio de novela.

– Ah, oi – disse ele. – Você é, hum…

Ele fez aquela coisa de político, fingindo que meu nome estava bem na ponta da língua, sendo que provavelmente não estava.

– Chloe.

Ele apertou minha mão, revelando um relógio Jaeger-LeCoultre. Nada mau.

– Esta é a Kristen, minha namorada e coordenadora de campanha.

Ela sorriu. Tinha olhos azul-clarinhos e usava o tom mais sem graça de batom cor-de-rosa. Eu apresentei Yessica.

– Vocês foram convidadas para a minha festa, né? Não é uma festa de campanha – disse ele, sorrindo –, porque, tecnicamente, festas de campanha são ilegais, de acordo com as regras estudantis. Meus pais organizaram um evento beneficente, mas a gente pode curtir por ali.

– Eu estava pensando em ir – falei.

– Venham, definitivamente! – disse Kristen, animada.

– É open bar – disse Charles, alegre. – Meus pais não ligam de eu levar quem eu quiser, desde que todo mundo se vista de acordo e fique do lado de fora.

Pensei no que ele deveria vestir para ser de acordo. Uma toga e uma auréola dourada de louros.

– Como vocês já devem saber – disse ele, adotando um tom formal, juntando as mãos –, tem eleição vindo aí. Espero que possamos contar com seus votos.

– Qual é sua posição quanto ao financiamento de grupos estudantis? – perguntou Yessica, fria.

– Acredito que o financiamento de todos os grupos estudantis deve ser cortado – disse ele, sem hesitar.

Ela franziu a testa.

– Esse dinheiro vem das mensalidades cada vez mais altas – explicou ele –, que afetam desproporcionalmente os alunos mais necessitados. As mensalidades são minha principal preocupação.

Era cômico o conflito no rosto de Yessica. Eu ri, e Charles também, apesar de estar rindo de si próprio.

Nós nos despedimos e seguimos para o alojamento, saindo do Albertson para a noite abafada.

– Você vai à festa se arranjarmos uma carona? – perguntei, cuidadosa.

Se eu fosse, não queria que Yessica estivesse lá. Quanto menos gente me conhecesse na festa, melhor – assim ninguém ficaria de olho em mim.

Ela franziu o nariz.

– Chlo, a outra festa só tinha um monte de playboy.

– Ah. É. Mas não são todos assim… tipo aquele cavalheiro com quem você conversou por duas horas.

– Ele só foi por causa do colega de quarto, que nem eu! E se o Charles Horrível acabar se revelando um doido de direita, ele não vai entrar no nosso quarto.

– Não acho que você precisa se preocupar com isso.

Eu não fazia ideia dos valores políticos de Charles, na verdade, e, por mais gato que eu o achasse, ele tinha namorada. Pelo menos por enquanto. Aquilo entraria na minha lista de afazeres depois dos assuntos mais urgentes.

9

Andre estava com Sean, Marcus e Dee quando recebeu a primeira pesquisa de humor. Marcus estava no terceiro ano e tinha procurado Andre e o colega de quarto dele logo na primeira semana de aula, trazendo os pacotes de boas-vindas do Coletivo de Alunos Negros. Ele apadrinhou os dois calouros, apresentou-os a todo mundo e convidou-os para os churrascos que fazia com frequência no quintal da casa geminada onde morava. Ele era tão politicamente ativo que Andre sentia vergonha de ficar perto dele; Marcus vivia mencionando gente que Andre sentia que deveria conhecer mas não conhecia, e parecia que todo o resto das pessoas sabia de quem ele estava falando.

Naquele momento, estavam no quintal de Marcus, bebendo chá gelado misturado com rum barato e falando dos protestos – não só do maior, que aconteceria em outubro, mas também do que aconteceria no fim de semana.

– Vocês deviam vir – disse Marcus, abrindo um pacote de salgadinho de queijo.

Andre tentou olhar de relance para Dee, a garota sentada bem na frente dele que circulava pelo mesmo grupo de amigos. Ela era do segundo ano, tinha um humor ácido e olhos que o lembravam os de uma corça – provavelmente era areia demais para o caminhãozinho dele, mas não custava nada tentar.

– Vou se vocês forem – disse Andre.

Ele abriu a boca, tentando prosseguir a conversa com naturalidade. Dee mencionara que trabalhava no *Coruja Diário* e que o jornal estava sempre em busca de fotógrafos – e, especificamente, que queriam mais representantes das minorias na equipe. Ele não sabia como as pessoas faziam aquele tipo de papo furado: só pediam trabalho, assim de cara? Será que o jornal pagava? Seria falta de educação perguntar? Ele precisava de um trabalho.

Na mesma hora, ele sentiu o relógio vibrar. Furtivamente, pediu licença para ir ao banheiro. O relógio perguntou a atividade que ele estava praticando. *Socialização*, selecionou. O relógio pediu para ele indicar o grau em que sentia as seguintes emoções: felicidade, ansiedade, raiva, empolgação. Quão feliz ele de fato *estava*? Andre refletiu sobre isso.

Como um psicopata responderia a essa pergunta?

Bom, psicopatas provavelmente não sentem muita felicidade. Ou talvez só sintam no momento exato em que conseguem o que querem. Ele disse que não estava muito feliz, e supôs que também não deveria estar ansioso, apesar de, na verdade, estar bastante, porque se encontrava quase acidentalmente cometendo fraude via relógio, e devido à presença de garotas gatas e colegas mais velhos que eram muito mais descolados do que ele. Andre disse que não estava com raiva, e hesitou quando o relógio perguntou sobre empolgação. Não, ele deveria dar a impressão de que era raríssimo se empolgar com algo. O dedo dele tremeu um pouco ao confirmar o envio. O relógio vibrou, mas nada explodiu, nenhum alarme soou. No entanto, ele notou que estava muito atrasado.

Ele voltou ao quintal.

– Gente, tenho que ir – disse.

– Vai sair com alguém? – perguntou Sean.

– Não, só tinha que resolver uma parada até as dez e esqueci.

Bom, não era que ele tinha esquecido; ele só não queria ir embora da festa, especialmente porque não tinha certeza do que o esperava no departamento de Psicologia. Seria o primeiro experimento ou questionário que faria.

Andre se dirigiu à parte certa do campus e não parou quando o telefone tocou. Era sua mãe.

– Por que você ligou, Ursinho? – perguntou ela.

– Ah, é – respondeu ele, tentando soar casual. – Queria saber se você por acaso conhece um professor daqui. Doutor Leonard Wyman? Ele dá aula de Psicologia e, quando o encontrei, ele me pareceu familiar. Fiquei pensando se ele já tinha estado na nossa casa, sei lá.

Não era tão improvável. A mãe dele era enfermeira e o pai, socorrista, então a variedade de amigos que iam e vinham pela casa em eventos sociais em geral estava relacionada ao campo médico.

– Hummm, acho que não. Deixa eu perguntar para o seu pai.

Ele ouviu uma conversa abafada, e em seguida a mãe disse que nenhum dos dois reconhecia aquele nome. No entanto, ela quis continuar conversando, perguntando das aulas, do alojamento, dos amigos; ele se sentiu culpado, mas teve que interromper a ligação, porque tinha chegado ao departamento de Psicologia, cuja aparência era sinistra sob a luz amarela dos postes próximos. A ideia de falar sobre a faculdade com a mãe o estressava. Andre sempre sentia que ela estava a uma pergunta de descobrir o que ele tinha feito para entrar.

Durante os poucos anos desde a morte de Kiara, ele tinha surtado. Matava aula para ver televisão ou sair com amigos de quem os pais não gostavam. Brigas levaram a vandalismo, que o fez começar a pegar "carros emprestados". Mesmo enquanto fazia tudo isso, ele sabia que estava errado – só que sentia muita *raiva*. Raiva de Kiara, o que não fazia sentido. Raiva dos pais. O flerte com a delinquência juvenil o levara a uma escola especial, um programa de reabilitação comportamental, onde recebeu um diagnóstico de Transtorno de Conduta. Transtorno de Conduta era o diagnóstico de crianças que exibiam comportamentos antissociais persistentes que normalmente assumiam a forma de violação de normas sociais e legais; muitas vezes era precursor de um diagnóstico futuro de Transtorno de Personalidade Antissocial. Quando, no penúltimo ano da escola, Andre recebeu um envelope de um programa interessado em recrutá-lo, o Estudo Longitudinal Multimétodos sobre Psicopatia, ele riu e mostrou os papéis para o irmão. O irmão, enrolando um baseado enorme, achou tudo hilário, porque claro que o Ursinho não tinha Transtorno de Conduta de verdade, e claro que não tinha a menor chance de ele ser um psicopata. *Você devia mandar um caô pra eles.* Então começou assim: de brincadeira.

Andre participou de várias entrevistas telefônicas e questionários que respondeu com a ajuda da internet. Não era como se existisse um exame de sangue que pudesse determinar psicopatia. O diagnóstico era feito com base em questionários, entrevistas e avaliações de psicólogos. E o terapeuta que o diagnosticara com Transtorno de Conduta menos de um ano após a morte de sua irmã poderia ir para a puta que o pariu. Andre não se sentiu mal no dia em que o programa ligou para a entrevista com o responsável e Isaiah, forçando uma voz formal, respondeu a todas as perguntas fingindo ser o pai deles, inventando histórias tão ridículas que Andre chorou de tanto rir, enfiando a cara em um travesseiro para abafar o som.

O programa tinha parado de ligar, então Andre acabou esquecendo disso ao longo dos meses, até que as coisas ficaram *sérias*. Ele chegou em casa e viu que a mãe tinha aberto um envelope grosso endereçado a ele. A primeira reação dele foi ficar irritado, mas, quando ela se virou para ele, com lágrimas nos olhos, ele notou que a carta deveria envolver alguma má notícia. Em silêncio, ela mostrou a carta. Ele tinha sido aceito na Universidade John Adams. Havia recebido bolsa integral, para os quatro anos.

– Filho, como você conseguiu? – ela perguntara. – Raim, desce aqui!

As notas dele tinham caído ao longo dos anos, mas ele dera um jeito no que conseguira no penúltimo ano de escola. No entanto, não fora o suficiente para entrar em nenhuma faculdade além da Universidade do Distrito de Colúmbia. E, considerando a situação financeira da família, ele provavelmente teria que trabalhar e estudar em meio período, se enchendo de dívidas no financiamento estudantil.

Num piscar de olhos, o pai desceu e também leu a carta. Os dois o olharam, cheios de expectativa. Foi surpreendente a velocidade com que a mentira chegou:

– É... parte da Bolsa Ancestral – disse Andre. – Lembra daquele projeto que fiz sobre árvores genealógicas? Enfim, a Adams tem um programa que dá bolsa se você conseguir traçar suas origens a alguma das pessoas escravizadas pelo John Adams. Escrevi uma redação e tudo, e assim dá pra conseguir a bolsa.

A mãe dele levou as mãos em prece ao rosto, os olhos transbordando de lágrimas.

– Ah, meu Deus, Andre, isso... A gente estava tão preocupado com a faculdade, considerando a cirurgia das costas do seu pai e tudo... Isso aqui... é um presente de Deus.

Quando ela o abraçou com força, Andre, apavorado, pensou "Espera, mãe, espera!". Porém, quando ele ergueu o olhar, viu que Raim Jensen, seu pai estoico, estava chorando abertamente. Foi aquilo que o fez tomar a decisão. Ele só vira o pai chorar uma vez: por causa de Kiara.

E assim começou uma bolinha de neve mentirosa que foi rolando e crescendo. Envolvia manipulações complexas (interceptar envelopes e telefonemas do programa), difíceis (convencer Isaiah a ajudar) e ridículas (esperar e rezar para que os pais nunca decidissem procurar no Google e descobrissem que John Adams nunca escravizara ninguém).

Era por causa disso que sentia certo receio do primeiro experimento. Andre subiu até o sexto andar, ouvindo vozes bem distantes. Parecia que vinham do andar de baixo, na ponta norte do prédio. Ele desceu um corredor estreito com luzes intermitentes e passou por duas salas de experimentos antes de chegar à dele, a última. A salinha era clinicamente branca e vazia, como um laboratório de filme de ficção científica. Ele largou a mochila e trancou a porta. Aquele prédio dava calafrios.

No computador, ele clicou em alguns formulários de consentimento e dados demográficos. Finalmente, veio um questionário longo, ou talvez fosse uma série de questionários, porque alguns dos itens pareciam estar agrupados. Quanto mais ele clicava, mais a tensão saía de seus ombros. Alguns dos grupos temáticos ele conseguia responder com sinceridade, e outros o levavam a hesitar mais um pouco. *Mulheres devem ser protegidas por homens*. Era para ele concordar ou discordar?

De repente, um barulho do lado de fora da salinha atravessou o ar, abafado, mas ainda incrivelmente agudo. Foi um grito que fez o corpo todo de Andre congelar, o coração dar pulos no peito, os ouvidos se aguçar. Parecia o urro de um animal pego entre as presas afiadas de outro animal.

Então, outro grito, e um baque alto. Ele achou ter ouvido a palavra "socorro". Andre se levantou correndo e olhou para o corredor. Talvez alguém estivesse vendo um filme.

Até que ele ouviu novamente: outro grito, um baque obviamente vindo de algumas portas de distância, saído de outra salinha de experimentos. Luz vazava por baixo da porta, o que definitivamente não era o caso quando Andre havia chegado. Ele ouviu um grito de sofrimento, e um barulho de arranhão subindo a porta: alguém estava deitado no chão, tentando destrancar a porta. Talvez outro participante do experimento tivesse tido um ataque epilético ou alguma coisa assim.

– Estou aqui! – gritou Andre, escancarando a porta.

Sob as luzes fluorescentes e fortes da salinha estava um jovem, se debatendo e engasgando no chão, sangue jorrando do pescoço em um ritmo violento. O sangue tinha formado uma poça no chão, e Andre escorregou, jatos e respingos manchavam as paredes.

Andre nem teve tempo de formar um pensamento coerente, só uma sensação geral de *puta merda!*, quando o cara – um aluno? – fez contato visual com ele, de boca aberta e braço estendido.

– Socorro! – gritou Andre.

Ele avançou correndo, arrancando o moletom. Por que fazia tanto tempo que treinara primeiros socorros? Quando tinha sido a última vez? No quarto ano do Fundamental?

O cara ofegou conforme Andre pressionou o moletom contra o pescoço dele. Era a causa do maior sangramento, mas ele tinha sido esfaqueado em vários outros pontos: duas vezes logo abaixo da clavícula, uma atravessando a orelha.

– *Tem alguém aqui?! Socorro!* – gritou Andre.

Puta que o pariu. Andre procurou o celular, tateando e tentando manter a pressão na ferida (ele conseguia sentir o sangue encharcando o tecido grosso do moletom). O dedo ensanguentado escorregou na superfície lisa do celular, que caiu no chão. Andre tentou pegá-lo, e viu que tinha alguém bem ali no corredor. Graças a Deus.

– Me ajuda! Acho que ele está morrendo! – gritou Andre.

Duas coisas aconteceram ao mesmo tempo, em uma simultaneidade apavorante. Andre se deu conta de que o homem no corredor poderia ser o culpado por aquele crime, e no mesmo instante o homem jogou as mãos para o alto, com um sorrisinho irônico, como se dissesse "Boa sorte aí". Então ele deu meia-volta e foi embora pelo corredor, sem aparentar pressa.

Aturdido, Andre pegou o celular e conseguiu ligar para a emergência.

– Um nove zero, qual é a emergência?

– Estou no departamento de Psicologia da Adams! Um homem foi esfaqueado.

– Ele foi esfaqueado?

– Isso, e está sangrando muito. Me diga o que fazer!

– O senhor pode me passar sua localização exata?

– Sexto andar, hã, virando à direita depois da escada. É para eu elevar a cabeça dele?

– A vítima consegue falar? – perguntou a operadora.

– Ei, cara – disse Andre, sacudindo o homem de leve. – Você tá me vendo? A ajuda já vem.

Desamparado, Andre olhou para trás, em direção à porta, se perguntando se os socorristas chegariam a tempo. Os olhos do cara tinham começado a perder o foco.

– O senhor viu o que aconteceu?

– Não, só ouvi. Escutei alguém gritando por socorro e depois alguns baques.

– O senhor pode me dizer seu nome?

– Andre. O que eu faço?!

– Andre, o senhor já está ajudando, é só esperar. O socorro está a caminho.

10

– Oi – disse o policial, oferecendo uma lata de Coca-Cola para Andre. – Isso aqui pode ajudar.

Quando Andre pegou a lata, sua mão estava tremendo. Ele dissera que queria vomitar, e tinham lhe oferecido uma lixeira. Andre estava sentado em uma cadeira de escritório, um policial agachado na frente dele, amigável, e outro de pé, segurando um bloco.

– Sou o detetive Bentley – disse o amigável –, e esse é o detetive Deever. Só queremos o seu depoimento para descobrir o que aconteceu.

Andre tomou um gole hesitante, mas, no segundo em que sentiu a doçura na língua, pensou no gorgolejar horrível que o cara fizera logo antes de os socorristas chegarem. Como um zumbi, ele aceitara ir até a delegacia para prestar depoimento. Além disso, um dos técnicos forenses pegou amostras dele: o sangue nos braços, nas mãos. Eles tinham pegado seus sapatos e sua camisa e oferecido uma camiseta velha da polícia para ele poder trocar de roupa.

Agora estava sentado no Departamento de Homicídios. Homicídios: assim que viu as palavras na porta, notou que não tinha jeito de o homem esfaqueado ter sobrevivido. O cara estava morto, e só então caiu a ficha de que estava na frente da polícia. Um jovem negro que por acaso tinha diagnóstico de psicopatia, ou estava *fingindo* ser psicopata – o que não era melhor –, e que por acaso estivera pertinho de um esfaqueamento violento. "Jesus amado, no que eu me meti?", ele pensou, imaginando, por um momento de desespero, que deveria ligar para os pais. Mas o que ele diria?

– Seria de muita ajuda se você nos dissesse tudo que viu ou ouviu... pode começar do começo.

– Eu estava no sexto andar do departamento de Psicologia...

– E você estava...? – interrompeu Deever.

Andre se perguntou se esse era o tipo de situação em que ele deveria exigir a presença de um advogado. No entanto, pedir um advogado não o faria parecer suspeito?

– Eu estava fazendo um exercício para uma aula.

Ele refletiu sobre o quanto estava disposto a mentir. Talvez não dessem a mínima para o fato de ele estar na porcaria do programa. Talvez só se importassem com o esfaqueamento. Talvez só quisessem informação e, depois, o deixassem em paz. Bentley tinha olhos bondosos, mas Deever, não.

– Eu sei quase exatamente a hora em que ele gritou pela primeira vez. Sei porque olhei para o celular uns dois minutos antes, às nove e quarenta e oito.

Bentley assentiu. Ele era branco, com braços musculosos e peludos.

– O grito vinha daquela sala – continuou Andre. – Ele gritou mais algumas vezes e acho que estava tentando sair, mas não conseguia girar a maçaneta.

– Ele não conseguia abrir a porta?

– Acho que... – disse Andre, com a boca seca. – Acho que ele estava com sangue demais nas mãos. Mas na hora pensei que talvez alguém estivesse sofrendo um ataque cardíaco, então abri a porta e ele estava lá, sangrando para todo lado. Dobrei meu moletom e fiz pressão no pescoço dele.

– Como estava a sala?

– Normal. Tipo, tinha uma mesa, uma cadeira e um computador, e um quadro branco. Ah, espera aí, tinha uma janela, também.

– Quando você chegou, estava aberta ou fechada? Você mexeu na janela?

– Não mexi – respondeu ele, tentando se lembrar. – Não poderia estar totalmente aberta, porque vi meu reflexo. Talvez estivesse meio aberta, não sei. Tinha muito sangue.

– A vítima disse alguma coisa?

Andre sacudiu a cabeça.

– Não. Só ouvi os gritos.

– Quando você fala em gritos, eram só barulhos, ou parecia que ele estava gritando com alguém?

Andre apertou os lábios.

– Tenho quase certeza que era só barulho. Pareciam de dor. Mas, logo antes de eu ligar para o um nove zero, tinha um cara lá.

– Outro cara?

– Isso, eu o vi e fiquei, sabe, aliviado, porque alguém poderia me ajudar, já que eu não sei prestar primeiros socorros. Eu pedi para ele chamar a polícia e tal, e ele…

– Ele…

– Ele fez esse gesto.

Andre se levantou para imitar o que só saberia descrever como "dar de ombros" – mais nada demonstraria a estranheza completa daquele gesto. Os policiais se entreolharam e franziram a testa.

Ele sentiu uma pontada de alívio quando notou, pela expressão que fizeram, que eles também achavam aquilo bizarro.

– Você sabe descrevê-lo? – perguntou Bentley.

Andre voltou a sentar.

– Ele era branco. Talvez tivesse entre a minha idade e uns… trinta e cinco?

– O que ele estava vestindo?

Andre mordeu o lábio. Sacudiu a cabeça.

– Você sabe descrever o rosto dele?

– Hum… Tipo… normal?

– Alguma característica marcante? Cabelo, olhos?

– Ele definitivamente não era ruivo. O cabelo era preto ou castanho, não sei, talvez loiro-escuro.

– Qual era a altura dele?

Quanto mais Andre tentava pensar em quem vira, menos clareza tinha em sua lembrança.

– Eu estava no chão, então…

Andre saiu da cadeira, sentou no chão e ergueu o olhar para Deever, que estava começando a demonstrar impaciência por Andre não ser uma testemunha perfeita.

– Talvez tivesse a sua altura – disse Andre.

– Tatuagem, piercing?

Andre suspirou devagar.

– Não lembro, mas não significa que não tinha. Só o vi por um segundo.

– Você disse que ele era branco – disse Bentley. – Branco que nem eu, ou que nem Deever?

Andre olhou de um homem para o outro. Bentley estava mais perto do que brancos chamavam de "moreno", Deever tinha cara de que ficava vermelho se pegasse sol.

– Hum... talvez no meio dos dois?

E se ele desse uma descrição? Uma descrição qualquer, detalhada, verdadeira ou não. Isso não os levaria a outra pessoa que não ele? Andre sentiu uma onda de enjoo.

– Desculpa. Se vocês tivessem uma foto, acho que poderia identificar melhor.

– Que tipo de impressão você teve dele? – perguntou Bentley. – Como era a presença dele? Ele parecia estar com raiva?

Andre piscou. Ele entendeu a pergunta de Bentley, mas hesitou em dizer o que estava pensando.

– Se ele só tivesse me olhado e ido embora, eu teria achado muito esquisito. Mas aquele gesto que ele fez, foi tipo... Me deu calafrios.

Quando finalmente voltou ao alojamento, exausto, Andre sentiu o peito pesar ao notar que Sean não estava no quarto. Não tinha certeza de como contaria a história do que acontecera quando chegasse, mas isso já não era uma questão. Ele estava sozinho em um quarto vazio no alojamento e, de repente, sentiu um impulso fortíssimo de dar meia-volta e seguir para a casa dos pais, no quadrante nordeste. Que porra era aquela que tinha acontecido? E o que aconteceria *agora*? A polícia o interrogaria de novo? Começaria a investigar o passado dele, só porque ele estava presente na cena? Por que não abandonar a Adams, voltar para casa e nunca mais atender o telefone?

Andre massageou as têmporas e abriu o computador. A cabeça estava atordoada de emoções, mas ele não conseguia parar de pensar no fato de que aquilo acontecera na sala de experimentos de Wyman, a menos de dez metros do escritório do pesquisador. Não era coincidência demais um cara ser esfaqueado bem ao lado de um escritório que comandava um programa especial de estudo de psicopatas? E por que Wyman lhe parecia tão familiar?

Andre deu uma olhada nos resultados para "Leonard Wyman psicólogo" no Google, em parte vagamente ciente de que só fazia aquilo para se distrair das imagens se repetindo em sua cabeça – o homem escorregando no chão ensanguentado, o som gorgolejante de sua garganta – e da tentação de ligar para os pais. A maior parte dos resultados era de artigos que Wyman escrevera, todos com títulos compridos e complicados. Outros eram resumos de apresentações em conferências. Um link comentava que Elena havia ganhado uma bolsa com sua dissertação.

Finalmente, Andre viu duas palavras que o fizeram congelar. *Forensic Files*. De repente, ele soube exatamente por que Wyman soara tão conhecido.

Nos dois anos depois da morte de Kiara, Andre matava aula com frequência, às vezes para sair com os amigos, mas às vezes só para voltar para casa e ficar sozinho. Ele se largava no sofá, comia salgadinhos e via episódio antigos das séries *Forensic Files* e *48 Hours*. Era um buraco negro de histórias de crimes reais, e Andre caía fundo naquilo, o material sombrio combinando com seu humor lúgubre. Ele via documentários antigos, assinava podcasts e até dava uma olhada nos fóruns on-line de detetives amadores.

Havia dois casos em particular que chamaram sua atenção, e ficou obcecado por serem crimes locais: o Sniper de DC e o Assassino SED. O caso do Sniper na verdade envolvia dois homens que tinham saído por aí atirando em gente sem motivo nem desculpa, no estilo do Assassino do Zodíaco. Contudo, os tiroteios não eram nada se comparados às atividades de Gregory Ripley, conhecido como Assassino SED, ou Assassino de Rock Creek. De meados dos anos noventa ao início dos dois mil, uma série de assassinatos ocorreu na região do Médio Atlântico, concentrados especialmente em Virgínia, Maryland e DC. O método usado repetidamente levou à alcunha do assassino: sufocar, estuprar, desmembrar – SED. Quando ele finalmente foi pego, confessou vinte e dois assassinatos e foi condenado à pena de morte com base em provas físicas concretas de nove deles.

Andre deu uma pesquisada e finalmente achou um site meio duvidoso que permitia assistir ao velho episódio de *Forensic Files* sobre o Assassino SED, que ele já tinha visto. Ele pulou a parte sobre a busca pelo culpado e chegou à apreensão. O narrador dizia que a única pessoa que entendia o SED era um psicólogo, a única pessoa que o entrevistara por longas horas e que testemunhara no tribunal. O psicólogo se chamava dr. Leonard Wyman. Apareceu então um vídeo granulado dele atrás de uma mesa – Wyman envelhecera muito desde então, mas a voz era a mesma. Andre tinha esquecido um aspecto peculiar do caso. Após o júri chegar ao veredito, Wyman saíra correndo do tribunal, enquanto repórteres gritavam na direção dele, pois ele argumentara a favor da misericórdia, enquanto o país todo clamava pela morte de Greg Ripley. O acusado que sorrira para o júri durante o julgamento e ficara desenhando durante os depoimentos violentos.

"Não acredito que Gregory Ripley mereça morrer", disse Wyman para a câmera, causando calafrios em Andre. O cabelo de Wyman na época quase não tinha fios grisalhos. "Ele não é o monstro que vocês acreditam que seja."

O que exatamente, Andre queria saber, era essa porra de programa para *psicopatas* na John Adams no qual ele se metera? Era comandado por um homem que defendera o assassino em série SED. Se ele era capaz de defender o SED, o que mais defenderia?

11

Dia 45

Eu estava no carro, indo à casa de Charles Portmont. O irmão do Billy do Remo estava no volante, e Billy, no banco do carona, mexia no rádio. Eu estava apertada entre duas meninas da Kappa Delta, uma das quais deduzi estar dando para o irmão do Billy. Outro cara, um calouro que apelidaram de Catinga, estava esmagado contra a janela, sem direito nem a um cinto de segurança.

Eu e Catinga éramos os únicos que nunca tínhamos ido a uma festa de Charles.

– É open bar de verdade – disse uma das meninas. – Tipo, eu pedi pro barman me ver um Manhattan e ele sabia o que era. Era nojento, mas bebi mesmo assim.

Nossas coisas estavam empilhadas no porta-malas – as roupas dos garotos enfiadas em dois sacos plásticos de supermercado. Eu tinha levado uma mochila com algumas coisas: um vestido de festa, um nécessaire e dois vidrinhos de solução líquida de Rohypnol.

– Vou arranjar um sugar daddy para pagar minhas dívidas do financiamento estudantil – disse Kappa 1.

– Se você curte homem com papada... – disse Kappa 2.

O trajeto foi agradável. Era basicamente só seguir por uma autoestrada ladeada por muitas árvores, as folhas começando a mudar de cor. Viramos em uma estrada local menor e, em seguida, uma rua estreita, com uma placa de PROPRIEDADE PARTICULAR. O bosque tinha sumido, substituído por um gramado verde e extenso que levava a uma mansão enorme em estilo Tudor. À nossa frente, vi Charles e Kristen saindo do Jaguar.

Descemos do carro.

– Somos os primeiros a chegar – disse Charles. – Mas só vou mostrar a casa uma vez, porque mais tarde vou estar bêbado demais.

A expectativa era de que aparecessem umas trinta pessoas, mas o resto ainda estava preso no trânsito.

Entramos atrás de Charles, e, assim que se abriram as portas duplas, vi a atividade agitada do preparo do evento beneficente. Funcionários do bufê vestindo uniformes carregavam cadeiras de um lado para o outro, e uma mulher estava no topo de uma escada perigosamente alta para espanar o lustre gigantesco. Uma escada dupla subia em curva atrás do lustre.

– Charlie! – chamou uma voz.

Uma mulher mais velha – mãe dele, supus – entrou no saguão e abriu os braços para cumprimentá-lo. Ela estava extremamente elegante, daquele jeito que só mulheres ricas que não têm outras preocupações conseguem.

– Meu Charliezinho, olha que beleza.

Ela abraçou Kristen em seguida. Charles se recusou a sentir vergonha pelo apelido de Charliezinho.

Ele nos apresentou como amigos e, em seguida, nos conduziu por uma rápida visita à casa. Guardei os cômodos todos na memória: uma biblioteca, uma sala de jantar, uma sala de jantar formal, o escritório do pai dele, que era decorado com cabeças empalhadas de animais, e uma cozinha tão enorme que me deu vontade de aprender a fazer torta. Janelas gigantes na cozinha davam para o quintal. Havia um grande pátio, uma piscina coberta, mais quintal e um deque levando diretamente ao rio. Considerei cada lugar para usar no meu interrogatório.

Eu tinha pesquisado o máximo possível sobre soros da verdade. Infelizmente, não existem soros da verdade que funcionem pra valer. Eu precisava da melhor opção disponível: algo que soltasse a língua de Will, baixasse suas inibições e também o fizesse não se lembrar de nada no dia seguinte. Álcool tinha muitas dessas características, mas não era inteiramente confiável. Eu definitivamente precisava da presença do álcool, porque encher a cara e dar PT servia como resposta óbvia para a pergunta "O que aconteceu ontem?". Rohypnol é ilegal nos Estados Unidos, mas pessoas obstinadas conseguem comprar pela internet. Na escola, eu experimentei criar uma forma líquida concentrada dele. Eu escolhia garotos que estimava serem do mesmo tamanho que Will, seguia-os em festas e os levava para o bosque. Claro que eles achavam que iam transar, mas, na verdade, eu só tinha conversas bizarras com eles, extraía informações particulares e contava histórias estranhas, para então questioná-los no dia seguinte e ver se conseguiam lembrar de algo.

– Tenho que dar umas voltas. Me encontrem daqui a uma hora. A gente pode comer e beber à vontade, é só não encher o saco de ninguém – disse Charles.

– Qual é exatamente o foco do evento beneficente? – perguntou Billy.

– É ambiental.

– Seu pai não é da área do combustível? – Não consegui evitar perguntar.

– Ele também caça – respondeu Charles.

Também não fazia sentido, mas aceitei.

Fomos para o segundo andar nos arrumar para a festa, onde Charliezinho disse que podíamos usar qualquer quarto cuja porta não estivesse fechada. Apesar de a casa ser enorme, não tinha trinta quartos, então imaginei que se esperava alguma confusão na divisão de camas à noite. A estratégia que provavelmente ocorreria bem de madrugada era fundamental: eu precisava estar em boa posição, com Will já comendo na palma da minha mão, bêbado, mas não demais. (A última coisa que eu queria era que ele começasse a vomitar sem parar, o que atrapalharia muito meu interrogatório.)

Eu e as duas garotas Kappa pegamos um quarto com vista para o quintal. Enquanto elas tentavam passar os vestidos a vapor no banheiro da suíte, admirei a vista. Estava quase escurecendo no rio. Na longa extensão até ele, havia duas casinhas separadas para convidados.

Não tão distantes, mas relativamente isoladas, as casas me pareceram o local ideal. Eu não podia contar cem por cento com a docilidade de Will – talvez a situação ficasse violenta. Eu fizera muitas aulas de defesa pessoal, mas não era como se não houvesse um risco. Na televisão, os mocinhos sempre vencem; na vida, quem pesa mais pode tomar o poder com facilidade. O fundamental era ficar calma, para controlar a situação.

– Você não deveria se vestir? – perguntou a Kappa 2, me olhando com a boca delineada de lápis.

Eu me enfiei no vestido. Um modelo de festa curto e justo da Sue Wong, em estilo meio *art déco*, meio melindrosa, de tecido rosado com detalhes em renda preta e penas de avestruz na barra. Não usaria nenhuma joia além de uma pulseira larga e preta que eu levara para esconder o relógio, que não combinava com a roupa. As Kappas ficaram um tempo ajeitando o cabelo, e eu deixei o meu solto, levemente ondulado.

Eu estava do lado de fora do quarto, calçando os sapatos de salto, quando vários veteranos saíram de outro quarto, descendo o corredor. Ai, ai. Ali estava Charles, em um terno cinza-escuro justo, com um lenço com três pontas perfeitamente dobrado no bolso. Kristen estava ao lado dele, usando um vestido esmeralda que destacava a cor dos olhos do namorado.

– Você está bonita! – comentou ele, no mesmo tom leve que se usa para elogiar a irmã de alguém.

Eu não queria que ele me achasse "bonita". Havia momentos em que eu queria ser invisível, normalmente por motivos práticos, mas não ali. Sério, Kristen usando um vestido de lantejoulas verde sem graça? Eca.

Os convidados já tinham começado a chegar. Segui Charles e Kristen, descendo a escadaria. Ele cumprimentou várias pessoas que deviam ser amigos dos pais dele.

O térreo da casa estava lotado de gente mais velha usando trajes de festa. Garçons circulavam com bandejas de champanhe e canapés. Na cozinha, Charles pegou uma bandeja de canapés com uma mão e, com a outra, três garrafas de champanhe. Separados da festa principal, nos sentamos no pátio e bebemos champanhe direto da garrafa até um garçom aparecer com taças. Fiquei com uma taça sempre com um pouco de champanhe, mas só fingi beber, fazendo de conta que estava ficando cada vez mais boba.

Quando o resto do pessoal chegou, já tinha escurecido e o pátio estava iluminado por fios com luzinhas redondas. Ali estava Cordy, com Will a tiracolo. Garrafas e mais garrafas de champanhe foram aparecendo, além de garçons que vinham de vez em quando, trazendo drinques que alguém pedira. Eu gargalhei como meninas bêbadas fazem, rindo sem parar de piadas idiotas. Me certifiquei de sempre ficar perto de Will, monitorando quanto ele bebia e exibindo minha bebedeira como um pavão abrindo as plumas. Dava para sentir que ele me olhava.

Comi uma miniquiche e declarei que era uma ótima ideia quando alguém sugeriu que fôssemos ao deque. As garotas andaram cuidadosamente pela grama, os saltos afundando na terra. Estava escuro no deque; a água, preta. Tinha luzes, mas ninguém as acendeu. Eu me apoiei na beirada do deque, o mais longe que ousei, e olhei para a esquerda. A propriedade era suficientemente isolada para não ver vizinho nenhum por perto.

– Está rolando um superclima entre você e o Derek – observou uma das garotas.

A outra riu baixinho.

– Tipo, e se eu quiser que role?

Olhei para a casa. Estávamos mais ou menos na mesma distância a que eu estaria na casa de hóspedes mais ao norte e, dali, não ouvia o resto do grupo conversar, mesmo sabendo que estavam fazendo barulho.

Quando voltamos ao pátio, Charles apareceu com um papelote de cocaína. Nem todo mundo cheirou – notei que Kristen não cheirou, e que seu olhar se demorou no namorado quando ele o fez (pode apostar que guardei essa informação!), mesmo ele só tendo cheirado uma única carreira. Eu fingi cheirar, limpando a carreira com o dedo e fingindo fungar. Uns dois caras da SAE estavam na grama, descalços, brigando, e começaram a se bater. Umas garotas estavam dançando. Charles estava rindo, segurando uma garrafa de champanhe, enquanto Kristen gritava:

– Nãaaaaao, não foi isso que eu falei!

Estava todo mundo muito bêbado. Uma garota foi vomitar no bosque, e outra foi segurar o cabelo dela. Fiquei chocada com a capacidade de consumo de álcool dos irmãos da fraternidade. As garotas não aguentavam a mesma quantidade. Algumas duplas de pessoas sumiram para dentro da casa, provavelmente para se pegar em algum canto. O evento beneficente, qualquer que fosse seu propósito, estava chegando ao fim, e só restavam os funcionários da limpeza.

Só eu ainda estava sóbria.

Comecei a agir. Fiquei mais direta na minha proximidade com Will. Toquei o braço dele e ri alto toda vez que ele falava qualquer coisa que parecesse vagamente uma piada. Ele riu do meu nome, dizendo que era de hippie, e eu fingi fazer biquinho. Nós nos sentamos à ponta de uma das mesas do pátio, beliscando aperitivos, falando de lacrosse. Nossa, ele achava mesmo que eu queria falar de *lacrosse*? Eu me aproximei, atenta a cada palavra, e cheguei a apoiar minha mão bem no joelho dele.

Nosso grupo foi diminuindo conforme as pessoas iam dormir ou eram levadas pelos amigos para deitar ou beber água. Só sobrou um punhado de gente, e eu precisava aguentar mais do que o resto e garantir que Will estivesse confiante o suficiente de que teria uma transa garantida para ficar ali comigo. Charles tinha desatado o nó da gravata e estava se agarrando tão vigorosamente com Kristen que eu conseguia ver suas línguas. Ela estava bagunçando o cabelo dele, e sem dúvida os dois também sumiriam para transar. Charles perfeito e sua namorada perfeita: por favor, vão embora e me deixem cuidar dos meus negócios.

Derek então entrou na casa com outro irmão e duas garotas, deixando só nós quatro.

– A gente vai entrar – murmurou Charles, a mão na bunda de Kristen conforme foram subindo.

Will e eu ficamos sozinhos no pátio. Eu me levantei devagar.

– Acho que é melhor a gente ir dormir também – falei, tentando soar relutante.

Will se levantou, cambaleando nos pés trôpegos.

– Eu me sinto tão culpada de deixar essa bagunça toda – falei, apontando para os copos e pratos sujos.

Comecei a empilhá-los.

– Éeeeee – disse Will, me ajudando, estabanado.

Charles e Kristen já estavam bem longe. Não havia mais funcionários na cozinha. Olhei diretamente para Will.

– Quer dar uma olhada na casinha de hóspedes? – perguntei.

– Claro!

Fiz questão de pegar dois copos, cada um cheio até a metade de algum drinque. Eu os carreguei com cuidado no caminho de grama até as casas. Estava descalça. Tinha largado os sapatos para ter mais firmeza se precisasse chutar ou correr. Minha bolsa, contendo os frascos e um canivete, estava junto ao meu corpo. Will era maior que eu, mas eu era mais esperta. E estava pronta.

Levei Will à casa mais próxima da água, a mais distante da mansão. Ele olhou pela janela.

– É uma casinha completa! – exclamou.

Charles dissera que as casas de hóspedes estariam destrancadas para nosso uso. Acendi as luzes, mas usei o dimmer para deixá-las mais suaves. A casa tinha uma pequena cozinha integrada com a sala. Uma meia parede separava a sala do quarto. Bem à direita da televisão ficava uma lareira.

– Sente-se – falei, apontando para o felpudo tapete de pele entre a lareira e um sofá de couro. – Vou preparar uma bebida.

Eu o ouvi se jogar, pesadamente, enquanto eu ia à cozinha. Apoiei os copos na bancada e, com cuidado, despejei o conteúdo de um frasco.

– Vamos, beba! – falei, voltando à sala e entregando-lhe o copo.

Ele estava deitado no tapete.

Eu fiquei parada acima dele, observando-o colocar o copo na boca, e não pude conter um calafrio de empolgação. Tudo estava saindo de acordo com o plano. A droga logo faria efeito. Will estava bem ao meu alcance. Ele sorriu com aquela boca idiota.

– Por que você não senta?

– Espera aí, preciso ir ao toalete.

Deixei ele lá e fui ao banheiro da suíte. Não precisava de fato usar o banheiro, mas arrumei meu cabelo, tirei um cílio caído no meu rosto e ajeitei meu vestido. Olhei para o relógio por baixo da pulseira. A droga precisaria de uns poucos minutos para fazer efeito.

Eu me sentei ao lado de Will e o examinei. Os olhos dele estavam embaçados, o rosto, corado, a boca, úmida. Ele estava sentado muito perto de mim. Havia um livro sobre cavernas na mesinha de centro, com um geodo de ágata em cima. Peguei a pedra, olhando para as camadas de ágata azul vivo.

– Cadê seu celular? – perguntei. – Vamos tirar uma selfie!

Ele fez uma careta.

– Não trouxe. Deixei cair e tá no conserto. – Will pôs a mão no meu joelho, apertou e subiu a mão mais um pouco. – Você é muito gostosa... já te disseram isso?

Ele piscou devagar.

Pus minha mão em cima da dele. Notei que ele não tinha acabado de tomar o drinque, então empurrei o copo contra a boca dele. Will tomou um gole desajeitado, mas ainda tinha sobrado um pouco. Ele se aproximou para me beijar, a boca aberta. Eu o impedi, colocando dois dedos em sua testa e empurrando-o.

– Calminha aí.

O empurrão, mesmo que só com os dedos, teve um efeito exagerado. Se ele quisesse, se estivesse sóbrio, poderia facilmente ter resistido.

– Vamos bater um papo antes – falei.

– Um papo? – ele conseguiu falar arrastado, mesmo sendo uma frase tão curta.

Ele caiu de costas, apoiado nos cotovelos, virando a cabeça de lado e quase derrubando a bebida, que eu consegui salvar.

– Só queria fazer umas perguntas – falei, agitando o copo sedutoramente.

– Você não se lembra de mim, né? – perguntou, de repente.

Congelei.

– Quê?

Ele se ergueu novamente.

– Você não... A gente se conhecia. Achei que talvez você não se lembrasse. Você não me reconhece?

– Reconheço de onde?

– Nova Jersey – disse ele com certa urgência, ou pelo menos a urgência possível para alguém que tomou álcool e Rohypnol.

Será que eu estava errada? Será que ele tinha me reconhecido no segundo que me vira na sede da SAE? Eu me convencera de que estava muito diferente, que a puberdade me atingira em cheio, que mudar o nome para Chloe provavelmente bastaria para enganar alguém tão burro quanto Will. Ele me encarou com olhos arregalados, as pupilas absurdamente dilatadas. A expressão dele era quase vulnerável.

– Sabe... o que aconteceu naquela noite... – disse ele.

Fiquei chocada, o que imediatamente me enfureceu. Ele tinha virado o jogo, e eu precisava controlar a situação.

– Will, você tem o vídeo?

– As coisas foram longe demais naquela noite... foram longe demais e não deviam ter ido.

– Cadê o vídeo? Quem mais está com ele?

– Mas você gostava de mim, sei que gostava.

– Gostava, sim.

– Você gostava de mim – repetiu ele, mais alto, babando um pouco.

– Eu gostava de você. Eu escrevi seu nome em letrinhas redondas porque tinha doze anos, e você me estuprou.

– Ei... peraí – disse ele, muito devagar, se aproximando. – Você *gostava* de mim.

Eu pisquei, apertando os dedos contra a superfície irregular do geodo que segurava; senti o frio da pedra, um lado perfeitamente liso e polido, o resto áspero. Estudei o rosto dele, meu coração batendo ritmado: as sobrancelhas claras, a barba começando a crescer.

– Você me segurou e Brett Miller filmou no seu celular. Eu tinha doze anos. Cadê o celular? Cadê o vídeo?

A Fase Três era Pegar o Vídeo. Eu precisava encontrá-lo.

Ele me encarou. Não soube identificar se estava chocado ou se as drogas tinham exterminado qualquer expressão sensível de seu rosto. Atônita, eu vi os olhos dele se encherem de lágrimas.

– Michelle... me desculpa.

Eu o ataquei com o geodo, batendo com a pedra em sua testa. O sangue jorrou e ele soltou um grito de surpresa e dor ao cair ao chão, antes de ficar imóvel. Como ele ousava? Como ousava usar meu nome? Tentar se desculpar? Depois do que fizera? Depois de me humilhar?

Quando a emoção passou, percebi o que eu tinha feito e, consternada, vi o sangue começar a manchar a brancura impecável do tapete felpudo.

Merda!

"Porra, Chloe, por que você não consegue se controlar?" Eu me ajoelhei, cobrindo a parte de baixo do rosto com as mãos, a cabeça a mil. Ele estava perfeitamente inerte. Quão machucado estava? A grande ironia: eu precisava matar Will, mas não *ainda*. Não antes de encontrar o vídeo.

Merda, merda, merda. Eu me aproximei e virei o rosto dele. Não sabia a gravidade da ferida, porque lesões na cabeça costumam sangrar muito. O sangue dele sujou minhas mãos. Eu me sentei nos calcanhares, pensando.

De repente, ouvi algo que me fez congelar. Um passo. Da entrada da casa. Eu me virei.

Charles estava parado bem à porta, o rosto lívido, a boca aberta em choque. O olhar dele percorreu a sala, notando o corpo de Will e o sangue vermelho vivo manchando o tapete branquíssimo. Não. Não o Charles. A última pessoa que eu queria que visse aquilo.

– Ele me atacou! – solucei. – Ai, meu Deus, liga para a emergência. Não sei o que aconteceu.

Afundei o rosto nas mãos, manchando-o de sangue, e chorei histericamente. Eu tinha uma vaga noção de que Charles se aproximava para me ajudar.

– Ele me bateu. Ai, meu Deus, eu achei que ele ia me matar. Chama a polícia!

Arrisquei levantar o olhar, lágrimas escorrendo pelo meu rosto.

Charles estava agachado ao meu lado, a boca fechada. A expressão dele era sem emoção e seu olhar era sério, como se dissesse "Pare". Parei de chorar e, pela segunda vez naquela noite, não soube o que estava acontecendo, nem o que fazer. Charles enfiou a mão no bolso e tirou um lencinho devagar. Ele o desdobrou com um gesto do punho e o usou para limpar o sangue e as lágrimas do meu rosto.

– Ai, ai, olha que bagunça você fez – falou, sereno.

12

Eu arregalei os olhos e o encarei.

Ele agarrou meu punho, puxou a pulseira e revelou o relógio. Fiquei atordoada, encantada pelo olhar que ele lançava, uma dureza vazia misturada a um toque de humor. Ele enfiou a mão por dentro da camisa, aberta no colarinho, e tirou de lá um objeto pequeno e preto. Um relógio igual, sem a pulseira.

– Você...

Nem fui capaz de articular minha surpresa.

Charles soltou meu braço.

– Eu nunca teria adivinhado que você também participava do programa – disse ele.

Naquele instante, Will soltou um gemido baixo, e senti uma onda de alívio. Ele levou as mãos à cabeça. Estava vivo. Que bom, eu não tinha estragado tudo. A única questão era...

Eu me virei e notei que Charles estava olhando para *mim*, não para o amigo ferido.

– O que exatamente vocês estavam fazendo aqui? – perguntou ele, no tom tranquilo de um professor que flagra os alunos dividindo bens roubados.

– A gente estava só conversando.

– Sobre o quê?

O olhar dele encontrou o meu, firme. Não falei nada – não fazia ideia do quanto ele ouvira. Havia certo ardil no movimento que ele fez com os olhos, indo de mim para Will.

– Bom, acho que devemos levá-lo ao hospital – disse ele.

– Não!

Ele me olhou, erguendo uma sobrancelha. Entendi aquilo como uma espécie de ameaça.

– Não podemos ir ao hospital. Eu droguei ele – admiti.

– Com o quê?

– Rohypnol.

– Não achei que você precisasse desse tipo de ajuda para conseguir companhia – disse ele, sorrindo.

Eu fingi achar o comentário dele lisonjeiro e corei.

– Ele vai ficar bem, mas a última coisa de que nós precisamos é que alguém descubra… – falei.

– Nós?

Eu arregalei os olhos em súplica. Você pode discutir com homens, mas é muito mais eficiente apelar aos instintos básicos deles. Me valer daquela parte do cromossomo Y que gosta de explicar as coisas para mulheres, que gosta de ajudar porque assim se sentem superiores.

– Ele está bem, Charles. Acho que ele só precisa dormir e descansar.

– Talvez ele tenha uma lesão grave no cérebro.

Não falei nada. Eu não sabia exatamente a dimensão do meu problema.

Charles suspirou, me olhando como se eu tivesse feito uma travessura. Ele soltou o lenço e se levantou, analisando a casa, que eu deixara uma bagunça. Ele se aproximou de Will e se agachou.

– Will? Tá acordado?

Will gemeu.

– Meu pai tem uns funcionários – disse Charles, se voltando para mim –, são meio guarda-costas. Um deles foi militar e provavelmente sabe prestar primeiros socorros sérios. Ele já me ajudou.

– Com o quê?

– Nunca esmaguei a cabeça de ninguém com um geodo, se é isso que está perguntando, mas já bati um ou dois carros e quis esconder do meu pai. Vou ligar para esse cara para termos certeza de que o Will está bem. Volte para a casa – disse ele, apontando com a cabeça na direção certa. – Pegue o primeiro carro que sair daqui amanhã. Eu fico de olho no Will.

– Não sei se ele vai se lembrar de algo… ele não bebeu tudo.

– Você vai acabar descobrindo – respondeu ele, sem pena.

Hesitei.

– Por que eu confiaria em você?

– Porque não liguei para a polícia. Vai se limpar. Seu vestido tá todo sujo de sangue.

Fui silenciosamente ao banheiro, minha cabeça a mil com aquela reviravolta. Eu estava furiosa comigo mesma por ter perdido o controle na pior hora – eu falara com dr. Wyman que queria melhorar nesse aspecto. Contudo, apesar de a nova situação ser perigosa, ficar perto de Charles me excitava. De repente, ele não era mais um garoto bonito cujo namoro eu planejava destruir: ele era muito mais do que isso. Ele era *perigoso*. E eu sabia exatamente o motivo de ter me ajudado: para ter poder sobre mim. A única questão era o que ele planejava fazer com esse poder.

Quando me olhei no espelho, soltei um gemido. Meu lindo vestido estava todo manchado de sangue. Eu me despi e lavei o rosto. Não era o tipo de vestido que se usa com calcinha e sutiã, então me enrolei em uma toalha branca e felpuda, peguei o vestido sujo e o enfiei no saco de lixo vazio. Não queria deixar provas para trás.

Quando voltei para a sala, Charles estava desligando o telefone, falando baixo.

– Ele está vindo. Vamos embora.

– De toalha? – provoquei. – As pessoas vão se perguntar o que você estava fazendo comigo.

Ele suspirou e tirou o paletó, que apoiou nas costas do sofá. Em seguida, ele desabotoou a camisa e a tirou, revelando uma camiseta branca lisa. Ele me entregou a camisa e virou de costas. Tirei a toalha e vesti a camisa. Era macia e estava quentinha, ainda com o cheiro dele.

Ele se virou de volta e, por um segundo, me olhou. Ele nunca tinha me olhado daquele jeito, percorrendo meu corpo. A camisa chegava ao meio da minha coxa.

Charles olhou para fora da casa e saiu devagar. Eu o segui, meus pés descalços afundando na grama fria. Na casa principal, as luzes da cozinha ainda estavam acesas, mas o segundo andar estava completamente escuro.

– Não enxergo – sussurrei.

Senti a mão dele agarrar a minha. Estava quente e seus dedos pareciam elegantes. Ele nos guiou de volta às portas duplas, perto das quais tínhamos passado a festa.

– Suba – sussurrou ele. – Vou cuidar do resto e te ligo quando falar com Will.

Ele abriu uma das portas de vidro.

– Se você planeja me chantagear, é bom saber que sou dura pra caralho.

– Parece que eu preciso dinheiro? – perguntou ele baixinho.

Aquele ar sombrio nos olhos era um lembrete de que eu pagaria algum preço.

– Volte ao quarto sem ser vista – insistiu ele. – Me dê seu telefone.

Eu recitei o número. Talvez eu tivesse fantasiado com Charles salvando meu contato, mas não naquela circunstância.

Quando ele fechou a porta, comecei a repassar cenários de contingência, histórias que inventaria para me proteger. Eu nunca sentira que Charles tinha um carinho especial por Will – só porque eram da mesma fraternidade não significava que eram amigos. E havia certa grosseria em Will que me levava a crer que eles não seriam íntimos. Charles provavelmente o tolerava como alguém que vagava em sua órbita.

Eu me esgueirei até o quarto, tateando pelo escuro. Empurrei uma das Kappas até ela quase cair da cama e me enfiei debaixo da coberta. Levei a camisa de Charles ao nariz e inspirei fundo, já sonolenta. A noite tinha sido longa. O geodo e Charles tinham complicado meu plano com Will, mas, quando o sol nascesse, eu faria o que sempre fazia: me adaptar, me recompor e dar o próximo passo.

13

Kristen estava prendendo o cabelo loiro em um rabo de cavalo e ficou indefesa quando Charles deu um chamego no pescoço dela, na parte mais sensível às cócegas. Ela fez uma careta e riu.

– É uma multa por demorar muito – disse ele.

– Charliezinho, vou te dedurar para sua mãe – brincou ela, e os dois riram do apelido ridículo.

De alguma forma milagrosa, Kristen compreendia a família dele.

A luz do sol entrava pelas janelas do quarto, iluminando o cabelo dela de tal modo que parecia flutuar como fios de ouro. Para qualquer observador casual, eles aparentavam ser um casal jovem, lindo e normal. Ele a abraçou por trás, olhando para o reflexo no espelho. Em momentos como aquele, suas trevas deveriam contrastar radicalmente com a leveza despreocupada de Kristen, mas havia algo no relacionamento deles que o fazia acreditar que poderia ser como ela. Quando ela sorria, sempre era com os olhos.

Ele se aproximou e a beijou. Ele queria beijá-la mais, mas não havia tempo para isso.

– Pode descer e cuidar do café? Quero ver se o Will está vivo.

– Ele exagerou ontem?

– Ele caiu e bateu com a cabeça no degrau de pedra. Só quero ver se ele está bem. Guarda um croissant pra mim.

Kristen deu um beijo na bochecha dele e saiu do quarto, andando com a postura de alguém inteiramente à vontade no próprio corpo, algo que ele sempre admirara nela. Contudo, quando ela se foi, Charles quase conseguiu ouvir um clique: o leve alívio mental que ocorria quando Kristen não estava por perto, como se um músculo minúsculo e sutil estivesse involuntariamente tensionado e enfim pudesse relaxar.

Charles pusera Will no quarto ao lado do dele – o que seu irmão, Eric, usava quando vinha visitar. Se Will fosse vomitar no quarto de alguém, era melhor que fosse no do Eric.

Charles bateu na porta e entrou. Will estava começando a se remexer debaixo de um emaranhado de lençóis. Ele gemeu e levou a mão à cabeça. Mercer, o guarda-costas e faz-tudo do pai de Charles, examinara Will meticulosamente, cuidara dele por algumas horas e sumira como um fantasma, deixando para trás só um copo d'água e uma caixa de Advil. Como muitos dos homens que trabalhavam para o pai de Charles, ele fazia o que mandavam, sem perguntas.

– Tudo bem aí? – perguntou Charles, forçando o tom usado para zombar de pessoas depois que passaram a noite agindo feito idiotas.

– Minha cabeça tá me matando.

Will conseguiu se levantar, com uma careta, e pareceu se surpreender ao tocar a testa e sentir um curativo.

Charles se agachou e analisou o rosto dele.

– Você lembra alguma coisa de ontem?

Will franziu a testa, olhando para baixo.

– Lembro que a gente virou umas doses... – falou, pegando alguns comprimidos de Advil e engolindo sem água. – Humm... Depois disso, não lembro de mais nada.

– Você encheu a cara e caiu de cabeça nos degraus de pedra lá de fora.

– Argh.

– Desça e beba um Bloody Mary – disse Charles em tom alto.

Will fez uma careta.

– Nunca mais vou beber.

– Nunca diga desta água não beberei... Por que não dorme um pouco mais, então?

– Não – disse Will, rápido. – Já vou embora, na real. Tenho que fazer umas paradas de lacrosse.

Ótimo. Ele não queria que Will e Chloe se encontrassem.

Charles esperou Will arrumar as coisas e o acompanhou até o hall, ficando até a porta se fechar atrás dele. Só então se sentiu à vontade para voltar ao grupo; todo mundo gemia por causa da ressaca e beliscava um bufê de pães doces e suflê de queijo. Enquanto se servia, notou que Chloe tentava fazer contato visual, mas a ignorou. Pelo menos até Kristen sair da sala para buscar a bolsa. Ele olhou de relance para Chloe, dizendo sem enunciar palavras: "Até agora, tudo bem".

Que convergência de acontecimentos estranha! Ele nem tinha notado a garota antes daquilo – era só mais uma do bando infindável de calouras. Charles se considerava bom em analisar outras pessoas. O dr. Wyman dizia que, para um psicopata, ele estava acima da média na capacidade de reconhecer emoções alheias. Segundo ele, pessoas inteligentes podiam usar essa habilidade de ler e entender os outros em vantagem própria, para encontrar seu caminho em um mundo confuso, para ter uma vida de sucesso. Por outro lado, também podiam usar a mesma habilidade para manipular e causar problemas.

No que exatamente ele tinha se metido? Era engraçado Chloe achar logo de cara que ele a chantagearia. Ele não sabia exatamente o que faria com essa informação, mas de uma coisa estava certo: pelo menos era uma novidade intrigante em um mundo tão vazio de coisas intrigantes.

– Alguém viu o Will? – perguntou uma voz.

Irritado, Charles olhou para a direita e encontrou a cara burra e ingênua de Chad, presidente da SAE. Os braços dele eram tão musculosos que nenhuma camisa do mundo cabia nele sem ficar apertada.

– Ele foi embora mais cedo – disse Charles.

O grupo se dividiu nos carros e voltou ao campus. Kristen sempre pegava no sono quando viajava de carro, o que o deixava com certa privacidade para refletir. O Jaguar ronronou confortavelmente na volta para DC. Será que ele ouvira direito o que Chloe tinha dito? Ela falara *estupro* ou *estudo*? Definitivamente tinha mencionado um vídeo. A referência a ter doze anos? E também a fúria incandescente quando atacara Will com o geodo. Charles vira a violência em seu precipício – poderia ter gritado e interrompido, mas estava muito interessado em ver o que aconteceria em seguida. Ela atingira Will com força, com um objeto extremamente denso – uma pessoa mais forte, como Chad, facilmente mataria alguém com um só golpe se usasse aquela pedra. Ela poderia muito bem tê-lo matado.

Mas por quê?

Será que Will *estuprou* Chloe? Charles olhou de relance para Kristen, como se aquele mero pensamento fosse acordá-la. Ela estava encolhida contra a janela do carro; atrás dela, um arco-íris de folhas outonais borradas pelo movimento. Charles não conhecia Will tão bem. Eles eram amigos, de forma ampla e genérica, como muitos dos irmãos da fraternidade, mas seu único amigo íntimo na SAE era Derek. Eles eram amigos desde o primeiro ano, quando se inscreveram. Charles não queria participar, mas tinha sido a fraternidade do pai dele. Charles morara na sede com Will por um ano, mas saíra daquela casa nojenta e se mudara para um apartamento mais a seu gosto, fora do campus, assim que conseguiu.

Will era um playboy comum, nem mesmo interessante o bastante para ser insuportável igual ao Chad. Ele bebia cerveja, falava burrices e provavelmente acabaria trabalhando no mercado financeiro, casado com uma mulher que chamaria de puta pelas costas. "Acho que ele teria estuprado uma menina de doze anos?", Charles refletiu.

Will embebedaria uma garota e transaria com ela? Sim, Charles pensou, provavelmente, apesar de não ter provas específicas que sugerissem que Will já fizera aquilo. Will embebedaria uma garota e transaria com ela mesmo se ela dissesse não ou tentasse lutar contra ele? Talvez? E se essas duas hipóteses fossem verdadeiras, seria um absurdo total acreditar que ele estupraria uma menina de doze anos?

O que ele queria mesmo fazer era perguntar ao dr. Wyman. Claro que seria uma pergunta elaborada em forma de hipótese. Era mais o estilo de Chad – ingênuo e bem-intencionado a ponto de ser constrangedor – se envolver sinceramente com uma coisa tão esotérica quanto terapia, mas Wyman era a única pessoa com quem Charles podia conversar profundamente sobre essas questões. Não haveria julgamento por Charles não entender algo que deveria entender. Haveria um interesse genuíno em estruturar a questão de forma que Charles compreendesse o dilema.

Quando chegaram a DC, ele deixou Kristen em casa e foi ao departamento de Psicologia. Era domingo e Wyman não estaria lá, mas Charles precisava completar um exercício até o meio-dia de segunda-feira, e preferia fazer logo.

O exercício era parte de uma série que usava realidade virtual. O equipamento era surpreendentemente imersivo. No mundo virtual, ele às vezes interagia com uma ou duas pessoas em conversas, ou tentavam solucionar um problema, ou conversavam sobre assuntos pessoais. Então algo mudaria: haveria uma troca de perspectiva e ele se tornaria a outra pessoa, olhando para o avatar que fora antes. O experimento em seguida media as respostas emocionais dele. Wyman explicara que o exercício treinava a ferramenta de mudança de perspectiva. Que, se ele pudesse começar a *se* enxergar pelo ponto de vista alheio, isso o treinaria na arte de ver as coisas por outras perspectivas. Charles não tinha certeza de estar melhorando, mas era uma boa capacidade para dominar. Era o tipo de coisa que causava problemas com Kristen.

Ele estacionou na vaga reservada para o reitor de Ciências Sociais (quase sempre conseguia fazer isso sem consequências), mas encontrou um cenário estranho ao sair do carro. As portas duplas do departamento estavam trancadas com um cadeado e uma corrente gigantes. Fita amarela tinha sido passada pelas portas, indicando uma cena de crime.

Irritado, Charles pegou o celular. Como o departamento de Psicologia estava interditado, ele decidiu aproveitar para dar mais uma olhada em Will e mandar notícias para Chloe. No caminho para a casa de Will, deu uma olhada no caderno Cidade do *Washington Post* no celular, para ver se alguma notícia explicava a fita amarela e não achou nada. No Twitter, encontrou um post mostrando a porta acorrentada, cheio de pontos de interrogação. Várias pessoas responderam com mais perguntas, mas um comentário dizia: Soube que mataram um cara com porrada na cabeça.

Na casa de Will, Charles foi detido outra vez: a porta estava trancada e não tinha ninguém lá. Como era domingo, não era estranho se Will estivesse na sede da SAE. Charles seguiu para lá, retribuindo os sorrisos nervosos de duas garotas caminhando na direção oposta.

– Não, ele, tipo, *sangrou* até morrer… está todo mundo comentando – disse uma delas.

A sede da SAE estava como de costume: bagunçada, fedida, cheia de gente que devia ter coisa melhor para fazer. Dois caras tentavam descobrir se dava para jogar pingue-pongue com uma bola pegando fogo. Charles pensou que isso era uma empreitada questionável.

Charles subiu até metade da escada e viu Will com a cabeça enfiada no armário do corredor. Ele estava revirando as coisas, jogando tralhas para o lado, agitado.

– Ei, só queria ver se você está bem – disse Charles.

Will congelou.

– Tudo bem – disse, olhando diretamente para Charles.

Era o tipo de olhar que queria dizer: "Vá embora".

Charles desceu as escadas animadamente, pegou uma cerveja da geladeira e saiu para o quintal, onde sentou em uma cadeira. Ele abriu o WhatsApp e mandou uma mensagem para Chloe: Falei com ele de manhã e ele disse que não se lembrava de nada. Mas agora na fraternidade dei de cara com ele procurando alguma coisa com afinco. (Ele não mora mais aqui.)

Quase instantaneamente, apareceram as reticências que indicavam que a outra pessoa estava digitando. O que quer que fosse, Chloe digitava devagar. Charles se curvou para a frente, se aproximando do celular.

OK, foi tudo que ela disse. Ele inclinou a cabeça de lado. Era só isso?

😆, ela acrescentou.

– Cara! – gritou uma voz.

Charles ergueu o olhar e viu Derek se aproximando correndo, o cabelo preto e bagunçado com aparência especialmente desgrenhada. Ele nitidamente não tinha tomado banho.

– Você soube? – perguntou Derek.

– Soube do quê?

Derek sentou na cadeira ao lado.

– *Mataram* um cara ontem! No departamento de Psicologia!

– Eu acabei de passar por lá! É por *isso* que tem fita por todo lado?

Derek assentiu.

– Ninguém sabe a história toda, mas aparentemente um calouro estava lá e tentou salvar o cara.

– Quem morreu? A gente conhece?

– Michael Boonark?

– Não sei quem é – disse Charles.

Que desagradável. Ele se perguntou se a limpeza demoraria muito. Ainda precisava acabar o exercício.

14

Leonard abriu a porta no instante em que o detetive Bentley tocou a campainha. Ele não via Bentley fazia algum tempo, então não parecia estranho abraçá-lo. Ele conhecera o pai de Bentley e se lembrava de quando o detetive era uma criança correndo pela casa geminada de Leonard no distrito de Foggy Bottom. Décadas depois, Bentley seguira os passos do pai e se tornara policial e, depois, detetive.

Outro homem, provavelmente o parceiro de Bentley, os olhou com impaciência.

– Entrem, por favor – disse Leonard, levando-os à sala.

Bentley parou na frente da poltrona de couro, que ficava diante da lareira, e sacudiu a cabeça, parecendo se divertir.

– Caramba, você ainda tem essa poltrona. Eu me lembro de subir nela.

– Coisas boas resistem ao tempo – disse Leonard com um sorriso triste ao sentar no sofá.

As circunstâncias do reencontro não eram felizes.

Leonard servira como consultor da polícia por trinta anos, começando com o detetive Bentley pai, e esse relacionamento ajudara a faculdade e seu conselho institucional a aprovarem o Estudo Longitudinal Multimétodos sobre Psicopatia na Adams. Ele havia argumentado que, se conseguissem pegar os que podiam ser salvos quando ainda eram novos, eles nunca se envolveriam com crimes. A polícia já recomendara vários jovens para o programa – bandidos, aos olhos deles – que Leonard reconhecia que eram inteligentes e não representavam risco para outros alunos. Vários que passaram pelo programa tinham se tornado membros produtivos da sociedade:

maridos, esposas e pais, um advogado, um contador, até mesmo um dono de pequeno negócio.

– Esse é meu parceiro, Deever.

Leonard assentiu e fez um gesto, convidando-os para sentarem. Normalmente, eles teriam se reunido no gabinete da faculdade, mas o santuário intelectual se tornara a cena de um crime.

– Estou horrivelmente devastado – disse Leonard, esfregando os olhos exaustos. – Não entendo quem faria isso.

– Tínhamos esperança de que você fizesse alguma ideia – disse Bentley. – Michael comentou sobre estar com algum problema? Tinha questões com dinheiro? Drogas?

– Michael bebia no mesmo ritmo que qualquer outro universitário. Vinha de uma família de classe média e não tinha nenhum tipo de vício secreto em apostas, nem nada do tipo. Não vejo por que alguém iria querer machucá-lo.

– Quem tem a chave daquelas salas?

– Só eu, minha orientanda, Elena, com quem sei que vocês já conversaram, e nossos assistentes de pesquisa mais antigos. Alunos do programa só podem entrar quando têm algum experimento programado, usando o relógio de monitoramento para destrancar a porta.

– Então, considerando o diagnóstico de Michael, ele agia de maneiras que causavam inimizades? Será que ele incomodou alguém? – perguntou Bentley.

Leonard sacudiu a cabeça, desejando um cigarro de repente, pela primeira vez em décadas.

– Michael na verdade melhorou muito desde o começo do programa. Ele teve algumas briguinhas com o colega de quarto por causa de louça para lavar, esse tipo de coisa. Kirby Gurganus – falou, antecipando a pergunta inevitável que se seguiria. – É o colega de quarto. Também do terceiro ano.

– Esse programa que o Bentley me falou que você organiza – disse Deever, e Leonard não gostou de imediato do tom. – Você convida um bando de psicopatas para a mesma faculdade, para causar estragos no meio de um monte de universitários inocentes? Qual é o sentido disso?

– Engraçado, parece que na verdade alguém causou estragos em um dos meus psicopatas. São alunos a quem estamos ensinando a adotar códigos morais e controlar seus comportamentos desajustados.

– Ainda assim. Por que trazê-los para cá?

– São alunos em tratamento intensivo. Se temos oito mil alunos na graduação, provavelmente uns trezentos deles são psicopatas, só nunca receberam um diagnóstico. Os jovens do meu programa são estudantes que querem vidas melhores e cujas famílias estão comprometidas com isso.

Deever não pareceu se impressionar.

– Então ele estava no estudo havia três anos – disse Deever, seguindo outro raciocínio. – Você deve saber muito do psicológico dele.

Deever, Leonard notou, era exatamente o tipo de homem que, ao conhecer um psicólogo, sorria e perguntava se ele o estava *psicanalisando*.

– O que se passava pela cabeça dele? – perguntou Deever. – O que você pode nos dizer sobre o caráter de Michael?

Leonard hesitou, sentindo um impulso estranho de proteger a privacidade de Michael, antes de lembrar que ele não estava mais vivo, que o garoto havia sido assassinado.

– Ele era misantropo, mas não de modo que deixasse de socializar. Ele lia muito, se considerava um poeta. Queria encantar as pessoas, mas... Meus pacientes muitas vezes tendem a comportamentos manipuladores, e talvez Michael tivesse preferido que fosse o caso, mas as tentativas dele de manipulação eram bem forçadas... Nem sempre funcionavam.

– Há mais uma questão sobre a qual devemos conversar – disse Bentley. – O ataque teve uma testemunha, outro aluno, que chamou a emergência e tentou prestar primeiros socorros. Ele estava na lista de nomes que você me deu.

Leonard ficou chocado. Enterrado entre as muitas e muitas páginas de formulários de consentimento na pesquisa estava uma pequena cláusula que estabelecia que alunos do programa com antecedentes e fichas criminais teriam seus nomes relatados à polícia. Fora uma concessão, um gesto de generosidade que ele precisara fazer para convencer a faculdade a aprovar o estudo.

– Andre ou Kellen? – perguntou.

– Andre Jensen.

Coitado do garoto. Depois de já ter visto tanta morte tão cedo. Andre, na primeira sessão, fora incrivelmente reticente, dando respostas rabugentas e monossilábicas e perguntando sobre a experiência de Leonard, como se não acreditasse que ele tinha a formação adequada.

– Como ele está?

– O garoto está bem abalado. Ele tentou conter o sangramento na hora e, quando o levamos à delegacia para prestar depoimento, não parou de dar a entender que nada teria acontecido se ele fosse melhor em primeiros socorros.

Leonard mal conseguiu digerir aquela informação antes que Deever interrompesse o parceiro:

– Uma coincidência e tanto outro de seus alunos estar no mesmo local, na mesma hora. O que você pode nos dizer sobre esse cara?

– Que coincidência está inferindo? Dois alunos do mesmo programa do departamento de Psicologia frequentam o local regularmente – respondeu Leonard, tentando não demonstrar sua irritação. – Não imagino Andre fazendo uma coisa dessas, caso essa seja a sua pergunta. Ele se meteu em algumas confusões aos catorze, quinze anos, mas nada que fosse precursor de assassinato.

– Alguma violência?

– Agressão, tecnicamente, mas mais no esquema "porradaria na escola". Roubos de carro, vandalismo.

Deever anotava furiosamente. Para Leonard, era óbvio que roubar um carro e uma ou outra briga não estavam na mesma categoria de assassinato.

– Detetive, por que ele ajudaria Michael e chamaria a emergência se fosse culpado? – perguntou Leonard.

Deever deu de ombros.

– Com meia dúzia de sociopatas por aí, você não pode achar que vou ignorar esse fato, no caso de um assassinato.

– Psicopata – corrigiu Leonard. – E *espero* que não ignore fato nenhum, porque meu aluno foi assassinado.

– Aqueles relógios que eles usam… vocês registram a localização? – insistiu Deever.

– Os relógios registram a localização o tempo todo, igual a um celular, mas, de acordo com nossas regras de privacidade, só guardamos o registro nos momentos em que eles respondem às pesquisas de humor e descartamos o restante – disse Leonard, conferindo o computador. – Andre respondeu a uma pesquisa às oito e meia dessa localização – falou, anotando as coordenadas, que entregou propositalmente a Bentley.

Bentley disse que provavelmente voltaria a entrar em contato, e os dois homens se levantaram para ir embora. Deever saiu primeiro, na direção do carro à paisana, estacionado irregularmente na rua. O minúsculo distrito histórico de Foggy Bottom ficava entre o Complexo Watergate e o amplo campus da universidade George Washington. Estranho pensar que todo o caos e a raiva contra o governo daqueles anos de Watergate pareciam estar acontecendo de novo. Bentley tocou o braço de Leonard de leve.

– Está tudo bem?

Leonard sacudiu a cabeça.

– Sei que não é racional, mas parece que a história está se repetindo. Eu, você substituindo seu pai, a cena do crime. – Ele piscou, olhando para a noite, ouvindo uma sirene de ambulância ecoar. – Não gosto de pensar naquela época – falou, por fim.

– É só um assassinato. E vamos pegar esse cara. Confie em mim.

15

Dia 43

Catinga pareceu surpreso quando fui direto conversar com ele na hora de escolher duplas para o laboratório de Biologia.

– Oi – disse ele, nervoso, ajeitando o cabelo castanho atrás da orelha, quando me sentei no banquinho ao lado dele. – Não quero fazer isso.

– Fala sério, é biologia pura.

Na nossa frente estava um kit de dissecção, com balança, bisturi, fórceps e tesoura. Eu estava animada para o laboratório – dissecção é a melhor parte da aula.

– É que… o *cheiro* – acrescentou, lívido.

O cheiro era de formol. Também podia ser o cheiro do Catinga, porque a SAE o proibira de tomar banho durante uma semana. Eu não me incomodei com nenhum dos cheiros, porque vou ser médica, e porque Catinga poderia ter informações úteis sobre Will.

O monitor nos entregou um saco plástico contendo um feto de porco. Mesmo usando luvas cirúrgicas, Catinga estava com nojo. Eu cortei nosso saco e drenei o formol. Nosso porquinho era fofo, com a carinha pequena, a boca aberta, a língua de fora.

As estações do laboratório eram suficientemente afastadas umas das outras para eu iniciar uma investigação com Catinga sem ser notada. Ele parecia feliz de me deixar comandar a dissecção enquanto fofocava sobre a festa. Ele sabia quem tinha ficado com quem, estava impressionado com a casa e com a namorada gostosa de Charles (ah, fala sério), mas nunca mencionou Will e seu acidente. Que bom – a presença e a ausência dele não haviam sido notadas, então.

– Quem é a namorada do Charles mesmo? – perguntei, fazendo uma incisão comprida na barriga do Babe.

A chave para controlar a situação com Charles era descobrir o máximo possível sobre ele.

– Kristen Wenner?

– Faz quanto tempo que eles namoram?

Por dentro, o porco tinha vários tons de cinza. Cinza morto meio rosado, cinza de intestino ensopado. Eu seria ótima em inventar nomes de tinta.

– Dois anos.

Dois anos? Ele não queria experimentar um pouco, mudar de ares?

Investiguei mais um pouco nas duas frentes: removendo os órgãos do porquinho um a um e tirando as informações todas de Catinga. Ele estivera muito bêbado, também, e suas observações sobre a festa eram limitadas.

– Chad estava de olho em você – disse Catinga, me vendo remover o fígado do porco.

– Não conheci nenhum Chad.

– Sabe, Chad da SAE.

– Desculpa, não consigo lembrar.

Ele pareceu surpreso.

– Ele falou do seu vestido.

Eu me concentrei nos órgãos cinzentos à minha frente. Cutuquei a língua do porco com o bisturi, pensando nas manchas de sangue no meu vestidinho de festa cor-de-rosa, inteiramente perdido, enfiado em uma lata de lixo de uma lanchonete Popeye's.

– Que tem meu vestido?

O vestido não tinha sido barato, e eu ficava bem nele. Que desperdício. Arrisquei olhar para Catinga. Ele estava corado.

– Hum, que você estava bonita com aquela roupa.

– Ah.

Não consegui tirar mais nenhuma informação dele. Queria perguntar sobre o que Charles havia me contado – que Will tinha ido procurar alguma coisa na SAE –, mas não havia como perguntar sem chamar atenção indevida. Contudo, assim que Charles me mandara aquela mensagem, eu comemorara por dentro. Will tinha o vídeo em algum lugar – ele não procuraria por algo que não possuísse. Em breve seria meu.

Lavamos as mãos e eu esfreguei as minhas como uma profissional, fingindo ser cirurgiã.

– Estou faminta. Quer ir comer uma pizza no All Purpose? Uma galera vai se encontrar lá daqui a umas duas horas.

– Não, valeu – disse ele, olhando para o saco de resíduo hospitalar onde tínhamos depositado os restos do porquinho.

– Você é quem sabe – falei, colocando os fones de ouvido.

Eu tinha mais uma tarefa a cumprir antes do jantar. Segui até o Hallbreck, um alojamento do segundo ano na parte sul do campus. Foi fácil entrar, porque tinha um monte de gente na frente do prédio, falando sobre alguma série de televisão de assassinatos.

Enrolei um pouco na frente do banheiro compartilhado, fingindo mandar mensagens, até duas garotas saírem. Esperei elas voltarem aos quartos antes de entrar, enfiando um pedaço de borracha debaixo da porta para ninguém entrar.

Os chuveiros comunitários eram repletos de tufos de cabelo: cabelos compridos, pentelhos, cachos de todas as cores. Vesti as luvas cirúrgicas descartáveis que roubara do laboratório de Biologia e peguei um saco ziploc vazio. Com uma pinça nova, selecionei uma dúzia de pelos e os guardei no saquinho. Em seguida, fui ao Thresher, outro alojamento, ao vestiário masculino da academia e à Associação Cristã de Moços local para repetir o mesmo processo. Na ACM, não só consegui pelos, como um tesouro ainda maior: um absorvente interno usado. Uma verdadeira festa de DNA: e nenhum deles era meu. Isso era para a Fase Quatro, que envolvia muitos elementos, mas eu precisava me concentrar principalmente na Fase Três: Pegar o Vídeo. Pelo que Charles dissera, Will já estava no processo de localizá-lo.

16

Naquele dia, por um momento que durou cerca de duas horas, Andre Jensen esqueceu totalmente que tinha apertado um ferimento ensanguentado no pescoço de um homem que morrera na sua frente. Ele esqueceu a polícia e as perguntas, as ideias estranhas sobre Wyman e o assassino SED, tudo que o impedia de ser um universitário normal e, por um momento, mal foi um indivíduo.

Ele era um olho. Ele era alguém que documentava o curso da história. A câmera nova estava quente, de tão forte que ele a segurava. A multidão enorme de manifestantes descia a avenida Pensilvânia como um enxame de abelhas zunindo. Andre, empoleirado em uma caixa de correio, fotografou sem parar, esperando que ali no meio estivesse a imagem que o levaria à primeira página do *Coruja Diário*. Como ele ficou com vergonha de falar com Dee, Marcus puxou o assunto por ele, e a resposta foi que, claro, ele podia mandar o que tivesse, e se fosse bom seria publicado. Ali estava um retrato de uma garota de boca aberta, o punho erguido. Dezenas de imagens de cartazes espirituosos. Era o maior protesto que Andre já vira pessoalmente, e era chocante pensar que seria pequeno se comparado ao que aconteceria em outubro.

Ele tirou uma foto de uma criancinha nos ombros do pai, segurando um cartaz que dizia DIREITOS CIVIS SÃO DIREITOS HUMANOS! O que motivara aquele protesto específico fora o anúncio de que o Departamento de Justiça pararia de investigar agências hipotecárias e proprietários de imóveis que discriminavam minorias. Andre segurou a câmera com cuidado para descer da caixa de correio. Ele tirou mais algumas fotos no caminho até o campus, indo ao ponto de encontro que tinha marcado com os amigos. Ele se sentia *bem*, ali no meio da multidão, mesmo que fossem todos desconhecidos – a sensação era de estar em segurança e totalmente afastado de sua vida cotidiana.

Cerca de meia dúzia de pessoas já estavam no Coletivo de Alunos Negros, atacando uma mesinha de lanches. Marcus, com uma bandana vermelho vivo amarrada no pescoço (para o caso de haver gás lacrimogêneo, apesar de o protesto parecer bem pacífico), o cumprimentou com um aceno de cabeça. Morto de sede, Andre pegou uma Coca-Cola, mas, no instante em que o refrigerante tocou sua língua, ele se lembrou do Departamento de Homicídios e foi atingido por uma onda de enjoo. De repente, a sensação boa desapareceu, e ele não queria mais estar na companhia de ninguém, fossem amigos ou não.

Ao longo dos últimos dias, a atenção atraída pelo assassinato o deixara ainda pior. Todo mundo queria demonstrar empatia e aproveitar para ouvir a fofoca escandalosa, e algumas pessoas queriam dar conselhos jurídicos sem fundamento, incluindo avisos preocupantes de que a polícia armaria para cima dele – como se ele já não tivesse pensado nessa possibilidade. No fundo, a parte irracional dele se perguntava se ser testemunha de um assassinato não era uma espécie de retribuição horrível pela fraude que cometera. Ele se imaginou sendo arrastado dali algemado; um telefonema para a mãe que a faria entrar em colapso. Imaginou um futuro alternativo, em que o verdadeiro assassino fosse pego, Andre absolvido, e um grupo sombrio de administradores apareceria na porta dele, cheio de perguntas sobre como ele tinha entrado na faculdade. O que aconteceria? O que ele tinha feito era tecnicamente ilegal? Como alguém poderia provar que ele não havia respondido aos questionários honestamente?

Andre saiu por uma porta lateral da sede do Coletivo e, sem pensar, ligou para a casa dos pais, querendo ouvir as vozes deles, o tédio monótono da vida doméstica. O pai atendeu quase imediatamente.

– Ursinho! Falaram no jornal que um garoto foi assassinado na Adams!

"Bom dia para você também."

– Hum, é.

– Essa faculdade é perigosa!

– Fala sério, tem gente sendo assassinada em DC todo dia. Foi uma treta de metanfetamina.

– Tráfico?

Como ele tinha acabado preso naquela conversa, sendo que só queria ouvir o som reconfortante da gargalhada do pai em reação a uma piada besta de tiozão, Isaiah fazendo uma idiotice no fundo, uma bronca carinhosa da mãe? Em vez disso, cortou a ligação o mais rápido que conseguiu, alegando que ia ficar sem sinal no elevador do alojamento.

Ele fingiu estar dormindo quando Sean chegou. Ignorou os suspiros e as reclamações de Sean sobre os pés doloridos e o mastigar barulhento de pipoca antes de o garoto finalmente pegar no sono. Se Sean fosse expulso da Adams, Andre pensou, ele tiraria um "ano sabático" e acabaria em uma faculdade tipo a James Madison ou a UVA quando a situação se ajeitasse. Não que ele alardeasse aquilo, mas Sean fora orador da turma, e alguns detalhes, coisinhas pequenas, como o fato de Sean saber esquiar e ter um PlayStation novinho, mostravam claramente que a vida dele tinha muito mais possibilidades.

Quando ficou nítido que Andre estava agitado demais para dormir, ele se levantou, foi à escrivaninha e abriu o notebook. Ver aquele aluno – Michael – morrer se tornara um osso preso em sua garganta, irritante e irremovível. Ele andava acompanhando as notícias e não descobrira nada sobre a captura de um culpado. Era coincidência, ou o assassinato estava relacionado ao programa de psicopatas? Quão verdadeiramente perigosos eram os outros alunos do estudo, e qual era a probabilidade de Andre encontrá-los? Se já não tivesse encontrado um deles, na verdade. Alguma coisa estava incomodando Andre. Wyman parecia um homem simpático, com boas intenções. Era sempre agradável quando Andre o via, mas o assassinato, além da conexão com o SED, causava muitas dúvidas.

E se Wyman estivesse totalmente envolvido nesse programa, que trazia sucesso profissional e dinheiro de editais, e apostasse tudo em provar que os alunos que passavam pelo programa saíam como cidadãos-modelo? E se ele estivesse errado e, ainda pior, soubesse disso?

A página oficial de Wyman no site da faculdade era sucinta. *Leonard Wyman, áreas: Psicologia Anormal, Psicopatia e Transtorno de Personalidade Antissocial, Terapia Cognitivo-Comportamental.* Não havia nada a respeito do Estudo Longitudinal Multimétodos sobre Psicopatia. Por que não havia nada ali sobre o programa? Contudo, quando Andre pesquisou nos arquivos da base de dados de editais dos institutos nacionais de saúde, viu que Wyman recebia todos os anos um enorme subsídio – obviamente relacionado ao estudo.

Andre foi à barra de pesquisa do navegador e digitou "scholar.google.com". Wyman tinha algumas publicações, mas nenhuma dava indícios de "Conduzo um programa secreto para psicopatas", nem "Defendi um louco inteiramente irredimível por motivos inexplicáveis". Os artigos dele tinham títulos como "Reincidência e raciocínio moral em populações psicopatas: uma exploração do modelo estresse-diátese" e "Neurossemântica e raciocínio moral de populações de risco".

Andre procurou por uma ficha criminal e não encontrou nada. Ele tentou todo tipo de combinação entre Wyman + SED – incluindo o nome verdadeiro do assassino e outros codinomes –, mas não chegou a nenhuma informação que já não soubesse.

– O que você tá fazendo aí?

– Ai! – Andre bateu com a mão na mesa. – Sean! Não faça isso com alguém que acabou de... que...

– Ah, verdade, foi mal. Eu estava preocupado com você – disse ele, e sentou na beirada da cama de Andre. – Sabe, é normal se preocupar com seu colega de quarto que está acordado de madrugada, pesquisando essas merdas sobre serial killers, depois de presenciar um assassinato.

Andre esfregou os olhos.

– Se prometer guardar segredo, posso te contar uma coisa louca.

– Peraí.

Sean saiu do quarto, mas voltou com o saco de pipoca.

– Continue.

– Você já ouviu falar do assassino SED?

– Claro. Vi aquele filme B sobre ele quatro vezes.

– Ele tem alguma conexão com essa faculdade. Tem um psicólogo no corpo docente que trabalhou no caso. Ele é a única pessoa que entrevistou o SED, mas *nunca* falou disso. E olha que pesquisei bastante.

– Ele trabalha aqui?

– É professor titular no departamento de Psicologia. A meio metro de onde eu vi aquele cara ser assassinado, sabe?

Nhoc.

– Você acha que um professor titular assassinou um aluno do lado do escritório dele?

– Que diferença faz ele ser titular?

– É que os titulares não podem ser demitidos.

– Não, não acho que ele é um *assassino*, mas é uma baita coincidência. Acho que ele está escondendo alguma coisa.

Andre hesitou. Ele não falaria do estudo para Sean, mas não era difícil imaginar como as coisas poderiam sair do controle. Wyman tentando cuidar de um dos psicopatas, aluno antigo ou atual, e ele acabasse assassinando alguém. Será que o psicólogo o entregaria à polícia, ou ficaria em tanta negação quanto ao sucesso do próprio programa que não enxergaria essa possibilidade? Ele escolheria proteger o aluno ou o programa?

– O que não entendi é o seguinte: esse cara supostamente é especialista no estudo de psicopatas. Tipo, gente sem consciência ou empatia. Durante o julgamento do SED, ele pediu por clemência. Ele ficava insistindo: "Esse cara não é um monstro. Ele não merece pena de morte".

– Hum... – refletiu Sean. – Tipo, o sistema penal é todo fodido, cheio de racismo e classismo, mas, nossa, o SED...

– No caso de caras tipo o SED, o Ted Bundy e o John Wayne Gacy, eu só penso "Tá, esse cara precisa fritar na cadeira elétrica" – acrescentou Andre.

– Então por que você não pergunta pra ele?

– Você pirou? Tipo, chegar nele e falar: "Lembra esse caso superfamoso sobre o qual você nunca fala... Pode entrar em detalhes comigo, um desconhecido?".

Sean deu de ombros.

– Você nunca terá respostas se não fizer perguntas.

Uma semana antes, parecia que ele estava dando um golpe com consequências potencialmente sérias: perder a bolsa, talvez ser expulso da faculdade. Porém, depois de ver aquele cara morrer em seus braços, a situação parecia ser de vida ou morte. Poderia ter sido ele a ser esfaqueado. Ele estava seguro no estudo? E se o culpado soubesse que ele era uma testemunha, ou mesmo sentisse raiva por Andre ter tentado salvar a vida de Michael? Ele lera em um artigo que psicopatas às vezes ficam obcecados por ressentimentos verdadeiros ou imaginados, e conseguem guardar rancor por *anos*.

– Sei lá. Posso criar coragem. Estou tentando descobrir o máximo possível sobre a conexão dele com o SED. Parece estar relacionada de alguma forma ao assassinato de agora.

Sean olhou por cima do ombro de Andre.

– Talvez ele tenha escrito um estudo de caso, sei lá?

– Até agora não achei nada. Será que ele assinou alguma cláusula de sigilo?

Sean sacudiu a cabeça.

– Talvez Wyman nunca tenha publicado nada, mas você ainda pode procurar a segunda melhor opção. Quem teria falado do assunto sem parar na época? Os orientandos dele.

17

Assim que as portas do elevador se abriram no G2, Elena franziu o cenho. As luzes estavam apagadas. Na frente dela, o chão de linóleo do segundo andar do subsolo refletia a luz vermelha clara da placa de saída de emergência ao fim do corredor. Por que a energia estava desligada?

Ela suspirou. O uso da máquina de ressonância magnética não era barato – custava quase dois milhões de dólares, e seu uso era compartilhado entre o departamento de Psicologia, o consórcio de Neurociência e o departamento de Biologia. Ela desceu o corredor, as sapatilhas Toms fazendo ruídos baixos que a escuridão parecia amplificar. Os olhos dela se ajustaram à penumbra, discernindo as conhecidas portas de escritórios e depósitos.

Com sorte, Kellen teria conseguido acabar a sessão antes de a luz acabar. Ele tinha um exame marcado uma hora antes, e a assistente de pesquisa responsável, Belle, era esperta o bastante para saber que deveria ligar se alguma coisa desse errado.

Ela virou uma esquina e hesitou, olhando para o brilho oscilante de uma luz de emergência começando a morrer no fim do comprido corredor. Tinha alguma coisa errada ali, mas ela não conseguia identificar o que era.

– Oi! – gritou uma voz por perto.

Ela soltou um gritinho e quase derrubou o notebook que carregava debaixo do braço. Charles vinha atrás dela, o sorriso branco brilhando no escuro.

– Não tem graça! – reclamou ela, irritada.

Charles pareceu achar a reação engraçada.

– Esqueci que você tem medo de escuro. Vamos fazer as pazes?

Ele ofereceu um copo da Starbucks.

Ela tomou um gole, desconfiada.

– Quantas doses de xarope de avelã tem nisso aqui, quatro?

Seu sorriso ficou maior. Nitidamente, queria alguma coisa.

– Cheguei adiantado *e* trouxe café, e você nem para acender as luzes?

Ela suspirou.

– Vem. Vamos ver o que aconteceu.

Eles se dirigiram à sala onde ficava a máquina.

– Bom, está todo mundo falando do assassinato – comentou Charles.

Elena olhou para ele de canto de olho. Às vezes Charles agia de modo estranhamente afetado, como se tivesse visto filmes demais sobre o comportamento esperado de jovens brancos ricos. Por que ele estava de camisa de botão e colete à tarde? Ele andava com as mãos cruzadas atrás das costas.

– É – concordou ela simplesmente.

Ela não deveria falar sobre Michael com ninguém, muito menos com outros pacientes. A instrução viera tanto da polícia quanto de Leonard. A própria Elena ainda estava em negação – não era possível que, a menos de dez metros de sua sala, um garoto que ainda nem tinha idade para beber havia sido esfaqueado e morto. Bem no campus. Um paciente que ela conhecia havia três anos!

– É horrível – ele jogou a isca.

Por um segundo, Elena se perguntou se Charles sabia que Michael também participava do programa. Ele só queria a fofoca ou ele sabia disso?

Eles viraram uma esquina e Elena parou abruptamente. Charles esbarrou nela.

– Está desligada mesmo – disse ela, entendendo o que faltava.

A máquina de ressonância normalmente fazia um ruído constante – ao se aproximar, se ouvia um *uuuu-uuuu-uuuu* incessante. Charles se esforçou para escutar, inclinando a cabeça para o lado.

Então Elena ouviu outra coisa.

Um grito abafado. Um gemido. Um calafrio a percorreu. Ela sabia que deveria seguir na direção do som – alguém poderia estar machucado –, mas ela não queria ver.

Charles passou na frente dela. "Claro", pensou ela. "Ele não sabe." Ele se dirigiu à sala em L que chamavam de Sala de Controle, o lugar de onde ela ou os assistentes comandavam a máquina. Um vidro a separava da sala de ressonância onde ficavam os pacientes.

Ela não queria saber o que havia naquela Sala de Controle, mas obrigou seus pés a se mexerem. Quando ela chegou, Charles estava meio abaixado, as mãos nos joelhos, falando com alguém.

Belle estava sentada sob a mesa, os joelhos pressionados contra o peito. Ela estava tremendo, os olhos embaçados, o rosto encharcado de lágrimas.

– Você está com frio? – perguntou Charles. – O que aconteceu?

Belle apontou para trás deles com a mão trêmula.

Elena olhou para a sala da ressonância através do vidro e viu alguém no chão. Só enxergou os pés. Ela passou por Charles e entrou na sala.

De início, não entendeu a cena. Alguém estava em uma poça de sangue no chão, o corpo contorcido em ângulos estranhos. Havia vários pedaços ensanguentados no chão, e, quando ela ergueu o olhar, viu respingos de sangue na máquina.

Ela voltou a olhar para o corpo, o coração pulando.

– Meu Deus do céu, é o Kellen.

Ela se aproximou, ignorando Charles, que chegara por trás dela e gritara para que não tocasse no corpo. Ela pressionou o dedo no pescoço de Kellen… e não sentiu nada.

– Ai, meu Deus.

Charles se agachou, os mocassins caros cuidadosamente posicionados para ficarem longe do sangue. Ele olhou da máquina de ressonância para os pedacinhos sangrentos no chão.

– O que… o que é isso? – perguntou Elena.

– Chumbo. Os pedacinhos de metal que ficam dentro dos cartuchos de espingarda.

Imagens passaram pela mente de Elena. Tiroteios eram tão frequentes no noticiário que ela mal conseguia diferenciá-los. A Adams tinha até um alerta para o caso de um atirador aparecer, que era enviado para os celulares de todo o corpo discente.

Charles se levantou, as mãos no quadril. Ele não parecia chateado, só interessado.

– Aja normalmente! – Elena se irritou, incapaz de se conter.

Charles se assustou, notando a impressão que passara.

– Parece que você está assustada.

Elena quase gritou com ele. Esse era exatamente um método que Leonard ensinara para ele. Repetir as emoções das pessoas em voz alta como se fosse capaz de entendê-las. Fingir até conseguir. A falta de medo idiota dele poderia ter consequências fatais.

– Ele… ele estava assim quando cheguei. Estava sem luz.

Belle estava parada na porta.

Elena se levantou.

– Você chamou a emergência? Quantos atiradores eram?

Belle assentiu, mas depois pareceu confusa.

– Quer dizer… você acha que eles ainda estão por aqui?

Elena imaginou um atirador à espreita, uma silhueta de roupa militar preta carregando um bilhete de suicídio para uma garota que o rejeitou.

– Ele não levou um tiro – disse Charles, de repente.

Ele fez um gesto, chamando-a para se aproximar e observar. Ele apontou para o corpo, que sangrara profusamente pelo tronco, e para o chão, onde estava o chumbo ensanguentado.

– O chumbo não entrou nele – explicou Charles. – *Saiu* dele.

– Vou vomitar – murmurou Elena, saindo aos tropeços para o corredor.

A polícia estava a caminho, mas outro telefonema era igualmente importante. Claro que Leonard não atendia – ele provavelmente estava *meditando* ou qualquer coisa do tipo.

– Você precisa vir agora – sibilou ela na caixa postal. – A polícia está a caminho. Ah, é um horror. Foi *Kellen*. Ele foi assassinado. Leonard, é o segundo aluno do programa em meras semanas… o que diabos está acontecendo?

18

Charles foi de táxi até o Old Ebbitt Grill. A polícia o interrogara por tanto tempo que ele acabou se atrasando consideravelmente para o jantar, sem contar o fato de que sua cabeça estava a mil por causa das novas informações. Coitada da Elena, tão boazinha – ela era estudada, mas às vezes não tinha bom senso o bastante para não ter conversas particulares perto de um psicopata. O que Charles ouvira era crítico: aquele corpo era o *segundo* aluno do programa assassinado em menos de um mês. Ele nem sabia o que pensar.

Old Ebbitt ficava no centro, mais perto dos pontos turísticos, e normalmente estava lotado de turistas por ser o restaurante mais antigo de DC. Tinha como característica ser escuro por dentro, decorado com madeira polida. Era um dos lugares de que o pai dele arbitrariamente decidira gostar. A bebida boa era provavelmente o motivo dessa preferência.

Ele passou pelos turistas e avistou Kristen de costas. Ela usava uma camisa de seda cor-de-rosa por dentro de uma saia lápis, o cabelo da cor de trigo solto em ondas até abaixo das clavículas. Ele se aproximou por trás, pousando uma mão na lombar dela. Kristen se sobressaltou e depois riu ao notar que era Charles. O irmão mais velho dele, Eric, deveria aparecer, o que provavelmente a deixava em alerta. Eric dera em cima dela na última festa de Natal da família Portmont.

– Por que você demorou tanto? – perguntou ela.

– Vi um acidente de carro. Um atropelamento. A polícia precisou pegar meu depoimento, e levou uma vida.

As mentiras saíam com facilidade, pois não havia mesmo outra opção. A última coisa que ele queria era o drama de um jantar em família quando o que precisava mesmo era *pensar*. Dois alunos do programa assassinados. Qual era a probabilidade de ser coincidência? Era melhor não mencionar nada para Kristen até ele saber a história completa e tudo ter se resolvido, e ela não teria nada com o que se preocupar. Ela já se preocupava demais com ele.

– Nossa, ficou tudo bem?

– Não – respondeu ele –, não ficou.

Kristen provavelmente supunha que ele estava preocupado com a possibilidade de o pai estar bravo com seu atraso, o que pelo menos servia de desculpa para sua expressão tensa. Ela era a única pessoa que entendia o nó complicado que era a família de Charles. Claro que às vezes ele falava sobre sua família com o dr. Wyman, mas uma coisa era ouvir falar… e outra era vivenciar.

Um garçom que reconheceu Charles os conduziu à mesa no fundo do restaurante onde a família dele já estava sentada. Luke Portmont estava abrindo a garra de uma lagosta, à cabeceira da mesa. Ele aparentemente estava irritado por causa de algumas disputas políticas no Congresso. Grisalho, Luke passara a beleza para o filho, mas não os olhos, nem a boca, que de alguma forma tinham aparência cruel. Eric, o irmão mais velho, estava à direita do pai. Os dois já estavam bêbados. A irmã de Charles, Julia, estava na cidade, e se levantou da mesa para abraçá-los. Ela media um e oitenta e mexia o corpo com o orgulho e o porte de uma amazona. A mãe, Lynn, uma mulher pequena e de voz baixa, também os cumprimentou.

A conversa sobre política continuou, e Luke nem mesmo reparou em Charles, nem em seu atraso. Sabiamente, Charles não disse nada, só desdobrou o guardanapo no colo, com um olhar educado e superficial semelhante ao da mãe. Duas pessoas no programa haviam sido assassinadas. Luke chamou um homem de uniforme preto e pediu um Manhattan como se já não tivesse bebido a cidade toda. O homem, que claramente só limpava as mesas e não era garçom, disse que avisaria ao responsável pela mesa. Se duas pessoas tivessem sido assassinadas, será que *Charles* estava em perigo? Ele reconhecera o cara na sala de ressonância: Kellen, Elena dissera. Não era amigo, nem conhecido, mas eles já tinham se visto em uma ou outra festa.

A atenção errante de Charles retornou quando ele reparou que o foco da conversa se voltara para ele. Atraso era ruim, mas não prestar atenção era pior. O pai de Charles abriu mais uma garra de lagosta, balançando a cabeça.

– Agora, por que raios você quer ser presidente do DCE de uma faculdade fuleira qualquer, se podia ter estudado em Georgetown? – A bebida dele chegou, e Luke tomou um gole e usou o copo para apontar para Kristen. – Você sabia disso? Paguei uma nota para o idiota do meu filho entrar em Georgetown, onde eu estudei, e ele decidiu não ir.

– Bem, aí ele não teria conhecido a Kristen – disse a mãe, tentando transformar a conversa em um momento emocionante.

– Tem Kristens a rodo em Georgetown – disse Eric, sem nem olhar para ela.

– Não importa tanto em que faculdade ele estuda – disse Julia.

– Importa, por causa das conexões que são feitas – disse o pai. – O prestígio importa. Nosso nome importa. Você acha que conseguiria avançar nesse mundo sem nosso nome? Onde você acha que estaria?

– Acho que eu conseguiria sobreviver – disse Charles.

Ele quase não entendeu o que aconteceu em seguida. Ele ergueu o olhar da salada de beterraba quando viu um borrão de movimento. Algo molhado atingiu seu rosto, fazendo os olhos arderem intensamente. Alguma coisa pesada bateu em sua testa. Ouviram-se sons altos de surpresa, não só da mesa deles. O cheiro doce e enjoativo de uísque e cereja cobria o rosto de Charles, pingando em sua camisa. Seus olhos estavam em chamas, as lentes de contato parecendo camadas de ácido grudadas aos olhos.

– Não consigo enxergar – disse ele.

– Vem – sussurrou Kristen com urgência, segurando o braço dele e o ajudando a se levantar, guiando-o pelo restaurante.

Charles cobriu os olhos com as mãos, piscando sem parar.

– Ele está bem? – perguntou um desconhecido.

Ele ouviu cochichos. Kristen o levou ao que deveria ser um banheiro e abriu a torneira. Ele enfiou as mãos na água às cegas, tentando lavar as lentes de contato.

– Espera, tenho colírio.

Charles sentou na bancada. Kristen inclinou a cabeça dele para trás, pingou o colírio e passou o dedo nos olhos dele algumas vezes, até conseguir tirar as lentes. O colírio aliviou a ardência nos olhos, mas só um pouco. A porta do banheiro foi aberta e Charles ficou tenso, mas era só a garçonete, morta de constrangimento, e o funcionário a quem o pai de Charles gritara o pedido de sua bebida. Ele ofereceu uma toalha cheia de gelo. A garçonete assentiu, sabiamente.

Kristen pressionou a toalha contra a testa de Charles.

– Será que devemos...? – começou a garçonete, mas hesitou. – Se for uma concussão, é melhor não dormir. Já li sobre isso.

O outro funcionário balançou a cabeça, concordando.

Kristen tocou o braço de Charles.

– Vamos embora – sussurrou ela. – Podemos sair pelos fundos.

Deus do céu, como ele amava aquela mulher. Charles se levantou e pegou a carteira. Ele entregou três notas de cem novinhas para a garçonete, que pareceu confusa.

Eles voltaram em silêncio no táxi, e, assim que entraram na casa de Kristen, ela preparou uma bolsa de gelo para Charles. Ela sentou à frente do computador e começou a pesquisar sintomas de concussão.

– Você precisa me avisar se a dor de cabeça piorar. Ou se vomitar ou desmaiar.

– Não é uma concussão – disse ele.

– Quer ir para o hospital?

– Não.

– Deixa eu pegar mais colírio.

– Vem cá – disse ele baixinho.

Kristen sentou no sofá e o abraçou. Ela chorou em silêncio, mas Charles logo notou.

– Ei, tá tudo bem – disse ele. – Estou bem. Não é grave. Provavelmente só vou ficar com um galo por um ou dois dias.

– Eu odeio ele – chorou Kristen, encostada no peito de Charles.

– Está tudo bem – disse ele, equilibrando o gelo na testa para poder envolvê-la com os dois braços.

Ficaram parados ali por um tempo, Charles fazendo cafuné nela.

– Você acha que eles vão ligar? – sussurrou ela.

– Se ligarem, deixe cair na caixa postal. Eu sujei a sua roupa. Vou tomar um banho.

Ela voltou à investigação médica na internet e ele foi ao banheiro, onde tirou a roupa. O chuveiro era revestido por azulejos estriados em um tom de cinza-azulado e tinha vários jatos, em alturas diferentes. Também possuía uma função de sauna, que era possível usar simultaneamente se você estivesse mesmo a fim de desperdiçar bastante água. Ele queria o desperdício. Lavou o uísque e tocou a ferida de novo. Ardeu.

Alguma coisa o incomodava. Por que tinha dado aquele dinheiro para a garçonete e o funcionário da limpeza? Ele o fizera sem pensar. Bom, era gorjeta, parte dele respondeu imediatamente. Sim, gorjeta por terem cuidado dele. Não, não era exatamente uma gorjeta. O dinheiro tinha sido certa forma de compensação. Por quê? Bom, porque ele sentira vergonha. O pai jogara um copo na cara dele, o que o humilhara, e para compensar ele exibira um monte de dinheiro para pessoas que viviam de gorjeta. Era aquilo? Ou era porque precisariam aguentar o pai e o irmão dele a noite toda? O que era aquilo, aquela pontada de sentimento? Seria culpa? Talvez... talvez não.

Charles piscou, notando que havia manchas e linhas interrompidas na parede de azulejos. Ele fechou a água correndo e se enrolou na toalha, sem se preocupar com a água pingando no chão e no corredor.

– K, estou tendo uma aura.

Kristen se levantou imediatamente. Tinha remédio para enxaqueca na casa de ambos, e Charles sempre levava uma cartela na carteira, para o caso de notar o início de aura. Ele normalmente tinha aura antes de uma enxaqueca, fossem anomalias visuais ou alucinação de cheiros que não estavam presentes. Quando ele apresentava o sintoma, só havia uma pequena janela de oportunidade para afastar a dor debilitante.

Kristen empurrou dois comprimidos brancos para dentro da boca dele e ofereceu um copo de Coca-Cola (a cafeína ajudava o remédio a ter efeito mais rápido).

– Deita aí. Vou ligar a TV – disse ela.

Ele concordou em silêncio.

Com os olhos entreabertos, ele viu Kristen procurar o controle remoto. Ela deixara o notebook aberto na mesinha de centro. A luzinha verde da câmera estava acesa. Alguma coisa naquilo o incomodava – a câmera estivera quebrada por semanas e ela não conseguia usar FaceTime –, mas pensar ficou cada vez mais difícil quando a enxaqueca chegou, como um tapete denso abafando qualquer pensamento racional.

19

Dia 40

Charles não estava sendo nada solícito, ignorando minhas mensagens perguntando se tinha visto Will ou tido notícias dele. Will não postava nada nas redes sociais desde a festa de Charles, e eu não o vira desde então. Comecei a ficar com medo de que ele tivesse fugido. Fiquei zanzando pelo corredor onde ficava a sala de Ciência Política onde ele tinha aulas, intermitentemente olhando pela janelinha para ver se ele estava lá.

Eu tinha feito merda: ele não tinha tomado Rohypnol suficiente, e eu não devia ter batido nele. Se fosse mesmo o vídeo que Charles o vira procurar desesperadamente, e não outra coisa, então era provável que ele tivesse se lembrado de algo daquela noite. Primeira possibilidade: Will não lembrava. Eu poderia continuar a me aproximar dele, talvez interrogá-lo de novo. Fazê-lo admitir onde guarda suas coisas secretas. Segunda possibilidade: ele lembrava. Então eu precisaria piorar a situação, porque ele não teria motivo para me entregar o vídeo voluntariamente.

Faz seis anos que penso obsessivamente nesse vídeo. O que aconteceu com a gravação, quem teve acesso a ela. Will não me parece estratégico nem meticuloso em esconder seus rastros, então eu tinha bastante certeza de que ele ainda guardava o vídeo em algum lugar. Ou Will era doente o suficiente para guardar o vídeo porque gostava de rever, ou doente o suficiente para o vídeo não ter importância nenhuma para ele, ser igual às inúmeras selfies de farra e fotos de família que ele nunca lembrava de apagar.

Olhei para todos os alunos que saíam da sala, e fiquei irritada porque nenhum era Will. Tudo estava demorando demais. Eu tinha matado a aula de

Ética para procurar Will, e estava chegando a um nível preocupante de fome e raiva. Fui ao refeitório emburrada, minhas botas fazendo barulho contra a calçada enquanto caminhava. Era melhor que tivesse pizza boa hoje. Então tive que esperar numa fila de merda e ver uma filha da puta pegar o último pedaço de pizza de abacaxi. Enfiei a ponta de uma fatia de pizza na boca assim que me sentei perto da janela, e mastiguei violentamente.

Percorri o olhar pelos alunos e rangi os dentes. Will devia ter matado aula, porque ali estava, comendo pizza que nem um idiota. Joguei minha fatia pela metade no lixo e preparei o rosto com uma expressão inofensiva. Olhar amigável, cabelo atrás da orelha. Eu me aproximei da mesa pelo lado, para ele só me notar quando eu já tivesse chegado.

– Will! Como vai? – perguntei, alegre.

O rosto dele se contorceu quando me viu. Tive um mau pressentimento imediato.

– Oi – disse ele.

– Não te vejo desde a festa.

Sorri, mas sabia que era tarde demais. Não seria possível encantar aquela serpente.

Ele me encarou. Will lembrava alguma coisa daquela noite, mas restava saber quanto. E então eu soube, porque ele disse:

– Você precisa vazar daqui e me deixar em paz.

Eu não ia perder mais tempo.

– Cadê o vídeo, Will? – perguntei baixinho.

Avancei, me abaixando um pouco, numa tentativa de parecer ameaçadora.

– Não tenho essa porra de vídeo. É melhor você me deixar em paz, caralho.

– Eu sei que você ainda está com ele.

Ele riu. Um grupo de caras – jogadores de lacrosse – entrou pela outra ponta do refeitório, e Will os chamou com um aceno.

– Joguei aquele celular fora faz anos.

– Então por que você foi procurá-lo depois que mencionei? Você encontrou. Me dá o vídeo. Você postou em algum lugar?

– Por que eu literalmente te daria uma coisa que me incrimina?

Os garotos estavam se aproximando, chegando mais perto. Ele levantou o canto da boca em um sorrisinho malicioso.

– Além do mais... – disse ele, se levantando e me olhando de cima. Ele cruzou os braços no peito e abaixou o rosto, chegando bem perto do meu. Ele estava me lembrando de que era maior, mais forte. – O que *você* vai fazer sobre isso?

Ele deu meia-volta e foi embora, sem pressa. No meio do refeitório, cercado pelos amigos, ele se virou de leve para mim, me lançando um olhar de superioridade.

Fiquei parada no lugar, tomada pela raiva, o mesmíssimo sentimento de quando eu o atacara com o geodo. Ele não entende quem eu sou. Ele não entende o quanto eu posso ser paciente. Não entende que os dias dele estão contados.

Will é como todos os homens que já chutaram um cachorro. Quando chutam, esquecem que o cachorro só chora e sai com o rabo entre as pernas por causa de milhares de anos de domesticação e treinamento. Eles esquecem, sempre que chutam, que vez ou outra vão encontrar um cachorro que morde.

20

Me encontra no Bean às 11?, Charles mandou mensagem para Chloe. É urgente. Ele encarou o celular, esperando que ela respondesse. Eram oito da manhã. Kristen ainda estava encolhida, dormindo, e o único sinal da noite anterior era o frasco de remédio na mesa de cabeceira. Ele ignorou a mensagem insistente da mãe, que reconhecia que Charles provavelmente "não estava se sentindo bem", mas não reconhecia que era porque o marido dela jogara um copo na cabeça dele.

Era só questão de tempo até as fofocas sobre os dois alunos assassinados se espalharem pelo campus, e claro que Kristen escutaria mais cedo ou mais tarde. Só que ela não teria como saber que os dois estavam no programa, teria? Ela só saberia se ele contasse, Charles refletiu, e ele não planejava contar. O que ele deveria dizer, que ela precisava se preocupar que alguém pudesse estar caçando os alunos do estudo de Wyman, um a um? E que aquilo tinha começado de repente, após o surgimento de certa psicopata, Chloe Sevre? E que ele fora cúmplice da tal psicopata sedutora no acobertamento de uma agressão na casa dele, e que a psicopata em questão talvez também fosse uma assassina que usava a máquina de ressonância magnética para seus fins? Ele não sabia o que estava acontecendo, mas esperava resolver tudo naquele dia.

O telefone dele apitou. OK, ela respondeu. Tenho um presente pra você rs.

Bean and Nothingness era o outro café no Centro de Atividades Estudantis, no último andar. Era grande, com janelas que davam vista para o campus, mas, ainda mais importante, estava sempre cheio de gente estudando e conversando, dia e noite. Era um lugar público.

Charles chegou cedo ao Bean, para se posicionar de costas para a janela, de frente para o café todo. Ele esperou por Chloe e a observou atentamente na chegada. Chloe não parecia uma garota que tinha acabado de esfaquear um cara e matar outro, quase trinta centímetros mais alto do que ela, com uma máquina de ressonância magnética. Ela parecia a animada garota propaganda de um sabonete facial com perfume de menta. Usava um cachecol volumoso em cores outonais igual ao que todas as outras garotas andavam vestindo e que parecia a juba de um leão. Ela sentou e empurrou pela mesa uma sacola de supermercado contendo um embrulho.

– É sua camisa. Eu lavei – disse ela, então esperou, como se por aplausos. – E aí…? – perguntou, sem nenhum sinal de medo. – Viu o Will?

– Eu não o vejo desde aquele dia.

Ela se aproximou.

– *Eu* o vi. Ele me *ameaçou.*

– O que esperava? Você quase matou ele.

Algo passou pelo olhar dela. Humor?

– O que aconteceu foi um acidente. Só quero de volta o que é meu.

– Ah, sim, o vídeo misterioso.

Ela ignorou o comentário e sorriu distraída para um dos garçons, chamando-o até a mesa. Ele fez um gesto pedindo para ela esperar.

Chloe se recostou na cadeira, analisando Charles.

– Você não vai contar pra ninguém, né? Se estiver tentando me chantagear, saiba que sou pobre.

– Talvez eu só esteja te ajudando por bondade minha.

O garçom chegou, e Chloe pediu uma dose fatal de chocolate.

– Me faça outro favor, então. Eu quero aquele vídeo.

Ela levantou as mãos quando viu o olhar cético dele.

– Não estou pedindo nada de mais… Só me avise se souber que Will vai sair, para eu procurar na casa dele.

– Talvez eu esteja disposto a fazer isso – respondeu Charles.

Era melhor não brigar com ela, caso ela fosse perigosa. Apesar de as informações que possuía exercerem poder sobre ela, também o tornavam um alvo.

O garçom voltou com a fatia de bolo e a maquininha de cartão que os alunos usavam para pagar pela comida.

– Por favor? – pediu Chloe para Charles.

Com um sorrisinho triste, ele pagou.

– Posso perguntar o que você fez ontem à tarde? – indagou Charles.

Ela deu de ombros e comeu uma garfada de bolo.

– Tive aula. Yessica e eu fomos fazer iogalates.

– Imagino que você tenha ouvido falar do aluno que foi assassinado no dia seis? Na véspera da minha festa.

– Ahã – disse ela, a expressão sem demonstrar nada além de interesse em uma fofoca qualquer. – Ouvi dizer que foi um assalto.

– Não foi – disse Charles. – E você soube que morreu outra pessoa ontem? Um cara chamado Kellen?

– Ontem?

– Sabia que os dois caras assassinados estavam no nosso programa?

Chloe interrompeu o gesto que estava fazendo, levando uma garfada de bolo à boca, e abaixou o talher.

– Como assim?

A expressão dela era de surpresa genuína, ou pelo menos era o que parecia. Ela já demonstrara ser boa atriz.

– O primeiro foi esfaqueado em uma das salas de experimento no departamento de Psicologia. O segundo, não sei bem. Basicamente alguém injetou metal nele, que foi arrancado pela máquina de ressonância.

– *Como assim*? Os dois estavam no *nosso* programa?

Ele a encarou. O rosto de Chloe demonstrou lento entendimento. Ela se inclinou para a frente, indignada.

– Você acha que *eu* tive alguma coisa a ver com isso?

– Você teve? – perguntou ele, tentando soar casual.

– *Não*. Já te ocorreu que eu ando *ocupada*?

– Fazendo o quê, exatamente?

– Mas por que eu...? Eu nem sei quem são os outros que estão no programa!

– Não sei o que você sabe – disse Charles.

Ela parecia chateada, mas a reação era estranha. Mais decepcionada do que com raiva da acusação. Ela olhou para o prato.

– Eu juro que não tenho nada a ver com isso.

– Considerando que eu te vi bater no meu irmão de fraternidade com um geodo, não sei se acredito em você.

– Você não entende.

– Eu gostava daquele geodo. Comprei na Suíça.

Chloe abaixou o garfo e encontrou o olhar dele. A expressão do rosto dela, dos olhos dela, estava diferente. Mais aberta… propositalmente. Ah, ela era boa – muito boa. Ele facilmente conseguia imaginá-la se safando de multas quando era parada pela polícia, implorando para entregar trabalhos com atraso nas aulas.

– Tá. Vou ser sincera com você. Eu vim para a Adams por causa do Will. Só me aproximei porque precisava achar um jeito de estar perto da sua fraternidade, de estar perto de Will. É só com isso que me importo.

– Ele te estuprou?

O olhar dela endureceu.

– Isso é um assunto particular. Mas, se for ficar moralmente indignado com o que *eu* pretendo fazer, é melhor ter mais cuidado com suas companhias.

Ele tentou outra estratégia, sorrindo e se aproximando para provar a calda do bolo dela com o dedo indicador.

– Chloe, não vou te dedurar se você tiver matado um cara na ressonância magnética. Só quero saber. Afinal, se duas pessoas no programa morreram e *não* foi você, talvez alguém esteja caçando a gente. Me caçando, por exemplo.

– Não sou dessas – disse Chloe, arregalando os olhos. – Sou, tipo, uma psicopata boazinha.

– E é para eu confiar na sua palavra?

Ela estendeu o braço sobre a mesa – Charles se conteve para não se afastar – e cobriu uma mão dele com a sua.

– Eu juro.

Então voltou a atenção para o bolo.

– Além disso – continuou ela, alegre –, até onde eu sei, pode ter sido *você*.

– Você não deveria estar mais preocupada?

A ferida na testa dele estava coçando. Sem pensar, ele levou a mão à cabeça e fez uma careta involuntária. Ela olhou de relance para o rosto dele, interessada. Merda. Ele ajeitou o cabelo com cuidado para cobrir o galo e a vermelhidão, mas sempre mexia no cabelo sem pensar.

Ela voltou a olhar para os olhos dele e sorriu.

– Humm – disse Chloe, lambendo o garfo. – Ninguém está caçando a gente. Essas coisas só acontecem em filmes.

Se ela estivesse fazendo aquilo, matando as pessoas do programa, não faria todo um drama, não demonstraria medo? Não diria que eles deveriam descobrir o culpado? Ou o planejamento dela incluiria pensar em como ele acharia que ela deveria se comportar? Charles franziu a testa.

– Chloe, acho que você deveria levar esse assunto a sério. Fui eu que encontrei o segundo corpo... eu e Elena. Usaram uma merda de máquina de ressonância magnética.

Ela riu.

– Se alguém for mesmo capaz de me caçar e me matar, merece um prêmio pela genialidade. Eu sei me cuidar – disse ela, com uma expressão maliciosa. – E, se você for legal comigo, cuido de você também.

21

Dia 38

Eu precisava encarar: Charles Portmont estava se tornando um problema. Ele sabia muito, até demais. Naquele momento, eu tinha certeza de que ele sabia exatamente qual era o conteúdo do vídeo. Sabia o bastante para, caso Will fosse encontrado morto, contar à polícia que eu tinha um motivo para matá-lo. E essa acusação bizarra de que eu estava matando as pessoas do programa? O que era aquilo, uma ameaça velada? Conferi rapidamente os sites de notícia: sim, dois alunos tinham sido assassinados no campus nas duas últimas semanas. Era *mesmo* bizarro, mas que prova eu tinha de que eles estavam no programa? Até onde eu sabia, Charles estava mentindo, fazendo um joguinho escroto comigo.

Eu não podia de forma alguma deixar que Charles me atrapalhasse, pois meu plano incluía o final agradável de não ser pega. Eu precisava considerar o pior caso: matá-lo se achasse que ele me delataria. Mas havia dois problemas com essa decisão; não, três: primeiro, ele é muito gostoso e seria um *desperdício* tremendo. Além disso, o projeto Will fora estritamente limitado aos envolvidos daquela noite. Eu estava corrigindo um erro, o que me fazia estar certa. Por fim, eu tinha a sensação de que, se Charliezinho sumisse, os pais bilionários não mediriam esforços para encontrar o culpado.

Talvez houvesse uma saída mais fácil: eu poderia seduzi-lo. Para além dos joguinhos, ele já estava a caminho disso – eu tinha notado como Charles olhara para mim na casa dele. Enquanto uma pessoa normal teria ido direto à polícia se achasse que alguém havia matado Will, Charles era um psicopata, como eu. Não dava para saber o que ele faria – dependeria inteiramente do que seria mais adequado para ele. Essa seria minha saída.

Todo mundo no alojamento estava falando dos assassinatos, especialmente sobre o mais recente. A máquina de ressonância magnética como arma do crime era boa demais como história, praticamente irresistível. Só ouvimos oficialmente da faculdade que eram acontecimentos trágicos, blá-blá-blá, pêsames e orações, estamos cooperando com a investigação.

– Ai, gente, eu tô com medo real – disse minha amiga Apoorva.

Estávamos sentadas em círculo no chão do quarto dela, bebendo licor de laranja, porque foi a única coisa que conseguimos arranjar.

– Além dos atiradores, de todo mundo ter um jeitinho de estuprador e do fim do mundo, agora a gente tem que se preocupar com um serial killer – continuou ela.

– Não consegui dormir ontem – admitiu Yessica.

Franzi a boca, olhando as notícias no notebook. Molly estava esfregando meu cabelo com um tratamento de óleo quente.

– Duas pessoas não contam para um serial killer. Acho que precisam ser três para contar – disse Molly.

Senti um início de ideia surgir.

Li a cobertura dos assassinatos no *Coruja Diário*. Um editorial culpava as fraternidades, alegando que o segundo cara, Kellen, provavelmente morrera em um acidente de trote – que outro motivo haveria para ele engolir um monte de chumbo? O editorial mais recente, que saíra naquele mesmo dia, refutava essa ideia.

> "Foi uma coisa trágica e horrível que aconteceu", disse Chad Harrity, Presidente do Conselho Interfraternidades da Adams e da SAE. "Mas não tem nada a ver com as fraternidades. Kellen não fazia parte de nenhuma fraternidade, e aquilo não era parte de um trote. Fraternidades foram motivo de alguns comportamentos nocivos ao longo dos anos, mas esta geração está tentando mudar esse fato."

De repente, a ideia me atingiu como um geodo. Eu não achava que alguém estava mesmo tentando matar os alunos do programa. Acho que eu saberia se alguém estivesse tentando me matar. Então, eu ficaria de olho – e que diferença teria da minha vida normal, sempre com medo de Will me encontrar sozinha? Talvez uma mesma pessoa tivesse matado Michael e Kellen, talvez não. O que importava é que as pessoas *achavam* que havia um serial killer atacando os universitários da Adams. Que modo ideal de desviar a atenção de mim! Eu podia me livrar de Will e culpar nosso caçador misterioso. Se o serial killer existisse mesmo, ele tinha me feito um favor e tanto.

Charles deve ter acreditado quando falei que meu objetivo final era pegar o vídeo, porque, dois dias depois, me mandou uma mensagem dizendo que a SAE faria um evento para os calouros, então a casa de Will estaria desocupada. Vesti minha roupa de ladra: legging de corrida preta e uma blusa combinando, rabo de cavalo apertado, uma mochilinha grudada ao corpo. Eu levava uma faca embainhada acima da bota direita. Will e o colega não estariam por lá, mas eu precisava estar preparada para o caso de chegarem mais cedo e me encontrarem.

Andei até a casa de Will como se estivesse indo à aula de ioga e só coloquei as luvas quando cheguei na entrada. Depois de uma olhada rápida nos arredores, escalei a calha que eu tinha visto antes e cheguei ao telhadinho reto. Dali, consegui inclinar meu corpo para examinar a janela do segundo andar com a ponta dos dedos. Estava parcialmente trancada, aberta alguns poucos centímetros. Eu a sacudi repetidamente, com paciência concentrada. Levei mais ou menos dez minutos, mas a tranca finalmente se mexeu e consegui abrir a janela. Desci.

Entrei.

Fiquei com os ouvidos atentos. Eu me esgueirei pela casa, pulando pilhas de roupas e tralhas de lacrosse, para confirmar que estava vazia. Qual seria o quarto de Will? Os dois tinham equipamento de lacrosse, e nenhum tinha fotos de família. Eu não podia perder tempo e queria que a busca fosse extensa. Os dois tinham computador no quarto. Com meu minikit de ferramentas, abri as duas torres e removi os HDs. O próximo foco seria o celular. Se ele fosse esperto, teria destruído o celular velho ou apagado o vídeo, mas, se Charles o vira procurar pelo aparelho, talvez ainda não o tivesse encontrado. Revirei armários e olhei atrás dos móveis. Encontrei uma cueca, um chocolate derretido e um carregador de celular velho, mas nada de iPhone. Putz. Pelo menos eu tinha os HDs.

Conferi o relógio. Quanto tempo demoraria o evento? A casa tinha porão, mas eu não sabia se Will e Cordy tinham acesso a ele. Muitos porões em DC são apartamentos independentes do resto da casa e são alugados à parte. A não ser que eu não tivesse notado, não havia como chegar ao porão por dentro da casa. Saí e desci a calha de novo. Dei uma olhada cuidadosa na rua, então me agachei na porta do subsolo. Arrombar fechaduras envolve futucar finos pedacinhos de metal – exige paciência, o que não está entre minhas muitas qualidades. Eu me esforcei pelo que pareceu um século, até que finalmente fez-se um clique e consegui abrir a porta, que emitiu um rangido.

O subsolo estava escuro, mas eu estava preparada. Deixei a porta entreaberta para a luz entrar e liguei minha minilanterna. A lanterna jogou uma bolha de luz pelo espaço abarrotado. Senti o peito afundar. Tinha tanta coisa ali... como eu teria tempo de remexer em tudo? Havia móveis e caixas de tralhas. Talvez eu precisasse invadir o lugar mais de uma vez para acabar o trabalho. Vi o que parecia um relógio de pêndulo estragado pela água. O cheiro era bolorento – o subsolo certamente tinha alagado em certo momento, e dava para sentir a umidade sob meus pés. Abri caminho entre as pilhas de caixas e me perguntei por onde começar.

Abri uma caixa de papelão e tirei algumas roupas mofadas. Um vestido xadrez. Roupas femininas. Água pingou no escuro. Abri outra caixa e encontrei livros. Eram livros que universitários leriam? Quando examinei melhor, vi que eram escritos em alfabeto cirílico.

Eu me virei, contornando um cabideiro lotado, e dei de cara com olhos iluminados e um sorriso maníaco. Cerrei o punho... mas era só um brinquedo. Um palhaço sentado em uma prateleira de metal, junto de outros brinquedos. Espera aí, brinquedos? Examinei a estante com mais cuidado: vi bonecas, jogos de tabuleiro dos quais nunca ouvira falar, um daqueles carrinhos de plástico com que crianças brincam de pedalar. Aquilo de jeito nenhum era de Will e Cordy – provavelmente pertencia aos proprietários da casa.

Apesar de não encontrar o celular, senti alívio – revirar o porão todo teria exigido muito tempo. Manobrei ao redor do cabideiro de novo e comecei o caminho até a porta, a lanterna iluminando o trajeto. De repente, congelei. A porta estava fechada, e eu definitivamente não a fechara. Fiquei tão imóvel que acho que meu coração parou de bater.

Foi então que ouvi. Um barulho bem baixo, como o ruído de algo roçando no papelão.

Apaguei a lanterna. Alguém estava ali comigo. A não ser que a pessoa tivesse óculos de visão noturna ou alguma coisa do tipo, a lanterna me marcava como alvo. Devagar, me abaixei e puxei a faca da bainha. Eu precisava sair do lugar onde tinha sido vista. Agachada, tateei em busca de espaço, me mexendo devagar e cuidadosamente, para fazer o mínimo de barulho possível.

Ouvi um som abafado – alguma coisa havia sido derrubada. De onde viera o som? Atrás de mim, à esquerda, chegando mais perto. Quanto eu tinha me afastado do lugar original? Um metro? Um pouco mais? Será que a pessoa sabia onde eu estava? Isso não podia acabar dessa forma. Não podia acabar com Will voltando mais cedo de uma festa da fraternidade, bêbado e me matando no porão. Então lembrei: eu tinha guardado o kit de arrombar fechadura no bolso, em vez de botar de volta na mochila. Mas aquele kit idiota fechava com velcro.

Will não se mexeu. Ele estava escutando, esperando para saber se eu me mexeria primeiro.

Com as duas mãos, segurei a abertura do kit de arrombar fechadura e, com lentidão angustiante, comecei a puxar o velcro, abafando o som ao pressionar o dedo na área em que os dois lados do velcro se encontravam. Senti suor descer pelo meu pescoço, fazendo cócegas, e ignorei. Paciência. Vamos lá. Um pouquinho de cada vez. Mesmo que levasse cem anos, eu não deixaria Will vencer.

Finalmente, eu estava com quatro ou cinco ferramentas para arrombar fechaduras na mão. Eu as joguei o mais longe que consegui, na parede mais distante, fazendo o metal bater em vários objetos. Fez-se uma onda de ruído quando alguma coisa se mexeu com violência ágil naquela direção, batendo nas tralhas e as derrubando. Eu corri para a porta, esbarrando em objetos, sentindo alguma coisa raspar minha perna até machucar, mas não parei nem gritei. Minha mão estava a quinze centímetros da porta quando senti alguém me agarrar pela mochila.

Brigas não são que nem na televisão, com homens se revezando nos golpes. Na verdade, brigas são uma bagunça feia e desajeitada. Dei uma cotovelada para trás, acertando algo com força – a cabeça de alguém? Ouvi uma inspiração, e alguma coisa pesada atingiu o lado da minha cabeça e meu ombro. Eu me recusei a gritar, só rangi os dentes ao atacar com a faca. Tentei acertar a pessoa, às cegas, e senti alguma coisa me empurrar com força, quase me deixando sem ar e causando um choque de dor quando a maçaneta foi esmagada com tudo contra minhas costas. Esfaqueei de novo – e ouvi um gemido de dor.

Nunca me mexi tão rápido. Eu me virei, agarrei a maçaneta, subi a escada aos pulos e corri como louca, porque minha vida dependia daquilo. Minhas costas doíam, eu estava sem ar, mas havia treinado para aquele tipo de situação – muito exercício aeróbico e todas aquelas aulas de defesa pessoal. "Corra bastante. Não pare. Não tropece igual àquelas meninas burras de filmes de terror. Chegue a um lugar público." Só me senti segura a cinco quadras dali, onde as ruas estavam cheias de gente. Três casas estavam dando uma festa conjunta, hip-hop alto saindo do som. Senti sangue na boca.

"Os computadores!" Sem me preocupar com minha aparência de louca, tateei minhas costas, para confirmar se ainda estava com a mochila. Será que tinha rasgado? Soltei a alça e enfiei as mãos em busca dos HDs.

Graças a Deus.

Graças a Deus ainda estavam lá.

Foi então que notei. A dor toda que sentia. Minhas costas eram a pior parte. Meu ombro e meu rosto deviam estar ficando roxos. Minhas pernas estavam ardendo de tanto correr. De repente, uma garota mais velha parou bem na minha frente.

– Ei, tá tudo bem?

Nossa, eu devia estar com uma cara de merda. Forcei um sorriso, sem mostrar os dentes, por medo de mostrar sangue.

– Ah, foi só a aula de caratê.

Eu me despedi com um aceno e fui embora, correndo um pouco, como se não estivesse sofrendo. Pareceu demorar uma vida para chegar ao alojamento. Não queria ser vista, então subi pela saída de emergência. Minha janela era tão velha que a tranca tinha sido pintada dezenas de vezes. Eu a abri devagar, com uma careta, entrei e só descansei quando encontrei alguma coisa do tamanho certo para enfiar entre a parte de cima da janela fechada e a esquadria, criando uma tranca improvisada. Uma das tábuas do estrado da cama serviu, mas quase gritei de dor, devido ao esforço necessário para mexer o colchão.

Abri a porta do meu quarto e encarei a porta fechada do quarto de Yessica. Ouvi ela falando lá dentro, em espanhol, provavelmente com a mãe. Eu queria entrar e dizer "Olhe para mim, veja o que me aconteceu. Olhe para meus machucados". Eu queria a expressão chocada e preocupada dela, o cuidado com minhas feridas, um carinho daqueles braços magrelos. Só que isso levaria a muitas perguntas. Mesmo se eu mentisse e dissesse que tinha sido assaltada, haveria a expectativa de fazer uma denúncia. Encarei a porta dela, triste, e finalmente fechei a minha. Tomei meia dúzia de analgésicos e me enfiei na cama.

Sempre que começava a pegar no sono, em busca do descanso restaurador que sabia que meu corpo pedia, via o sorrisinho na cara de Will quando eu o confrontara no refeitório. Não queria pensar naquilo, no entanto a imagem voltava sem parar. Mas eu me ajeitaria de manhã. Eu me curaria – era o que eu sempre fazia.

22

Dia 37

Acordei em meio a uma névoa de dor. Encarei o teto, sem conseguir acreditar no que tinha acontecido no dia anterior. Senti uma dor aguda nas costas e, quando virei a cabeça para a esquerda, vi, aliviada, que a mochila ainda estava lá. Minha tranca improvisada na janela ainda estava no lugar. Yessica ouvia música alto.

Que porra tinha acontecido na noite anterior?

Ou Will tinha chegado mais cedo, ou Charles estava certo: alguém estava *mesmo* nos caçando. Ainda mais importante, *me* caçando. Peguei o celular e procurei sinais de que Will estava na fraternidade durante a noite. Ninguém tinha postado nada. Mandei uma mensagem para Charles: É 1.000% fundamental que você descubra se ele estava mesmo no evento de ontem e, se sim, de que horas a que horas.

Criei coragem e, com cuidado, me levantei para analisar os danos no espelho. Eu estava com um olho roxo e um hematoma arroxeado que se destacava no meu ombro. Com um gemido, levantei a blusa e examinei minhas costas. Um hematoma pior espalhava-se pelo lado direito do tronco. Engoli uns analgésicos a seco e peguei minha maquiagem. Sou muito boa com maquiagem. Não foi difícil esconder o olho roxo com uma combinação de corretivo, base e iluminador. Eu já tinha visto vídeos sobre isso no YouTube.

Encarei o reflexo, verificando meu trabalho. Uma fúria silenciosa fervia no meu estômago. Eu queria gritar, quebrar o espelho e jogá-lo pela janela. "Não, acalme-se. Raiva nunca te levou a lugar nenhum. Conte de dez a zero, de trás para a frente, como o dr. Wyman ensinou."

Eu me sentei à mesa e peguei meu diário. Nunca escrevia sobre Will – nossa, isso seria burrice –, mas não havia perigo em falar sobre a minha segurança. Eu tinha acabado de pegar a caneta quando Charles respondeu: Não tenho certeza porque não fui, mas posso confirmar com Chad. Ele vai saber.

Obrigada, respondi.

Tinha sido Will ou o caçador misterioso? Se fosse Will, não mudaria meu objetivo final, só a maneira como o resto aconteceria. Eu saberia que ele estava disposto a usar violência para me calar. Ele não fazia ideia de que eu planejava matá-lo, e talvez achasse que uns socos me amedrontariam. É, dava para eu aproveitar e fingir que tinha ficado assustada.

Porém, e se não fosse Will? E se alguém estivesse mesmo me caçando? Por quê? O que *eu* tinha feito contra *alguém*? Quem quer que fosse, sabia que eu tinha invadido uma casa e estava lá xeretando. Iriam se perguntar o porquê. Além da audácia de pensar que podia *me* matar, a pessoa achava que podia se meter no meu plano.

Com determinação furiosa, comecei a listar todas as minhas preocupações de segurança e como enfrentá-las. Precisava de uma tranca de verdade para a janela. E, se possível, fechaduras melhores para o quarto, das quais ninguém mais tivesse chaves. Aulas regulares eram um risco. Não queria colocar minhas notas a perder, mas podia mudar os horários dos seminários que frequentava e variar os trajetos todo dia. "Redes sociais", escrevi, sublinhando as palavras. Eu tinha conseguido muita informação sobre Will usando redes sociais – alguém facilmente poderia tentar fazer o mesmo comigo. Contudo, eu não era burra igual a ele. O Instagram tem uma ferramenta que permite programar posts. Anotei um lembrete para espalhar um monte de posts, marcando localizações que nunca frequentava, para fingir que eram parte da minha rotina. A segurança do alojamento não era muito boa – supostamente deveríamos passar um cartão na entrada do prédio, mas às vezes o estagiário na portaria não dava a mínima.

Bom, talvez eu pudesse fazer alguma coisa a respeito disso. Eu me vesti com cuidado e joguei maquiagem e uns lencinhos demaquilantes na bolsa. Passei correndo pela porta de Yessica e me dirigi ao departamento de segurança, que ficava no terceiro andar do Centro de Atividades. No caminho, fiquei atenta a todas as pessoas que estavam ali perto, preparada para movimentos repentinos. Um dos meus defeitos é que não sinto medo do mesmo jeito que outras pessoas sentem. Acho que elas têm tipo um sexto sentido, sei lá, mas eu não entendo como isso funciona. É tipo uma parada sensitiva? Se Yessica estivesse naquele porão, ela teria sabido de alguma forma misteriosa que estava em perigo antes de ouvir o movimento? Ou saberia que era melhor nem entrar no porão? Quando li que psicopatas não sentem medo, me perguntei se uma garota normal saberia que havia algo de errado com Will. Se ela nunca teria ido à casa dele naquele dia.

Tá, ainda consigo dar a volta por cima. Como eu caçaria Chloe se não fosse Chloe? Quais são as fraquezas dela? Primeiro, ela é pequena. Bem, quanto a isso não posso fazer nada. Posso carregar armas e andar acompanhada sempre que possível. A segurança nas aulas era um problema – literalmente qualquer doido pode entrar em uma aula da Adams e sentar ali. Eles não têm medo de atiradores? Por outro lado, as aulas me davam a segurança do grupo.

De repente, uma ideia me atordoou. Na verdade, eu tinha uma vulnerabilidade enorme e gritante. Pior que minha falta de tamanho e músculos, pior que a segurança de merda do alojamento. Chloe Sevre tinha um passatempo. Um que exigia que ela se esgueirasse por aí, sozinha, fazendo coisas secretas, indo a lugares isolados. Caçar Will era minha maior vulnerabilidade.

Puta que pariu.

Furiosa, entrei no Centro de Atividades e subi as escadas batendo os pés. Mesmo ali, seria seguro subir as escadas sozinha? Quem era aquela pessoa filha da puta e quem ela achava que era, me impedindo de atingir o objetivo para o qual eu me esforçava desde que tinha *doze anos*? Por quanto tempo *essa pessoa* estava trabalhando no *seu* plano imbecil?

Cheguei ao terceiro andar e fui ao banheiro. Limpei o rosto com as toalhinhas demaquilantes, deixando minha pele avermelhada. Eu também me vestira de forma adequada: calça cáqui que não era tão justa, um casaquinho por cima de uma camisa branca de gola Peter Pan, uma tiara de virjona na cabeça. Tudo isso porque só dois tipos de mulher fazem a reclamação que eu estava prestes a fazer – virgens e putas –, e só uma é ouvida.

Entrei no departamento de segurança e fingi nervosismo quando uma secretária surpresa viu meu rosto.

– Oi – falei baixinho. – Hum, posso falar com alguém? Da segurança?

Fui levada rapidamente para uma sala onde se encontrava um homem bigodudo. Ele tinha idade de pai – perfeito.

– Minha nossa – disse ele ao me ver.

– Eu queria saber se você podia me ajudar? – perguntei, apontando, envergonhada, para meu rosto. – Eu já denunciei. Foi... meu ex-namorado. Ele me seguiu até a faculdade, sabe?

Ele se endireitou, preocupado.

– Senhor Tedesco – falei, lendo o crachá dele. – Ele violou a medida protetiva. Ele sempre descobre onde estou.

Comecei a chorar, fingindo estar tentando desesperadamente me controlar. Ele me ofereceu uma caixa de lenços, com uma careta de preocupação.

– Eu já denunciei, sabe, para a polícia e contei tudo – falei.

– É a coisa certa a fazer mesmo.

Assoei o nariz.

– É, eu sei. Só que eu pensei... Consigo controlar o que acontece no alojamento? Eu moro no Brewser. Tipo, ontem, logo que cheguei da delegacia, tinha um monte de gente entrando, sabe? Sei que são alunos, mas é tão fácil para qualquer um entrar.

– Ah, querida, a gente não quer que isso aconteça. Os funcionários da segurança...

– São estagiários que ficam vendo Netflix e jogando Doge Dash no celular – falei, torcendo para o tom não ser agressivo demais para minha personagem, e chorei ainda mais. – Desculpe. Você pode dar um aviso especial, sei lá, para capricharem mesmo na segurança do Brewster?

Ele se inclinou sobre a mesa, os olhos castanhos arregalados de pena.

– Com certeza, vou fazer tudo que puder para você se sentir segura.

O que eu queria desesperadamente era tempo para começar a mexer nos HDs de Will, mas aquela história da segurança foi demorada, e depois eu ainda tinha que passar maquiagem e ir fazer um experimento, sendo que nem havia comido nada. Uma loja especializada em pastrami ficava perto do departamento de Psicologia. Comprei um sanduíche e segui para o prédio, sem tempo de sentar para comer. "Estou andando sozinha", notei, então apertei o passo para me juntar a um grupo de alunos que iam no mesmo sentido. Toda vez que olhava ao redor, sentia dor nas costas.

Nem dava para notar que alguém tinha sido assassinado no departamento de Psicologia. O chão estava brilhando, e me perguntei se minha salinha era a mesma do assassinato. Tranquei a porta e olhei ao meu redor, como se provas flutuassem no ar.

Claro que não era o caso – ali só estavam meu corpo dolorido e meu estômago faminto. O experimento era chatérrimo, e eu já estava de mau humor. Era uma sequência de situações hipotéticas às quais eu devia responder por escrito. Peguei o sanduíche e comecei a trabalhar, melando o teclado com os dedos engordurados.

Você está perto do trilho e o trem está vindo. Quatro pessoas estão amarradas aos trilhos e serão atropeladas e mortas. Sua mão está em uma alavanca que, caso você acione, desviará o trem para outro trilho. Contudo, no outro trilho há uma pessoa amarrada que morrerá caso o trem seja desviado. O que você faz?

Uma gota de gordura de pastrami caiu no teclado.

Procuro quem amarrou as pessoas, escrevi. Por que tem tanta gente amarrada no trilho?

Estava para começar a próxima questão quando ouvi um clique e o barulho de alguma coisa sendo sacudida. Ergui o olhar. O lado do corredor onde ficavam as salas de experimento estava silencioso quando cheguei, apesar de haver vozes distantes, próximo à sala do dr. Wyman. Olhei para a maçaneta de metal em L, que se mexia lentamente.

Saquei minha faca e dei a volta na cadeira. Vi a sombra de dois pés em frente à porta. Finalmente os pés se afastaram. Encostei a orelha na porta, mas não ouvi nada além de um zumbido misterioso percorrendo o prédio. Era a pessoa que me atacara? Ou um aluno que errara de sala? Um assistente de pesquisa? Ou um assassino?

Mordi meu sanduíche, a carne já fria. Eu estava com raiva. Sanduíche frio. Algum idiota queria me matar, atrapalhando meus planos. Eu não sabia o que estava acontecendo, mas, se alguém me atrapalhasse, ia se arrepender. Fiz uma pesquisa rápida no celular. Em seguida, abri o WhatsApp e achei as mensagens de Charles. Toquei no nome dele para ligar. Depois de seis toques, ele atendeu.

– Por que você está me ligando? – perguntou baixinho.

Eu tinha preocupações maiores e fiquei ressentida por pensar isso, mas, *meu Deus*, o som da voz dele… era que nem manteiga derretendo no pão quentinho.

– Eu ia te mandar uma mensagem quando descobrisse a resposta – disse ele.

Por que ele estava falando de forma tão misteriosa? WhatsApp é criptografado. Talvez a namorada estivesse por perto.

– Acho que temos um problema – falei.

– Que problema?

– Posso pegar seu carro emprestado?

– Por quê?

– Para comprar uma arma. Não tenho carro, e a loja é muito longe para ir de Uber.

– Você quer que eu empreste meu carro caro para uma garota que nem tem carteira ir a uma loja de armas?

– Como você sabe que não tenho carteira?

– Porque mexi na sua bolsa naquela noite enquanto você estava se trocando.

Merda, ele era mais esperto do que parecia. Minha mãe não tinha me deixado tirar carteira de motorista. Ela achava que me dar acesso a automóveis me transformaria em um "terror de quatro rodas". Provavelmente era o mesmo motivo para, aos dezoito anos, eu nunca ter entrado em um avião. Eu planejava tirar carteira, mas teria que me inscrever na autoescola, e estava ocupada com a faculdade e todo o resto.

– Preciso me proteger.

Uma ideia me ocorreu.

– Seu pai caça – falei. – Você não tem uma arma para me emprestar?

– Emprestar? Armas não são livros da biblioteca. Você nem sabe… deixa pra lá. De onde veio isso?

– Eu não deveria ter te desprezado antes… Acho que alguém está *mesmo* nos caçando.

Eu precisava que Charles acreditasse que eu estava com medo genuíno e inteiramente de acordo com a teoria dele.

Fez-se uma pausa.

– Por que você diz isso?

Contei o que tinha acontecido com a porta, mas exagerei para soar mais dramático, sem ambiguidade. De jeito nenhum eu contaria que alguém tinha me moído no soco. Também não mencionei que uma arma seria muito conveniente, agora que Will sabia que eu poderia ser um problema.

– Vou te levar para comprar alguma coisa – disse ele por fim.

Eu me alegrei. Muito melhor do que andar por aí no carro de Charles: o próprio Charles me acompanhar.

– Mas, se você acha que tem alguém se escondendo por aí, é melhor chamar o serviço de acompanhantes do campus – sugeriu ele.

– Aqueles bestas? Ainda é dia.

– Pode não ser seguro.

– Achei que eu fosse o perigo.

– Talvez – disse ele. – Você pode me encontrar às quatro?

Concordei, e ele disse que me mandaria uma mensagem para combinar o resto.

Chamei o serviço de acompanhante, curiosa para ver quem, ou o que, apareceria. Se o serviço fosse bom, poderia ser um jeito decente de andar pelo campus. Nem sempre dou conta de uma briga sozinha, mesmo sendo jovem, estando em forma e tendo ouvido de um professor de Krav Maga que sou especial. Depois que Charles mencionou o serviço, me ocorreu que os acompanhantes provavelmente tinham acesso fácil a todos os prédios do campus. Alguns minutos depois, chegou um policial da universidade, um pouco confuso por ser chamado durante o dia. Não falei para ele sobre a porta, só sorri discretamente e, antes de entrar no carro dele, disse:

– Melhor prevenir do que remediar.

– Especialmente hoje em dia – acrescentou ele, sorrindo.

Ele tinha uns trinta e poucos anos.

– Aonde você vai? – perguntou.

Dei o endereço. Ele me fez algumas perguntas básicas e ficou de papo-furado, como se achasse que aquilo era um encontro.

– Vocês recebem muitos pedidos por acompanhantes?

– Às vezes – disse ele, dando de ombros, as mãos no volante. – Mas às vezes estou fazendo umas rondas às duas ou três da manhã e vemos garotas andando para casa, carregando os sapatos na mão.

Ele sacudiu a cabeça.

– Quer dizer, o mundo aí fora não é seguro… – continuou. – Vocês devem saber disso.

Quando chegamos ao destino, ele, aparentemente do nada, tirou um cartão de visita do bolso.

– Se precisar de qualquer coisa, pode ligar direto pra mim, tá bom, Chloe? – disse.

Fiquei confusa por ele saber meu nome, até lembrar que eu tivera que dar o número da minha identidade estudantil para chamar o serviço.

– Pode deixar – falei, guardando o cartão no bolsinho de lixo da bolsa, onde eu jogava chiclete mastigado embrulhado em lenços de papel.

Charles apareceu às quatro em ponto na esquina das ruas P e 6 em um Porsche prateado. Estava usando óculos escuros que eu não queria que ele usasse. Dificultava para saber o que ele estava pensando, e eu precisava estar muito atenta, apesar das dores e dos incômodos que me distraíam.

– Só pra você saber – disse ele, quando, contendo uma careta, entrei no carro –, não estou te levando pra comprar uma arma de fogo... Essa ideia não me desce. Mas sei onde comprar uma arma de eletrochoque.

Fiz uma cara emburrada.

Ele me olhou de relance, mas só consegui ver meu reflexo nos óculos, antes de ele começar a descer a rua P.

– Alguém definitivamente tentou entrar naquela sala pra me pegar – falei.

– Não podia ser só alguém vendo se a porta estava trancada?

– Não, estava mesmo atrás de mim. Acho que você está certo quanto aos assassinatos.

Eu não podia revelar que tinha interesse pessoal em todo mundo achar que era um serial killer. Todo mundo precisava acreditar que a matança iria continuar. Idealmente, Will seria o próximo, o que quebraria o padrão, porque, se morresse uma terceira pessoa do programa, Will se destacaria, pois destoaria das outras vítimas. Dois psicopatas mortos poderiam ser coincidência; três, não.

– De repente você se converteu à minha teoria? – perguntou ele, o tom agradável revelando a desconfiança que eu sabia que ele estava sentindo.

Ele virou na avenida Rhode Island.

– Não completamente... Pode ser só um serial killer interessado em universitários. Não tem nenhuma lista de participantes do programa por aí.

– Tem, sim. O doutor Wyman, a Elena e todos os assistentes de pesquisa sabem os nossos nomes. O departamento financeiro também – disse ele.

– Você acha mesmo que Wyman ou um dos ajudantes dele fez isso? – Não pude deixar de perguntar. – Ele não é vegano?

– Hitler também era.

– Pode ser Elena. Estilo *O médico e o monstro*.

Ele riu em resposta, e soltei uma risadinha boba, algo que eu só fazia ironicamente. Minhas bochechas doíam.

– Você não está indo no sentido errado?

Estávamos seguindo para o leste, não para o sudoeste, na direção de Virgínia.

– Preciso buscar uma coisa no caminho – disse ele, virando na rua Q. – Mantimentos.

Senti certa tensão na barriga, pensando que, quando estamos no carro de alguém, nos tornamos reféns. No entanto, poucos minutos depois, estacionamos em frente a uma lanchonete Wendy's e fiquei confusa. Esse era um lugar inofensivo para ele encontrar um cara que me venderia uma arma de eletrochoque? Saímos do carro e entramos no restaurante, que cheirava a batata frita. Esperei que alguma coisa estranha acontecesse, mas ele foi ao balcão e pediu um milk-shake.

– Sério? – perguntei.

– Quer alguma coisa?

– Não.

– É melhor estar falando sério, porque eu não vou dividir – disse Charles.

– A gente podia pedir pelo *drive thru*.

Ele fez uma cara de nojo.

– Os Portmont não usam *drive thru*.

Precisei rir, o que causou uma sensação estranha na minha bexiga.

– Já volto – falei, indo ao banheiro.

Não tinha mais ninguém na lanchonete, então o banheiro felizmente estava vazio. Eu queria conferir a maquiagem depois de fazer xixi. Não queria que Charles soubesse que alguém me atacara, senão ele saberia que eu posso ser atacada.

Terminei o xixi, mas congelei ao pegar o papel higiênico. A urina no vaso estava cor-de-rosa – e eu não estava nem perto de ficar menstruada. Eu me sequei com as mãos tremendo. Encarei meus dedos trêmulos e apoiei as mãos nos joelhos. "Uma lesão renal." Eu tinha sido atingida com tanta força que havia sofrido uma lesão renal. "Está tudo bem", pensei. "Saia daí antes que Charles ache que você está demorando. Lesões passam. Se não se sentir melhor nos próximos dias, vá à enfermaria e invente uma história." Por algum motivo, contudo, não consegui me levantar. Minha cabeça estava doendo, meu ombro, ardendo, minhas costas, latejando.

Ouvi a porta se abrir e a voz de Charles, com um tom bem-humorado.

– Você caiu no vaso?

– É o banheiro feminino! – gritei, me levantando, furiosa, e vestindo a calcinha e a calça de volta.

– Gênero é uma mera construção social. Além do mais, tenho notícias.

– Que notícias? – falei, saindo da cabine.

O sorriso dele sumiu quando me viu. Ele estava com o milk-shake em uma mão e o celular na outra.

– Chad me respondeu – disse, analisando meu rosto. – Ele falou que Will passou a noite toda no evento. Tipo, só foi embora lá pelas três ou quatro.

Eu o encarei. Então Will não poderia ter me atacado.

– Por que você me perguntou isso? – disse ele. – Aconteceu alguma coisa ontem?

Não falei nada.

Ele enfiou o celular no bolso, equilibrou o milk-shake na tampa da lata de lixo e se aproximou para examinar meu rosto antes que eu conseguisse me afastar.

– Você está escondendo alguma coisa com maquiagem?

– Alguém me encheu de porrada – admiti, exausta demais para elaborar uma mentira.

Pensei na porta fechada de Yessica. Ele arregalou os olhos.

– Achei que fosse Will, mas não pode ser, se ele passou a noite naquele evento. Mas, quem quer que seja, pode procurar alguém que levou uma facada.

– Você está falando sério?

– Tem sangue na minha urina.

– *Como assim*?

Eu me virei e levantei a camisa, expondo minhas costas. O hematoma ganhara um tom de roxo mais escuro. A torneira estava pingando. Quase gritei quando ele me tocou – o machucado estava sensível e a mão dele, gelada por causa do milk-shake. Ele passou a mão pelo hematoma e fechei os olhos, me segurando na porta da cabine. Odeio admitir, mas, entre a dor e a sensibilidade, senti uma pontada de interesse entre as pernas. Pensei nas mãos dele tocando piano.

Eu o ouvi se afastar, então abaixei a blusa e me virei.

– Isso está mesmo acontecendo – disse ele em um tom sombrio.

Lavei as mãos, assentindo.

– Então vamos lá comprar sua arma de eletrochoque.

Voltamos ao carro e entramos na autoestrada. Ele tirou os óculos e acelerou demais. Fechei os olhos, amando como as janelas abertas faziam meu cabelo chicotear ao vento. O ar tinha aquele cheiro outonal de creosoto.

– Nunca comi no Wendy's – falei, mais alto do que o vento, querendo mudar de assunto.

– Como assim?!

Ele tomou um gole de milk-shake, sugando as bochechas, indicando que a bebida era espessa.

– Meus pais odeiam essa lanchonete por alguma razão. Eles tinham alguma coisa contra, então nunca fomos.

– Que escolha estranha de ódio.

– Qual é a graça desses milk-shakes? Todo mundo fala deles.

– Já falei que não vou dividir.

Olhei para ele, com ar pidão, por um bom pedaço da 395, onde o engarrafamento era tanto que quase paramos.

Finalmente ele me olhou, riu e me entregou o copo encerado. Quando tomei um gole, não pude deixar de pensar que minha boca estava ao redor do mesmo canudo que a boca dele tocara instantes antes – um beijo por associação. Por um segundo, ele olhou bem nos meus olhos quando bebi um gole. O vento bagunçou uma mecha do meu cabelo, jogando-a na minha cara. Charles se inclinou, sorrindo, e ajeitou a mecha atrás da minha orelha.

23

Andre parou no patamar no meio da escada que levava ao sexto andar. Ele estava com um nó na garganta. Fazia silêncio no departamento de Psicologia – já eram onze da noite –, e ele não planejara aparecer tão tarde. Devia entregar uns formulários na sala de Wyman, mas eram tantas aulas e seminários que já se sentia atrasado nos estudos… além disso, não estivera ali desde o incidente. "Tudo bem", pensou. "Já limparam tudo. A polícia não entrou em contato de novo, então provavelmente já detiveram alguém." Na verdade, ninguém parecia saber o que estava acontecendo com a investigação; não que isso impedisse os estudantes de espalharem vários "fatos" ouvidos de supostos contatos na polícia, na universidade, e até no FBI.

Andre apertou as alças da mochila e subiu lentamente o restante da escada, aproximando-se da sala de Wyman. Ao enfiar o envelope na fenda escura sob a porta, imaginou que algo horrível acontecia lá dentro. No entanto, o envelope foi entregue sem mais dramas. Ele tinha acabado de se virar, tirando o celular do bolso, quando o telefone escorregou e caiu no chão. Quando se abaixou para pegá-lo, algo atraiu sua atenção. No meio do corredor, havia uma porta que ele não notara. No chão em frente à porta estava um objeto pequeno e branco… De perto, viu que era um retângulo espesso de papel. Ele o pegou e contemplou a porta. Se alguém estivesse dentro de uma sala sem ter a chave, mas quisesse deixar a porta destrancada, um jeito de fazê-lo seria bloqueá-la com um papelzinho dobrado, como aquele. Curioso, levou a mão à maçaneta e descobriu que a porta não estava inteiramente encaixada, só o suficiente para dar a impressão de estar fechada.

Ele hesitou, o coração a mil. Em um filme, seria exatamente a parte em que ele e Sean gritariam para a tela. Colocou a cabeça dentro da sala, tentando permitir que os olhos se ajustassem ao escuro. Ele já vira os fundos do escritório de Wyman: uma selva de arquivos e uma bagunça de livros e revistas empilhados. Será que alguém tinha arrombado o escritório? Quem teria prendido a porta?

Andre entrou em silêncio, fechando a porta devagar. Em seguida, ouviu um barulho: alguém remexendo papéis lá dentro. Ele se abaixou um pouco e esticou a cabeça para olhar para a área principal do escritório.

– Parado – disse uma voz séria, e uma luz ofuscante atingiu seus olhos.

Andre se sobressaltou. Ele imediatamente pensou na polícia, na cara arrogante de Deever. Ele ergueu as mãos.

– Fique com as mãos onde eu possa ver.

A luz se apagou. Andre piscou e, por um momento, só viu verde, em vez do que estava mesmo à sua frente. Aos poucos, uma imagem se formou. Uma garota, não um policial. Uma garota mais ou menos da idade dele, toda de preto. Ela não estava segurando uma arma de fogo, mas uma espécie de arma de eletrochoque – Andre nunca sabia identificá-las direito. Ele levou a mão ao peito e se forçou a respirar.

A garota apontou a arma para ele.

– Você está no programa – declarou ela simplesmente.

Surpreso, ele viu que ela também usava um relógio preto. Não era uma suposição difícil, considerando que os dois tinham invadido o mesmo escritório, apesar de, na verdade, não ter sido essa a intenção de Andre. Ele temia aquele momento – conhecer um dos psicopatas de verdade. Podiam ser perigosos, ou imediatamente notar que ele estava mentindo. No entanto, Wyman não notara, o que lhe dava um pouquinho de confiança.

Ele relaxou a postura e a encarou com ar de tédio.

– Você também?

Eles se entreolharam, desconfiados. Se o conhecimento dele sobre psicopatia estivesse correto, ela não se importaria por ele estar fazendo uma coisa tecnicamente errada, ou usaria o fato contra ele.

– O que você está fazendo aqui? – perguntou ela.

– Você deixou a porta dos fundos aberta.

– Não deixei, não – disse ela, na defensiva.

Ele mostrou o pedacinho de papel.

– Belo truque.

Ela inclinou a cabeça. Provavelmente estava ali porque queria ver o próprio arquivo, ou roubar os relógios, ou talvez quisesse dinheiro. Sem problema – os dois podiam prometer guardar segredo e se despedir. De repente ela ergueu a arma, que emitiu um zumbido assustador quando um raio elétrico surgiu entre os dois polos.

– Deixa eu te perguntar uma coisa – disse ela, dando um passo à frente.

Andre se forçou a não dar um passo para trás. A concentrar o olhar calmo no rosto dela.

– Tá?

– Michael Boonark… esse nome te diz alguma coisa?

Ele ficou chocado, mas conteve a expressão.

– Claro. Eu quase salvei a vida dele, você não soube?

– Como assim? – perguntou ela, desconfiada.

– Alguém fez picadinho dele. Eu o encontrei e praticamente o salvei, mas aí apareceram uns socorristas que fizeram merda.

– Era você a testemunha?

– Pois é. E nem me deram recompensa nem nada.

O computador de Wyman emitiu um barulho. Ela mal olhou para trás.

– E a noite do dia treze?

– Treze?

– Duas pessoas do nosso programa foram assassinadas no mesmo mês. Michael no dia seis e outro cara, Kellen, no dia treze.

"Puta que pariu." Andre tinha ouvido uma história – aparentemente mentira – de que a morte na máquina de ressonância fora o resultado horrivelmente errado de um trote de fraternidade. Tinha todo tipo de história rolando. Finalmente ele reparou no olhar de desconfiança da garota.

– Peraí… você acha que fui *eu*?

– Se temos sete psicopatas no campus e só umas poucas pessoas que sabem quem eles são, a lista de suspeitos não é tão grande – disse ela, impaciente.

– Eu fui a *testemunha* principal do assassinato de Michael. Eu tentei salvar ele!

Ela estreitou os olhos.

– Claro… você "ajudou". Isso te põe no lugar certo, na hora certa.

– Você acha que a polícia não tem interesse em prender um cara negro que está no lugar errado, na hora errada? Pegaram todo tipo de prova forense comigo. Já sabem que eu sou inocente.

Ela piscou.

– Quando foi o outro? – perguntou ele. – Dia treze? Preciso do meu celular, mas posso provar onde estava.

Ele pegou o celular devagar, ficando de olho nela, e começou a abrir os aplicativos com rapidez. Tinha um monte de Snapchats dele em uma festa na casa de Marcus no dia treze, até de madrugada, culminando com café da manhã às sete no Florida Avenue Grill.

Ela não abaixou a arma de eletrochoque.

– Você pode ter tirado essas fotos todas em outra hora e postado à noite. É um bom álibi.

Ela se aproximou de novo.

A garota tinha um olhar completamente vazio. Lembrava a Andre uma criança que puxava as asas de uma mosca distraidamente. "Jesus amado." Ele abriu o álbum de fotos.

– Só que aqui tem o horário e a data de tudo.

Graças a Deus pelo registro superficial da vida que as redes sociais exigem. Ela arrancou o celular da mão dele e passou pelas fotos, com expressão duvidosa.

– Tire a roupa. Se não for você, não vai ter nenhuma lesão de facada.

Aquilo não fazia sentido nenhum, mas Andre não ia desobedecer a uma doida armada do caralho. Ele tirou o moletom, a camiseta e o jeans, tentando não tremer quando ela iluminou seu corpo com a lanterna. Era como a consulta médica mais bizarra do mundo.

Finalmente, a luz ofuscante sumiu e ela devolveu o celular, guardando a arma de eletrochoque no cós da calça jeans. Ele se obrigou a rir ao se vestir.

– É isso que você veio fazer aqui? Investigar esses assassinatos e tal? – perguntou.

Ela hesitou, mas confirmou.

– Meu nome é Chloe – falou.

– Andre.

– É melhor a gente se ajudar – cochichou ela, mudando inteiramente de tom, conspiratória. – Somos sete – falou, levantando sete dedos, antes de abaixar dois. – Morreram dois. Aí temos nós dois – continuou, restando três dedos. – Esse aqui – falou, apontando para o dedo do meio –, eu conheço, mas não tenho muita certeza sobre ele. Nós podemos todos trabalhar juntos.

"Nem fodendo", ele pensou imediatamente. Não queria nada com aquela garota. Só que então hesitou. Talvez ela já tivesse um monte de informação. Porra, ela já tinha entrado na sala de Wyman sozinha. Apesar de ela poder ser útil, ele também estava com medo. Devido a toda a sua pesquisa, já sabia que psicopatas podiam ser muito perigosos. Além disso, ficar próximo dela podia levá-la a descobrir que ele não era psicopata coisa nenhuma.

– Por que eu deveria te ajudar? Tenho meus próprios problemas – disse ele.

Andre se perguntou quando o guarda da noite faria a ronda.

– Você não está pensando direito. Seus problemas são meus problemas. Os alunos de Wyman estão sendo mortos – disse ela. – Eu me meti numa briga de faca com a pessoa que está caçando a gente. Quase me mataram. Mas acho que consegui acertar uma facada nela.

De repente, a inspeção corporal fez sentido. Alguém estava tentando matar os alunos do estudo? E então uma nova camada foi acrescentada ao grau de absurdo daquela situação. Andre ainda nem tinha conseguido processar completamente o fato de ter visto um homem ser assassinado, mas agora precisava contemplar que o mesmo poderia acontecer com ele. E ali estava uma psicopata olhando para ele, esperando que tomasse decisões rápidas, com a mesma impulsividade que ela tomaria.

– Por que exatamente você está aqui, então? – cochichou ele.

– Estou procurando pelos arquivos dos pacientes – disse ela, apontando com a cabeça para a escrivaninha de Wyman.

Ela já estava muitos passos à frente dele, e ele não daria conta daquilo sozinho.

– A gente compartilha todas as informações – declarou ele finalmente.

Ela assentiu.

– Você por acaso manja de computador? Eu tinha esperança de a senha dele ser uma coisa idiota, tipo o aniversário dele, mas não é.

Os dois andaram até o computador de Wyman, o monitor iluminando a mesa com um brilho azul-claro enquanto rejeitava mais algumas tentativas de senha.

– Ele provavelmente sabe que tem pacientes que fariam coisas assim – constatou Andre.

– Vê se tem alguma coisa escrita por aí. Ou talvez ele seja antiquado e tenha cópias físicas dos documentos que estão no computador.

Chloe sentou na cadeira da escrivaninha e Andre trabalhou ao redor dela, procurando no que ele consideraria bons esconderijos para senhas: atrás de um porta-retrato com uma foto de praia, debaixo do mouse pad. Usando a lanterna do celular, ele fuçou as gavetas, procurando arquivos, mas elas estavam cheias de material de papelaria e cadernos velhos. A gaveta superior direita, contudo, tinha um bloco, cuja primeira página continha anotações confusas. Eram principalmente números, mas dava mais a impressão de que alguém tinha tentado resolver um problema de matemática, rascunhando as contas, do que anotado uma senha organizada. Andre tirou uma foto, só por garantia, e entregou o bloco a Chloe.

– Tenta isso aqui, talvez?

Ele passou para o gaveteiro de arquivos atrás da mesa. Não sabia bem o que procurava. Talvez Wyman tivesse anotações em papel sobre os pacientes. Talvez…

Os dois se sobressaltaram ao ouvir um som abrupto – uma gargalhada. Vozes. Elena? Em seguida, o som de chaves. Chloe enfiou o bloco de volta na gaveta e desligou o monitor. Eles saíram correndo pelos fundos do escritório, passando pela porta bem na hora que as luzes lá dentro foram acesas.

Eles hesitaram na luz forte do corredor antes de descer a escada dos fundos. Só pararam ao sair do prédio, encarando uma lufada de vento gelado.

– Merda – murmurou Chloe. – A segurança dele é melhor do que eu esperava.

– Você não conseguiu nada antes de eu chegar?

Ela pareceu um pouco irritada com a pergunta.

– Você me interrompeu!

– Aquela sala tem duas informações de que precisamos. Quem está no programa e quem tem acesso à informação.

– Juntos, a gente dá conta – insistiu ela. – Como dizem por aí: dois psicopatas são melhores do que um.

24

A coisa mais próxima de um paciente perfeito no Estudo Longitudinal Multimétodos sobre Psicopatia era Charles Portmont. Leonard observara que ele era um jovem inteligente cujo narcisismo funcionava em favor próprio: gostava de pensar sobre si, o que lhe permitia a capacidade de compreender o próprio comportamento. Mesmo pacientes com as melhores intenções, se não tivessem consciência ou percepção de si, encontravam limitações com os programas terapêuticos ou de modificação comportamental. Era melhor ainda se o cliente tivesse de fato motivação para mudança.

A família de Portmont tinha tanto dinheiro que a bolsa integral para estudar na Adams não servira de incentivo. Charles fora aceito em universidades melhores, mas escolhera a Adams por causa da pesquisa. Ele admitira isso na terapia e detalhara como a decisão de frequentar uma faculdade pequena e de terceira categoria, em vez de Georgetown, deixara seu pai apoplético.

Se uma criança não tivesse empatia, não era possível ensiná-la a não bater em outras pessoas porque machucava – a criança psicopata simplesmente não se importaria. A pesquisa neurocientífica de Wyman conseguira até demonstrar o que ocorria no cérebro de psicopatas ao tentar processar o ponto de vista alheio. Quando via imagens que causavam respostas emocionais fortes na população de controle, como pena ou tristeza, o cérebro de psicopatas indicava que não sentiam tais emoções, mas pensavam no que deveriam sentir e talvez até em como imitá-las.

Contudo, parte da impulsividade de Charles fora devidamente controlada quando ele aprendera a aplicar os princípios do programa. As decisões não eram descritas em termos de moralidade, mas em como o interesse próprio dele seria afetado pelas consequências. Charles quer que a irmã o ame, porque deseja afeto; quando Charles faz coisas que a irmã acha egoístas (quer Charles *concorde* ou não com essa opinião), a fonte de afeto entra em risco.

Ele passara de um garoto egoísta que gastava todo o dinheiro da família, detonava carros e usava substâncias ilegais a um jovem com uma vida relativamente estável – tudo porque pusera em prática o que aprendera no programa. Usava o charme e a capacidade de manipulação para encontrar formas legais e socialmente aceitas de alimentar suas necessidades. Se quisesse demonstrar sua superioridade intelectual, era melhor tirar boas notas. Se quisesse evitar ser deserdado, era melhor encontrar formas construtivas de lidar com o pai. Se quisesse bajuladores e atenção, era melhor buscar os holofotes ao se tornar presidente do DCE, não ao ter maus comportamentos.

Leonard procurou a caneta-tinteiro preferida, que normalmente ficava perto da luminária, e a encontrou no chão. Ele abriu uma página nova do caderno depois de ler as anotações da sessão anterior e olhou para a porta logo antes de Charles chegar. Bem na hora. Se alguém quisesse falar de si mesmo durante uma hora – e que narcisista não gostaria de fazer isso? –, era melhor chegar na hora marcada.

Naquele dia, Charles inclinou o corpo para a frente, ávido.

– Como você está lidando com tudo que tem acontecido? – perguntou Leonard.

Ele fizera sessões terapêuticas emergenciais tanto com Charles quanto com Andre após terem testemunhado os assassinatos. O primeiro tinha forçado emoção durante toda a sessão; o segundo ficara inteiramente desconectado.

– É uma quantidade enorme de estresse para todo mundo – continuou Leonard –, e espero que você saiba que sempre pode vir aqui para conversar.

– É tudo bem… surreal. Quase não acredito no que aconteceu, apesar de ter visto com meus próprios olhos – disse Charles, levando uma mão ao peito. – O tronco dele estava basicamente *aberto*. O chumbo… o que você acha que aconteceu?

Houve um engasgo, uma pausa na reação de Leonard.

– Se me permitir um comentário de processo neste momento, quero indicar que seu tom está inadequado.

– Está?

– Quando alguém morre, quando alguém encontra um cadáver, a reação é angústia. Você está parecendo mais curioso. Como se alguém estivesse contando um detalhe violento de um filme de terror.

Era mais horrível do que Charles imaginava. Leonard certamente não contaria o que soubera por Bentley: que Kellen estava drogado com Rohypnol, provavelmente para não reagir ao ter que engolir chumbo à força.

– Ah.

– O que Kristen falou?

A expressão vazia no rosto de Charles disse tudo que Leonard precisava saber. Uma pessoa não psicopata teria feito uma careta, ou demonstrado estar culpada e envergonhada.

– Charles, você não contou para sua namorada que encontrou um cadáver?

– Como eu contaria? Ela faria o que você fez agora e...

– E o quê?

Charles olhou para os pés.

– Talvez ela ficasse meio enojada se eu não respondesse do jeito certo. Quer dizer, eu não me *importo* com os assassinatos. É para eu fingir me importar?

– O que te chateia mais? A conversa com Kristen ou a morte em si?

– Depende. Os assassinatos estão conectados? Tem gente dizendo todo tipo de coisa.

– Não tenho permissão para comentar.

– Por quê? A polícia conversou com você?

– Também não tenho permissão para comentar isso.

Charles suspirou, se afundando na poltrona e levantando o olhar para o teto.

– Sei lá... Tenho evitado ela, porque ela anda falando nisso, igual todo o mundo.

– Kristen demonstrou incrível compreensão com relação ao seu diagnóstico.

– É, mas eu precisaria mentir para ela, e mentir é ruim. Então, primeiro, tenho que fingir o que sinto, e depois fingir que não sei uma coisa que sei... que os dois caras estavam no programa.

A caneta de Leonard ficou imóvel sobre o papel. Como Charles sabia daquilo? Será que ele andava xeretando? Flertando com alguma assistente de pesquisa... que definitivamente deveria ser demitida. Ou estava só chutando, com base no que sabia? E agora tentava confirmar, com base na reação de Leonard à acusação. Também era inteiramente possível que a acusação fosse um desvio, para evitar um tema que deixava Charles desconfortável.

– Você e Kristen já disseram que se amam. Você acha que o amor dela por você é condicional e depende de você demonstrar algum padrão de "normalidade"?

Ele franziu a testa, e Leonard quase enxergava os pensamentos se remexendo. Kristen fora um desenvolvimento importante na vida de Charles, uma chave para conter seus comportamentos ruins. Ele ficara tão empolgado ao conhecê-la – uma garota atraente e interessante, com quem tinha ótima química –, mas, ao mesmo tempo, tivera bastante medo de fazer alguma coisa para estragar o relacionamento. Era verdade que Kristen fora paciente, mas toda paciência tinha seu limite.

– Não quero que ela veja esse lado da minha vida – disse Charles, se ajeitando na cadeira. – Fiquei pensando nisso. Se eu contar, como ela vai reagir?

– Como você acha que seria, Charles?

– Ela pode sentir... raiva ou nojo. E aí seria todo um auê, porque ela ficaria com medo. Se duas pessoas do programa foram assassinadas, e *eu* estou no programa, então alguma coisa pode acontecer comigo, e ela ficaria preocupada. Ela talvez pensasse: "Por que estou namorando um cara com tantos problemas?".

Leonard precisou conter suas expressões faciais. Óbvio que o assunto era horrível e, de novo, Charles estava procurando confirmação sobre as vítimas fazerem parte do programa, mas o que estava acontecendo era algo notável. Charles se tornara cada vez melhor em mudar de perspectiva e imaginar o que Kristen sentiria. Claro, como um clássico psicopata, ele enxergava aquilo como alguém que jogava uma partida de xadrez.

– Não tenho motivos para acreditar que as mortes tenham conexão com o programa.

A polícia tinha uma suspeita mais provável: os dois garotos estavam envolvidos com drogas, e eram poucos os traficantes com atuação no campus.

Era triste considerar aquilo, mas Leonard precisava admitir que sabia como drogas podiam destruir muitas vidas, inclusive de jovens que pareciam ter tanto pela frente.

– Foi o que a polícia disse?

– Como já falei, não posso discutir nada que a polícia disse, por ser uma investigação ainda em aberto. Entendo que você esteja chateado…

Charles soltou um suspiro, com um olhar de irritação fria, demonstrando claramente que não estava chateado por causa de Kristen, mas por ter fracassado na manipulação de Leonard em busca de informações.

Afinal, ele não era, como Leonard forçou-se a lembrar, um paciente perfeito. Isso não existia.

25

Dia 32

Era minha terceira vez analisando o HD de Will, e eu ainda não tinha encontrado nada. Foi fácil conectar os dois HDs ao meu computador e acessar os arquivos. Eu rapidamente notei que um era de Cordy. Portanto, me concentrei no de Will. Primeiro, organizei tudo por data e, depois, procurei todas as combinações possíveis de tipos de arquivo de vídeo. Claro que estava cheio de pornô. Havia vídeos idiotas de bichinhos e desafios imbecis de internet. Fotos de Will de férias com a família. O golden retriever, Mockey, de quem eu me lembrava e que provavelmente já estava morto.

Peguei um picolé de Yessica e comi enquanto trabalhava. Não estava em busca só do meu vídeo, também queria confirmar que ele não tinha vídeos nem fotos de outras garotas. Vi alguns nudes, mas eram de garotas que pareciam ter a minha idade, e, claro, eu não tinha como saber a origem das fotos. Minha intenção era fazer uma busca completa, mas, depois de umas duas horas, fiquei feliz em descansar.

Eu tinha combinado de encontrar Andre no laboratório de informática, e ele insistira em marcar exatamente às duas da tarde. Descobrir Andre fora um acontecimento interessante e importante. Primeiro, porque eu sabia, com considerável certeza, que ele não era o assassino. Por outro lado, não podia afirmar o mesmo sobre Charles. Afinal, fora ele quem me dissera que a barra estava limpa na casa de Will naquela noite. Eu já tinha fuçado na internet. Charles não postara nada naquele dia, mas, aparentemente, fora jantar no Zaytinya. Kristen postara fotos dele, assim como outros amigos presentes no jantar. Parecia improvável que Charles tivesse convencido a namorada e um monte de amigos dela – incluindo dois que nem eram amigos dele nas redes sociais – a fingir que tinham todos saído para jantar na mesma noite. Ele parecera genuinamente surpreso ao ver minhas lesões no banheiro – talvez até com raiva. Certamente pensava no risco muito concreto de ser o próximo.

Enfim... Andre. Eu o traria definitivamente para o meu lado. Eu precisava de aliados, mesmo que nunca fosse baixar a guarda. Andre dera um sinal vago de que descobrira informações sobre os assassinatos e que me contaria tudo às duas. Ótimo. Quanto mais ele já soubesse, menos trabalho para mim, e mais tempo para me dedicar à tarefa na qual deveria me concentrar: Will.

Quando cheguei à sala de informática, vi que Andre já estava lá, de costas para mim. Ele usava uma camisa vermelho vivo, como se fosse um alvo, e não notou quando me aproximei discretamente para ver o que estava fazendo. Dei uma boa olhada na tela dele para ver se não era nada suspeito... e era. Aparentemente, ele era fã de futebol americano. Parecia loucura ele ser psicopata. Ele parecia meio jovem para um calouro e, ao sorrir, mostrava suas covinhas. Que tipo de psicopata tinha *covinhas*? Mas precisei me lembrar de que qualquer pessoa poderia estar entre nós e que, apesar de saber que ele não era o assassino, não significava que eu podia confiar nele.

– Pronto? – perguntei, me sentando ao lado dele. – Qual é a sua informação secreta?

Felizmente, só havia mais uma pessoa no laboratório, dormindo perto de uma impressora, então tínhamos privacidade.

– Primeiro, me conte tudo o que você sabe – disse Andre.

Claro que ele me pediu para falar primeiro. Eu recusaria, por princípio, mas ele tirou da mochila um saquinho de pretzels recheados de manteiga de amendoim. Ele me ofereceu um e eu aceitei, apesar de não ser permitido comer no laboratório de informática.

Contei o que sabia sobre a morte de Kellen, o que era pouquíssimo, e contei uma história sobre ter sido atacada em um beco escuro, em vez de falar que estivera xeretando na casa de Will – honestidade demais era perigoso.

– Quem é o outro cara do programa que você conhece? – perguntou ele.

– Charles Portmont. Ele estava com Elena quando encontraram o corpo de Kellen – falei, e peguei o celular para mostrar uma foto dele. – Se você o encontrar pelo campus, tome cuidado.

– Achei que você tivesse dito que não era ele.

– Tenho quase certeza… mas ele é mentiroso. Não acredite em nada que ele disser sobre mim.

Andre me encarou.

– O que ele me diria sobre você?

– Mentiras. Ele gosta de mexer com a cabeça das pessoas.

– Mas ele te falou que os dois mortos estavam no programa… e se estivesse só tirando uma com você?

Que bom. Andre não era bobo.

– Eu acreditei porque ele parecia genuinamente preocupado com a própria segurança. Ele achou que eu era a assassina. Não sei como ele sabia que as vítimas estavam no programa, mas ele já está no terceiro ano. É possível que conheça todo mundo que está no estudo.

– Menos eu – acrescentou Andre.

Dei de ombros.

– Como eu disse, não confie nele até resolvermos isso tudo – falei, pegando meu diário e minha caneta. – Me conte tudo sobre o assassinato de Michael, até os milésimos de segundo.

– O que é isso? – perguntou ele.

– Eu adoro buJo. *Bullet journal*? É um método de organizar informação.

Andre me ajudou a preencher a linha do tempo que fiz daquela noite. Ele não contou os fatos de forma inteiramente organizada, mas lembrava muitos detalhes do que tinha acontecido. Ele só não sabia identificar o rosto que vira quando Michael morrera.

– Tem certeza de que não é ele? – perguntei, apontando para meu celular, que ainda mostrava uma foto de Charles que peguei no Instagram de Kristen.

– Não é, eu saberia se fosse.

– Então qual é sua teoria? Qual é a importância de nos encontrarmos às duas?

Andre conferiu o relógio.

– Temos uma hora. Tenho um experimento às três, e você vai comigo.

– Vou?

– É o seguinte: acho que Wyman é a chave.

Franzi a testa, hesitando em escrever.

– Ele tem uns setenta anos.

De jeito nenhum era Wyman naquela porradaria comigo no porão. Aquela pessoa era forte fisicamente.

– Não, não quero dizer que foi ele.

O olhar de Andre estava iluminado, como um nerd pronto para se explicar. Ele abriu o e-mail no computador e dali abriu uma foto, que tentou aumentar ao máximo.

– Esse é o bloco que encontramos no escritório – falou.

Na minha frente estava uma série de números de dois dígitos, alguns deles riscados: "06" estava destacado com um círculo, "33" tinha uma estrela ao lado, e mais uns números.

– Testei todas as combinações desses números. Não era a senha do computador dele. Talvez ele tenha um cadeado com senha no escritório, ou em um dos gaveteiros de arquivo?

– Não é uma senha. É matemática. Ele está tentando entender a relação entre dois anos – disse Andre, cutucando o número "96" na tela. – Esse número te diz alguma coisa?

– Por que eu me importaria com um ano em que nem tinha nascido?

– Você já ouviu falar do assassino SED? Dos anos noventa e começo dos dois mil?

– Claro.

– Wyman foi terapeuta dele depois que ele foi detido, a única pessoa a falar com ele. Wyman argumentou a favor da clemência e disse um monte de coisa no tribunal, falando que o cara não era mau.

– *Quê?*

Andre assentiu.

– Wyman estava fazendo uma conta com anos. Ripley tinha trinta e três anos quando foi executado pelo estado da Virgínia, há pouco mais de dez anos. Voltando vinte anos, até 1996, especificamente ao mês de setembro... foi o primeiro assassinato do SED de que sabemos.

– Não entendi o que isso tem a ver com a gente.

– Tá, a gente não tem todas as peças, mas sabemos que pelo menos *Wyman* está pensando nessas datas. Em setembro agora fez vinte anos do início da matança do SED. E alguém começou uma série de assassinatos exatamente no mesmo dia, vinte anos depois. É um *imitador*.

– Mas o SED era um estuprador que mutilava gente, sei lá. Esses assassinatos são só assassinatos mesmo.

– Pense um pouco – cochichou Andre, se aproximando. – Wyman conduz um programa para psicopatas virarem membros produtivos da sociedade. Mas talvez alguma coisa tenha dado horrivelmente errado. Qual é o melhor jeito de chamar a atenção de Wyman? Imitar um assassino com o qual ele trabalhou. A primeira morte acontece e é uma tragédia terrível e aleatória. Mas, na segunda, ele não pode deixar de notar as datas.

Eu me recostei na cadeira, a cabeça a mil. Eram pistas de menos e cadáveres demais para meu gosto.

– Essa conta pode ser qualquer coisa. Ele podia estar pensando na hipoteca, no aniversário de casamento, sei lá... Ou talvez os assassinatos sejam uma punição para Wyman. Talvez alguém odeie ele muito, muito mesmo.

– Talvez ele tenha alguma suspeita secreta que não pode contar à polícia, porque não quer que o programa e a pesquisa sejam malvistos. Talvez seja um ex-aluno que ele conhece há anos e precisa acobertar. Ou talvez não seja aluno nenhum... só um doido aleatório que está atrás de Wyman por causa da conexão com o SED – disse Andre.

– Duvido que ele e a faculdade queiram expor que ele trabalhou com o SED. Especialmente com um bando de psicopatas de Wyman vagando pelo campus.

Ele riu, mas deu um tapa frustrado na mesa.

– Eu só acho esquisito ele nunca ter falado do caso SED, sabe, em documentários, nem em estudos acadêmicos. Estou no processo de descobrir quem foram todos os orientandos dele, em que anos estudaram aqui. Se acharmos os alunos dele dos anos noventa, eles talvez tenham mais informação.

– Acho que o melhor é descobrir quem mais está no programa atualmente. Não tem muita gente que sabe do programa... Wyman, Elena, alguns outros pós-graduandos. Sejamos sinceros: se tem sete psicopatas no campus e alguém está cometendo assassinatos, é provável que seja um de nós. Mas não podemos desconsiderar ex-alunos, ou alguém que terminou o programa anos atrás.

Suspirei.

– Mas se nem conseguimos descobrir quem está no programa agora – continuei –, como vamos descobrir quem estava no programa dez anos atrás?

– Eu tenho uma ideia para descobrir quem está no programa agora.

Andre se levantou, puxando a mochila, e fez um gesto para eu acompanhá-lo. Saímos do laboratório.

– Sabe aqueles experimentos que, em vez de serem só questionários e exercícios, fazem a gente interagir com outra pessoa? – perguntou Andre.

– Sei, tipo aquele de Dividir ou Roubar. Você ganhou algum dinheiro naquele?

– Você não ganhou? Eu acho que, nesses experimentos em dupla, às vezes eles devem nos juntar com sujeitos de controle, mas, outras vezes, devemos fazer par uns com os outros.

– Psicopata contra psicopata!

– Alguns dos artigos que Wyman publicou abordam como psicopatas interagem entre si, mas ele obviamente não quer que a gente interaja pessoalmente.

– Pode acabar com alguém sendo morto.

Ele riu e abriu as portas duplas do departamento de Psicologia.

– Então a gente fica de tocaia sempre que um de nós dois fizer um experimento. Eu entro e te mando uma mensagem antes de começar e logo depois de acabar qualquer parte interativa com outra pessoa. Você fica esperando na escada e finge estar mexendo no celular.

Finalmente entendi a ideia dele, e senti inveja por não ter pensado naquilo antes.

– Tiro uma foto – completei. – Jogo no Facebook, e Mark Zuckerberg me conta quem é o desconhecido misterioso por meio do software de reconhecimento facial. Que esperto, Andre.

Ele suspirou, olhando para a escada curva com um olhar perturbado. Ele definitivamente não queria subir.

– Eu sei – falei, compreensiva, e ele pareceu se assustar. – Sei o que você está pensando. Se isso aqui fosse um filme, faríamos isso uma vez e descobriríamos quem é, mas, de verdade, vai ser um tédio, e a gente talvez tenha que tentar umas dez vezes antes de descobrir qualquer coisa útil. A vida nunca é tão fácil.

– É – murmurou ele. – Era isso mesmo que eu estava pensando.

26

Dia 31

– O que vocês estão fazendo?! – gritou uma voz chocada.

Eu e as meninas estávamos espalhadas pelo corredor do alojamento, o chão coberto de sacos plásticos da loja de material de construção.

Byron, nosso monitor, que normalmente era um inútil e só aparecia de vez em quando para perguntar se estava tudo bem, parou no meio do corredor para inspecionar.

– Estamos tomando o controle da situação – disse Yessica, mostrando uma nova fechadura.

– O reitor mandou um e-mail de enrolação sobre "a morte infeliz de dois dos nossos" – disse Apoorva. – Nem nos disseram o que está acontecendo!

– Vocês não podem *destruir* a propriedade da universidade.

Apontei para Byron a furadeira que estava segurando e apertei o gatilho.

– Claro que podemos. Se vocês não vão nos proteger, vamos instalar nossas próprias fechaduras.

– Vou contar para o senhor Michaels! – exclamou ele, indo embora, como se a gente soubesse quem era o sr. Michaels.

Dois dos garotos do remo tinham saído do quarto para nos observar. Molly e Apoorva estavam sentadas, de pernas cruzadas, vendo um tutorial no YouTube sobre como instalar fechaduras. Acabei de furar e me afastei para observar o trabalho. Só eu e Yessica teríamos a chave da porta. Além disso, eu já havia instalado uma nova tranca na janela do meu quarto, que fechava por dentro e podia ser aberta por fora com uma chave.

Yessica se agachou, arregalando os olhos.

– Sabe aquela garota na minha aula de Civilizações que tem um irmão na polícia? Ele falou que *forçaram* o segundo cara que morreu a engolir pedacinhos de metal, depois enfiaram ele na máquina de ressonância magnética e ele explodiu!

Achei um método pouco elegante de matar alguém. Quem quer que fosse o assassino, era exibido. Essa poderia ser sua fraqueza.

– Ouvi falar que é tipo uma sociedade secreta do século passado. A cada trinta anos, eles voltam a matar – falei, e as deixei refletindo sobre a ideia.

Peguei minha mochila e fui até o Centro de Atividades pegar a última peça do meu sistema de segurança caseiro. A livraria universitária ficava no primeiro andar e vendia de tudo, de livros didáticos a lanches e roupa de cama. Também vendia câmeras sem fio. Peguei três, pensando em instalar uma apontada para a janela do quarto, e mais duas na área comum. Eram pequenas o bastante para provavelmente só serem notadas se alguém estivesse procurando por elas. Também eram discretas o suficiente para ninguém perceber que saí da loja sem pagar.

Assim que deixei a livraria e me aproximei dos correios, vi duas silhuetas. Charles – senti um sobressalto ao vê-lo –, de frente para mim, estava conversando com um cara, de costas. O outro cara era enorme, os ombros e as costas largos e hipermusculosos esticando a camiseta. Tinha cabelo castanho bagunçado e assentia para o que quer que Charles estivesse falando. Quando me aproximei, Charles me olhou de relance. Senti imediatamente que ele não gostava do cara com quem estava conversando.

– Oi – falei.

O desconhecido se virou. Ele era bonito, de um jeito genérico, e o sorriso branco reluzente me ofuscou.

– Chloe! – disse ele.

– A gente se conhece?

Charles sorriu igual o gato de *Alice no País das Maravilhas*.

– Na festa do Charles – disse ele, sem notar a expressão de Charles.

– Você deve ter causado boa impressão – disse Charles, irônico. – Esse é o Chad, presidente da SAE.

Sorri e estendi a mão. Chad – o cara que confirmara a localização de Will naquela noite. Sua mão grande e quente cobriu a minha, e eu a apertei por um segundo a mais do que faria normalmente. Foi então que vi que ele usava o mesmo relógio que eu. Olhei para Charles, que retribuiu o olhar, impassível.

– Que pena não termos conversado melhor naquela noite – disse Chad.

– Tenho certeza de que nos veremos de novo – respondi.

– Talvez, se eu te der meu número – disse ele, sorrindo. Considerei seriamente aceitar, só para irritar Charles, que senti estar agindo com frieza apesar de nosso último encontro, mas o telefone de Chad tocou nessa hora. – Com licença, é minha avó.

Ele foi embora, o celular contra o ouvido, em busca de um sinal melhor. Que bom, eu precisava de um momento de privacidade para falar de Andre com Charles.

– Parece que nosso querido presidente gostou de você – comentou Charles.

– Ele é um de nós? – cochichei.

– Talvez.

– Hum? É ou não é?

– Não vou te contar.

– Como assim? Não foi você que me deu todos os avisos? Se tenho que ficar atenta a alguém, provavelmente é às pessoas do programa.

– Talvez. Não vou te contar quem são.

– Você conhece todas? – insisti.

– Não.

– Então me conta quem você conhece.

– Por quê?

– Você *ainda* não confia em mim? Depois de...

Apontei para minhas costas. E lá estava eu, prestes a contar que conhecera Andre e diminuir em uma pessoa nossa lista de suspeitos!

– Só depois que te levei para comprar uma arma fatal é que me dei conta de que você poderia ter inventado uma historinha e fingido aqueles hematomas. Eu simplesmente *acreditei* quando você me disse que tinha urinado sangue!

– Era verdade! – falei, rangendo os dentes.

O jeito como ele falou “acreditei”... era como se tivesse nojo de si mesmo por confiar em mim.

Charles me examinou. Não se costuma falar de “olhos verdes penetrantes”, como se azul detivesse o monopólio dessa definição, mas o olhar dele definitivamente era penetrante ao me examinar, como se buscasse falhas na minha alma. Ele se inclinou para a frente, aproximando o rosto do meu.

– Você está achando isso divertido, né? – sussurrou ele. – Você está fazendo um joguinho comigo que tem alguma coisa a ver com o Will.

– Para de falar dele – sussurrei.

Bem quando eu achei que Charles estava a meu alcance, ele se virou contra mim.

– Melhor encarar que nunca vamos confiar um no outro.

Suavizei meu olhar.

– Enquanto você estava ocupado pensando o pior de mim, eu fiz progresso no caso. Estou descobrindo o nome de todas as pessoas do programa.

– Para fazer uma lista de quem matar?

Revirei os olhos.

Ele ajeitou as mangas do casaco.

– Você sabe que eu tenho uma arma, né? – disse ele, sem nem olhar para mim.

– Faz bem!

Do outro lado do corredor, Chad estava falando ao telefone e andando em círculos, além do alcance da nossa voz.

– Pelo menos me diz se *ele* é um de nós – pedi.

Charles deu de ombros, um traço de humor nos olhos.

– Não sei se eu deveria avisar você sobre Chad, ou avisar Chad sobre você.

– Estou detectando um certo ciúme?

– Por que eu sentiria ciúme?

– Faz um tempo que não transo, e ele é meio gostoso – menti.

Chad era atraente, sem dúvida, mas crossfiteiro demais.

Charles franziu o nariz.

– Se é disso que você gosta, boa sorte.

Eu me aproximei – talvez um pouco mais do que seria confortável para ele.

– Talvez eu goste de outra coisa – falei.

– Porque eu estou interessadíssimo em uma caloura doida com surtos impulsivos…

– Você está mentindo.

– Eu tenho namorada – disse ele.

– E você acha que ela um dia vai te entender?

– Tenho que cuidar da eleição – disse ele, irritado.

Dei mesmo meu número para Chad quando ele desligou. Se Charles não queria ajudar, eu trabalharia com Andre. E Chad estava começando a se mostrar uma fonte cada vez mais interessante de informação, de várias maneiras.

Eu estava subindo a escada do Centro de Atividades quando recebi um monte de notificações. O sinal do meu celular nunca pegava direito lá. Dois memes de Yessica, e alguém tinha me marcado no Instagram. Curiosa, parei na calçada e cliquei na notificação. A pessoa que me marcara era Alfinetada52, uma conta que não reconheci, mas era comum que gente aleatória me seguisse ou caras tentassem chegar em mim por mensagem. Quando a conta de Alfinetada52 carregou, a foto de perfil era um close extremo de um olho de animal. As fotos eram idiotas: um prédio. Uma imagem meio mal montada de um bando de alunos a caminho da aula – sem filtro, nem nada. Abri a foto na qual eu fora marcada.

Era uma foto minha. Sentada na sala de aula. Parecia tirada do lado de fora da janela. Era minha aula de Literatura Francesa – dava para ver o que estava escrito no quadro. Ali estava eu, distraidamente ajeitando o cabelo, enquanto a pessoa que me perseguira estava a menos de cinco metros de mim. Fiquei parada na calçada, apertando o celular contra o peito e olhando ao meu redor, para os outros estudantes caminhando pela rua, para as janelas dos prédios acadêmicos que davam para lá, para todos os cantinhos onde alguém poderia se esconder. Será que estavam me observando naquele instante? Mostrei o dedo do meio, só por via das dúvidas. Vem me pegar, filho da puta.

27

– Entre – disse Leonard, saindo de trás da grande escrivaninha para sentar em uma das poltronas na parte da frente do escritório.

Andre entrou e sentou na poltrona em frente à dele, os ombros curvados.

– Fico feliz por termos uma sessão hoje – continuou Leonard. – Essas últimas semanas foram incrivelmente estressantes, imagino.

Andre não falara muito na sessão terapêutica de emergência que Leonard e Elena marcaram logo após o incidente com Michael. Era difícil diferenciar uma pessoa atordoada de uma pessoa indiferente a um acontecimento drástico. Ao menos pessoalmente. Desde então, os registros de humor de Andre o tinham mostrado estável, preocupado com outras coisas.

Andre deu de ombros.

– Só quero que a polícia me deixe em paz.

– Você não foi capaz de identificar o homem que viu?

Andre sacudiu a cabeça.

– Não tivemos a chance de conversar sobre isso na última sessão, porque eu queria processar o trauma, mas gostaria de dizer que estou muito impressionado com seu comportamento naquela noite. Em uma situação potencialmente perigosa, você correu para socorrer uma pessoa que precisava de ajuda.

Andre fez uma cara pensativa.

– Acho que pensei que, se salvasse a vida do cara, eu seria um herói, a história viralizaria e tal. Não percebi que ele ia morrer e nunca iam me devolver meu moletom. E agora a polícia talvez ache que eu sou o culpado!

– Já falei para eles não se preocuparem com você. Ainda assim, gostaria de parabenizá-lo pelo seu comportamento, qualquer que tenha sido o motivo.

– Valeu.

– Outra coisa interessante… Vi pelos seus registros que você anda envolvido em muitas atividades políticas. Tem ido aos protestos?

Andre pareceu desconfiado. Leonard já tinha visto aquela expressão – era comum em pacientes psicopatas. Eles tinham que entender o motivo de alguém estar pedindo uma informação, supondo que inevitavelmente seria usada para manipulá-los. Porque é o que eles fariam.

– Fui a alguns. O último faz uns dois dias, outro foi na semana passada. Andam acontecendo sem parar.

– Lembro da época dos protestos do Vietnã e do Watergate. Eu também estava por aqui.

– Você participou?

– Ah, sim, foi uma época turbulenta. Eu estava lá, erguendo um cartaz, de colar e cabelo comprido, consegue imaginar?

Um sinal de sorriso, uma leve curva, apareceu no rosto de Andre, revelando covinhas. Em seguida, o sorriso sumiu e Andre simplesmente o encarou.

– Você se considera um ativista? – perguntou Leonard.

Andre enfiou as mãos no bolso do moletom e sacudiu a cabeça.

– Não, só acho interessante. Basicamente é isto que a galera negra curte agora: ser politizado. Para parecer legal, tem que protestar e falar da Audre Lorde, sei lá. É divertido, acho. Meus amigos são legais.

– Mas e quanto às causas? Qual foi a da semana passada, Vidas Negras Importam?

Andre abriu um sorriso, as covinhas marcadas.

– Minha Vida Importa. Só vou lá para registrar.

– Para testemunhar a história?

Andre franziu o cenho.

– Não, literalmente para registrar. Tenho mandado fotos para o *Coruja Diário*. Fica bem no currículo.

– Por qual motivo o jornalismo te interessa? – perguntou Leonard. Andre mencionara na primeira sessão que era um possível interesse de formação, mas depois refletira e sugerira administração ou economia.

Ele hesitou, olhando para um peso de papel na mesa à frente deles.

– Informação é poder.

– E isso te interessa?

Andre assentiu.

– Que temas você gostaria de cobrir? – perguntou Leonard.

– O que tiver mais cliques.

Leonard folheou as anotações, escolhendo mudar de assunto por enquanto.

– Na nossa última sessão, falamos um pouco de quando você tinha treze anos.

– É.

– Suas notas indicam que você estava indo bastante bem na escola até essa época.

– A escola ficou um saco.

– E você começou a se meter em confusão?

– Todo mundo estava se metendo em confusão. A galera por aí. Era o que todo mundo fazia.

– Quem é todo mundo?

– Meu irmão. Os amigos dele. Meus amigos.

Andre parou de falar, mas Leonard esperou.

– Sei lá – continuou Andre. – Às vezes eu só achava que todo mundo estava de saco cheio, botando pra quebrar.

– Foi por botar pra quebrar que você entrou em uma confusão com a polícia?

– Me mandaram para a psicopedagoga, e ela disse que eu tenho um Transtorno de Conduta.

Leonard não disse nada. Andre bateu o pé no chão. Olhou para o relógio.

– Você pode me contar sobre sua família?

– Não quero falar deles.

– Sobre o que você quer falar?

– Sobre esse programa. Ele funciona?

Naturalmente, ele não era o primeiro paciente a questionar a eficácia do programa e dos métodos. Leonard tivera mais de um paciente que queria ensiná-lo sobre sua própria especialidade. Era um mero teste, mas, para alguém como Andre, poderia também ser um disfarce juvenil para sua vulnerabilidade – o medo de não ser capaz de melhorar.

– Eu diria que tivemos sucesso significativo.

– Há quanto tempo existe?

– Ah, já faz uns dez anos, se contar o tempo em que fui financiado. Fico feliz de falar mais sobre a pesquisa por trás das modificações de comportamento, se você quiser...

– A gente pode mesmo mudar? Todo ano as pessoas melhoram?

– Eu não faria isso se não acreditasse que as pessoas podem mudar. E não diria que o processo é uma linha reta, mas, com esforço, as melhorias acontecem.

– Mas tem gente que reprova no programa?

– Não, nunca expulsei ninguém. É uma população difícil, então é preciso estar disposto a trabalhar contra muita resistência.

Andre estava encarando os sapatos.

– Mas você não acha que algumas pessoas são irredimíveis?

Leonard hesitou.

– Foi por causa dessa pergunta que comecei o programa.

Andre levantou a cabeça de repente. Alguma coisa ali claramente chamara sua atenção.

– Algumas pessoas certamente são consideradas "irredimíveis" – continuou Leonard –, e penso nessas situações com tristeza profunda. Penso em todas as encruzilhadas em que a vida daquela pessoa poderia ter seguido um caminho mas acabou seguindo outro, e no que a sociedade poderia ter feito para ajudá-la a fazer escolhas melhores. Acho que o campo da Psicologia não ajudou essa população.

– Você sente pena delas?

– Em dias bons.

– Não sinto pena de gente assim. Tipo quem esfaqueou aquele cara.

– Sabe, Andre – disse Leonard, abaixando o caderno. – O que você viu duas semanas atrás foi traumático, e o que você fez foi uma forma de altruísmo. Não acho que foi inteiramente porque queria ser visto como herói.

– Não, não tem nada disso.

– É por causa da sua irmã? Chegar a algum lugar a tempo de salvar alguém?

Andre se calou.

Leonard tomou nota. Andre se recusava a conversar sobre a família desde a primeira sessão. Naquele ritmo, ele poderia levar meses para criar um vínculo, e o acontecimento traumático com Michael provavelmente os atrasaria ainda mais. Depois que Andre fora diagnosticado com Transtorno de Conduta aos treze anos, não pareceu que ele tenha recebido tratamento substancial. Os comportamentos e problemas de Andre na escola continuaram por mais dois anos até começarem a melhorar. Alguma coisa o endireitara, o fizera se formar com notas decentes, apesar de não serem incríveis. Aquilo o tornava um caso especialmente interessante, pois mostrava sua capacidade de autocontrole. Qualquer que fosse o motivo, Leonard descobriria, um dia.

28

Reunião do triunvirato. Casa do Charles em uma hora, dizia a mensagem que Chloe mandou com a localização. Andre enfiou o celular no bolso. A seu redor, os amigos estavam sentados no chão do quarto de Dee no alojamento, Sean encenando como caíra na escada rolante do metrô, causando gargalhadas histéricas. Eles estavam bebendo cuba-libre e ouvindo música. Andre queria ao mesmo tempo ficar e ir embora. Metade dele queria ficar ali, zoando com os amigos. Era a mesma metade que sentia culpa por mentir para o colega de quarto e todos os amigos sobre quem ele era, como entrara na faculdade e o que fazia ali. Contar a Sean a meia verdade sobre seu interesse no caso só piorara a situação – Sean compreendia o interesse, mas não a dimensão daquilo. Ele tinha que ficar ali, parado, fingindo que não estava morto de medo de ser caçado por um assassino lunático e nem podia contar aos amigos. Que tipo de pessoa fazia aquilo? O mesmo tipo que também tinha a outra metade – a metade que ia se levantar e ir embora dali a quarenta minutos, em vez de conversar com a garota em quem estava interessado. Seus amigos podiam ficar ali, sentados, vivendo uma vida universitária normal; ele, não. Andre se despediu, respondendo com humor às brincadeiras sobre ele ir encontrar uma garota ou estar precisando cagar.

Quando saiu para o ar fresco da noite, Andre franziu a testa e fechou o casaco. Eram nove horas, o que não era tarde, e ainda havia estudantes nas ruas. Ele queria colocar o capuz, porque dava uma sensação estranha de proteção, mas também não queria, porque bloqueava a visão periférica. Desde que Chloe contara que os assassinatos estavam conectados, Andre fizera o possível para nunca ir a lugar nenhum sozinho. Não era difícil, porque, além de Sean ser codependente, sempre havia alguém por perto, querendo comer ou ir fazer alguma coisa. Mesmo tentando estudar ou interagir com os colegas nas aulas, ele se perguntava se havia alguém na sala de olho nele, à espreita. De alguma forma, souberam que Michael estaria sozinho naquela sala, naquela noite. Souberam quando e onde Kellen faria o exame de ressonância magnética. Será que sabiam onde Andre morava? Ou que ele estava andando sozinho agorinha?

Andre viu uma horda de garotas de uma sororidade mais à frente na calçada, seguindo na mesma direção, todas vestidas com roupas idênticas. Ótimo, estaria em segurança assim. Ele apertou o passo um pouco para se juntar a elas, que, como um bando de gansos, se fecharam ao redor dele, acalmando um pouco sua ansiedade com o papo-furado sobre chapinhas de cabelo. "Chloe é igualzinha a essas garotas", ele pensou, e sentiu as costas se retesar. Psicopatas, no fim das contas, não eram pessoas com olhar tresloucado. Ele a encontrara nas redes sociais, e os perfis dela eram iguais aos de outras garotas da mesma idade (tá, talvez tivessem um pouco mais de selfies).

Ele se viu relembrando os motivos pelos quais poderia confiar em Chloe. Ela não podia ser a assassina, pois poderia facilmente tê-lo matado quando se conheceram. Também estava dedicadíssima a descobrir quem era o responsável – ele duvidara que ela ficaria esperando na escada para tirar fotos na primeira tocaia, mas ela ficara. Ele precisava confiar nela, e se preocupava com a facilidade que tinha de esquecer o que ela era. Andre quase ficava confortável trabalhando em conjunto, mas agora Chloe queria que ele entrasse direto no covil dos leões, para conhecer outro psicopata, de quem ela desconfiava abertamente.

Andre ficou desanimado quando as garotas da sororidade viraram a esquina no sinal – uma delas acenou para ele, mandando um beijinho. Ele correu pela quadra seguinte sozinho, aliviado ao ver Chloe esperando por ele em frente à porta de um prédio. O apartamento de Charles ficava em um daqueles prédios altos, com janelas que iam do chão ao teto; um daqueles apartamentos luxuosos onipresentes que se multiplicavam por DC como coelhinhos. Chloe vestia roupas de ginástica e trazia o diário debaixo do braço.

– Fique atento – disse ela. – Não acredite em uma palavra do que Charles disser, e depois quero sua análise sobre o que acha dele.

A porta emitiu um zumbido, e eles entraram. O porteiro atrás da bancada perto dos elevadores examinou Andre, mas Chloe sorriu e o desarmou.

– Ele é perigoso? – cochichou Andre ao entrar no elevador.

– Quem, Charles? – perguntou Chloe, ajeitando o cabelo. – Não sei. É melhor você não encontrá-lo sem mim. Ele é de fases.

Andre mordeu a parte interna da bochecha. Considerando o prédio, já estava imaginando o cara do *Psicopata americano*. Ele tinha comprado uma faquinha em um brechó na rua 14, que guardara em uma bainha por baixo da camisa.

– Algum resultado? – perguntou Andre, tentando conter a ansiedade na voz.

Por causa da agenda de ambos, eles só tinham tido a oportunidade de fazer duas tocaias. Um dos estudantes não fora identificado por reconhecimento facial, e o outro era um jogador de futebol americano, Orvel Hines, que estivera em uma clínica de reabilitação em outra cidade nas datas dos assassinatos. Chloe dissera que continuaria a pesquisar a foto que não tinham identificado.

Ela sacudiu a cabeça.

– É melhor a gente não falar das tocaias na frente de Charles. Ele tem mais informações do que a gente sobre o programa, sabe o nome de pessoas mais antigas. Podemos fazer ele nos dizer e depois verificar por conta própria. Além disso, preciso que você o distraia por alguns minutos, para eu xeretar o apartamento.

Andre achava um exagero de estratagemas, mas supostamente ele deveria amar estratagemas. Eles subiram de elevador até a cobertura e andaram até uma porta fechada. Do outro lado, Andre conseguiu ouvir um piano. Chloe bateu rapidamente na porta, o piano parou e um cara branco escancarou a porta. Ele estava surpreendentemente alegre para alguém que se dizia com medo de ser assassinado.

– Charles Portmont – disse ele, estendendo a mão.

Andre achou que ele parecia mais velho, tipo um banqueiro.

O garoto se apresentou e tentou entrar com a mesma postura confiante de Chloe, mas de uma forma mais masculina. O apartamento de Charles não era o padrão para um universitário – que teria pôsteres deprimentes de mulheres seminuas, latas de cerveja vazias et cetera. A sala era espaçosa, com uma decoração contemporânea, grande o bastante para um piano preto de meia cauda caber ali sem dar a impressão de ficar apertado. A aparência geral do apartamento era boa, mas profundamente estranha para alguém da idade deles.

Charles pegou cervejas da geladeira e copos do congelador.

– Falei para Kristen que meus amiguinhos vinham e ela preparou uma tábua de queijos.

Andre olhou para o que havia na mesa de centro. Era uma placa de ardósia com pedaços de diferentes queijos, uma pocinha de geleia e torradinhas.

– Quem é Kristen? – perguntou.

Charles se aproximou e apontou para uma parede, onde havia uma foto dele abraçando uma garota cuja aparência podia ser descrita entre gostosa e linda.

Apesar de Charles estar de calça jeans e uma camiseta do time de natação do internato, havia algo estranhamente formal nele. Dali a vinte anos, ele poderia facilmente fazer o papel de um empresário do mal em um filme qualquer.

– Minha namorada – falou, orgulhoso.

Chloe se aproximara por trás deles, silenciosa como uma serpente.

– Kristen mandou emoldurar e pendurar essa foto, né?

Charles franziu a testa, sugerindo que ela estava certa. Havia uma tensão entre eles que Andre não entendia.

– Cerveja? – ofereceu Charles.

O sorriso era um milímetro grande demais. Ele abriu a cerveja na frente de Andre e serviu o conteúdo no copo – parecia seguro. Chloe já estava bebendo a dela. Andre tomou um gole hesitante da bebida amarga.

Chloe andou até o piano, apoiando o copo de cerveja na cauda. Charles correu para botar um porta-copos, franzindo a testa novamente. Chloe levantou a tampa que cobria as teclas e lentamente tocou "Dó Ré Mi Fá" uma oitava abaixo do tom, enquanto Charles a encarava, perfeitamente imóvel. Andre os observou do outro lado da sala, sentindo um calafrio. Eles eram o casal branco charmoso que dizia que o carro tinha quebrado na frente da sua casa em um filme de terror sobre invasão. Claro que eles podiam entrar, porque certamente não eram perigosos…

– É, isso não foi nem um pouco bizarro – disse Charles.

– Bizarro? Fui eu que organizei isso, como gesto de boa vontade, apesar de você ser um escroto.

Ela se virou para Andre.

– Contei pra ele do nosso encontro, e que eu basicamente te inocentei dos assassinatos. O que significa que, na prática, nossa lista de suspeitos diminuiu – continuou ela, se dirigindo mais a Charles.

Ela sentou no sofá de couro elegante e pegou o diário.

– Temos dois itens principais na agenda – declarou ela.

Charles sentou, lançando um olhar divertido para Andre. "Ele quer que eu goste dele", notou Andre, "para sermos nós dois contra Chloe."

– Wyman – disse Chloe. – Nós temos algumas revelações *muito interessantes* sobre Wyman.

"Nós?", pensou Andre. Ela parecera bem cética sobre o assunto na última conversa. Ele escolheu com cuidado um lugar, sentando-se no chão, de frente para Chloe e Charles, acreditando que dava a impressão de não estar nem um pouco intimidado. Será que era seguro comer o queijo? Estava com uma cara boa.

– Você acha que Wyman é um serial killer? – perguntou Charles, sorrindo.

Por que ele estava *sorrindo*? Ele tomou um gole lento da cerveja e cruzou as pernas, apoiando o tornozelo no joelho da outra perna e sacudindo o pé.

– Bom, podemos passar direto para o segundo item. Já fiz certa pesquisa sobre Wyman, e não há motivo para vocês o assediarem – disse Charles.

– Que pesquisa? – perguntou Andre.

– Eu conheço Wyman há três anos.

Chloe revirou os olhos.

– Pensei em segui-lo no fim do dia para descobrir onde ele mora. A gente…

– Já fiz isso – disse Charles, parecendo satisfeito. – Ano passado. Eu queria ver a cara da mulher dele, mas ele me pegou. Foi engraçado. Ele me fez dar uma volta toda à toa e então me confrontou.

– O que ele disse? – perguntou Andre, incapaz de conter o fascínio, apesar de Charles estar se exibindo.

– Ele não ficou surpreso. Tive a impressão de que pacientes já tinham tentado se meter na vida pessoal dele, mas descobri que ele mora em Foggy Bottom. Mandei um dos caras do meu pai procurar qualquer coisa suspeita na casa dele dois dias atrás.

– Seu pai tem caras? – perguntou Andre.

– Meu pai é rico, e ambientalistas já ameaçaram a vida dele. Enfim, os caras reviraram a casa dele enquanto Wyman estava no trabalho.

– Prove – disse Chloe, agitada.

Charles se virou para a mesinha ao lado do sofá. Ele levantou um peso de papel – um geodo cortado ao meio –, pegou um maço de papel e o entregou a Chloe, que estava com os lábios apertados. Andre se aproximou para ler o relatório com Chloe. Era um catálogo de tudo que tinha na casa de Wyman: os aparelhos eletrônicos que possuía, o conteúdo da garagem e até o que estava na máquina de lavar. Porém, Andre notou que aquela pessoa não saberia necessariamente procurar coisas ligadas ao SED.

Chloe largou os papéis, impaciente, e Andre os pegou.

– Como sei que não foi *você* que escreveu isso?

Charles suspirou.

– Posso te mostrar o e-mail – falou, abrindo o notebook e mostrando a mensagem. – Ele se chama Mercer, o cara do meu pai – acrescentou, simpático. – Ele faz todo tipo de coisa.

– Bom, Andre e eu ainda não estamos excluindo Wyman como possibilidade – disse Chloe.

Ela acenou para Andre com a cabeça, e ele fez um resumo da conexão Wyman-SED. Ele observou atentamente a expressão de Charles – havia um certo vazio nele, de forma geral, e desde a chegada deles o rapaz expressara algo entre humor e arrogância. Contudo, quanto mais Andre falava, mais Charles demonstrava uma confusão crescente e genuína – era uma expressão de emoção verdadeira; a máscara de divertimento era intencional.

– Basicamente, Wyman tem conexão com um serial killer famoso, e esses assassinatos por acaso começaram no aniversário de vinte anos das mortes do SED – concluiu Andre. – Então pode ser um imitador, ou um dos alunos do programa, sei lá...

– Ou as duas coisas – interrompeu Chloe.

– Acho que Wyman sabe mais do que está dizendo, e talvez esteja com medo de que seja um dos alunos do programa.

– Conheço Wyman há anos, e ele nunca nem mencionou o SED – disse Charles.

– Por que ele mencionaria, seu tonto? – retrucou Chloe. – Por que ele *te* diria qualquer coisa sobre a vida *dele*?

– Só estou dizendo para vocês não assediarem o homem. Eu sei...

– Você sabe um monte de coisa que não está contando – acusou Chloe. – Conta logo o nome das outras pessoas que estão no programa.

– Não conheço mais ninguém do programa – disse Charles, arregalando os olhos, e Chloe quase pulou do sofá. – Nunca falei que conhecia – insistiu, confuso. – Mas posso tentar descobrir – continuou, abrindo um sorriso. – A Elena gosta de mim.

Chloe o ignorou e se voltou para Andre.

– Precisamos considerar a outra possibilidade. Que nada disso tem conexão com o programa. Pode ser que sejam pessoas aleatórias morrendo...

– E duas delas por acaso faziam parte do programa? – interrompeu Charles.

– Porque você só está considerando as pessoas como você. Até onde sabemos, pode ser que muita gente esteja sendo assassinada, mas só estamos prestando atenção nas mortes na Adams.

– Na real, pode ser verdade – concordou Andre. – Posso começar um banco de dados de assassinatos sem solução do último ano.

– A outra questão é que cada um de nós precisa de um plano de segurança – disse Chloe.

Charles abriu uma gaveta na mesinha de centro e tirou um estojo preto. Ao abrir, revelou uma pistola. "Claro que ele tem porte de arma", pensou Andre.

– É esse o meu plano de segurança. E o seu? – perguntou para Chloe.

– Além da minha coleção de armas – disse ela, sem sinal de humor –, recentemente instalei um sistema de segurança. E você? – perguntou, se virando para Andre.

– Eu tenho minhas paradas – disse Andre, conciso.

As "paradas" dele eram a faca, um taco de beisebol debaixo da cama e spray de pimenta que comprou na farmácia. Buscar segurança em grupos atrapalhava os estudos, porque ele era obrigado a socializar, mas o que mais podia fazer?

– Que paradas, exatamente? – perguntou Chloe.

– Por que ele te contaria? – interrompeu Charles. – Somos todos adultos. Podemos cuidar de nós mesmos.

– Não quero que nenhum de nós morra, e não ajuda em nada você não me contar o que sabe.

– Por que você se importa? Desde que você não morra? – perguntou Charles, observando-a atentamente.

Chloe riu.

– Como você espera que eu vire médica se a faculdade ficar famosa por isso?

Ela levou as mãos à cabeça, frustrada, e anunciou que ia ao banheiro.

Andre notou que era sua hora de distrair Charles. No entanto, antes de pensar no que dizer, Charles se inclinou para a frente e assumiu uma expressão mais séria e atenta, o sorriso sumindo de seu rosto.

– Escuta – disse para Andre. – Você precisa tomar cuidado com ela. Não conte muito da sua vida, não deixe ela descobrir onde você mora.

– Por quê? – sussurrou Andre, o coração batendo forte.

Ele já tinha mencionado em que alojamento morava.

– Por que mais? Ela é perigosa.

29

Dia 25

Meus problemas só aumentavam. Roubar o HD de Will não tinha dado em nada, e eu também não estava conseguindo convencer Charles a ficar do meu lado – ele ainda fazia joguinhos, tentando convencer Andre de que eu era louca. Por fim, e mais urgente, tinha o serial killer.

Mais uma vez, sentada à escrivaninha, me peguei pensando se Charles era um assassino, em vez de fazer meu dever de casa. Porém, ele tinha me avisado sobre os assassinatos, me levado para comprar uma arma e, mais importante, ele era protetor em relação aos outros alunos do programa, sem motivo razoável para isso – meio bizarro para um psicopata. Não consegui imaginá-lo esfaqueando alguém freneticamente – ele não ia querer sujar a camisa de sangue –, nem fazendo nada tão surtado quanto enfiar chumbo goela abaixo de alguém. E, a não ser que ele fosse muito bom ator, eu sabia que ele tinha pelo menos um pouco de medo de mim.

Uma coisa de cada vez. Era hora de mudar de tática com Will, já que o HD não tinha servido para nada. Repassei mentalmente as etapas à frente.

~~*Revistar a casa.*~~

~~*HD.*~~

Manipulação social… amigos? Charles sabia pouco, mas Chad era outra opção. Peguei o celular e mandei outra mensagem dando mole para ele. A gente andava papeando um pouco. Ele poderia ser a conexão estranha entre meus dois problemas: Will e nosso caçadorzinho. Chad morava na sede da fraternidade e provavelmente sabia muito do que acontecia lá. Ele também podia ser outro aluno do programa, encaixando assassinatos entre treinos de crossfit.

Celular. No caso, o celular atual de Will, que eu estava prestes a roubar. Era uma opção mais complicada, mas era hora de pesar a mão. As duas opções restantes eram mais radicais.

Executar linha dura. Eu tinha começado essa parte do plano havia mais de seis meses, mas definitivamente queria deixá-la como última opção para conseguir o vídeo, servindo de isca final para a Quarta Etapa.

Deixar para lá. Eu estava começando a aceitar o fato de que talvez não conseguisse o vídeo de volta. Se o Dia 0 chegasse e eu ainda não estivesse em posse do vídeo, eu mataria Will de qualquer forma. Meu medo era que aquilo me incomodasse para sempre, o vídeo flutuando pelos confins da dark web, gente rindo da minha humilhação como tinham feito naquela noite. Só que há situações em que precisamos aceitar que não vamos conseguir tudo que queremos.

Quando saí do alojamento de manhã, pouca gente estava acordada. O treino de lacrosse estava prestes a começar na outra ponta do campus e duraria duas horas. Corri, a mochila batendo nas costas. O vestiário do time de lacrosse ficava no Centro Atlético Blagden, uma academia separada à qual nós, meros mortais, não tínhamos acesso.

Coloquei uma expressão triste no rosto ao abrir a porta de vidro. Um homem mais velho estava cuidando da recepção, assistindo ao canal de esportes.

Eu me aproximei dele, os olhos cheios de lágrimas.

– Oi, fui eu que liguei mais cedo.

– Humm? – disse ele, virando-se para mim, e se endireitou ao ver meu rosto. – Não falei com ninguém.

– Eu liguei mais cedo. Perguntando se alguém tinha achado um anel de noivado.

– Ah, não, querida, acho que não.

As lágrimas estavam ameaçando jorrar.

– Procurei por todo lado. Eu sei que estava usando da última vez que tomei banho aqui. Lembro porque mexi no anel e me perguntei se estava *largo* e eu devia ter...

– Por que você não entra para procurar? Vou anotar seu nome aqui, para o caso de alguém encontrar.

Fungando, dei um nome falso e o telefone da pizzaria mais próxima e, sob insistência dele, entrei para procurar no vestiário.

Segui para o vestiário masculino. Felizmente, não tinha ninguém lá. Era um labirinto, mas encontrei a área decorada com flâmulas do time de lacrosse. Cada armário tinha o nome de um jogador. Peguei meu alicate de corte gigante ($29,95 na loja de material de construção) e arrebentei o cadeado de Will e de mais três jogadores. Will logo saberia que tinha sido eu, mas isso pelo menos me daria algumas horas enquanto o time acreditava ser um trote.

Só levei um segundo para encontrar o que queria: um iPhone preto elegante, três modelos mais recente do que o celular anterior, mas não importava. Eu podia usar para entrar no iCloud. Saí pelos fundos e comecei o caminho até a casa de Will. O celular não exigia digital. Será que a senha de Will era o mês e o ano do aniversário dele? Era, sim, claro. Parei em uma esquina e abri as fotos. Todas estavam cuidadosamente organizadas por data. Tudo que estava sincronizado ao seu iPhone tinha dois anos, mas não mais do que isso.

Filho da puta. Não estava ali.

Mordi a bochecha por dentro, furiosa, enquanto andava e xeretava o celular. Queria saber se ele fizera outras vítimas, mas as fotos eram principalmente de coisas idiotas da universidade. Havia algumas imagens de garotas nuas e seminuas, mas todas pareciam ser maiores de idade.

Will iria do treino até a aula de Economia se perguntando quem tinha roubado o celular. Fui direto à casa dele, sem nem olhar ao redor antes de começar a subir na calha, a adrenalina a toda. A janela estava trancada. Encontrei um pedaço de cimento no telhado e estilhacei a janela. Não restaria dúvida. Will saberia que eu estivera ali. Will saberia que eu sou louca. Eu quase queria que ele chegasse em casa naquele instante, porque dessa vez estaria pronta. No fundo, eu estava com raiva de Will por ter sido atacada no porão dele, mesmo sabendo, logicamente, que não fora ele o agressor. Aquela pessoa merecia ser punida. Merecia se sentir ameaçada.

Pulei para dentro e chutei o vidro quebrado a caminho do quarto de Will, identificado por uma prova com nota sete que achei no chão. A cama de Will estava desfeita, um troço triste com lençol vagabundo, o lençol de baixo meio arrancado, sem edredom. Desenhei um sorrisinho de batom no celular e o deixei no meio da cama.

Vaguei pela casa, derrubando coisas, ligando o som no último volume, derramando suco de laranja no chão da cozinha. Saí pela porta da frente, que deixei escancarada. Às vezes a gente tem uma coceira e precisa se livrar dela. Mordi minha boca para conter um sorriso ao pensar na cara idiota de Will quando visse o que eu tinha feito.

Tudo o que eu queria era ir para casa, tomar um banho e me livrar de qualquer átomo de poeira de Will que tivesse se agarrado em mim na busca por um hospedeiro melhor.

Ele ficaria paranoico, com medo de eu ter feito alguma coisa com o celular, instalado um spyware ou roubado todas as fotos ou e-mails. Enlouquecê-lo era o suficiente, por enquanto. Eu de fato tinha considerado instalar um spyware, mas não queria que a polícia encontrasse aquilo no celular dele e chegasse até mim.

Assim que atravessei a rua dele na altura da lojinha de muffins, meu relógio vibrou, pedindo um registro de humor. Suspirei e o ignorei, esperando até estar do outro lado do campus, para que não registrasse minha localização perto da casa de Will. Eu esperava que minha contribuição científica fosse muito valorizada, porque aqueles questionários estavam começando a perder a graça. Usei o menu para indicar minha atividade: *Pesquisa.*

Quanta ansiedade você está sentindo?

2

Quanta raiva você está sentindo?

7

30

Dia 23

Morrendo de curiosidade sobre o que achou do Charles, mandei por mensagem. Eu estava sentada no patamar a meio caminho do sexto andar do departamento de Psicologia. Andre já estava trancado em uma das salas, respondendo aos questionários preliminares antes do experimento programado.

Um vendedor de iates usados de 20 anos, respondeu ele. Ri tanto que minha barriga doeu. Que bom – significava que ele não confiava em Charles. Eu não tinha certeza se Andre confiava em *mim*, no entanto. Logo antes de chegarmos ao departamento, fiz um teste, flertando com ele, segurando o braço dele com carinho, mas ele nunca parecia notar quando eu fazia essas coisas, ou ficava confuso, como se achasse que eu era uma garotinha boba que usava emojis demais (como se emojis não fossem uma tática linguística deliberada!). Eu me perguntei se ele era o tipo de cara negro que só namora garotas negras, ou se talvez ele soubesse exatamente o que eu estava querendo ao flertar.

Pelo menos ele estava disposto a trabalhar comigo. Ficar de tocaia era um tédio – quando era minha vez, eu ficava jogando no celular ou tentava fazer dever de casa, mas em geral era um desperdício de tempo. Fiz o dever de Francês por vinte minutos enquanto Andre realizava o experimento, que aparentemente era uma tarefa competitiva que envolvia distribuir dinheiro fictício para diferentes grupos estudantis. OK, acabei de responder à última pergunta. Fique pronta, mandou ele.

Eu me levantei, posicionando o celular como se fosse tirar uma selfie, mas usando a outra câmera. Ouvi passos descendo a escada. Reconheci quem era no instante em que tirei a foto.

– Catinga!

– Ah, oi – disse ele, ajeitando a mochila, meio constrangido.

– O que você tá fazendo por aqui?

– Tem uns experimentos da aula de Introdução à Psicologia que dão até três pontos extras na nota final.

– Foi interessante? – perguntei.

Ele sacudiu a cabeça, fez uma expressão boba e murmurou uma despedida antes de passar por mim. Será que Catinga era o assassino? Ele era calouro, o que, para mim, o colocava na categoria de "provavelmente não" – como alguém que tinha acabado de chegar conheceria o campus tão bem, a ponto de não ser detectado? Além disso, ele era extremamente desajeitado, mas podia ser fingimento. Eu tentaria me lembrar de perguntar a Charles ou Chad sobre Catinga, cujo nome verdadeiro eu nem sabia.

Vamos lá, lerdão, mandei para Andre.

Ainda não acabou. Tenho que fazer uma avaliação pessoal.

Comecei a subir a escada, me perguntando se as tarefas que recebíamos eram distribuídas ao longo das sessões para os participantes do experimento saírem da área em momentos diferentes. Quando cheguei ao andar, meu olhar se iluminou: a porta do laboratório de Wyman estava aberta, e tinha alguém sentado à mesa do assistente de pesquisa. Quando me aproximei, vi que era um cara pálido, com aparência de coelho, as sobrancelhas tão brancas que mal existiam. Ele estava digitando no computador e comendo um saco de salgadinhos de torresmo. Eu andava torcendo para encontrar um assistente perfeito para enrolar, mas muitos deles eram superorganizados, tipo a Elena. As *garotas*, especialmente. E uma coisa que posso dizer sobre as garotas: elas não pensam com o pênis.

Ajeitei o cabelo e me aproximei dele.

– Oi, eu sou a Becky – falei, como se ele estivesse esperando por mim.

– Ah, é?

Os olhos dele eram de um azul bem claro.

– Mais cedo eu falei com a Elena Torres sobre me inscrever para ser assistente.

Ele franziu as sobrancelhas claras.

– Não sabia que estávamos contratando.

Humm. Talvez ele estivesse com medo de alguém invadir seu território.

– Bom, eu soube que aquela moça, sabe, do cabelo?

Fiz um gesto vago em volta da cabeça, que poderia significar qualquer coisa.

– Angela?

– Isso, Angela. Soube que ela ia embora, então pensei em me inscrever para a vaga dela.

– Você sabe que precisa ser veterana para trabalhar como assistente neste laboratório, não sabe?

Já não gostava dele. Quem era ele para me dizer que eu não era qualificada? Elena me contrataria, sem dúvida nenhuma!

– Eu sou – falei, forçando minha voz a soar boba e bondosa, em vez de dura. – A gente ia ter uma reunião, e ela me falou para montar um CV e escrever uma apresentação. CV é tipo currículo, né?

Eu estava fingindo ser burra a ponto de ele nem me imaginar como uma concorrente.

Ele sorriu, irônico.

– É tipo um currículo, só que mais longo, falando da sua pesquisa e de apresentações em conferências.

– Conferências?

Ele parecia estar se contendo para não revirar os olhos, mas aquilo o tirou da defensiva. Eu não ia roubar os holofotes no laboratório, afinal.

– Suponho que você queira ser assistente para se inscrever em programas de doutorado em Psicologia – sugeriu ele, e assenti. – Bom, você vai precisar se apresentar em algumas conferências, talvez até publicar alguns artigos, para conseguir disputar as vagas. Doutorado não é só faculdade dois ponto zero.

Ele gostava mesmo do som da própria voz. Já me imaginava entrando no quarto dele e roubando as chaves – Becky Furacão, aparecendo e sumindo na mesma noite.

– Acho que consigo montar um CV decente... Tenho tudo, menos as conferências. Você aceitaria dar uma olhada em um rascunho quando eu fizer? Talvez me dar uma ajuda?

É preciso perguntar do jeito certo. E, quando você acerta o tom, sempre consegue o que quer.

31

– Sabemos que é um momento estressante para todo mundo no campus – disse Leonard, sentindo uma pontada de culpa.

Claro, Chloe não teria como saber que os dois alunos assassinados faziam parte do programa. Fornecer aquele tipo de informação a uma estudante psicopata era má ideia. Leonard já estava incomodado por Charles ter descoberto, ou pelo menos desconfiado, mas talvez fossem os dois anos de relação entre eles que tivessem deixado Charles à vontade para tentar pescar informações.

Sete anos antes, ocorrera uma situação em que um aluno do programa, ao reprovar na maioria das aulas, tentou processar a universidade por tê-lo exposto a "pessoas perigosas" – apesar de saber os parâmetros exatos do programa ao se inscrever e nem ter conhecido os outros alunos participantes. A Adams o acalmara. Em vez de continuar com o processo, permitiram que ele desconsiderasse o semestre reprovado e se formasse no prazo. Desde então, Leonard alterara os formulários de consentimento para cobrir aquele tipo de situação, mas sempre havia risco.

Chloe assentiu, arregalando os olhos. Ela estava sentada de pernas cruzadas na poltrona de couro que costumava escolher para as sessões.

– Eu me sinto mal pelos pais deles.

Sentia mesmo ou era boa em fingir tal sentimento? Chloe nunca dizia nada na terapia que não parecesse ter sido tirado de um manual para Universitárias Americanas Tradicionais. Ela amava falar de si, mas havia uma distância cuidadosa que Leonard ainda não rompera. Ela não se dispunha a falar de nada que passasse por uma vulnerabilidade verdadeira.

– Você acha que foi por causa de drogas? – perguntou ela.

– Não vamos falar disso, Chloe. Vamos explorar alguma coisa da sua vida.

– Minha vida é um saco! Posso te fazer perguntas, pra gente se conhecer melhor?

– Algumas pessoas gostam de me testar para desviar a atenção de si mesmas. É compreensível. A terapia não é para qualquer um. Só clientes inteligentes, com sofisticação emocional, são mesmo *bons* na terapia – disse Wyman, fazendo uma pausa para beber um gole de água. – Então, quer falar sobre alguma coisa em que tem pensado ou quer falar sobre mim?

Ela se remexeu.

– Podemos falar de um sonho perturbador que eu tive?

– Claro.

Ela desviou o olhar para a janela.

– No sonho, eu estava em um banheiro público. Eu tinha um hematoma enorme nas costas. Um homem entrou no banheiro e tocou o hematoma – falou, hesitando e corando. – Foi meio erótico, de certa forma. O que você acha que significa?

– Não sou freudiano, confesso. Tendo a considerar sonhos meras saladas de imagens. O homem era a mesma pessoa que causou o hematoma?

– Acho que não, mas por que eu reagiria dessa forma?

– Bem, o que é um hematoma?

– Células sanguíneas danificadas sob a pele.

– Um hematoma é uma marca física. Diz "alguém me machucou".

Ela encontrou o olhar dele com uma expressão genuína e intensa de raiva por um mero instante, antes de voltar à pose de universitária doce.

– Eu só costumo tomar decisões ruins com parceiros românticos.

– Ah, é?

– Bom, tenho certeza de que minha mãe ou meu último terapeuta te contou sobre o que aconteceu com Alexei.

Ela estava oferecendo uma isca, um tema que selecionara e que seria bom para a conversa, porque o sonho era território perigoso demais. Era para mostrar "sofisticação emocional", para se gabar de algum delito, para conquistá-lo com esperteza?

– Sei um pouco dessa história.

– Não foi como disseram – revelou Chloe com frieza. – Todo mundo fez parecer que ele era um grande abusador, mas não foi o que aconteceu.

Ele era um professor jovem... todas as meninas ficaram a fim dele. Eu não era uma virgenzinha inocente. Minha carona me esqueceu na escola um dia e ele se ofereceu para me levar, então conversamos pelo caminho todo. Tínhamos muito em comum.

– Você acha que uma pessoa de quinze anos e uma de vinte e dois podem ter muito em comum?

– Estávamos na mesma frequência. Eu já tinha namorado antes, mas foi a primeira vez que senti química de verdade com alguém. Por acaso, ele era meu professor. Da primeira vez que o beijei, ele falou que eu não devia fazer aquilo. Perguntei "Por que não?", e ele disse "Por causa da nossa diferença de idade". Aí eu falei: "Por que a gente tem que cumprir uma lei arbitrária que decide a idade que precisamos ter antes de tocar alguém?".

– Vamos fazer um exercício agora. Acho que você vai se sair muito bem.

Isso, é claro, a interessou.

– Vamos supor que você não concorde com as leis sobre idade mínima para consentimento – continuou Leonard. – Mas há o problema de viver em um mundo onde existem regras com as quais você não concorda, certo?

– É... – disse ela, o tom indicando que ela não sabia aonde aquilo ia chegar.

– O que acontece se essas regras existirem e você for pega, quer concorde com elas ou não?

– Mas não achei que seríamos pegos.

– Você pensou em quais seriam as consequências para ele ou para você se fossem pegos?

– Foi de mim que falaram! – exclamou Chloe, arranhando os braços de couro da poltrona com as unhas. – Todo mundo falou de mim e postou coisas maldosas. Ninguém saberia de nada se ele não tivesse sido tão burro.

– Como assim? Achei que sua mãe tivesse descoberto e denunciado para a escola?

– Foi isso que ela contou? – perguntou Chloe, examinando uma unha, pintada de um tom brilhante de lilás. – No fim, Alexei estava saindo com outra garota também. Eles foram tão idiotas, se escondendo por aí, se pegando na sala de teatro... alguém deu de cara com eles.

A forma como ela falou aquela última parte foi maldosa. Ela não conseguia deixar de sentir orgulho.

– Os pais causaram o maior auê – concluiu.

– Quais foram as consequências?

– Ele foi demitido. Escreveram matérias de jornal sobre ele, então duvido que ele possa voltar a dar aulas. Minha mãe tentou me forçar a mudar de escola e estudar em um internato, o que nem fez sentido, porque não é como se ele ainda estivesse lá.

– Tentou?

– Eu não queria ir – disse Chloe. – Não queria mudar de cidade. Estava muito envolvida nas atividades extracurriculares.

Era quase possível confundi-la com uma garota sonhadora, preocupada com as mesmas coisas que costumam inquietar outras universitárias. Contudo, a mãe de Chloe contara a Leonard que acabara não mandando a filha para outra escola porque temia que Chloe a retaliasse.

Chloe começou a balançar as pernas.

– Mas todo mundo esqueceu o escândalo em uma semana. Alguém que tinha se formado na nossa escola estava na cidade visitando os pais no feriado de Ação de Graças. Uma das estrelinhas da cidade. Ele sofreu um acidente de carro, bateu de frente numa árvore. Aparentemente, um acidente de carro fatal era muito mais interessante para os fofoqueiros.

– Você conhecia o garoto?

– Mais ou menos. Todo mundo falou daquilo. O carro explodiu, mas demoraram para descobrir, então ele ficou queimando lá dentro. Quando foi encontrado, ele já era. Tinha virado churrasquinho.

32

Dia 20

A busca pelo celular dera errado, então eu precisava de uma abordagem mais direta. Will tinha me bloqueado em todas as redes sociais, o que não era de surpreender, depois da bagunça que eu fizera na casa dele.

A próxima etapa do plano era quase divertida, algo que eu podia fazer pelo celular enquanto socializava com as garotas, experimentava máscaras faciais e fofocava no quarto de Molly.

Baixei no meu celular reserva o aplicativo de relacionamentos que eu sabia que Will usava. O celular fora um investimento significativo de uns dois anos antes: paguei em espécie e contratei um plano pré-pago, mas nunca cheguei a ligar o sinal. Eu usava a internet, mas só depois de instalar um app de VPN.

Comecei a criar contas falsas no aplicativo de relacionamentos, usando fotos de garotas gatas que pegava no Instagram e descrições bobas de uma ou duas frases, tipo "Um jantar e um cineminha" e "Gosto de curtir". Depois baixei o MassSwipe e o usei em todos os perfis que acabara de criar. O app automaticamente marcava interesse em todos os homens de dezenove ou vinte anos na área, me deixando com uma lista de todos os caras que tinham curtido qualquer garota do meu harém. Assim, eu podia ver os matches para o caso de Will aparecer.

Em minutos, um monte de matches começou a pipocar.

Eu me recostei, tentando discernir fatos e rumores na conversa das minhas amigas sobre os assassinatos.

– Vão instaurar um toque de recolher no campus – disse Yessica, espalhando um rumor que eu já ouvira.

Dois alunos mortos – os pais estavam começando a se pronunciar. Mas toque de recolher? Eu precisava daquilo tanto quanto de um buraco na cabeça.

Meu celular apitou, e vi uma mensagem-padrão encaminhada por Charles, me convidando para um evento. Cliquei no link e vi a notícia: ele fora oficialmente eleito presidente do DCE, aparentemente sem a ajuda do meu voto. Mandei um emoji de garrafa de champanhe e de imediato comecei a me perguntar se deveria ir.

Era noite de quinta, minha cara estava coberta por uma máscara de abacate, e eu precisava começar a selecionar os matches nos meus perfis. Por outro lado, eu tinha acabado de me inscrever, e qual era a probabilidade de Will curtir um dos meus perfis na mesma hora? Além disso, também precisava bajular Charles. Eu me levantei, anunciei que ia à festa e perguntei quem queria ir junto, e o clã me ajudou a escolher uma roupa. Uma hora depois, de cara renovada e usando um vestidinho curto cor de berinjela e um colar de prata que peguei emprestado da Yessica, eu estava pronta.

Um monte de gente se encontrou na frente do alojamento antes de seguir para uma boate chamada SAX. O lugar era todo decorado com cortinas vermelhas de brocado, ornamentos de madeira pintados de dourado e paredes de veludo. Funcionários circulavam com fantasias burlescas, e uma mistura estranha de pessoas dançava. Tinha gente jovem, mas também uns caras velhos com aparência de que trabalhavam no Banco Mundial, acompanhados por mulheres do Leste Europeu tão bonitas que pareciam suspeitas.

A festa da Adams lotou a pista. Charles estava no canto, com Kristen e Derek. Eu me juntei a algumas garotas, até que vi Chad no bar – imaginei que ele tivesse vinte e um anos, ou uma identidade falsa, porque tinha uma pulseira para pedir bebida. Sucesso! Aparentemente, eu podia ser tanto social quanto produtiva na mesma noite. Fui até ele e seus dentes brancos que quase brilhavam no escuro. Ele gritou alguma coisa e comprou doses de vodca para nós.

– Quê? – perguntei, me aproximando, a mão no antebraço dele, que era peludo e cheio de veias.

Ele repetiu o que dissera, e eu o ouvi sorrir. Ele não *parecia* um assassino. Mas, até aí, nem eu.

Dancei com todo mundo, exceto Charles e Kristen. Fingi que ele não estava lá, apesar de a festa ser dele, porque, se eu quisesse me divertir, o centro de gravidade da diversão estava em mim. Chad dançava como eu esperava, no estilo clássico de garotos grandes, mexendo a cabeça de levinho. Não vi Will, e ele não estava no grupo para o qual fora encaminhada a mensagem.

Dançamos em um círculo, com Derek no meio, se movendo de forma boba. Rimos histericamente e bebemos martínis de maçã aguados e cerveja. A música pulsava, o ritmo fazendo vibrar todo o líquido do meu corpo. Meu cabelo ficou suado, mas não me importei, porque todo mundo estava transpirando.

Um grupo de desconhecidos nos empurrou pela pista, quebrando nosso círculo e nos esmagando. Acabei apertada contra Charles. A escuridão e as luzes estroboscópicas deixavam iridescente a camiseta branca de gola V que ele usava. Ele só se mexia um pouquinho de acordo com o ritmo, segurando uma garrafa de cerveja perto do quadril, ajeitando o cabelo suado com a outra mão. Ergui o olhar para ele, ciente de que nossos corpos nunca tinham estado tão próximos e de que sua namorada estava ali perto, atrás de mim, além da multidão de desconhecidos. Um sorrisinho curvou a boca dele, e só vi um círculo fino de cor ao redor das pupilas dilatadas.

– Dança! – falei, imitando o jeito paradão dele.

Ele riu. Já estávamos mesmo praticamente encostados, então não foi muito diferente quando senti a mão dele em minha lombar. Eu me aproximei ainda mais dele, respondendo aos comandos sutis de sua mão. Nós nos movimentamos em sincronia, e eu abaixei o rosto, sentindo a camiseta dele com a testa. A cerveja dele sumiu, e senti as duas mãos de Charles no meu quadril. Passei um braço por trás do pescoço dele e afastei meu cabelo da pele grudenta com a outra mão. Ousei erguer meus olhos para ele por um momento, cruzando nossos olhares em meio à escuridão e às luzes intermitentes. Uma leveza bêbada me tomou.

Eram só a música e Charles apertado contra mim. Fechei os olhos, querendo ceder aos meus outros sentidos: o ritmo hipnótico da música, o cheiro dele, as partes inferiores dos nossos corpos encaixadas. Ele estava com uma perna apertada entre as minhas, e a fricção do vaivém começava a me enlouquecer. Ele estava duro, dava para sentir através da calça. Não consigo pensar em outra vez que dancei dessa forma com um garoto sem que ele me beijasse. Já conseguia sentir a respiração de Charles aquecendo meu pescoço, e parecia questão de segundos antes de sentir os lábios dele contra minha pele.

"Charles", tentei chamar telepaticamente. Eu não dava a mínima se a Kristen estivesse logo atrás da gente. Não dava a mínima, porque era óbvio que a gente se queria e que ela era um lixo.

De repente as luzes se acenderam, insuportavelmente fortes, e a festa toda resmungou.

– É hora de fechar, galera! – gritou o DJ.

Charles se afastou de mim e, no momento seguinte, se virou para o outro lado, para falar com Derek. Um monte de gente se dirigiu à porta, e fui carregada pela onda.

Todo mundo ficou parado na frente da boate, se organizando para ir embora. Vi Charles abraçar Kristen e cochichar alguma coisa no ouvido dela, fazendo-a rir. Eu o odiava.

Alguém chamou um Uber para a gente dividir, mas, quando o carro chegou, um monte de gente se empilhou lá dentro e ficamos eu e Traci, uma menina do meu alojamento, largadas ao relento. Traci estava de salto agulha e não conseguia caminhar com eles, e não parava de cambalear. Tinha oitenta por cento de chance de ela vomitar a qualquer segundo.

– Chloeeeeee... eles foram embora.

Chamei meu próprio Uber, calculando o custo que seria cobrado no meu horrível cartão de crédito secreto que viera com um burrito de brinde quando eu o contratara. O carro escolhido levaria quinze minutos para chegar.

– A gente pode pelo menos andar até mais perto – falei.

Ela apertou meu braço.

– Não tem mais nada seguro.

– Eu tenho isso – falei, mostrando uma latinha. – É inseticida. Melhor do que spray de pimenta, porque não tem como respingar na gente.

– Eu tenho um chaveiro de gatinho... – *soluço* –, com orelhas pontudas para me defender.

Fomos andando aos tropeços. Era uma e meia da manhã, mas ainda achei que era seguro, porque tinha carros na avenida Nova York. Mesmo assim, fiquei de olho nos arredores, tentando não demonstrar que estava observando. Quando chegamos à área do Centro de Convenções Walter E. Washington, Traci me apertou com mais força. A região é movimentada durante o dia, mas à noite tem só aquele prédio enorme, sem nada nem ninguém por perto. É esse o problema – às vezes as coisas parecem seguras até parecerem perigosas, quando já é tarde demais. Traci tirou os saltos e caminhou descalça, de repente mais sóbria.

Dizem que é para um amigo homem nos acompanhar até em casa, sem se darem conta de que amigos homens podem nos estuprar. Pegue um táxi – mas o taxista pode nos estuprar! Pegue um Uber – mas tem ainda mais chance de estupro! Pegue o metrô – estupradores andam de graça! E se todo mundo fosse que nem eu, me perguntei, e caçasse seus respectivos Wills? Será que a economia entraria em colapso?

Quando cheguei ao meu quarto, Yessica estava apagada na frente da TV. Eu ainda estava usando o colar dela, e me perguntei se ela notaria se eu esquecesse de devolver. Eu me ajoelhei para escondê-lo na caixa de sapato onde guardava as joias, mas um pensamento me ocorreu: onde estava a pulseira que eu usara na noite em que atacara Will com o geodo? Eu não a usara desde então. Comecei a revirar meu armário em busca da bolsinha que usara naquela noite.

Encontrei a pulseira na bolsa, mas não tudo que deveria estar ali. Irritada, mandei uma mensagem para Charles: Você pegou meus brownies na noite da festa? Tinha dois na minha bolsa. Eu esperava que ele não fosse burro a ponto de achar que eu estava mesmo falando de brownies. O que estava faltando era o outro frasco de Rohypnol, que não fora fácil de arranjar. (Não são só estupradores que compram isso; fisiculturistas usam a droga como esteroide anabolizante. Eu arranjara aqueles com um levantador de peso cujo nome on-line era Bombado69.)

Finalmente, ele respondeu: Você já comeu um brownie, achei que estivesse cheia.

Eram meus.

Não são mais.

33

– Xiu – cochichou Chloe. – Você tá parecendo suspeito.

Andre ergueu as mãos, fingindo inocência. Eles desciam a rua 7, que estava lotada de pedestres, como qualquer outra dupla de estudantes preocupados – Chloe no celular, Andre carregando a câmera pendurada no pescoço. Um quarteirão à frente deles caminhava Leonard Wyman, vestindo um casaco preto comprido e carregando uma pasta. A ideia de tocaia de Andre não levara a nenhum avanço concreto, nem, até então, a amizade que Chloe fizera com um dos assistentes de pesquisa do programa. Investigar demorava, mas Chloe estava impaciente. Andre aceitou com relutância seguir Wyman depois do trabalho; mas bastava o psicólogo se virar para notá-los.

– Ele está digitando no celular… Acho que vai encontrar alguém – disse Andre.

Chloe deu uma cotovelada no rapaz – Wyman havia desacelerado abruptamente, olhando confuso para a porta de um restaurante. Andre se aproximou ainda mais de Chloe, fingindo ajustar a câmera, rezando para o homem não se virar. Charles não dissera se sofrera consequências por sua tentativa de seguir Wyman.

– Ele confundiu o restaurante… Olha, vai entrar naquele outro – disse Chloe, se virando para Andre com um olhar de urgência. – Espere sessenta segundos, entre atrás de Wyman e fotografe quem estiver com ele.

– Como assim? Ele vai me ver!

– Então inventa uma desculpa! Eu fotografo de fora, pela janela.

Era tarde para tentar recusar. Chloe não compreendia que ele não podia inventar desculpas com a facilidade dela, que ele estava, compreensivelmente, com medo, que o restaurante era um bar de vinhos, queijos e frios do qual ele destoava absurdamente – além de Andre ser menor de idade, lugares daquele tipo não eram para gente como ele. Mesmo assim, lá estava ele no restaurante chique, ciente de Wyman à sua esquerda, felizmente de costas. Andre se aproximou do balcão do bar, que estava meio cheio. O barman estava ocupado, dando uma longa explicação a um casal na ponta.

Havia uma garota sentada de frente para Wyman. Com o coração batendo rápido, Andre tentou analisá-la sem demonstrar que era o que estava fazendo. Ela tinha idade para ser universitária. O cabelo era de uma cor indistinta, seu rosto era pouco marcante e ela vestia calça jeans e um suéter claro, estranhamente próximo de seu tom de pele. Ela estava segurando uma caneca, o olhar concentrado em Wyman, que falava. Quem era ela? Uma das orientandas dele?

Andre levantou a carta de vinhos, fingindo estudá-la, enquanto tentava ligar a câmera. Era normal fotografar cardápios, não? Ele precisava agir rápido, antes que fosse notado. Ele deu zoom na garota e escolheu filmar um vídeo curto, em vez de fotografar. Ele se perguntou se conseguiria se aproximar o bastante para ouvir a conversa.

– Quer provar alguma coisa?

Andre se sobressaltou. O barman, vestido todo de preto, estava na frente dele, sorrindo.

– Ah… – falou, fingindo ler o cardápio. – Eu estava pensando em alguma coisa do Chile.

– Temos um belo Syrah, se quiser experimentar.

– Claro.

– Ótimo, só preciso da sua identidade.

Andre sorriu, constrangido.

– Deixei no carro?

– Certo – disse o barman, se apoiando na bancada e sorrindo.

Andre saiu correndo de lá, a cabeça baixa, e quase passou direto por Chloe.

– Também consegui uma foto! – gritou ela, correndo atrás dele.

Andre só parou quando viraram a esquina. O vídeo dele ficara melhor do que as fotos dela, que eram de perfil.

– Você a conhece? – perguntou Chloe, e Andre negou com a cabeça.

– Eu nunca a vi antes.

– Olha como eles estão sentados – disse Andre. – Como estão próximos.

– Eles claramente se conhecem. Será que estão tendo um caso?

– Ela tem tipo a nossa idade.

Chloe riu.

– Olha – disse Andre, dando zoom para que ela visse um trecho específico do vídeo, quando Wyman tocou o braço da moça de modo que parecia tranquilizador. – Talvez ela seja uma paciente.

– Por que ele encontraria uma paciente fora do consultório, em um restaurante chique? É totalmente inadequado.

O argumento era bom. Os dois assistiram ao vídeo mais algumas vezes. Andre não conseguia ler a expressão da garota, e aparentemente Chloe também não. Uma ideia surgiu na cabeça dele.

– Wyman tem o quê, uns setenta anos? – perguntou, e Chloe assentiu. – Ela tem mais ou menos nossa idade. E se for filha dele?

– Tenho quase certeza de que ele nunca mencionou que tem filhos. E ele é do tipo que teria fotos da família no escritório.

– Eu não deixaria retratos dos meus filhos no escritório se trabalhasse com psicopatas – argumentou Andre.

Na luz fraca, as pupilas de Chloe ficavam enormes, como os olhos de um gato. Ela não entendia como as outras pessoas a viam, como podiam entendê-la por completo, saber que ela, ao ver uma foto dos filhos de Wyman ou perguntar sobre a família, nunca estaria agindo de forma totalmente inocente.

– Charles talvez saiba se Wyman tem filhos – disse ela, parecendo em dúvida.

– E se for uma filha *secreta*?

– Eles parecem se conhecer bem. Talvez ela tenha se formado no programa. Ou pode ser a explicação mais sem graça: ela é uma das orientandas dele.

– Joga no Facebook – disse ele.

– Não tenho instalado no celular. Teria que entrar no site horrível pelo navegador.

– Ai, vamos para o laboratório de informática – sugeriu ele.

Eles estavam a meras duas quadras de um dos laboratórios vinte e quatro horas que sempre cheiravam a Cheetos. Andre conhecia todos os laboratórios, porque, em uma faculdade daquele tamanho, sempre havia aonde ir para não ficar sozinho. Ele não sentia solidão nem medo quando estava com Chloe, notou, o que não fazia sentido, porque como uma garota branca e baixinha o deixava mais seguro? Era só que Chloe estava sempre em *movimento*, sempre pensando e planejando, e era fácil ser levado pelo fluxo. Talvez fosse porque, se um cara de máscara de hóquei e machadinha aparecesse no laboratório, Chloe não se esconderia debaixo da mesa, chorando igual a uma mocinha de filme de terror, e tampouco esperaria que ele fizesse isso. Era estranhamente fácil entrar no papel de alguém com ego enorme, sem medo nenhum, porque não era tão diferente da pessoa que ele fingira ser nos anos em que estava acabando com a própria vida. Andre não ligava se alguma coisa acontecesse com ele, porque o pior já tinha acontecido.

Cada um deles sentou em um computador. Chloe entrou no Facebook, e Andre mandou o vídeo por e-mail.

– Tente alguns quadros diferentes para ver se dá o mesmo resultado – sugeriu Andre.

Chloe fez exatamente isso, selecionando dois quadros do vídeo e uma das fotos de perfil que tirara da garota. Ela abriu três abas e subiu as três fotos. A mesma sugestão de tag surgiu nos três casos: *Esta é Megan Dufresne?* Com rapidez quase assustadora, Chloe abriu mais abas no Google e no Instagram.

Andre se virou para o próprio computador e digitou "Megan Dufresne Universidade Adams". Depois de alguns cliques, encontrou um perfil no Instagram. Ele olhou por cima do ombro de Chloe e viu que ela havia aberto o perfil no Facebook de Megan Dufresne. Ali estava ela, rindo, abraçada com uma amiga. Ali estava ela, sorrindo e tomando um café com leite decorado com um coração. Andre sentiu a empolgação de entender alguma coisa antes dos outros. A garota no Facebook de Chloe – Megan Dufresne – tinha cabelo castanho-avermelhado; não era a cor sem graça da garota que tinham acabado de ver.

– Chloe – disse ele, mas não conseguiu chamar a atenção dela, então precisou virá-la fisicamente para ver o computador, o perfil no Instagram de Emma Dufresne que ele encontrara. – Elas são gêmeas.

34

Kristen estava alvoroçada se arrumando atrás de Charles, e ele mal podia esperar para ela sair.

– Por que você não está pronto? – perguntou Kristen.

Ela estava usando um vestido outonal que deixava suas longas pernas à mostra.

– Estou com dor de cabeça – disse ele, massageando as têmporas.

– E isso por acaso só começou uma hora antes de sairmos para jantar com a minha irmã?

– É hoje?

– Faz semanas que eu te chamei. Ela só está na cidade hoje à noite.

– Você se importa se eu não for? – perguntou ele.

– Você está só sentado aqui, olhando para o nada.

– É enxaqueca... Tive que aguentar uma reunião de duas horas do DCE e só quero dormir.

– Acho que você não percebeu que ganhar a eleição significa que talvez tenha que trabalhar de verdade – disse ela com um suspiro. – Tá, boa noite.

Eita. Ele precisaria acalmar a irritação dela mais tarde, fazê-la considerar que era parte do egoísmo ocasional dele, em vez de explicar o que estava planejando. Kristen não precisava ser lembrada que o namorado perfeito não era, na verdade, perfeito e tinha vários problemas desagradáveis.

A porta bateu, e, aliviado por estar sozinho, Charles olhou para o relógio. Mercer devia estar chegando e, como prometido, logo bateu à porta.

Mercer era alto e forte, com cabelo grisalho; atrás dele estava um homem menor, que se apresentou como Mal, o Cara da TI. Charles os levou até a sala e mostrou o notebook de Kristen, que estava ao lado do dele. Charles tinha esquecido que vira a luz da câmera acender na noite em que foram ao Old Ebbitt Grill, até Kristen mencionar que o computador estava estranho. Charles entendera repentinamente, enjoado, o que estava acontecendo.

– A câmera está quebrada faz uns meses, mas eu a vi ligar sozinha – explicou ele.

Mal sentou, e Charles chamou Mercer para segui-lo até a cozinha.

– Isso tem a ver com as outras coisas? – perguntou Mercer.

Ah, as outras coisas… Acobertar o acidente de Will, a revista na casa de Wyman e o pedido mais recente: que ele investigasse os antecedentes de Andre Jensen.

– Não tenho certeza. Tem gente que não gosta de mim, e acho que espionar Kristen é um jeito de me afetar.

Mercer assentiu, e Charles o seguiu pela casa enquanto ele começava a busca.

Ele testou as trancas das janelas e das portas da frente e dos fundos, que também tinham grades de segurança de ferro. Em seguida, ligou um aparelhinho com um mostrador e começou a analisar a casa com ele.

– Detector de radiofrequência – explicou. – Para procurar grampos. Pode descansar, senhor Portmont. Não acho que vá demorar.

Charles subiu a escada e sentou à mesa da cozinha, de olho no cara que trabalhava no computador de Kristen. Ele destampou uma caneta e puxou um caderno.

Michael. A partir do que tinha visto nas redes sociais, fez uma lista de gente que achava que andava com Michael.

Em seguida, fez uma lista dos amigos de Kellen, mas a única interseção entre Michael e Kellen era o programa. Kellen, pelo que Charles sabia, podia até ter sido o responsável pela morte de Michael, ou talvez a mesma pessoa tivesse matado os dois. Charles começou a listar nomes de suspeitos, dos menos aos mais prováveis.

Elena, que ele achava ser a mais improvável. Elena, agradável e simpática, cuja vida era ocupada por candidaturas a editais. Matar os sujeitos da própria pesquisa parecia uma decisão de carreira terrivelmente imbecil. Elena era inteligente demais para fazer uma coisa dessas.

Dr. Wyman. Charles não o imaginava cometendo atos tão violentos contra – como Wyman diria – *rapazotes*. Contudo, considerando a forma calma e ponderada como ele conduzia a terapia, Charles quase o imaginava fazendo alguma coisa questionável, se acreditasse que fosse do interesse da ciência.

Um pouco mais acima na lista: os assistentes de pesquisa de Wyman. Charles não conhecia todos, porque alguns ficavam mais tempo e outros saíam depois de um único semestre. Alguns só cuidavam dos dados, mas os mais experientes tinham envolvimento direto nos experimentos. Eles eram bons suspeitos, porque sabiam do programa e provavelmente tinham acesso à lista de participantes. Porém, Charles não conseguia entender o *motivo*: por que os alunos, por que agora?

Andre. No instante em que Chloe declarou orgulhosamente que Andre não podia de jeito nenhum ser o assassino, Charles decidiu investigá-lo. Um calouro magrelo daquele podia mesmo ser perigoso? Especialmente tendo álibis bem documentados para os dois assassinatos? Bom, mas era esse o problema, não era? Os álibis eram bons até demais, quase como se tivessem sido criados de propósito.

Charles pedira a Mercer para investigar e descobrira que Andre tinha histórico de "delinquência juvenil". No entanto, tirando a briga na escola, nada parecia especialmente violento, nem excepcional. O próprio Charles tinha batido um ou dois carros na adolescência, e usara drogas mais do que ocasionalmente. Charles vira Andre no refeitório com uma dúzia de amigos multiétnicos, tendo conversas absurdas sobre política e mudar o mundo. Andre estivera ouvindo com cuidado, sem contribuir muito. Aquilo, Charles sabia, era sinal de alguém interessado em manipulação política, alguém que era cauteloso e reservado. Ele não mataria alguém e depois fingiria socorrer a pessoa, ligando para a emergência. Ele não usaria a máquina de ressonância magnética como arma.

Will, escreveu devagar. Nada em Will parecia se encaixar na definição de psicopata – ele não parecia especialmente manipulador, nem mais impulsivo do que o playboy médio. Só que Charles conhecia oficialmente três psicopatas além de si próprio que não tinham nenhuma indicação de serem semelhantes. Se o que Chloe indicara sobre Will era verdade, que ele fora capaz de atacar uma menina pré-adolescente e filmar, não era estatisticamente improvável que *fosse* um psicopata. Se estivesse por trás dos assassinatos, poderia fazer sentido ajudar Chloe.

Mas… *Chloe*. Ela precisava estar no topo da lista – afinal, ele já a vira tentar esmagar a cabeça de alguém. Porém, talvez o que estivesse acontecendo entre ela e Will não tivesse nada a ver com o programa, e ela certamente demonstrou surpresa quando ele sugeriu que ambos corriam perigo. Charles não fazia ideia de qual seria a sua motivação, e ela fizera todo um escândalo porque queria uma arma para se proteger. Mas talvez ela não precisasse de motivo; talvez só gostasse de matar. Talvez ficasse sexualmente excitada com aquilo, como os serial killers tipo o SED e Richard Ramirez. Ninguém suspeitaria dela por ser mulher. Charles *gostava* de Chloe. Ele a achava interessante. Possivelmente mais interessante do que qualquer outra coisa que acontecera com ele nos últimos tempos. Talvez o flerte dela fosse um lance de gato e rato, brincando com a presa antes de atacar.

Charles pegou o celular e procurou o nome dela no Google. Encontrou perfis em redes sociais. O Instagram estava repleto das coisas de sempre: fotos de comida, selfies, cachorros aleatórios. Nenhuma foto estilosa de facas ou máquinas de ressonância magnética. Ele parou em uma selfie: ela de vestido tubinho cor de sangue, olhando para a câmera sem timidez alguma. No resto da internet, ela era identificada como semifinalista de uma bolsa nacional de mérito. Charles passou por umas páginas de propagandas de classificados até achar uma reportagem de jornal.

Professor de Merrifield acusado de sexo com alunas é afastado em suspensão administrativa durante investigação

MERRIFIELD, NJ: A polícia está envolvida em investigação de alegações sobre Alexei Kuznetsov (22), um professor de História na escola Merrifield High, que estaria envolvido em relacionamentos sexuais com pelo menos duas alunas de 15 anos. O abuso foi revelado quando Kuznetsov foi descoberto com uma das vítimas no campus da escola.

A matéria continuava, mas não nomeava Chloe como uma das alunas. Ele desceu para os comentários, até o nome dela aparecer.

A aluna envolvida é Chloe Sevre e ela é uma #piranhaescrota.

Bom, ser uma piranhaescrota não fazia de ninguém um assassino.

– Senhor?

Assustado, Charles ergueu o rosto e viu que Mercer e Mal o olhavam. Mal estava guardando seu material.

– O senhor estava certo. Encontrei malware nos dois computadores. Alguém tinha acesso remoto a este notebook e controlava a câmera.

– Há quanto tempo? – perguntou Charles, pensando em tudo que Kristen poderia ter dito ou feito em frente à câmera.

Eles tinham transado na sala na semana anterior.

– É difícil saber. Já limpei tudo e instalei software novo, o que deve ajudar.

Charles agradeceu a ambos e se despediu, sentindo pânico no estômago, e disse a Mercer que, sim, ligaria se mais alguma coisa acontecesse. E se alguém os tivesse filmado? Escutado suas conversas? Como aquilo poderia estar acontecendo de novo?

Cibernético, escreveu. No ano anterior, Charles fora atacado, mas nunca soubera a identidade do culpado. Ele simplesmente acordou um belo dia com um telefonema do banco avisando que o cartão de crédito dele tivera atividades suspeitas: alguém tinha comprado um quadriciclo em Waco, Texas, mil reais em fraldas e três anos de assinatura em um site de pornô gay pesado. Loucura, mas dentro do esperado para um caso de clonagem de cartão. Ele tinha acabado de cancelar as compras quando o sinal do celular foi cortado. Levou uma hora para resolver aquilo na casa de Kristen, porque seu plano fora cancelado, mas a operadora se recusava a aceitar a senha e dizia que ele, Charles Portmont, não era Charles Portmont. Depois, ele não conseguiu entrar na biblioteca com a carteirinha da faculdade – o chip tinha sido resetado. Charles tinha sido tirado de todas as turmas. Ele estava às voltas com uma dúzia de pizzas de anchova entregues em seu apartamento quando o pai ligou furioso por causa de uma série de compras feitas em seu cartão, aparentemente pelo filho devasso.

Nada fez sentido até ele restaurar o plano do celular e receber uma enxurrada de mensagens de Daisy. Daisy era uma garota que Charles mal conhecia, mas ali estava ela, absurdamente implorando pela ajuda *dele*, o que só fez sentido quando ele entendeu que os dois estavam sendo atacados ao mesmo tempo.

Ela mandou prints de centenas de mensagens que estava recebendo de números bloqueados, chamando-a de puta e piranha, e mensagens furiosas de amigos que de repente estavam com ódio dela. As contas dela nas redes sociais tinham sido hackeadas e alguém estava postando nudes dela – ou fingindo ser dela –, além de ofertas de sexo violento gratuito, acompanhadas do número de celular da garota.

– Não sei quem está fazendo isso – chorara ela na caixa postal dele.

Charles deletara o recado imediatamente. O que Kristen sabia era que alguém estava atacando o namorado dela sem razão aparente – talvez fosse por motivação política ligada ao pai dele. Ela não tinha descoberto o que Charles compreendera depois, porque não tinha a informação completa. Alguém devia ter uma paixonite por Daisy, e Charles cometera o erro bêbado de ficar com ela. Alguém devia ter visto e ficado com muita raiva. De repente, o problema de Daisy se tornara problema de Charles. Perdido, ele propôs a única solução que lhe ocorreu: abriu um rascunho de e-mail e escreveu "Eu pago para você me deixar em paz". No dia seguinte, o rascunho ainda estava aberto, com uma linha a mais, escrita por um desconhecido: "$10.000". Seguiam-se instruções para converter dinheiro em criptomoeda e depositar em uma conta anônima. Quando Charles fez isso, os ataques pararam, tão repentinamente quanto tinham começado.

Logo que soube dos assassinatos de Michael e Kellen, ele não pensara imediatamente no ataque cibernético, mas, analisando melhor, talvez houvesse uma conexão. Aquela pessoa tentara mexer em suas notas da faculdade, causar uma briga na família e fuçara as mensagens e os e-mails de Charles em busca de coisas desagradáveis que ele dissera sobre Kristen, com o objetivo de mandar para ela. Tinham feito de tudo, *menos* expô-lo como membro do programa para psicopatas. O agressor poderia ter exposto aquele fato para a faculdade toda, e não teria como saber que Charles já contara a Kristen sobre seu diagnóstico. Por que aquele fato específico fora mantido em segredo, se todo o resto fora usado contra ele? Ele supunha que a motivação do ataque tinha sido Daisy, mas talvez na verdade fosse mesmo contra *ele*. Charles fizera um pouco de pesquisa por artigos sobre trolls na internet e encontrara um estudo que indicava que trolls não só tinham alta probabilidade de serem psicopatas, como também sádicos.

Charles mordiscou a ponta da caneta e adicionou um nome à lista, relutante: *Emma*. Ele pegou o celular para olhar a mensagem mais recente de Chloe. Uma foto de Emma e a pergunta: Você conhece essa garota? Ele conhecia, sim, aquela garota. E ela estava no programa. Como Chloe e Andre tinham conseguido encontrá-la?

Charles não dera atenção a Emma quando os dois estavam na mesma turma de Introdução à Psicologia no primeiro ano. Ela tinha cabelo sem vida, postura ruim e uma aparência sem graça. Estava no grupo de discussão de Charles, e às vezes ele via que ela o encarava. Acontecia, de vez em quando; Charles sabia que era bonito. Ele nunca a via falar com outros alunos, nem em festas, nem em eventos do campus. Um dia, passando pela área em frente ao Centro de Atividades, onde ficavam mesas de piquenique, ele viu todas as mesas cheias de estudantes que riam e conversavam, exceto por uma. Emma estava sentada sozinha, virada de costas. Ela não estava, como parecia, olhando para o nada, mas observando uma lagarta pendurada a uma árvore próxima por um fiapinho. A lagartinha besta também era triste – uma coisinha boba que provavelmente morreria no dia seguinte.

Por impulso, Charles sentou com ela para almoçar, e agora tinha quase certeza de que aquela ação insignificante levara Emma a desenvolver uma paixonite por ele, o que era ainda mais deprimente. Então, uma semana depois, ele estava ensaiando um pouco em uma das salas de piano no Albertson e a viu espiando pela janela. Charles abriu a porta e foi atrás da garota quando ela tentou fugir, porque queria esclarecer a situação.

– Eu também estou no programa – disse ela, e isso o tomou de surpresa e ele não conseguiu responder.

De início, achou que Emma o estava ameaçando, mas depois notou que a garota só queria compartilhar o que tinham em comum. Ela o vira conversando com Wyman um dia, e também respondendo ao registro de humor no relógio. Charles tinha curiosidade demais por conhecer outro psicopata para ficar irritado. Contudo, Emma não se encaixava no que ele imaginava que psicopatas seriam. Charles achava que psicopatas deveriam ser... bom, como ele. Charmosos, carismáticos, capazes de conseguir o que queriam das outras pessoas. Ela parecia mais um ratinho mergulhado em água morna para fazer chá.

Só que Emma não entendia os conceitos do programa tão bem quanto Charles, nem parecia se importar. Ela não estava interessada em aprender a ler emoções, nem a entender o motivo de suas ações serem incômodas para outras pessoas. Ela só se interessava pelo que estudava (Filosofia) e pelo seu hobby (fotografia), as únicas coisas que pareciam energizá-la. Emma era uma garota sem charme nenhum, mas o que nela evocava em Charles uma tristeza profunda? Até um sentimento protetor?

Emma não era *amiga* dele. Nunca entraria naquela categoria. No entanto, era uma espécie de alma semelhante, e ele gostaria de pensar que Chloe e Andre estavam errados, que Emma não poderia ser suspeita. Contudo, precisava encarar alguns fatos que o deixavam desconfortável.

A garota já se provara capaz de encontrar outra pessoa do programa. Charles não sabia nada sobre ela além do que estudava e que tinha uma irmã na Universidade Americana, de quem era muito próxima. Também sabia mais uma coisa: que Emma era a fim dele. Que ela o seguira pelo menos uma vez. Seria possível que Emma fosse a responsável pelo ataque cibernético? Ele não gostava daquela ideia, apesar de não conseguir identificar o motivo racional disso.

Algumas horas depois, Charles ouviu o ruído distinto das chaves de Kristen na porta. Ele correu para abrir, forçando uma expressão penitente. Kristen nitidamente bebera um pouco de vinho no jantar. Ele a acompanhou até a cozinha, onde ela tirou a jaqueta e os saltos.

– Você não andou sozinha até aqui, né? Sabe, desculpa – falou ele.

Ela o olhou, cautelosa. Ele a abraçou, beijou a cabeça dela.

– Sou um babaca.

Ele precisava acertar o tom: suave, quase um sussurro.

Kristen se afastou, querendo olhar para o rosto dele.

– Pelo que, exatamente, você está se desculpando?

– Por não ter ido jantar com você e sua irmã quando prometi que faria isso.

– Você está mesmo arrependido? – perguntou ela.

Kristen o estava desafiando a mentir. Ela sabia bem como Charles funcionava.

– Você estava mesmo com enxaqueca? – perguntou.

Ele a contemplou, calculando.

– Não. Eu só não queria ir.

– Então por que você disse que iria, quando perguntei?

– Porque era o que você queria que eu dissesse.

– Então você *não* está arrependido.

– Estou arrependido por ter feito algo que te magoou.

Não estava funcionando. A maioria das garotas era mais fácil do que Kristen. Com olhos tristes, ele andou atrás dela pela cozinha. Enquanto ela enchia um copo com água, ele a abraçou por trás.

– Você me desculpa? – perguntou baixinho, beijando o pescoço dela.

Ela abaixou o copo e apoiou as mãos na bancada.

– Sabe, toda vez que você me decepciona, eu te amo um pouco menos.

Kristen se afastou dele e foi sentar no sofá. As palavras o atingiram com precisão.

– Não quero que você fique chateada comigo – disse ele, se aproximando dela como um satélite em órbita.

Charles sentou ao lado da namorada, grudando a perna na dela. Kristen ligou a televisão em um episódio antigo de *Quem quer casar com um fazendeiro de soja?*, um programa que ele odiava. Charles tinha uma contradição estranha em seu âmago: ele ao mesmo tempo se importava e não se importava com a opinião das pessoas. Queria fazer o que bem entendesse, mas também queria ser adorado. Aquele fato levava a brigas com Kristen, porém ela o amava. Quanto daquilo era culpa dele? Será que ele tinha nascido assim, e era só genética, ou seria resultado de sua criação? O que acontecera no Old Ebbitt Grill não fora surpreendente, pois o pai dele era um alcoólatra funcional havia anos.

Quando Charles contara a Kristen sobre o diagnóstico, ela se assustara. Os dois primeiros meses do relacionamento tinham sido um turbilhão, mas ele abrira o jogo depois de muitas consultas com Wyman. *Psicopata* era uma palavra que lembrava assassinos surtados correndo por aí com machadinhas, não calouros universitários que vinham de escolas de respeito e famílias ricas, com amigos, interesses próprios e boas notas. Para surpresa dele, ela não reagiu com nojo, mas pesquisou sobre o diagnóstico e fez perguntas. Eles eram bons demais como casal para que aquilo os atrapalhasse.

Charles apoiou o braço no encosto do sofá, atrás dela. Depois, veio um beijinho na orelha. Carinho no cabelo. Ele procurou um sinal de aprovação. Ela mudou de canal, vendo a cobertura dos protestos que continuavam a lotar o parque Lafayette, perto da Casa Branca. Charles se aproximou mais e deu um beijo atrás da orelha dela. Levou a mão ao joelho de Kristen. A boca desceu pelo pescoço dela. Ela fechou os olhos por um momento. Charles sabia exatamente como tocá-la. Kristen estendeu o braço, levando a mão ao rosto dele.

– Querido, não tem jeito de você se dar bem hoje. É noite de dormir no sofá.

35

Dia 16

– Você gosta de M&Ms? – perguntou a assistente de pesquisa.

– Gosto – respondi.

– Sente-se.

Na mesa à minha frente na sala de experimentos estava um pote azul marcado com uma linha vermelha por dentro. A assistente virou o conteúdo de um saco de mini-M&Ms no pote, enchendo-o até chegar na linha vermelha.

– Você pode comer o chocolate se quiser, quanto quiser. Fique aqui por uma hora, mexa no celular, leia uma revista… – disse ela, mostrando alguns exemplares velhos das revistas *Self* e *Psychology Today*. – Mas, se você não comer nada, quando eu voltar daqui a uma hora, você pode ficar com tudo que está no pote e mais um saco cheio. Entendeu?

Entendi. Ela foi embora e eu procurei uma câmera escondida. Não tinha espelho falso, e a porta estava bem trancada. Meu inseticida estava bem guardadinho no bolso da minha calça jeans. Apoiei os pés na mesa, comi M&Ms à vontade e joguei Doge Dash no celular. Abri o app de relacionamentos e apaguei os matches – nada de Will por enquanto. Li uma matéria na *Self* sobre os dez passos necessários para a maquiagem natural perfeita.

O que você vai fazer hoje?, veio uma mensagem repentina. Chad!

Nada rs. E vc?

Faltando dez minutos para o fim do experimento, revirei minha bolsa. Achei uns dois pedaços de folha de caderno, que amassei e coloquei no fundo do pote de chocolate, testando o tamanho algumas vezes até os M&Ms voltarem a atingir a linha vermelha. Quando a assistente retornou, ela exclamou:

– Você conseguiu! Tem gente que não consegue!

Ela estava me entregando meu saco de chocolate de recompensa quando Chad mandou outra mensagem. Vamos sair pra beber alguma coisa?

Saí do prédio grudada ao celular, combinando a logística com Chad. Tínhamos acabado de marcar de nos encontrar em um restaurante quando surgiu mais uma notificação: outro match no app de relacionamento. Um certo jogador de lacrosse! Corri para o alojamento para me arrumar, mas me obriguei a esperar antes de mandar uma mensagem para Will. Só faltavam duas semanas para o Dia D, mas não queria parecer ávida demais, pois levantaria suspeitas.

Eu estava pensando no que escrever quando chegou uma mensagem de Will.

Bonita foto, ele escreveu.

Rs. Você pegou mesmo esse peixe? (Por um motivo inexplicável, ele tinha uma foto segurando um peixe, provavelmente tirada em uma excursão de pescaria.)

Não, ele pulou bem no meu colo.

É coisa de piranha mandar mensagem para um garoto enquanto está se aprontando para encontrar outro? Talvez não seja, se o plano é matar um deles.

Eu ia encontrar Chad em um restaurante da rua 9 depois de uma "reunião de negócios" dele. O lugar era daqueles discretos, quase sem luz além de uma velinha por cabine. Chad estava sentado ao bar, conversando com o barman, e abriu um sorriso enorme ao me ver. Ele me lembrava o Gastão de *A Bela e a Fera*, mas com o cabelo mais bonito.

– Eu conheço o barman daqui – disse ele, me levando até uma cabine e escolhendo sentar ao meu lado, e não na frente.

Perguntei que tipo de reunião ele tivera, e Chad falou sem parar sobre socorro a vítimas de furacões, porque a fraternidade ia arrecadar um monte de grana. Para quê? Outro furacão vai vir de qualquer jeito – a gente devia era ensinar as pessoas a nadar, isso sim.

Pedimos cerveja, e eu comecei a investigar. Toda vez que tentava descobrir sutilmente se ele era parte do programa, Chad mudava de assunto – sanduíches, astronomia. Ou ele era um gênio do mal, ou um gostosão burrinho e inofensivo. Caprichei no flerte quando chegamos na segunda rodada de bebida.

– Gostei do seu relógio – falei, examinando-o alegremente, tocando uma das mãos grandes dele.

– Vi um desconto e achei que valia a pena.

Seria mentira? E por que Charles o odiava? Aquilo o tornava mais intrigante.

– É bonito – falei, erguendo o rosto e olhando-o nos olhos. – E aí, o que você faz além de salvar o mundo?

– Levanto peso, em geral. Faço corrida de obstáculos. Estou treinando para a competição de Crossfit.

– Crossfit tem competição?

– É muito acirrada! – disse ele, sorrindo. – Mas a SAE ocupa muito do meu tempo. Tem muita coisa para organizar, tipo isso do furacão.

– Você mora na sede? – perguntei, franzindo o nariz.

– Ah, fala sério – disse ele, esbarrando em mim de brincadeira. – Sabe, meu quarto é legal, e eu basicamente moro com todos os meus melhores amigos.

– Alguns dos irmãos não moram lá?

Ele balançou a cabeça em negação.

– Quando entramos, é obrigatório morar lá, mas podemos nos mudar depois do primeiro ano. Tento fazer todo mundo continuar a se sentir incluído. Estamos todo dia na sede, é tipo uma família. Ajudamos muito com a campanha do Charles. Marty fez o design dos cartazes, eu ajudei com os eventos, Will conseguiu os votos do pessoal do lacrosse.

– Will? – perguntei.

– Loiro? Do time de lacrosse?

– Ah, sei quem é. Vocês se veem muito?

– Recentemente, sim, até. Ele tem andado muito pela sede.

Com medo de ir para a própria casa, talvez?

Estalei os dedos como se tivesse acabado de me lembrar de uma coisa.

– Ah, um dos seus calouros está na minha turma de Biologia. A gente dissecou um porco juntos. Catinga?

Chad pareceu confuso, e depois uma expressão de leve irritação tomou conta do seu rosto.

– Milo, no caso. Não gosto dessa história de apelido, mas os caras não param.

– Ele é gente fina.

– Gente finíssima. Superinteligente. Espero que ele continue com a gente.

Chad aparentemente era mestre em dar informações insignificantes. Ele sorriu de novo, flertando mais.

– Falando de festas, não acredito que você não se lembra que me conheceu na casa do Charles – falou.

– A gente conversou?

Ele tomou um gole da bebida.

– Eu dei em cima de você.

– Acho que não o bastante.

– Eu teria tido alguma chance?

– Tenho certeza de que você encontrou um bom par.

– Eu acabei dormindo no chão com mais seis pessoas.

Dava para sentir a faísca de calor, uma comichão no meu âmago. Toda essa cautela atrapalhara seriamente minha socialização, especialmente minha boa dose de vitamina P.

– Eu dormi sozinha naquela noite.

De repente, me ocorreu uma imagem. Eu, na frente de Charles, vestindo só a camisa dele. Pensei nele estendendo a mão e desabotoando a camisa lentamente, descendo o toque pela pele exposta.

– Que pena – disse ele, sem sorrir.

Repentinamente, quis que Chad me comesse. Queria que o peso dele me esmagasse. Queria que ele ficasse atordoado comigo, como os soldados gregos antigos ficavam ao encarar Medusa.

Passei um braço ao redor do pescoço dele, puxando seu rosto contra o meu. Ele cheirava a perfume amadeirado e não beijava mal. A gente se beijou, e a comichão piorou. Os braços dele estavam ao meu redor, me prendendo, e esfreguei uma perna contra a dele. Interrompi o beijo, murmurando:

– Vamos para outro lugar.

– Claro – disse ele. – Não tem ninguém na sede hoje.

Fomos embora rápido.

Chad tinha o maior quarto, no último andar da sede da SAE. Era surpreendentemente arrumado, com uma cama limpa e feita e prateleiras organizadas. Ele fechou a porta e começamos a nos agarrar imediatamente. Uma das mãos grandes dele passou por baixo da minha roupa. Fechei os olhos, jogando a cabeça para trás, sentindo a boca dele no pescoço.

Eu o agarrei pelos ombros e o empurrei até que sentasse na cama. Tirei o vestido, notando que enxergava um reflexo perfeito meu na janela escura atrás da cabeceira.

Tiramos meu sutiã juntos e eu o deixei me comer com os olhos. Agarrei a camiseta dele e ele tirou a jaqueta, o suéter e, por fim, a camiseta, revelando ombros musculosos e pele bronzeada. Chad tinha um pouco de pelo no peito – o que eu não gosto tanto –, mas não era muito. Ele me puxou para perto, a boca na minha. Eu o empurrei de volta e falei:

– Sem sapato na cama.

Ele sorriu e se abaixou para tirar os sapatos pretos, então me olhou, com expectativa.

– Calça – falei.

Ele abaixou a calça jeans e a deixou cair no chão. De novo, ele me puxou e beijou meu peito. Eu tirei a calcinha e subi na cama, empurrando-o, para que deitasse de barriga para cima. Ele levou a mão entre as minhas pernas, se mexendo em um gesto de pulsação lenta, mas eu nem precisava mais de preliminares.

Eu estava quase sentando nele quando Chad me interrompeu com uma mão, rindo.

– Espera aí, preciso da camisinha.

– Eu tomo pílula – falei, impaciente, enquanto ele revirava os bolsos da calça.

Perdoei a cautela porque ele colocou a camisinha rápido, e me penetrou. Eu ofeguei e apertei o rosto contra o pescoço dele.

– Está bom? – murmurou Chad.

Mordisquei a orelha dele, o apertei e o empurrei para deitar. Na janela escura vi nosso reflexo, como um espelho. Meu cabelo desgrenhado, as mãos dele me tocando, nossos corpos se movendo em sincronia. Eu me abaixei para beijá-lo, sentindo os dentes por trás dos lábios. Envolvi o pescoço dele com os dedos.

• • •

Fui acordada pelo sol e pelos pássaros. Chad estava me abraçando, um dos braços cheios de veias saltadas cobrindo meu peito. Bocejei, e a barriga dele roncou alto. Ele riu.

– Acabei de acordar. Quer um burrito de café da manhã?

– Pode ser.

Procurei meu celular na bolsa. Tinha algumas notificações, e alguém me mandara uma foto. Encarei o aparelho, confusa. Era eu, deitada, com um fundo listrado. As mesmas listras do travesseiro de Chad.

– Que porra é essa? – gritei.

Chad, que estava dando um pulo para enfiar a calça, congelou, assustado.

– Você está de brincadeira? – perguntei.

Ele pareceu confuso e eu joguei o celular na cara dele. Chad o pegou com uma agilidade surpreendente e olhou para a foto. Fiquei bem atenta à expressão em seu rosto. Ele parecia genuinamente chocado.

– Mas é o meu... – disse ele, e me olhou, horrorizado. – Chloe, eu não mandei isso... esse nem é meu número.

– Me dá seu celular – exigi.

Sem uma palavra, ele destravou o celular e me entregou. Ele não tinha mandado mensagem desde a noite anterior, quando decidimos onde nos encontrar. Até olhei mensagens de dias anteriores para verificar. Ele tinha *mesmo* mandado mensagem para o Charles sobre aquele evento na SAE – nenhum dos dois mentira sobre isso. Devolvi o celular e procurei minhas roupas. Chad atravessou o quarto para me alcançar.

– Sua porta está trancada?

– Por que eu trancaria a porta na minha própria casa? – perguntou ele, perdido.

Olhei para trás dele e vi que as duas janelas estavam entreabertas. Meu Deus, a alegria de ser um Chad e nunca precisar se preocupar com trancas. Só de pensar que alguém tinha entrado ali enquanto eu dormia igual a uma idiota... me observando e tirando uma foto. Coloquei o vestido.

– A única explicação razoável que me ocorre é que um dos caras achou que seria engraçado – disse ele.

Um dos caras. Um dos caras com acesso à casa. Senti raiva demais para falar.

Ele colocou as mãos nos meus ombros – um gesto que, se não tivesse sido feito com a maior delicadeza do mundo, teria me levado a arrancar a cabeça dele, que nem um louva-a-deus.

– *Não é* engraçado – disse Chad. – É muito escroto. Uma violação total de privacidade. Vou conversar com eles.

E se tivesse sido o Will? Will estivera ali. Por que eu nunca *penso* antes de fazer merda?

– Estou chateada. Vou pra casa.

Ele arregalou os olhos.

– Eu entendo. Perdão. Espero que você não me culpe.

– A gente se vê.

36

Andre estudou a fileira de fotos à frente dele, resistindo ao impulso de olhar para o outro lado da mesa, de onde os detetives o observavam.

– Vá com calma – disse Bentley, o bonzinho.

Ele se perguntou se deveria fazer o que Sean dissera e escolher uma pessoa qualquer, evitando que o foco se voltasse contra ele.

– Desculpa – disse Andre. – Acho que não é nenhum desses.

Bentley desanimou, e Deever, o outro detetive, mostrou-se irritado.

– Tudo bem.

– Não quero dizer nada errado, mas não é nenhum desses.

– Podemos arranjar outras fotos – disse Bentley.

– Isso tem a ver com o outro cara, o da ressonância magnética? – perguntou Andre.

– Você acha que tem a ver? – perguntou Deever.

– Todo mundo anda falando nisso. Tem alguém no campus matando alunos da Adams, ou é uma coisa mais ampla?

Bentley deu um pulo repentino e começou a remexer freneticamente nos papéis e nas fotos na mesa. Ele empurrou uma foto na cara de Andre. Pele branca, maçãs do rosto definidas, cabelo desgrenhado.

– É esse o cara? – perguntou.

– É esse o cara! – disse Andre, exatamente ao mesmo tempo.

Bentley perguntou se ele tinha *certeza*, certeza *mesmo*.

– Definitivamente.

– Espera, tenho outras fotos.

Ele pegou mais meia dúzia de fotos, e as de perfil confirmaram ainda mais a certeza de Andre.

– Foi esse o cara que eu vi.

Bentley levou as mãos à cintura e olhou para Deever com certa satisfação exasperada.

– É o Kellen.

– *Kellen?*

– Kellen! – gritou Andre, antes de se dar conta de que não deveria saber aquele nome.

Andre correu pelo campus, mandando mensagens no caminho. Ele e Chloe planejavam se encontrar na biblioteca para trocar informações. Andre estivera trabalhando em uma lista de ex-alunos de Wyman, limitando-os àqueles que estavam na universidade na época do SED e poderiam jogar uma luz sobre os novos assassinatos. Chloe dissera que estava fazendo uma "pesquisa aprofundada" da presença das Dufresne na internet.

Durante o dia, a biblioteca estava sempre lotada de alunos bebendo café e disputando espaço nas mesas. Ainda assim, Andre sempre pegava o elevador com uma mão na faca. Todos os assassinatos, ele refletira, tinham acontecido quando a vítima estava sozinha. Assim como em um filme de terror, as regras eram claras: quem fica sozinho, morre. Ele esperava que a regra para caras negros não fosse verdade.

Chloe o aguardava em uma sala de estudo particular no quinto andar, onde as dissertações eram arquivadas, e estava animada para conversar sobre Kellen ser o desconhecido na cena do crime.

– Claro – disse ela. – Agora faz sentido. Quem, além de um psicopata, veria um cara sangrando e outro implorando por ajuda e iria embora?

Andre comentou que a presença de Kellen na morte de Michael não dizia nada além de que Kellen era um filho da puta.

– Talvez ajude a polícia a largar do seu pé – disse Chloe.

– Não sei de onde você tirou isso. Não tinha sangue nenhum em Kellen… não podia ser ele.

– Tem *certeza* de que não tinha sangue nele? – insistiu ela.

Andre entendeu que Chloe estava sugerindo que ele mentisse para a polícia.

– Que reunião horrível – disse uma voz conhecida.

Andre ergueu a cabeça e viu Charles entrar na sala, tirando o casaco. Andre olhou de relance para Chloe, que aparentemente o convidara. Ele preferia ter sido avisado antes. Se forçado a escolher entre dois psicopatas que o tinham alertado quanto ao outro, ele apostava em não confiar em nenhum deles. Porém, pelo menos entrara em uma boa relação profissional com Chloe, que se provara de certa confiança. Apesar de não confiar em Charles, ele não parecia um assassino. A impressão era mais de uma pessoa que deveria ir a uma festa de polos, mas errara o caminho e fora parar na faculdade. A não ser, claro, que fosse tudo fingimento.

– Você vai ajudar ou ser escroto? – perguntou Chloe.

– Não posso fazer as duas coisas?

Charles largou um saco de papel engordurado na mesa, do qual emanou uma nuvenzinha de pó branco. Ele tirou algo bizarro, que parecia ser comida, do saco.

– E aí, quais são essas novidades que te animaram tanto? – perguntou Charles.

– Você conhece a garota na foto que te mandei? – perguntou Chloe, observando-o atentamente.

– Nunca vi.

– Que porra é essa? – perguntou Andre.

– E por que você não trouxe pra gente? – acrescentou Chloe.

– Tem um carrinho de cheeseburguer de bolinho de chuva aqui na frente – disse Charles, e Andre o viu, horrorizado, acrescentar o conteúdo de vários sachês de maionese e molho debaixo de uma camada de massa frita de bolinho de chuva açucarado. – Quem é a garota? Ela está no programa?

Chloe virou o notebook e ativou uma apresentação de PowerPoint que começava com a foto que tirara de Emma.

– Vimos essa garota jantar com Wyman em um restaurante íntimo. Emma Dufresne, que não deve ser confundida com sua irmã gêmea, Megan Dufresne.

Charles parou no meio da mordida.

– Gêmeas?

Andre tinha a impressão de que Charles nunca levava nada a sério, então era um pouco satisfatório chamar a atenção dele.

Chloe passou para o próximo slide, que mostrava mais uma imagem, a partir do vídeo de Andre.

– Eis o que descobri. Ela está cursando Filosofia e está no terceiro ano, que nem você, Charles. É difícil descobrir mais sobre ela, porque Emma não usa muito a internet. Esse aqui é o Instagram dela. Notem que ela tem um monte de seguidores, mas não segue ninguém. O tipo de coisa que ela posta é isso.

Andre viu um monte de slides passar rápido. Ela era fotógrafa – das boas –, mas só fotografava insetos. Closes extremos em alta definição de vários insetos: uma mosca com olhos espelhados, um louva-a-deus, uma abelha voando.

– São muito boas – murmurou Andre, incapaz de conter uma pontada de inveja.

– Ela foi premiada em vários concursos de fotografia, sempre com fotos de insetos. Ela nunca responde aos comentários no Instagram.

– Ela curte inseto. Saquei – disse Charles, de boca cheia.

– Essa é a irmã dela, Megan – disse Chloe, passando para um print de um perfil no Facebook.

Era o estereótipo clássico das moças brancas genéricas. Um post falando sobre amar o clima do outono. Um cachorrinho fofo. Uma galera bebendo cerveja em uma festa.

– Ela está no terceiro ano da Universidade Americana. Tem mais na internet sobre ela do que sobre a irmã. Ela participava de competições de ginástica olímpica quando criança e escrevia para o jornal da escola.

– Espera aí – disse Andre. – Olha para a parte de "Relacionamentos". Ela não fala da irmã, da família, nem nada.

– Nem todo mundo preenche isso – disse Charles.

Ele devorara o hambúrguer com velocidade surpreendente. Charles limpou a boca com um guardanapo e inclinou a cadeira para trás, cruzando os braços no peito.

Chloe passou para mais um slide, *Perguntas restantes*, que continha uma lista de itens.

– Por que elas estudam em faculdades diferentes na mesma cidade? – perguntou.

– Talvez porque passaram para faculdades diferentes? – disse Charles, o tom sugerindo que Chloe estava sendo burra.

– Bom, sabia que existe uma coisa chamada pobreza, que a maioria das pessoas conhece? E quase todas as faculdades oferecem um desconto enorme para irmãos mais ou menos da mesma idade frequentarem juntos?

Charles deu de ombros.

– Talvez elas não se deem bem.

– Não importaria – concluiu Andre. – Porque quem entra no programa tem bolsa integral. Então Emma faz parte do programa, mas Megan não.

– Você nem sabe se Emma está no programa... – começou Charles, mas Chloe o interrompeu.

– Mas elas são gêmeas – murmurou, levantando e começando a andar pela sala. – Elas podem ser gêmeas bivitelinas, mas muito parecidas, ou univitelinas, idênticas.

– Qual é a importância disso? – perguntou Andre.

Ela ergueu uma caneta para quadro branco. Charles fez cara de sofrimento.

– E se elas forem um experimento natural? Gêmeas idênticas, uma psicopata, Emma, e a outra não. Isso torna Megan o controle ideal para Emma. Quer comparar cérebros, comportamentos, qualquer coisa? É só comparar Emma com a irmã, que tem a mesma genética e vem da mesma família.

Era uma ideia intrigante. Andre entendia o suficiente de psicologia para saber que o campo muitas vezes se baseava em estudos de gêmeos para trabalhar o embate entre natureza e criação, para medir se certos traços eram herdados e qual o impacto do ambiente nas pessoas.

– Mas, se elas são idênticas, não seriam as duas psicopatas?

– Só se acreditarmos que a psicopatia é determinada apenas pela genética.

Charles conseguiu arremessar o saco de papel diretamente na lata de lixo do outro lado da sala.

– É o seguinte: se Emma está no terceiro ano, posso conhecer gente que conhece ela. Me deem uns dias para investigar e dar notícias.

Chloe olhou para Andre como se tentasse dizer alguma coisa em silêncio, mas ele não entendeu. Charles parecia mesmo um cara que conhecia muita gente. E, honestamente, ele ainda não tinha ajudado muito, então era bom deixá-lo fazer pelo menos uma coisa.

– Parece um bom plano por enquanto – disse Andre. – E, mesmo que Emma esteja no programa, por que Wyman saiu para jantar com ela?

– Por que seria estranho? – perguntou Charles.

– *Você* por acaso janta sozinho com ele? – perguntou Andre. – Não se sai para jantar em um restaurante chique com seu psicólogo. Se isso acontece, é porque tem alguma coisa estranha aí.

Chloe suspirou.

– Andre acha que eles talvez tenham um caso.

Charles riu com vontade, o que fez Chloe rir. Após um momento, Andre achou as gargalhadas contagiosas e não conseguiu deixar de rir também.

– E, agora, a parte divertida da noite – disse Chloe, se virando para Andre e ficando de pé. – Peguei todas as dissertações que você reservou.

Ela abriu a porta e puxou para dentro o carrinho que estava bem na frente da sala.

– O que é isso? – perguntou Charles, horrorizado perante o que parecia ser trabalho de verdade.

– Dissertações de ex-alunos de Wyman – disse Andre.

O quinto andar tinha cópias físicas de todas as dissertações entregues na Adams. Andre reservara todas as que eram relevantes à busca por informações que indicassem conexão com o SED. Wyman era muito mais velho do que parecia e tivera muitos alunos. A primeira coisa que Andre fizera fora eliminar da lista todos de antes do fim da década de noventa. Alguns alunos eram fáceis de encontrar em sites de "árvore genealógica" acadêmica, porque tinham virado pesquisadores, e outros eram terapeutas em tempo integral.

Andre empurrou uma pilha de dissertações para Chloe.

– Procure qualquer coisa sobre psicopatia, assassinato ou parafilia.

– Qual é a importância do que os orientandos de Wyman estudaram anos atrás? – perguntou Charles.

– Wyman acha que esses assassinatos têm alguma coisa a ver com o SED, o que significa que ele sabe, ou imagina, alguma coisa que a gente ainda não sabe. Ele nunca publicou sobre o SED, mas talvez um de seus orientandos tenha publicado. Além disso, Wyman nunca publicou nada sobre pessoas que fracassaram no programa, mas talvez um dos orientandos tenha feito isso – disse Andre.

Chloe se jogou de barriga no chão e, depois de um suspiro teatral, Charles sentou à mesa, na frente de Andre, e os três começaram a folhear os exemplares encadernados em couro.

Conforme Andre lia, ele não conseguia conter a culpa insistente que sentia sempre que estavam envolvidos naquele tipo de investigação. Como era possível que todos os seus amigos conseguissem estudar e ainda ter tempo para festas, maconha, bater ponto no bar e na academia e dormir até as três da tarde no fim de semana? Consistente com seu diagnóstico,

Charles parecia alguém que pagava outros alunos para escreverem os trabalhos dele, ou talvez usasse o banco de provas da fraternidade, mas Chloe, Andre soubera, tinha chegado na faculdade com um monte de créditos avançados e nunca parecia reclamar sobre o trabalho que tinha, nem sobre a dificuldade em fazê-lo. Ele pensara em perguntar a respeito, mas hesitara, sem querer demonstrar fraqueza. "Talvez aquele negócio de *bullet journal* tenha seus méritos", pensou Andre, virando a página.

Chloe fez um ruído. Ela encontrara uma dissertação sobre psicopatia, mas levou uns dez minutos para determinar que não continha nada de útil.

– Vocês sabem que isso é perda de tempo, né? – disse Charles.

Ele estivera folheando lentamente as dissertações, com tanta calma que Andre notou que provavelmente precisaria refazer todo o trabalho de Charles.

– E você pensou em alguma solução? – perguntou Chloe, se ajoelhando e girando a cabeça para estalar o pescoço.

– Eu falei que ia investigar a Eleanor...

– Emma!

– Mas também não quero que você faça nada ridículo que cause problemas para Wyman – acrescentou Charles.

– Você só é um preguiçoso que não quer trabalhar – disse Chloe.

– Esse não é o melhor uso dos meus talentos.

– Talentos – resmungou Chloe.

Ela se alongou, se esticando para a frente, e Charles admirou a bunda dela abertamente.

– Por que você não faz alguma coisa útil e vai buscar comida pra gente? – sugeriu ela. – Estou faminta.

Andre deu de ombros, concordando. Aparentemente ávido por abandonar o trabalho, Charles vestiu o casaco e saiu.

– Esse garoto nunca trabalhou um dia na vida dele – disse Chloe.

– Pega leve. Ele está tentando ajudar.

Chloe ergueu uma sobrancelha, estudando Andre com cautela. "Opa." Por que ela via Charles *versus* Chloe como um jogo de soma zero? Quanto mais ajuda eles tivessem, melhor.

– Você não sabe se aproveitar dele – disse Andre.

Chloe riu.

– É o quê?

– Você implica com ele, sendo que é óbvio que Charles só quer que todo mundo ache ele o máximo. O cara concorreu na eleição. Ele provavelmente vive atrás de gente para lamber o saco dele.

Ela pareceu contemplar aquilo com seriedade.

– Então você acha melhor entrar no jogo dele?

– Entrar no jogo e deixar ele acreditar que está ganhando. E por que você o convidou, se não quer que a gente trabalhe junto?

– Eu quero, *sim*, que a gente trabalhe junto. É só que ele é muito irritante. E eu queria analisar a reação dele quando falasse de Emma.

– Pareceu que ele não conhecia ela mesmo.

– Ele se ofereceu bem rápido para encontrá-la.

– Ela tem mesmo cara de alguém que seria amiga do Charles?

Chloe suspirou e sacudiu a cabeça.

– Andre, tem mais uma coisa que você não viu.

Ela se levantou e foi sentar ao lado dele à mesa. No celular dela havia uma mensagem: uma foto dela dormindo.

– Alguém tirou essa foto minha na noite passada e me mandou.

– *Entraram no seu quarto?* – perguntou ele, se endireitando.

– Não, eu estava na casa de um cara. A sede de uma fraternidade.

– Foi ele que tirou a foto?

– Tenho cem por cento de certeza que não foi. Ele é basicamente um golden retriever e não para de se desculpar pelo que aconteceu. Blá-blá-blá vai mandar a SAE fazer treinamento contra assédio sexual e blá-blá-blá vai tentar consertar tudo.

– Espera aí… você entende o que isso significa? – perguntou Andre. – Significa que a pessoa esteve pertinho de você e *não* te matou.

Chloe pareceu chocada.

– Talvez não queiram te matar – insistiu ele.

Ela encarou o celular.

– Talvez queiram… O cara com quem eu estava é enorme. Talvez tenham olhado para ele e se assustado.

– Você procurou o número no Google?

– Não deu em nada.

– Tem algum jeito de descobrir se é um número de verdade ou clonado?

– Não sou tão boa com tecnologia – disse ela, voltando a abrir o notebook –, mas talvez consiga achar alguma coisa na internet.

Eles trabalharam em um silêncio agradável. Andre folheou uma das dissertações, à toa, e chegou à página de agradecimentos. O autor agradecia a Wyman e ao laboratório Wyman e listava vários outros nomes, todos já na lista de Andre, exceto um: John Fiola. Ele pegou outra dissertação e abriu o agradecimento. Os mesmos alunos eram reconhecidos, inclusive Fiola. Andre conferiu todas as dissertações da era do SED e encontrou o mesmo aluno listado nos agradecimentos.

Andre conferiu o catálogo eletrônico: Fiola tinha uma dissertação com o título "A busca por compreender a violência sexual em homens psicopatas". Ele saiu correndo da sala para conferir o número de registro no arquivo: todas as outras dissertações estavam lá, mas aquela que ele queria, não. Todas as dissertações tinham dois exemplares – como era possível os *dois* terem sumido? Ele decidiu perguntar para a bibliotecária mais tarde, quando descesse, e voltou à sala de estudos.

Uma busca no Google por "John Fiola DC" deu resultados ao mesmo tempo interessantes e decepcionantes. COLISÃO TRÁGICA MATA MORADOR DE CLEVELAND PARK, dizia a manchete de anos antes.

John Fiola, que recentemente obteve um doutorado pela Universidade John Adams, foi vítima de um acidente trágico causado por direção alcoolizada.

– Chloe – chamou Andre.

Ele ficou irritado ao ver que ela estava mexendo em um app de namoro. "Essas pessoas são capazes de levar alguma coisa a sério?"

– Olha isso – insistiu.

Fiola deixa sua noiva, Mira Wale.

37

Dia 12

Que belo jeito de desperdiçar uma noite de sexta: com um assistente de pesquisa bobão que provavelmente quer me comer. Só que um plano para acabar com Will estava sendo formulado na minha cabeça. Se eu descobrisse quem estava cometendo os assassinatos, teria o bode expiatório perfeito. Se ao menos eu estivesse no departamento quando Michael foi assassinado... E se eu tivesse chegado um segundo antes e visto o responsável? Já poderia ter seguido a pessoa, descoberto onde morava e arranjado uma desculpa crível que explicasse um ataque a Will. Talvez a pessoa achasse que estava me caçando, mas eu também a caçava, pensando adiante, em sua prisão notória.

Eu já tinha encontrado com o assistente de pesquisa, Trevor Koch, uma vez, no Bean, onde ele rabiscou meu CV falso com uma caneta vermelha e ficou palestrando sobre Psicologia por vinte minutos. Precisei de todo o meu autocontrole para forçar uma expressão de burrice e assentir sem parar, fingindo ouvir. Na verdade, eu o estava observando com cuidado, adquirindo todas as informações necessárias. Trevor era magrelo, desajeitado, sem o menor senso estético; não era um cara que faria muito sucesso com garotas. Ele não parecia nervoso comigo, mas senti que acreditava que condescendência era um estilo de paquera. Mais importante, eu tinha sentido um cheiro. Um cheiro especialmente enjoativo.

Uma semana depois, mandei uma mensagem alegre perguntando se ele sabia com quem arranjar maconha, porque, como eu tinha acabado de me mudar, ainda não conhecia ninguém que vendesse. As atividades dessa noite eram em prol disso. Eu me convidara para "curtir", o que certamente resultaria em uma longa noite fumando um baseado com o traficante dele e tendo conversas de gente chapada. Trevor morava no Strayer, um dos alojamentos menores, do outro lado do pátio. A gente se encontrou no quarto do colega dele, Ray, que era conectado ao quarto de Trevor por um banheiro compartilhado.

Trevor estava atravessado na cama de Ray, encarando as estrelinhas que brilhavam no escuro grudadas no teto. Eu me sentei na beirada da cama, brincando com a luminária de lava na mesa, a única fonte de luz no quarto escuro. Trevor tinha virado o corpo em um ângulo torto na minha direção, mas não tivera coragem de encostar em mim de verdade. Ray estava sentado no chão com dois outros caras, Ratinho e Pete, em frente a um notebook, discutindo sobre o drama de uma mulher em um fórum da internet.

Trevor abanou a mão, em um gesto de desprezo.

– Eu posso hackear e expor ela *assim*, ó – falou bem devagar, estalando os dedos.

Na mesma hora, o celular dele apitou.

– Chegou a comida – disse Trevor, levantando e enfiando os All Stars.

O trio de amigos não pareceu notar; eles mal grunhiram em resposta quando falei que ia ao banheiro.

Quando entrei no banheiro, tranquei a porta do quarto de Ray e abri a de Trevor. Fui recebida por um cômodo escuro, no qual se destacava uma luz azul fraca, provavelmente de um computador, vindo do canto onde ficava a cama. Ele tinha uma mesa gigantesca, provavelmente roubada de uma das salas compartilhadas, coberta de equipamento de computação – em parte ligado e zumbindo, em parte aberto para ser dissecado. Fazia um frio anormal no quarto.

Se eu fosse uma chave, onde ficaria guardada? Apostei que ele não carregaria as chaves da sala de Wyman sempre no bolso. Usei a lanterna do celular e iluminei a mesa, em busca de um chaveiro. Tinha um casaco largado no chão e eu vasculhei os bolsos, mas não achei nada. Ele não tinha uma escrivaninha normal? Talvez estivesse junto da cama. Corri para aquele canto do quarto, mas congelei quando vi uma coisa que não soube interpretar.

Ali estava a cama, mas o canto era dominado pela escrivaninha, na qual estavam quatro monitores de computador grandes e acesos. Um mostrava uma garota enfiando um dildo em si própria. Outro, uma garota cortando as unhas do pé. O terceiro parecia mostrar alguém dormindo, na cama. O último exibia uma cama estreita e arrumada, com um edredom lavanda bordado. Dois travesseiros. Um livro de Química. A janela familiar atrás da cama. Uma baleia de pelúcia. Era o *meu* quarto.

– Gostou? – soou uma voz.

Dei um pulo, sem conseguir me conter. Trevor estava atrás de mim. Vi que a porta do quarto estava entreaberta, mas eu nem o ouvira entrar.

– Não entendi o que estou vendo.

– *Cam girls* – disse ele. – A da esquerda é ao vivo... Natasha, da Ucrânia. Ela é profissional. Na verdade, todas são, menos você.

Eu ainda estava tentando compreender aquilo, mas uma raiva silenciosa tomou conta de mim. Mais vídeos meus, espalhados por aí, para qualquer um ver? Ele estava me tirando? Eu precisava tomar muito cuidado com o que aconteceria em seguida. Ele sorriu, revelando dentes pequenos e alinhados.

– Você precisa ser mais cuidadosa com os links que abre.

Meus pensamentos estavam em um turbilhão, tentando recordar qualquer coisa estranha. Mas quem pensa em tudo que abre e lê, de notificações insuportáveis do banco que vivem aparecendo a lembretes de preencher formulários? Finalmente, lembrei: mais ou menos uma semana antes, eu tinha recebido uma DM no Instagram de uma empresa nova que estava recrutando garotas para fazerem publis de produtos de beleza. Eu já tinha recebido ofertas semelhantes, e quem não gosta de elogios e oferta de produtos de graça? Cliquei no link, distraída, a caminho da aula, e acabei não pensando mais no assunto. Tinha sido alguns dias depois de conhecer Trevor.

– Você é mais esperta do que parece – disse ele. – Mas achei que, se apelasse para sua vaidade...

Algum instinto me manteve calma.

– Por que você faria isso?

– Eu sei quem você é, Chloe.

Ah, não. Eu estava apostando no fato de nunca tê-lo visto no escritório – supunha que os assistentes não tivessem acesso a fotos minhas, nem nada do tipo. Eu supusera demais. Não tenho muitos defeitos, mas um deles é uma falta total de humildade.

– Você se entregou assim que apareceu no escritório procurando informações.

Que tarado nojento... ele estivera brincando comigo desde o começo. Eu queria arrancar os olhos de Trevor, mas só consegui pensar no que ele poderia ver pela câmera. Eu me vestindo. Eu transando. Chad tinha ido me visitar para "estudar". Eu tinha virado tequila com Billy do Remo certa noite, entediada. Mas, ainda mais importante: *Será que eu tinha feito alguma coisa ligada ao plano de Will na frente da câmera?* Eu não fizera nada disso na semana anterior, nem usara o computador em um ângulo que aparecesse na câmera.

– Você obviamente vai ser demitido por isso – falei, resignada, sem nem saber se ele se importava.

Ele caiu na gargalhada, levando a mão ao meu ombro em um gesto estranho e afetado.

– Ah, meu bem, você ainda acha que sou assistente de pesquisa?

Ele fazia parte do programa. Ele sabia quem eu era no segundo em que apareci para tentar ter acesso ao escritório.

– Por que você estava no computador de Wyman?

Ele parecera tão à vontade lá... com a linguagem corporal exata de um funcionário.

– Estava esperando Elena. Fui ver se eles tinham melhorado as senhas.

Eu me voltei para as telas, cruzando os braços no peito enquanto as olhava, fazendo pose de que estava mais irritada do que furiosa. Eu precisava escolher os passos seguintes com sabedoria. Trevor era o sétimo aluno do programa. Trevor talvez fosse o assassino. Ele certamente era inteligente e perverso o bastante. Quão chapados estavam os amigos nerdolas no outro quarto? Eles ouviriam se eu gritasse? Eu tinha levado o inseticida; aproximei a mão do frasco.

– Eu devia cobrar pelo show – falei, tranquila.

– Ha! Ha! Uma garota como você ganharia uma nota.

– Só você tem acesso a isso ou foi publicado?

– Não compartilhei com ninguém.

Eu me virei para ele com um aplauso educado e exagerado.

– Tá bom, concedo a vitória. É sua.

Ele sorriu, os olhos brilhando de um jeito que eu nunca vira – ele sempre me parecera meio enfadonho e doente.

– Mas é o seguinte – falei, em um tom tranquilo e amigável, apontando para os monitores. – Não gostei disso. Não sei se acredito que você não compartilhou, nem gravou…

Ele tentou protestar, mas eu atropelei a fala dele.

– E, sabe, hoje em dia, hackear a câmera de uma garota só para bater punheta, bom, não cai nada bem. Assim, eu posso fazer você ser expulso da faculdade – continuei, examinando minhas unhas. – Ou talvez alguns posts bem posicionados nas redes sociais viralizem, aí toda vez que alguém jogar seu nome no Google, essa história vai aparecer. Pode confiar, eu posso garantir que isso aconteça.

Ele pareceu levemente preocupado.

– Vou cortar a transmissão agora! – disse ele, levantando as mãos com inocência.

Ele se aproximou do teclado e digitou com rapidez. O vídeo foi desligado. Mas o que significava aquilo? Pelo que eu sabia, ele poderia simplesmente ligar de novo.

– Não salvei nada, juro – insistiu ele.

– E qual é o valor da promessa de um psicopata?

– Olha, vou te fazer um favor… Você precisa levar a sério sua segurança on-line. Arranje um bom gerenciador de senhas. Se usar direito, nem eu vou conseguir entrar nas suas coisas.

Ele começou a me dar uma aula sobre tecnologia, enquanto eu o encarava, chocada. Ele passara de sinistro a bondoso – era quase como se achasse que o momento em que eu descobrira que ele estava me espionando fosse um precursor à amizade, ou, pior ainda, mais do que isso. Na minha cabeça, eu estava vomitando.

Suspirei.

– Estou chateada, Trevor.

Ele piscou algumas vezes, rápido.

– Eu já te vi pelo campus. Sei com que tipo de gente você anda.

Que porra ele estava querendo dizer com isso?

– Vou te quebrar um galho – falou.

Ele voltou a se aproximar do teclado. Por um tempo, fuçou no computador, até encontrar o que procurava: uma pasta com o título simples de *cuzão*. Ele me mandou um e-mail – para minha conta da faculdade, que usava meu nome.

– Você está doido de achar que vou abrir um anexo seu.

Ele enfiou as mãos nos bolsos.

– Essa pasta contém informações sobre alguém que você precisa mesmo saber. Eu gosto de você, Chloe. A maioria das garotas é um saco, mas você, não. Você é que nem eu.

O inseticida era tentador, mas eu precisava prestar atenção a cada mínima expressão dele.

– Você precisa tomar cuidado com quem anda – disse Trevor.

Fugi do alojamento de Trevor como o diabo foge da cruz. Eu estava com tanta raiva que minhas orelhas ardiam. Segurei o celular, desesperada para saber o que havia naquela pasta, mas claro que não abriria. Nem queria abrir o app do e-mail, com medo de que o celular automaticamente baixasse o arquivo. Trevor era um tarado mentiroso – mas ele sabia exatamente como me pegar, sabia que eu era curiosa demais para deixar de abrir.

Senti vontade de mandar uma mensagem para Andre. Ele se provara absurdamente confiável para um psicopata, e fizera bastante pesquisa sobre a história de Wyman e tal, mas eu precisava me lembrar de que ele fizera tudo aquilo para se salvar, não para me ajudar. Não, eu lidaria com aquilo sozinha.

O alojamento Strayer era na esquina diagonal à biblioteca, onde ficava um dos laboratórios de informática vinte e quatro horas. Quando abri meu e-mail, encarei o anexo, morta de curiosidade e ainda furiosa. Arrastei o arquivo para salvá-lo no desktop e saí do e-mail correndo.

Olhei ao redor, para garantir que estava sozinha, e cliquei no arquivo *cuzão*.

Era um só PDF, com o título "FichaDoPaciente34522". Reconheci a primeira página: era o mesmo formulário que eu preenchera na inscrição do programa, mas meu olhar congelou na primeira linha. *Portmont, Charles Andrew*. Meu coração acelerou.

Como Trevor conseguira acesso àquilo? O documento tinha umas trinta páginas e parava no meio de uma frase. Depois de poucas páginas genéricas, estavam o que pareciam ser anotações clínicas assinadas pelas iniciais LW ou ET. As primeiras páginas não apresentavam nada surpreendente. A história de pobre menininho rico de Charles, confusões na adolescência, mandado de um internato para outro. Seu pai é um babaca? Os enormes espaços vazios das suas várias casas de férias não são confortáveis? Blá-blá-blá.

Fui passando os olhos até algumas palavras chamarem minha atenção.

> Trabalhar com Charles continua a ser difícil. Ele ainda demonstra altos níveis de sadismo, que não mudaram desde que comecei a vê-lo. O prazer que ele sente em causar dor aos outros vem da infância. Ele não expressa remorso por nenhum delito ou crime. Pela segunda vez neste mesmo mês, ele falou longamente sobre o desejo sexual que associa a fantasias de matar e ferir mulheres jovens. Falou sobre ter sonhos em que pratica sexo com cadáveres. Precisei mandar embora outra assistente. Pensei em ir à polícia por causa de Daisy, mas temo pelas consequências. (O pai é muito poderoso.)

Aquilo tinha que ser falso. Trevor estava fazendo um joguinho. Por outro lado, ele parecera mesmo genuinamente preocupado que eu tentasse fazê-lo ser expulso da faculdade. E por que ele teria um arquivo falsificado sobre Charles no computador, à toa? Aquele jeito estranho como ele tocara meu ombro... Acho que Trevor Gostava de mim – com *G* maiúsculo – e talvez tivesse me visto com Charles e, de um jeito perturbado, estava preocupado comigo, ou com ciúme. Algumas coisas naquele arquivo eram verdade, eu sabia: a assinatura do dr. Wyman parecia legítima, e a pessoa que fizera as anotações descrevera precisamente o charme de Charles, a preguiça, a rapidez com que ele mudava de um humor para o outro. Os dois garotos eram horríveis, mas quem era pior?

Espera, quem era Daisy? Uma assistente de pesquisa? Abri o Google e pesquisei "Daisy Universidade Adams", com baixa expectativa. Os dois primeiros resultados eram inúteis, mas logo apareceu uma matéria do *Coruja Diário*: Suicídio de estudante gera questionamento sobre saúde dos universitários.

Aparentemente, no ano passado, uma aluna de nome Daisy Crosby pulara da Torre da Matemática – que todo mundo chamava de Torre do Suicídio – e morrera. A reportagem incluía uma fala da professora de canto dela, dizendo que era um lindo talento desperdiçado. Ela estava estudando Música, o que a faria frequentar o Albertson o tempo todo – exatamente como Charles.

Talvez fosse óbvio desde o começo. Até os outros caras da fraternidade literalmente o chamavam de "Charles Horrível". Eu precisava encarar o fato de que minha visão de Charles era muito enviesada, o que afetava minhas decisões. Desde o momento em que soubera dos assassinatos – e *ele* havia me contado, inclusive –, eu nem por um segundo considerara seriamente que Charles poderia ser o responsável. Por quê? Porque ele me ajudara em Fort Hunt? Talvez eu gostasse de pensar que ele me ajudara porque, secretamente, me desejava, mas talvez fosse *mesmo* por interesse próprio – talvez ele não quisesse que ninguém fosse agredido na propriedade, porque era onde enterrava os corpos.

Ted Bundy atraía suas vítimas usando um gesso falso e pedindo ajuda para mulheres, e elas nunca achavam que ele era perigoso, porque, supostamente, ele era bonito e charmoso. Havia pessoas, inclusive a namorada dele na época, e a amiga, a escritora de livros policiais Ann Rule, que suspeitavam, mas também questionavam as próprias suspeitas, porque não conseguiam *acreditar* que era ele. Apesar de estar bem na cara desde o começo.

No caminho para casa, me ocorreu com clareza repentina: a tristeza do lindo e coitado Charliezinho Horrível. Quando eu resolvesse meu assunto com Will, cuidaria de Charles. E dessa vez não estaria despreparada.

38

Charles abriu os olhos na luz fraca, identificando o padrão hexagonal fora de foco dos azulejos do banheiro de Kristen. Ele enxergava horrivelmente mal sem as lentes de contato, mas sabia que o comprimido branco em cima do lavatório era o remédio para a enxaqueca. A última lembrança que ele tinha era de Kristen enroscada ao lado dele, pegando no sono, e de acordar poucas horas depois com ondas horríveis de dor de cabeça.

Ele se levantou e andou até o quarto, ainda sentindo a cabeça latejar. Então congelou. Ele estava delirando ou havia uma silhueta escura no quarto? Às vezes a enxaqueca afetava os olhos, mas normalmente o fazia perder a visão periférica. O quarto estava escuro demais para que ele pudesse enxergar direito, mas parecia haver algo mais escuro no meio do quarto – não parecia? Alguém em pé, perto da cama, como se olhasse para baixo. Bem acima de Kristen.

Merda. A arma estava na mesa de cabeceira – a meio metro do intruso, do outro lado do quarto. Charles tateou, sem enxergar, e agarrou um vaso. "Talvez eu a atinja", ele pensou, mas não havia tempo a perder – a sombra, a *coisa*, estava curvada sobre a namorada dele. Charles arremessou o vaso, e seguiu-se um baque, um grunhido, vidro quebrado, um grito. A silhueta se aproximou da janela, e Charles correu até a mesa de cabeceira, enquanto Kristen gritava de novo. Ele mal distinguia a forma escura saindo pela janela, mas atirou com a pistola mesmo assim, cada disparo emitindo um clarão de luz. Ele viu o contorno de um braço logo antes de sumir. Charles se aproximou da janela e atirou para fora, através do vidro quebrado, disparando a esmo pela rua. Kristen ainda gritava, mas ele a ignorou e deu uma coronhada na janela, para quebrar o resto do vidro e passar a cabeça. Por que ele tinha que enxergar tão mal? Charles não discerniu nenhuma figura se afastando; não havia ninguém na rua, só um táxi indo na direção norte.

Ele se afastou, notando que estava prendendo a respiração. Os ouvidos estavam zumbindo. Ele acendeu as luzes e tateou em busca dos óculos na mesa de cabeceira. Kristen estava encolhida, abraçando os joelhos, os olhos arregalados, enroscada no cobertor para se proteger.

– Charles, tinha alguém *aqui*.

Ele examinou a parede ao redor da janela. Por sorte, não tinha atirado na parede.

– Vou chamar a polícia. Quando chegar, não diga que usei a arma. É do meu pai, é legalizada, mas pode me causar problemas.

As leis de porte de arma na cidade eram difíceis de acompanhar, entre legislações de controle aprovadas e os vários processos e decretos do Congresso que limitavam o funcionamento da legislação devido à falta de soberania local de DC. Ele ligou para a polícia e, com o celular contra a orelha, juntou todos os cartuchos de bala e lavou as mãos.

Ele sentou na cama com Kristen para esperar. Ela ainda estava tremendo, e ele a abraçou. Sentia um calor de ódio tão intenso que não o deixava escutar nada. Mesmo com tudo que acontecera no ano anterior com Daisy, o agressor cibernético de Charles nunca descobrira onde Kristen morava. A família de Kristen, como tantas famílias ricas, valorizava a privacidade e, quando fazia coisas como comprar casas para a filha, o fazia por meio de empresas que protegiam o proprietário do registro público. No ano passado, o assédio nunca chegara à violência física. O que ele não sabia era se aquela sombra estivera ali em busca de Kristen, ou *dele*.

A polícia chegou e registrou a ocorrência. Charles mal podia esperar para eles irem embora. Só então Kristen ligou para os pais, e Charles procurou plástico e fita adesiva para fechar a janela. Não ajudou a impedir o frio de entrar, e certamente não impediria uma pessoa.

– Graças a Deus Charles estava aqui... estou tão assustada – disse Kristen ao telefone. – Um ladrão, sei lá. É que com esses *assassinatos* aqui...

Ela passou o telefone para ele, que, com a voz mais calma que conseguiu, tranquilizou os pais dela, que estavam preocupados, com razão. O namorado perfeito precisava ser constante e confiável, um ponto a favor, e não um risco para a filha. Ele desligou o telefone e segurou o rosto dela com as duas mãos.

– Escuta. Nunca vou deixar ninguém fazer nada com você.

– Eu não me sinto segura nem na minha própria casa!

– Vamos para o meu apartamento. É no sexto andar, e a segurança é boa.

Ela ainda parecia em dúvida.

– A gente pode ir a Fort Hunt – sugeriu ele. – Ninguém vai te encontrar lá. O motorista pode levar e trazer a gente.

Ele a ajudou a fazer as malas – Kristen não lidava bem com acordar no meio da noite. Charles abriu o armário do banheiro para pegar o remédio de dor de cabeça dele, e os remédios dela, e acabou encarando o frasquinho laranja. Era novo, um remédio que ele comprara para Kristen uns dias antes, no caminho para a biblioteca, onde encontraria Andre e Chloe. Ele não pensara naquilo na hora, mas de repente pareceu relevante. O frasco de remédio controlado – adesivado com o endereço dela – estivera na bolsa dele, que ele deixara para trás por uma hora. Tempo o bastante para Chloe revirar.

39

Dia 11

Minhas câmeras destruídas já estavam no lixo, então eu podia me arrumar para meu "encontro" com segurança. Eram dez da noite, e Will esperava uma loira chamada Daniella, que veste calça de couro sintético e é pouco criteriosa na escolha de homens. Eu não vesti calça de couro sintético, mas um jeans com um bolso fundo o bastante para levar o meu canivete. Escolhi nosso ponto de encontro, um pseudoboteco chamado Ivy and Coney, que costuma ficar bem vazio nas noites de quinta.

Parei na entrada, observando o barman hipster desinteressado e dois caras apaixonados por seus chopes no canto. Will estava sentado sozinho em uma banqueta, vendo basquete na televisão, mastigando de boca aberta. Ocupei um dos bancos ao lado dele e puxei o canivete, mas o mantive escondido pelas mangas amplas da minha blusa. Empurrei a lâmina contra a parte interna da coxa dele, o metal afundando na calça jeans, sem perfurar.

Will arregalou os olhos. Vi a constatação de que ele fora enganado surgir naquela cara estúpida.

– Acabou o pique-esconde. Você tem até o dia vinte e três de outubro para me dar o vídeo. Sei que está com você.

– Você é uma doida do caralho.

Ele engoliu saliva. A boca dele devia estar bem seca, porque deu para ouvir.

– Sou.

Afastei um pouco o canivete e peguei o celular com a outra mão.

Ele se aproximou um pouco e sussurrou:

– Eu posso socar essa sua cabecinha até ir parar do outro lado do bar.

– Pode. Mas você vai? Na frente de todo mundo? Você sabe o que vai acontecer se eu não conseguir o vídeo até dia vinte e três?

Mostrei o celular, com o Snapchat aberto.

– Por que caralhos você tá obcecada por esse dia?

Eu o ignorei, mas, assim que viu meu celular, ele franziu a testa, visivelmente confuso. Passei o dedo pela tela para ele ver as centenas de mensagens. Os emojis de coração e os *bj te amo*.

– Você... você está falando com o meu irmão?

– O Davey não é muito esperto para alguém que está no nono ano. Ele está apaixonado por uma menina que conheceu na internet. Viu como é fácil? Sabe o que vai acontecer com o coitadinho do Davey no dia vinte e três, se você não me entregar meu vídeo?

Ele arregalou os olhos de novo. Eu o encarei, sem piscar.

– Ele é só uma *criança*. Ele é meu *irmãozinho*. O que você...

– Você acha que eu esqueci do Brett?

Will tremeu involuntariamente ao entender do que eu estava falando. Brett, o amiguinho educado que pegou o celular de Will naquela noite e filmou tudo, em vez de me salvar. Eis a verdade nua e crua, Amigos e Vizinhos: ninguém nunca vai te salvar.

– Coitado do Brett... *provinciano* demais para qualquer faculdade além da Rutgers. Mas foi conveniente pra mim, já que ele morava por perto – falei, inclinando a cabeça. – Que tragédia, aquele acidente no Dia de Ação de Graças. Será que ele estava bêbado? Bom, não dá pra fazer autópsia em cadáver queimado. Ele virou um churrasquinho e tanto.

– Puta. Que. Pariu. Você é louca.

– Eu me aceito bem assim – falei, segurando o queixo dele delicadamente com o polegar e o indicador. – Vinte. E. Três. De. Outubro. Entendeu?

Ele piscou.

– Entendi.

40

"Com que intensidade você sente as seguintes emoções?", perguntou o relógio de Charles enquanto ele descia a rua em ritmo rápido. Kristen estava segura em Fort Hunt, e o motorista o levara de volta ao campus assim que ela se sentira bem o suficiente para ele ir embora. Tudo que Charles sentia era uma fúria ofuscante.

Chloe tinha invadido a casa de Kristen. Ele desconhecia o propósito daquela invasão. Estivera distraído por teorias ridículas sobre ataques cibernéticos, sendo que Chloe provavelmente fora a culpada desde o início. Chloe provavelmente inventara toda aquela história sobre Will – talvez Charles tivesse interrompido o assassinato de seu colega de fraternidade. Ele nunca se dera ao trabalho de perguntar o lado de Will daquela história.

Ele ignorou o registro de humor, sabendo que, se respondesse, haveria registro de seu mau comportamento. Charles sabia, depois de dois anos de terapia com Wyman, que, quando seu humor estava assim, o melhor era ir a um lugar tranquilo e sentar em cima das mãos. Engolir a parte dele que era impulsiva demais para agir racionalmente.

Em vez disso, apertou o passo até a casa de Will. Contudo, passou cinco minutos batendo na porta antes de notar que Will não estava. Ele seguiu para a sede da SAE, mas ninguém o vira. Depois de uma busca rápida e infrutífera, Charles se largou no sofá, ignorando completamente os outros irmãos, mas aproveitando o bong. "Acalme-se", pensou. Ele não conseguia refletir direito quando se sentia assim. Chad estava parado na porta da cozinha, comendo iogurte islandês, falando no telefone. "O que Chad faria?", Charles se perguntou.

Chad, ele imaginava, não se metia em situações como aquelas porque provavelmente tinha um padrão interno que lhe dizia o que fazer, o *certo* a fazer. Ele não se distraía com garotas gatas, com suas mentiras e joguinhos.

Will chegou uns dez minutos depois, agitado. Ele se dirigiu à cozinha, provavelmente para pegar uma cerveja, mas Charles o chamou com um gesto, sem margem para recusa, e o puxou para um dos quartos imundos.

Charles não perdeu tempo.

– O que você sabe sobre a Chloe?

– Chloe?

O jeito imbecil como Will falara o nome. Pesado com uma mentira, fingindo que aquilo não lhe dizia nada. Por baixo, havia um resquício de medo.

– Chloe Sevre.

– Hum…

– Ela está te assediando?

Will soltou uma gargalhada burra.

– Assediando?

– Alguém invadiu a casa da Kristen ontem, e acho que foi ela.

Will arregalou os olhos.

– Que vídeo é esse que ela está procurando? – arriscou. – Já sei, então pode parar de fingir – completou, impaciente.

– Tá, aquela vaca é *doida*. Ela tá me perseguindo, real. Ela arrombou meu armário, fez alguma coisa com meu celular… ela invadiu minha casa. Eu devia fazer BO na polícia!

– O que tem no vídeo? – repetiu Charles.

– A gente, sabe, ficou e tal, e *ela* queria gravar um vídeo, então a gente gravou. Ela é surtada!

– Então por que ela está atrás de você?

– Porque eu dei um pé na bunda dela! Ela é *doida* e não me deixa em paz!

– Vocês se conheceram na faculdade?

– Não, a gente estudou na mesma escola, mas eu estava uns dois anos à frente dela. Estou começando a suspeitar que ela me *seguiu* até a faculdade, sei lá… Você tem ideia de como essa porra toda é zoada?

Charles sentiu um incômodo.

– Então você era, o quê, do terceiro ano, e ela do primeiro?

Um músculo se contorceu perto da boca de Will.

– Isso.

"Ele está mentindo", Charles notou, o pensamento congelando a onda de emoções furiosas. "Professor de Merrifield acusado de sexo com alunas" – Charles se lembrava da manchete. Will não tinha estudado naquela escola. Charles sabia daquilo porque, no primeiro ano da faculdade, Will não parava de falar que o time de lacrosse dele da escola – de *Cloverfield* – entrara na competição estadual. A indignação no rosto de Will era inteiramente diferente da expressão de Chloe quando ela o atacara com aquele geodo – ira pura. A emoção de Chloe era visceral; a de Will, defensiva.

Se ele fosse inocente, Will tinha direito total de denunciar na polícia que sua casa fora invadida – assim como Charles denunciara. O que o faria deixar aquilo de lado? "Ele é culpado", Charles percebeu. "Ele estuprou mesmo ela."

– Aí agora ela...

– Sei lá – disse Will, passando a mão pelo cabelo bagunçado. – Ela acha que eu ainda tenho o vídeo pornô, sei lá, e é totalmente obcecada por mim. A parada é que eu nem tenho mais aquele celular... *não consigo encontrar.*

Pornô. Ele achava que era pornô. Charles ficou feliz por não ter um rosto especialmente expressivo.

– É melhor encontrar o vídeo. Acho que ela não vai parar até conseguir.

Will se encolheu. Charles o deixou e foi andar em círculos pelo quintal da casa, perguntando-se quantos caras como Will ele encarara, sem nem notar. Se o vídeo existia, Charles entendia o motivo de Chloe por querer ser a única com acesso – qualquer idiota entenderia. Mesmo com Will e o vídeo a assombrando, Chloe, com aqueles PowerPoints e tal, tinha certamente feito mais do que Charles para encontrar o assassino. Enquanto isso, ele estava escondendo informações que poderiam auxiliar na busca só porque não confiava nela. E, enquanto ele enrolava, o assassino se aproximara o suficiente para entrar no quarto de Kristen. "Preciso falar com ela", concluiu, "para resolvermos isso juntos."

41

Dia 10

Espiei pelo olho mágico quando alguém bateu à porta, e vi uma imagem distorcida de Charles, usando um suéter verde-escuro. O que ele estava fazendo aqui? E, puta que pariu, *ninguém nesse alojamento leva a segurança a sério*! Ou talvez ele tivesse usado a força do seu charme para entrar. Eu tinha acabado de passar todas as minhas senhas para um novo – e caro – gerenciador de senhas e estava finalizando meus planos para a Quarta Etapa. Eu ainda não tinha decidido exatamente como ia me livrar de Charles, só que não queria lidar com ele e Will ao mesmo tempo. Os dois eram maiores e mais fortes do que eu. Contudo, eu sabia uma coisa, com certeza absoluta: precisava que Charles saísse do meu caminho pelas duas semanas seguintes.

Ele bateu de novo, mas dessa vez eu estava pronta. Escancarei a porta e o ataquei com a arma de eletrochoque. Ele gritou e caiu. O pessoal do alojamento estava enchendo a cara no fim do corredor, então ninguém notou, nem mesmo quando eu o agarrei pelo cinto e pela camisa e o arrastei, ainda tremendo, para dentro do quarto. Empurrei a porta com o pé e a tranquei. Yessica só chegaria dali a três horas. Ele estava temporariamente incapacitado, e estávamos sozinhos.

Será que eu deveria me livrar dele agora mesmo? Poderia arrastá-lo até a janela e empurrá-lo – a queda provavelmente o mataria. Por outro lado, fazer o corpo dele passar pela janela talvez fosse difícil. Talvez, se eu disparasse a arma de eletrochoque várias vezes em sequência, ele morreria? Eu sabia que ele sofria de enxaquecas; talvez pudesse alegar que ele tinha ido me visitar e sofrido um ataque epilético, sei lá. Considerei o taco de beisebol que eu tinha comprado em uma venda de garagem.

– Ch… Chloe!

– Cala a boca! Eu sei quem você é – falei, apontando a arma para o rosto dele e a apertando para emitir o barulhinho agradável de choque. – Mandou bem fingindo que não era você, mas eu acordei para a vida. Você *por acaso* estava com Elena quando ela descobriu o corpo de Kellen? Provavelmente só estava esperando ela aparecer para se gabar!

– M-me gabar? Não, eu…

– Já era – falei, batendo no chão com o taco de beisebol. – Seria uma pena quebrar essa sua linda cara.

– Espera…

– Eu sei tudo sobre você…

– Espera, espera. Faça o que quiser comigo, só deixa eu te perguntar uma coisa antes.

Fiz um gesto de impaciência.

– Onde você estudou no Ensino Médio? – perguntou ele.

– Merrifield. Por quê?

– Will estudou em Merrifield, né?

– Não, ele estudou em Cloverfield.

– Teve um escândalo sobre você se envolver com um professor?

– Alexei, sim.

Ele fechou os olhos e respirou mais devagar. Eu me perguntei se o tinha ferido seriamente, mas então ele me encarou com uma expressão que eu não sabia decifrar, com certa suavidade, pela primeira vez.

– Você nunca mentiu pra mim, né? – perguntou ele, parecendo fascinado.

– Não sou mentirosa que nem você! Agora eu sei tudo, sei que você matou a Daisy.

Ele pareceu assustado e tentou sentar, mas aparentemente o choque que eu dera ainda latejava.

– Não foi isso que aconteceu. Eu não a matei.

Dei um toquinho de leve na testa dele com o taco.

– Eu acessei seus arquivos na sala de Wyman. Sei exatamente como funciona seu cérebro pervertido.

– E o arquivo diz que eu matei Daisy?

Ele parecia genuinamente confuso, em vez de assustado.

– Mais ou menos.

– Posso ver?

A sessão de tortura não estava se desenrolando como eu planejava. Fiquei irritada – era para ele sentir medo de mim. Abri o arquivo e entreguei o notebook, me mantendo perto dele, armada. Charles passou o olhar pela página, boquiaberto. De repente sibilou, como a cobra que era.

– Chloe, você *leu* isso tudo?

– Por alto. É de dar nojo.

Ele me olhou, exasperado.

– Aqui, em *Tendências sexuais*. "O sujeito possui uma variedade de impulsos sexuais perversos e perturbadores, tanto em comportamento quanto na pornografia a que assiste várias horas por dia. Ele admite ter cometido atos sexuais com animais da propriedade da família quando mais jovem. A lista inclui o cachorro de estimação, gatos de rua, ovelhas e até caranguejos-eremita." Sério mesmo, Chloe?

– Caranguejos-eremita!

– A gente nunca teve cachorro. Meu pai odeia.

Ele fechou o notebook e me encarou, parecendo pensativo.

– Onde você arranjou esse arquivo? – perguntou.

Fiquei quieta.

– Foi de alguém que entende tudo de computação?

– Alguém, sim. Ele está cuidando de mim.

– Ele está no programa – disse Charles, batucando no notebook.

Como ele poderia ter descoberto isso com tão poucas informações? Charles arqueou as sobrancelhas.

– Estou errado? – perguntou, e sentou, com esforço. – Conheci Daisy ano passado, no departamento de Música. Ela era uma menina muito bonita. Um dia, ela mencionou que tinha um cara que às vezes stalkeava o Instagram dela, curtia todas as fotos e via mensagens secretas para ele. Sabe, se ela tirava foto de um café com um coração desenhado, na verdade era uma mensagem para ele.

– Ah. Um desses.

– Eu e Daisy transamos. A gente...

– Você traiu a Kristen?

Ele fez uma cara cansada.

– A gente sobreviveu. Esse cara devia ser muito apegado à Daisy, porque ele nos atacou de todos os jeitos possíveis. Todas as minhas contas foram hackeadas e todas as minhas coisas, canceladas. Cartões de crédito foram pedidos em meu nome. Mandaram pornografia infantil para o meu e-mail.

– Parece um exagero.

– Nem se compara ao que ele fez com a Daisy... isso tudo, e muito mais. Ele deve ter passado horas lendo os e-mails e as mensagens dela, encontrando tudo de meio maldoso que ela já dissera, para mandar para os amigos dela e afastá-los. Ele postou o número e o endereço dela em um monte de anúncios de mulheres em busca de sexo casual. Isso a deixou enlouquecida.

– Ela denunciou?

– Ela foi à polícia, mas não sabia identificar quem estava fazendo aquilo... Nem eu. Disseram "Se alguém está te assediando on-line, por que não sai da internet? Por que você já tirou essa foto nua?". A polícia não tinha o conhecimento necessário, nem se importava com isso.

– Como você acabou com essa história, então?

– Eu paguei o cara. Devia ter tomado mais cuidado... devia ter sido específico, pedido para deixar ela em paz também. Não notei que essa coisa tinha continuado. Ela era uma pessoa sensível, não aguentou. Foi a segunda suicida na Torre do Suicídio no ano passado. A torre do departamento de Matemática... já pularam dali antes.

Que nome tosco: Daisy. É bem o nome de alguém que se mataria em vez de criar um plano detalhado para destruir seus inimigos. Fiquei quase decepcionada com Charles por optar pela saída mais fácil, mas, sendo um menino rico, ele provavelmente não sabia o que mais fazer. Ele nunca precisou se virar.

– E como é que vou saber que literalmente tudo que você me falou não é mentira?

Ele fez um gesto, pedindo para eu esperar, e mexeu no celular. Quando me entregou o aparelho, vi um monte de e-mails em que ele tentava lidar com as consequências do ataque cibernético do ano anterior. Inclusive e-mails pessoais mandados para Kristen. Um BO da polícia. Ele estava falando a verdade.

– Estou supondo – disse Charles, tentando se levantar, enquanto eu continuava em postura defensiva – que a pessoa que te deu esse arquivo é a mesma pessoa que me atacou.

– Por que ele teria um arquivo falsificado seu?

– Talvez ele tenha arranjado o arquivo certo e inventado umas mentiras com a intenção de publicar em algum canto, ou talvez dar para Kristen. É assim que eu sei que ele está no programa.

– Quê?

– Esse cara me atacou de todas as formas possíveis, *exceto* expor que sou um psicopata diagnosticado que está em um programa especial para psicopatas. Ele está escondendo que ele mesmo também é um – disse Charles, me olhando com atenção. – A pessoa que descrevi parece a pessoa que te deu o arquivo?

Puta que pariu. Charles estava certo, de novo.

– Fui falar com Will – disse Charles. – Perguntei diretamente para ele sobre o que aconteceu com você, e notei que ele mentiu. Nem mentiu muito bem… parece que ele se convenceu de que está certo. Eu confio em você, Chloe. Agora, você pode confiar em mim? Porque, se puder, vou te contar tudo.

O que *mais* ele não estava me contando?

– Tá.

– Não, quero ouvir você reconhecer que o arquivo é mentira.

– É mentira, tá? O cara é um escroto chamado Trevor. Ele fingiu ser assistente de pesquisa no programa, e eu caí feito um patinho. Enquanto isso, ele hackeou minhas câmeras e ficou me seguindo. Ele me falou abertamente que está no programa… parece que quer ser meu amiguinho.

Charles pareceu assustado.

– Então esse Trevor é extremamente perigoso. Alguém invadiu a casa de Kristen… Desculpa, achei que tinha sido você, mas agora sei que foi ele.

Trevor tinha talento pra cacete. Ele era esperto o suficiente para me enganar, o que, por si só, me fazia desconfiar dele mais do que daquela outra psicopata do programa, Emma, sobre quem eu sabia tão pouco, de qualquer forma. Eu não sabia o motivo de ele fazer aquilo – talvez fosse um fanático assassino, sei lá, mas quem ligava? O mais importante era que ninguém poderia saber exatamente quem era o assassino e pegá-lo antes que eu pudesse matar Will. O ideal era que eu tivesse a oportunidade de criar provas falsas.

– E as gêmeas?

Charles sacudiu a cabeça e saiu do meu quarto, indo à área comum, com as mãos enfiadas nos bolsos.

– Hum, não são as gêmeas.

– De onde vem tanta certeza? – perguntei, desconfiada, seguindo-o.

– Bom, eu meio que menti. Conheço Emma... somos meio amigos, por causa do programa, pelo menos dentro do que é possível ser amigo dela. Só não queria te contar.

– Você conhece ela desde sempre?!

– Eu não confiava em você! Estava protegendo ela!

– Tem *certeza* de que não é ela?

– Assim, noventa e nove por cento. Não sei muito da irmã, mas vou ver o que consigo descobrir. Tenho tentado marcar de encontrar Emma, mas ela é muito esquisita e a comunicação com ela é difícil.

– Então temos a lista dos sete alunos, afinal – refleti, repassando a informação mentalmente.

Charles mordeu o lábio.

– Vamos considerar o mais óbvio: já sabemos que Trevor é sádico. Ele conseguiu descobrir que eu e você estamos no programa. Ele é bom pra caramba com computadores... Provavelmente invadiu aquela sala de experimentos e matou Michael, e talvez tenha mexido na máquina de ressonância magnética de alguma forma. Precisamos encontrar provas sobre Trevor.

Fui à janela e vi os alunos cortando caminho pelas trilhas de tijolo do pátio.

– Trevor não reparou que eu acho ele nojento. Posso tentar me aproximar.

E poderia controlar todas as informações que descobrisse...

– Não é boa ideia. Ele é perigoso. Ele ficou bem em cima da Kristen enquanto ela dormia.

Aparentemente, ele tem uma tara por garotas adormecidas.

– Só porque Trevor é pervertido, não significa que ele é um assassino.

– Provavelmente seria bom pra você sentir um medo saudável dele.

– Não estou com medo.

– Ah, não, tem outro geodo no seu bolso?

Eu ri.

– Posso fazer amizade com ele. Talvez fuçar melhor o quarto dele.

– *Não* – disse Charles com uma veemência repentina.

– Por que não? – perguntei, me aproximando.

Era preciso admitir que eu sentia certo alívio por descobrir que o assassino não era Charles, afinal. Ele confiava em mim, o que me dava margem para quase confiar nele.

– Porque você é atraente… Se ele se interessar por você, não sei o que vai fazer.

– Você me acha atraente, é? – provoquei.

Charles suspirou.

– Por que eu tenho a impressão de que você vai fazer o que quiser, não importa o que eu diga?

– Bingo – cochichei, cutucando o nariz dele com a ponta do meu indicador.

– Precisamos de um plano. Emma gosta de mim. Posso tirar alguma informação dela, descobrir onde ela estava nas duas noites, para descartá-la.

– Bom plano.

– Chloe, precisamos considerar mais uma coisa, mas você não vai gostar.

– O quê?

– E se for o Will? E se ele tiver feito isso tudo desde o princípio?

– Como assim? Meu Will? O *burro* do Will?

– Você foi atacada na casa do Burro do Will. O Burro do Will tem motivos para se livrar de você.

– O Burro do Will tem acesso à sede da SAE – murmurei.

Charles fez uma cara confusa, então mostrei a foto que eu tinha recebido.

– Alguém tirou uma foto minha dormindo na sede da SAE.

– Por que você estava dormindo lá?

– Eu fico cansada depois de transar.

– O Chad, sério?

– O que te faz acreditar que Will seria um gênio do crime?

– Já sabemos que uma pessoa no campus é capaz de matar. E sabemos que outra pessoa é capaz de… de fazer o que ele fez com você. Não é meio improvável que sejam duas pessoas diferentes?

– Então qual é a motivação dele para matar mais gente do programa? Will não tem inteligência suficiente para isso tudo. Você devia ver como ele cai nas minhas armadilhas, igual a um idiota.

– Talvez ele caia de propósito. Chloe, há uma interseção entre essas duas loucuras, e é *você*.

Eu já estava contrariada com essa ideia. Eu conseguia acreditar que Will tinha assassinado duas pessoas, sem deixar provas suficientes para ser pego? O mesmo cara que literalmente se filmara cometendo um crime? De jeito nenhum. Mas talvez não fizesse mal deixar Charles acreditar naquilo. Podia ajudar no meu objetivo.

– Vou pensar. Honestamente, estou exausta para fazer qualquer coisa agora. Tenho que escrever um trabalho de Francês, meu relatório de Biologia, e tem tudo isso do Wyman e, ainda por cima, preciso lidar com o Will.

Suspirei. Ele também suspirou.

– Você me atacou. Com a arma de eletrochoque que *eu* comprei.

– É o risco de ser generoso.

– Você achou mesmo que eu era um serial killer? – perguntou ele, sacudindo a cabeça.

– O que esperava que eu pensasse depois de ver aquele arquivo?

– Sei lá… que tivesse um pouco de confiança em mim?

– Desculpa.

Ele fez uma cara de tristeza exagerada.

– Desculpa! – insisti, rindo, tocando o braço dele. – Você consegue me perdoar?

Olhei para Charles, em súplica.

– Nunca – murmurou ele, sorrindo.

Charles me abraçou daquele jeito meio sedutor que eu já o vira usar com outras garotas, mas nunca comigo. Uma amizade com flerte. Totalmente inocente. Eu o apertei com exagero, sentindo os músculos do peito, as costelas por baixo; passei então os braços pela cintura dele.

– Tudo perdoado – falei. – Com beijinho de desculpas.

Estiquei o pescoço e beijei a bochecha dele. Não sei bem como aconteceu, se ele virou o rosto, ou se fui eu, ou nós dois, mas a boca dele encontrou a minha. Ele tinha lábios macios. O beijo só durou uns segundos, mas paramos ali, um mero milímetro entre nós. Ele levantou meu rosto com um movimento sutil da cabeça e me beijou, com a boca aberta, as línguas se tocando, um calafrio elétrico percorrendo meu corpo.

Então ouvi o barulho de uma chave na fechadura da porta. Nós nos afastamos bem quando Yessica entrou. Ela olhou para Charles com desconfiança.

– Olá – disse ele com seu charme de sempre.

Ela me lançou um olhar que toda mulher sabe interpretar: amiga, não faça isso.

42

Era raro Megan aceitar estar no mesmo cômodo que Emma, então Elena fez questão de chegar cedo, para ver o máximo que pudesse das duas garotas juntas.

Emma chegou na hora, o rosto inexpressivo, sentou em uma das poltronas de Leonard e abraçou os joelhos.

– Olá – disse para Elena e Leonard.

Emma não se preocupava com a aparência – em termos gerais –, outro motivo para ela ser uma participante intrigante do estudo. Às vezes o cabelo dela estava sujo, e ela não tinha o charme e a tendência manipuladora que psicopatas tipicamente utilizam para conquistar a admiração alheia. Isso exigiria que tivesse um interesse nas outras pessoas. Era como se ela fosse um fantasma em forma humana; Elena chegara a imaginar que era assim que Emma tirava aquelas fotos incríveis de insetos: ela conseguia se aproximar deles sem ser notada.

Megan entrou momentos depois, de cara fechada, com um cachecol enrolado no pescoço. A diferença entre as gêmeas era impressionante, apesar de elas serem idênticas. Tinham os mesmos traços e a mesma altura, mas a semelhança parava ali. Megan pintava o cabelo de castanho-avermelhado, e os anos participando de competições de ginástica tinham alterado seu porte. Ela não competia mais, porém sempre pareceu mais baixa do que Emma, mais larga nos ombros. A vida dela consistia em preocupação com aulas, namorado e amizades. Ela queria uma vida normal, mas precisava lidar com sua família bizarra.

Megan escolheu a poltrona mais distante da irmã.

– Olá, Megan – disse Leonard, fechando a porta e voltando a sentar. – Faz tempo que não te vemos.

A atitude casual dele dava nos nervos de Elena. Os dois tinham brigado no dia anterior, o que acontecia raramente. Elena achava que eles deveriam discutir o que estava acontecendo com os membros do programa. Ela ainda via a imagem terrível do corpo de Kellen, o sangue grudento no chão.

Elena achava um absurdo Wyman não dar avisos explícitos aos alunos sobre os assassinatos. Primeiro Michael, depois Kellen. Wyman garantira que estava trabalhando em conjunto com a polícia e não havia motivo para preocupação – os detetives seguiam uma pista importante que apontava para um traficante local. Elena tinha insistido, mas Wyman usara um argumento final para convencê-la: os alunos deles não eram comuns. Presenciarem ou estarem próximos de um assassinato não era a mesma coisa para eles; qualquer um deles poderia facilmente usar a situação para benefício próprio. Talvez por atenção da mídia (e se tornassem o programa público?), talvez por ganho financeiro. Para eles, não era uma tragédia, mas algo a *ser usado*. Elena pensou em Charles, que olhara para o corpo de Kellen com interesse, não horror.

– Imagino que vocês já tenham se ajustado ao novo ano na faculdade – disse Leonard.

Emma não disse nada. Megan escolheu responder:

– As aulas estão ficando mais intensas. Ando ocupada, organizando coisas na sororidade.

– Irmãs – disse Emma. Pela falta de expressão, era impossível identificar se ela estava brincando de alguma forma. – Nós já tivemos uma nova irmã.

– Ela está se referindo ao sexto ano – traduziu Megan. – Era moda, todo mundo tinha uns pingentes de coração. Sabe, um coração dividido em duas partes. Cada menina usava uma metade.

– Alguns diziam "Melhores amigas". A da Megan dizia "Ir", e a outra metade tinha "mãs" – disse Emma, mais animada.

– Maureen Demirez era minha melhor amiga naquele ano – disse Megan, com cuidado. – Dividimos um pingente.

– Elas se conheciam da ginástica – disse Emma.

Megan tinha sido mesmo boa na ginástica até essa época, e competia em campeonatos estaduais e regionais.

– Foi o ano da minha lesão – disse Megan, desviando o olhar.

Ela não gostava de falar da lesão que ocorrera em um treino, com o rompimento de vários ligamentos. Apesar de fisioterapia e dos melhores médicos esportivos que a família encontrou, a lesão tinha acabado com sua carreira esportiva.

– O jornal disse que talvez tenha tumulto – disse Emma, abruptamente. Não era fora do normal para ela. Por achar conversas desinteressantes, não era raro que ela pulasse completamente de um tema a outro, como um teatro do que acreditava ser uma conversa.

– Tumulto... Ah, nos protestos? – perguntou Leonard.

Megan passou vários minutos distraída, antes de começar a falar mais animadamente. Ela, como tantos alunos da graduação, sentia ansiedade perante o clima político e a onda constante de notícias ruins na televisão. Na semana anterior, um conflito entre a polícia e os manifestantes levara a dezenas de detenções e a um incêndio no centro. A conversa prosseguiu, com Emma de vez em quando acrescentando um fato que lera. Toda vez que tinha uma sessão com as duas garotas, Elena ficava fascinada com o significado do comportamento contrastante. Como Leonard dera um jeito de recrutar um par de gêmeas idênticas, uma psicopata e a outra não, ela não fazia ideia. Só sabia que tinha sido caro recrutá-las. Megan nem queria se mudar para DC, mas, com um bônus considerável dado às duas garotas, a bolsa integral de Emma e "uns telefonemas" de Leonard para a Universidade Americana, elas tinham sido convencidas. Ele era cauteloso sobre o valor, mas Elena entendia que o recrutamento havia consumido uma parcela considerável do subsídio.

Provavelmente valeria a pena. O campo da Psicologia estava apenas à beira de começar a compreender se psicopatia era algo hereditário. Certos transtornos psiquiátricos – esquizofrenia, transtorno bipolar – eram altamente hereditários, um fato determinado por estudos que, ao longo dos anos, compararam gêmeos monozigóticos (que tinham cem por cento dos mesmos genes) e dizigóticos. Se um gêmeo idêntico tinha transtorno bipolar, havia sessenta por cento de probabilidade de o outro também ter. Era isso que tornava as gêmeas Dufresne fascinantes: Emma fora diagnosticada, e Megan também fora testada. Apesar de Megan não ser uma psicopata, ela sofria de um transtorno de ansiedade e muitas vezes parecia carregar o fardo dos problemas da família. Emma precisava ser cuidada, e, apesar de não querer fazê-lo, Megan era a pessoa mais próxima dela. Seus pais, com uma bela casa em San Diego e um cão bernesse, pareciam gentis e bondosos, então o que levara as irmãs a ser tão drasticamente diferentes?

No fim da sessão, Emma saiu correndo da sala, Leonard se despediu, e Elena e Megan saíram ao mesmo tempo.

Megan se demorou perto da porta.

– Aconteceu alguma coisa? – perguntou Elena.

Elena acreditava se comunicar melhor com Megan do que Leonard; era mais fácil, as duas sendo jovens mulheres.

– Tenho pensado muito no meu acidente, ultimamente – disse Megan.

Elas seguiram juntas pelo corredor e desceram as escadas.

– Era só um treino normal – continuou. – Eu tinha feito aquele salto milhões de vezes, nem era difícil. Minha mãe levou Emma com ela para o treino, mas não me importei. Era pra ela só ficar lá sentada, lendo.

– O que aconteceu?

– Eu estava prestes a fazer o meu salto, prestes a começar a corrida, quando olhei de relance para cima e vi Emma *encarando*. Foi *esse* salto que rompeu meus ligamentos.

Elas pararam no patamar no meio da escada, Megan se virando para Elena com um olhar sincero, o mesmo tipo de sinceridade no rosto de alguém prestes a contar que um dia vira um óvni.

– Foi como se ela tivesse desejado que aquilo acontecesse – disse Megan. – Ela queria que eu me machucasse.

– Megan, isso vai além das leis da Física – disse Elena, gentilmente. – Talvez ela tenha te assustado...

– Não; fui eu que fiz merda no salto e acabei com minha carreira.

Megan pulou dois degraus adiante, e Elena se perguntou se a ofendera.

– Não que eu fosse chegar a competir a nível nacional, de qualquer forma – continuou. – Mas Emma conseguiu o que queria.

– E o que seria isso?

Megan mal se virou para responder:

– Que eu nunca a deixasse para trás.

43

Com um gemido, Andre abriu os olhos. Alguma coisa estava fedendo. Sua camiseta. Ele a tirou – definitivamente tinha vomitado durante a noite – e tentou se levantar, mas o corpo imediatamente se recusou.

"Como você pôde ser tão burro?", pensou, e a voz que ouviu em sua cabeça não era a dele, mas a de Kiara. Ele tinha enchido a cara na casa de Marcus na noite anterior. Não era sua intenção – ele andava incrivelmente cuidadoso com bebida, desde que soubera dos assassinatos. De que adiantava o taco de beisebol debaixo da cama, os trajetos cuidadosos pelo campus, as fechaduras trancadas e conferidas três vezes, se ele ia andar aos tropeços por uma rua qualquer, bêbado e alegre? Porém, alguém comprara dois engradados de vinte e quatro latas de refrigerante alcóolico no supermercado, e era tão doce que mal dava para notar o gosto do álcool. Andre fizera o que inúmeros outros universitários fazem todos os dias: se divertira, enchera a cara com os amigos, e voltara para casa aos trancos e barrancos com o colega de quarto, pronto para encarar uma ressaca no dia seguinte.

"Burro burro burro. Você podia ter morrido." Ele caiu da cama e se arrastou para o banheiro, onde vomitou um líquido horrivelmente preto. Só de ver, sentiu mais enjoo. Gemeu, deu descarga e se encolheu no chão frio do banheiro, tremendo.

– Tô morrendo – falou baixinho.

Ele sentiu um desejo repentino e intenso de voltar para casa. Não *aqui*, nesse lugar estranho e perigoso, mas na casa dele no nordeste da cidade, no quarto confortável com vista para o quintal. A mãe e o pai na sala, tomando café. Andre sentiu saudades até de Isaiah encaixando a cabeça dele no sovaco, rindo que nem um maluco. Ele sempre sentira tanto tédio em casa, tanto tédio que nunca se imaginara com saudades.

"Que bebezão. Dezoito anos na cara e com saudade de casa?" Andre sentou com dificuldade, encostando as costas na banheira, e pegou o celular. Tinha uma chamada perdida do pai. Ele hesitou, o dedo prestes a apertar o botão para ligar de volta. Um botão e talvez tudo acabasse. Os pais podiam aparecer e tudo melhoraria magicamente. Ele não sabia bem como, mas talvez isso acontecesse. Talvez eles não ficassem tão bravos. Ele podia ir embora, dizer que a faculdade em tempo integral era pesada demais, e, quando se afastasse da Adams, o perigo acabaria. Ele deu um pulo quando o celular tocou. Era o pai. Depois de cumprimentá-lo, o pai imediatamente perguntou se o tinha acordado.

– Quê? Não.

– Ah, você tá doente? Tá parecendo doente.

– Só, hum, voltei tarde ontem.

– Você não tá bebendo, né?

– Claro que não. Saímos pra tomar sorvete.

O que os pais dele achavam que acontecia na faculdade, afinal? Festinhas para estudar e tomar sorvete?

– Eu fui encontrar uma garota – falou.

Aquilo o distrairia.

– Aaaaah – murmurou o pai.

Fez-se uma pausa. Parecia que o pai tinha coberto o celular para falar com outra pessoa, talvez a mãe. O intervalo pareceu durar uma eternidade para Andre, que considerou finalmente dizer alguma coisa, alguma coisa para acabar com tudo aquilo. Ele só precisava de uma palavra, apesar de não saber com qual começar.

– Escuta, Ursinho, a gente queria te contar que a cirurgia foi marcada – disse o pai.

– Foi?

A cirurgia da coluna do pai sempre estivera no horizonte. Contudo, sempre havia mais consultas a fazer, além do método minucioso do pai de pesquisar tudinho antes de se comprometer.

– Três de novembro. Vou estar de pé antes do Dia de Ação de Graças.

Andre sentiu uma onda de pânico.

– Que rápido.

O pai era o cara que cuidava dos pacientes na ambulância, não o que era carregado na maca. Um homem enorme e saudável, com a voz retumbante, não um corpo inconsciente, preso a um monte de cabos e tubos. Só de pensar nele em uma cama de hospital, Andre ficou mais enjoado.

– Não precisa se preocupar com nada. Sabe como é, com a remoção de disco, nunca mais vou poder entrar numa discoteca.

– Muito engraçado – disse Andre, impaciente. – Mas vai tomar anestesia e tudo?

– Não é o que você está imaginando... não vão me abrir todo. É minimamente invasivo. Incisão pequena, instrumentos pequenos, e dois caras do trabalho foram operados por esse mesmo cirurgião.

– Posso ir para casa no fim de semana da operação – ofereceu Andre rapidamente.

"E, não, não vou contar nada que vai te estressar, tipo o fato de que eu talvez esteja cometendo fraude para pagar a faculdade e que tem um assassino à solta. Nada assim, juro."

– Sim, Ursinho, vai ser bom te ver.

E nada de contar segredos.

– Doutora Torres? – perguntou Andre, colocando a cabeça para dentro do escritório de Elena e se sentindo minimamente melhor depois de duas garrafas de Pedialyte e algumas horas de descanso. – Eu estava acabando um questionário, mas a tela congelou.

Ela se levantou e o acompanhou pelo corredor até a sala na qual ele estivera trabalhando. Elena se aproximou do computador e mexeu no mouse.

– Às vezes trava – disse ela.

Ele sentou na cadeira ao lado.

– Não sei se você soube – disse Andre, pensando que, já que estava ali, era melhor tentar investigar. – Identifiquei o cara que vi na noite do esfaqueamento. Foi outro aluno. Kellen Bismarque.

Elena franziu a testa, olhando para o computador, o choque congelando seu olhar, mas não comentou nada. Andre abriu o saco de M&Ms que tinha ganhado em outro experimento e ofereceu um pouco para ela.

– Se você é uma pessoa normal, processar tantas emoções não te cansa? – perguntou ele.

– Às vezes.

– O doutor Wyman provavelmente já viu muita treta, né? – disse Andre, sentindo-se ousado, talvez por incentivo do Pedialyte. – Li em algum lugar que ele foi o psicólogo que trabalhou no caso do SED, anos atrás.

– Ah, foi sim, mas ele nunca fala sobre isso – disse Elena, sem desviar o olhar do computador e batendo de novo na tecla ESC.

– Deve ter sido uma loucura.

– O caso o devastou. Imagina ser terapeuta de alguém por dois anos e aí descobrir que o cara é um serial killer?

Andre ficou chocado e agradecido pela distração do computador, que finalmente destravara, impedindo Elena de ver seu rosto. Ele sempre acreditara que Wyman tinha sido contratado pela polícia para avaliar Gregory Ripley, para ver se ele era "são" o suficiente para ser julgado. Aquele detalhe, apesar de bizarro, fazia mais sentido. Ele tratara o cara por anos – era por *isso* que lutara por ele.

Andre acabou o questionário o mais rápido que conseguiu, então desceu correndo a escada e saiu do prédio, pegando o celular. Ele e Chloe tinham passado a semana anterior tentando entrar em contato com a ex-noiva de John Fiola, mas ela não respondera. Chloe encontrara o endereço dela e sugerira simplesmente aparecer lá. Andre achava uma má ideia. O pedacinho de informação nova era o mais próximo de uma pista que eles tinham desde a descoberta de Emma. Atualização importante, escreveu ele. Vamos nos encontrar?

Ela respondeu alguns segundos depois, dizendo que chamaria Charles e eles poderiam se encontrar na casa dele. Interessante, notou Andre. Chloe não queria que ele soubesse onde ela morava, mas nunca indicava que era isso que estava fazendo.

Ele pensou que teria tempo de jantar, apesar de ser tarde, e deu um pulo no Centro de Atividades. Precisou implorar para um funcionário fazer um burrito, porque o refeitório estava prestes a fechar. Contente, comeu o burrito enquanto pesquisava sobre John Fiola no celular: posts antigos em redes sociais das quais ele nunca nem tinha ouvido falar, e uma matéria do *Coruja Diário* que falava sobre um evento social da pós-graduação.

Andre amassou o papel-alumínio, mas, quando foi jogá-lo fora, notou um problema. Não tinha mais ninguém no refeitório. Normalmente havia alunos por lá a qualquer hora do dia, comendo ou estudando em frente às televisões enormes passando o noticiário. Ele estava sozinho, exceto pelo tagarelar silencioso da CNN sobre os protestos, e o cheiro de desinfetante utilizado para limpar o chão estava forte. "Tudo bem, só apertar o passo", pensou, pegando a mochila. Ele sairia dali, onde inevitavelmente encontraria a multidão de costume, e poderia andar até a casa de Charles em segurança.

Ele estava com a mão na maçaneta quando uma voz soou às suas costas:

– Ô cara.

"Não se vire", pensou. Mesmo assim, ele se virou. A poucos metros estava um sujeito grandalhão – enorme mesmo, como um jogador de futebol americano; dava para notar, apesar de ele estar usando o mesmo moletom gigante da Adams que todo mundo tinha. Ele estava segurando um cabo branco.

– Acho que você derrubou o carregador de celular? – disse o homem.

Ele estava sorrindo, mas Andre só conseguiu encará-lo.

Será que ele tinha trazido o carregador? Não achava que tinha. E milhões de pessoas tinham aquele mesmo carregador branco do iPhone. Andre se dedicou a tentar registrar na memória a aparência do cara, mas ele estava com o capuz do moletom levantado. Era branco, com cabelo castanho e dentes muito alinhados, e ainda segurava o carregador.

– Ah, não, cara, valeu, mas não é meu, não.

O homem inclinou a cabeça de lado. Será que ele era mesmo aluno da Adams? Ou só alguém que se enfiara no refeitório depois de fechar?

– Tem certeza?

O moletom largo… dava para esconder alguma coisa ali embaixo, uma arma. Não que ele precisasse de uma arma. O cara parecia capaz de arrancar a cabeça de Andre sem esforço.

– Tô de boa – guinchou Andre, e arriscou dar as costas para fugir do prédio e se refugiar no que esperava ser uma via movimentada do campus.

Só que não era. Vez ou outra, o alinhamento dos planetas fazia com que, de alguma forma, os alunos estivessem todos de ressaca, ou exaustos, ou com preguiça, querendo ver Netflix porque estava garoando. Pelas janelas dos prédios acadêmicos altos ao redor, ele via as pessoas lá dentro, mas não havia ninguém do lado de fora, exceto por uma pessoa em situação de rua fumando um cigarro. Andre enfiou as mãos nos bolsos e apertou o passo, torcendo para o homem não segui-lo. Ninguém ia esfaqueá-lo bem no meio da rua, certo?

Por que não tinha nenhum carro na rua? A distância, ele ouviu uma sirene persistente e imaginou que a polícia podia ter bloqueado as ruas próximas para uma carreata – sempre atrapalhava o trânsito. Era esquisito, em uma cidade grande, ainda ocasionalmente haver lugares vazios.

Ocorreu a Andre que as únicas vezes que ele sentira medo genuíno quanto à própria segurança foram quando não havia ninguém por perto; não as vezes em que encontrara alguém maluco no ônibus, nem mesmo gente sentada na soleira ouvindo tiros a distância. Aquilo era tranquilo, porque sempre havia alguém para encontrar seu olhar ou fazer uma piada. Ele arriscou o que esperava ser uma viradinha casual e viu que não tinha ninguém atrás dele, pelo menos que ele conseguisse ver, mas entre os postes havia muitos recantos escuros que serviam de esconderijo.

Finalmente, ele viu um casal sair do Anderson Hall, à frente dele, e começar a andar na mesma direção. Aliviado, apertou o passo para se juntar à dupla, mas notou que uma das pessoas olhou para trás e o viu. Em seguida, o casal apertou o passo. "Não sou o bandido aqui", pensou ele, com triste ironia.

Ele nem sequer tentou alcançá-los, e o casal logo virou a esquina. Andre estava a três quarteirões da casa de Charles quando notou, pelo canto do olho, que alguém atravessava a rua atrás dele. Seu coração deu um pulo. Ele não conseguia ver a pessoa, considerando o ângulo, e só tinha uma vaga noção de que parecia ser um homem. Parte dele queria se virar para olhar, mas outra dizia que era má ideia; era melhor só apertar o passo. Foi o que Andre fez, forçando a audição, mas mal conseguia escutar qualquer coisa atrás dele, e o sangue pulsava alto em seus ouvidos. Ele tirou a mão do bolso e a encostou no cabo da faca de caça.

"Não posso morrer assim de jeito nenhum", pensou. Pego no clichê de filme de terror, alguém andando atrás dele, prestes a descobrir alguma coisa. Contudo, havia algo que todo mundo errava em filmes de terror – até a mocinha sobrevivente. Por algum motivo, eles não sabiam usar a lógica e eram incapazes de correr sem cair. Ainda tentando manter uma aparência casual, ele puxou o celular com a outra mão, fingindo olhá-lo, e usou a tela apagada como espelho. Não viu ninguém atrás dele. A pessoa devia ter virado uma esquina.

Ele ouviu um barulho à direita quando chegou a um cruzamento. Andre parou e se virou, o olhar tentando se ajustar do brilho amarelo forte do poste ao que parecia a escuridão impenetrável ao redor de uma caçamba de lixo. Tinha alguma coisa ali? Alguma coisa de olho nele, silenciosa? Estava tudo muito quieto.

"Ah, NEM fodendo", ele decidiu, e, sem pensar duas vezes, correu o mais rápido que conseguiu, com mais velocidade e determinação do que qualquer idiota de filme de terror, sem olhar para trás, sem se dar o tempo de duvidar dos instintos. Ele não hesitou nem parou até chegar às luzes claras e seguras da entrada do prédio de Charles. Por sorte, uma mulher chegara à porta ao mesmo tempo, e ele a seguiu. Ela hesitou com a chave na mão em frente às portas internas trancadas.

– Desculpa, não posso te deixar entrar. Se não mora aqui, vai ter que chamar seus amigos.

Ele começou a rir. Doeu, mas ainda era engraçado.

41

Dia 7

Estávamos no meio de uma crise, e Charles decidiu ir nadar. Devíamos encontrar Andre em breve, e era essencial que eu falasse com Charles antes disso. O Centro Aquático, onde ficava a piscina coberta, estava agradavelmente quente e úmido, se comparado com o vento frio lá fora. Será que Charles tinha pensado bem? Seria seguro nadar? Havia algumas pessoas na piscina, mas identifiquei Charles pelo nado livre exibido. Ele chutou a parede para tomar impulso e ondulou debaixo d'água por um terço da piscina, na minha direção. Eu me agachei na beirada e enfiei a mão na frente dele quando ele se aproximou. Ele se levantou, soprando para afastar a água do rosto.

– Quem é? – perguntou.

– Não tá me vendo, bobinho?

– Não sem lente de contato, mas essa voz tem o belo tom de Chloe.

Ele levantou os óculos de natação e os prendeu no cabelo.

– Vem. A gente precisa conversar antes de encontrar Andre.

Ele avançou até a beirada da piscina e se impulsionou para sair. Apesar de o short de natação, justo como um short de corrida, ir até o meio da coxa, a roupa não deixava muito para a imaginação. Ele definitivamente tinha porte de nadador: esguio, porém mais largo no torso. Aproveitei a cegueira temporária dele para analisar visualmente cada milímetro daquela pele molhada e gostosa.

Ele pegou a toalha e começou a se secar.

– Me dá um minuto para trocar de roupa – disse Charles, olhando por cima do ombro no caminho para o vestiário. – A não ser que queira me ajudar.

Arreganhei os dentes.

Ele voltou usando calça cáqui e um moletom da faculdade.

– Você deveria usar as lentes o tempo todo, caso aconteça alguma coisa. Achei que teria aprendido, depois do que aconteceu com a Kristen – aconselhei.

Ele segurou a porta da academia para eu passar, com um gesto exagerado e sarcástico. Charles sempre ficava irritado quando eu mencionava Kristen.

– Sobre o que você queria falar? – perguntou.

Seguimos na direção do apartamento dele, onde Andre nos encontraria.

– Tenho considerado sua teoria sobre o Will, apesar de ser ridícula. Estou levando a sério, mas não podemos mencionar nada para o Andre.

– Por que não?

Porque aí mais uma pessoa saberia que tenho motivo para matá-lo?

– Porque é *particular*. A gente inventa alguma coisa.

No caminho, me preparei mentalmente. Charles parecia convicto de que Trevor ou, ainda mais ridículo, Will era quem nos caçava, o que significava que eu precisava convencer Andre de que era Emma, para ganhar uns dias. Não ia ser difícil, pois Andre tinha começado a considerar seriamente que as gêmeas eram filhas ilegítimas secretas de Wyman. Trevor me parecia o culpado mais provável, então eu precisava distrair todo mundo de pegá-lo até acabar a Fase Quatro do meu plano contra Will.

Andre nos encontrou bem na frente do apartamento de Charles, parecendo suado.

– O que aconteceu? – perguntei.

– Achei que tinha alguém me seguindo.

– Bem-vindo ao meu cotidiano – falei, abrindo a porta que Charles tinha destrancado.

Charles pegou cerveja para a gente e nos sentamos no sofá. Aparentemente, Andre queria virar a cerveja toda antes de começar a trabalhar, o que achei um certo exagero.

– Todos temos notícias – falei. – Você primeiro, Andre.

– Vamos voltar ao começo, com Wyman – disse Andre finalmente. – Quase vinte anos atrás, ele trabalhou em um caso, fazendo entrevistas aprofundadas com o SED após a prisão. Eu não estava entendendo o motivo de ele argumentar contra a pena de morte, que era a sentença prevista

– explicou, e eu assenti. – Mas agora sei, porque Elena acabou de me contar que Wyman na verdade foi terapeuta do SED por *anos*, antes de Ripley ser preso. E se ele soubesse?

– Soubesse que o cara estava matando gente? – perguntou Charles.

– E se Ripley for o Paciente Zero? A primeira cobaia de Wyman no método de tratamento de psicopatas. Só que as coisas deram horrivelmente errado, e ele não quer admitir de jeito nenhum.

– Psicólogos têm a obrigação legal de delatar pacientes que ameaçam outras pessoas – disse Charles.

Ele já estava tentando capturar meu olhar, cúmplice, mas não retribuí. Eu não sabia bem o que achar de Wyman, mas parecia que Charles tinha um fraco por ele. Depois de dois anos de acolhimento na terapia, Charles estava muito apegado e não via a possibilidade de o homem não ser um mocinho bondoso inteiramente benigno.

– *Supostamente*. Mas e se Ripley falou sobre ter impulsos assassinos e Wyman achou que podia desenvolver algum processo para impedi-lo, o que seria uma pesquisa inteiramente inovadora? – disse Andre. – Ou se Ripley disse alguma coisa e Wyman não levou ele a sério? Sabe, a gente conta vantagem na terapia... Fiz isso, fiz aquilo.

Charles franziu a testa.

– Não entendo como essa coisa que aconteceu antes de nascermos importa... estamos sendo caçados *agora*. E só temos três suspeitos de verdade – disse ele, levantando um dedo. – Emma, que eu conheço...

– Como assim, você conhece a Emma? – perguntou Andre.

– Ele conhece a Emma – falei.

– Menti pra vocês – admitiu Charles, sem soar arrependido. – Não confiava em vocês, então, quando perguntaram, fingi que não conhecia ela. Sim, ela está no programa... está no terceiro ano da faculdade. A gente já... interagiu. Ela é uma pessoa meio esquisita, mas não a vejo como assassina.

– A gente não sabe disso! – interrompi. – Não sabemos o álibi dela.

– Posso trabalhar com ela, mas não é ela – disse Charles. – Então temos Trevor, o amiguinho de Chloe.

Andre me olhou, surpreso. Amarga, contei como fora enganada por Trevor, o "assistente de pesquisa", e Charles relatou uma versão resumida do ataque cibernético, e voltei a sentir raiva. Eu odiava ser feita de boba.

Andre demonstrou mais preocupação quando Charles contou do ataque na casa de Kristen.

– Trevor é uma pessoa sádica e misógina, e tem habilidades bem perigosas. Ele está no programa faz dois anos. Talvez Wyman tenha dito algo para provocá-lo. Psicopatas às vezes são assim, guardam rancor por infrações mínimas – concluiu Charles, então se calou.

Finalmente, notei que Andre estava me encarando. Opa, ele estava chateado com alguma coisa.

– Chloe tentou esfaqueá-lo e você tentou atirar nele – observou Andre. – Ainda assim, ele escapou. Quem é o terceiro suspeito?

Charles evitou o meu olhar.

– Tem outro aluno na Adams, no terceiro ano, chamado Will Bachman. Ele não está no programa, que a gente saiba, e não sei qual seria o motivo dele, mas não significa que não tenha um.

Andre me olhou em busca de confirmação, mas encarei minhas mãos, puxando uma unha quebrada com violência.

– Não posso falar muito – disse Charles, hesitando, como se relutasse –, por causa de como consegui a informação, mas, basicamente, ele é mau-caráter. Ele…

– Mau de que jeito?

– Ele é da minha fraternidade. Sei que ele cometeu pelo menos um crime violento na juventude. Ele mora perto de onde Chloe foi atacada. Ele já falou de Kristen, que ela é gostosa e que ele chegaria nela se não fosse minha namorada. Ele é atleta, então sabemos que é ágil.

Andre ainda estava me encarando, e eu sabia o motivo. A gente andava trabalhando juntos, só nós dois, e eu dizia para ele não confiar em Charles, mas ali estava eu, escondendo um monte de coisa dele, coisas que tinha descoberto com a ajuda de Charles. Eu precisava trazer ele de volta para o meu lado.

– Enfim – disse Charles –, acho que devemos concentrar nossa atenção em Trevor. Estou pensando em ir à polícia e contar a história toda, inclusive sobre o hack do ano passado.

– A polícia não vai nos ajudar – falei, olhando para Andre, pedindo telepaticamente que concordasse comigo. – O que você vai dizer, que somos um bando de psicopatas mas achamos que esse outro psicopata é culpado?

– Isso – disse Charles.

– Precisamos de provas – falei.

– Como você planeja arranjar provas?

– Do jeito tradicional – falei. – Espionamos eles, arrancamos informações como pudermos. Eu fico com Trevor, ele já quer mesmo ser meu amigo. Você disse que Emma gosta de você, então marque de encontrá-la.

– Posso cuidar de Will também – disse Charles, juntando as garrafas vazias de cerveja.

Ergui o rosto, dizendo para ele com os olhos: "Não, não vai. Eu cuido do Will".

– Enquanto isso, vamos falar de segurança – eu disse. – Especialmente a sua, que é uma merda, se alguém conseguiu se enfiar pela janela.

– Você deixou alguém tirar uma foto sua dando para o Chad! – retrucou Charles. – Eu e Kristen estamos ficando em Fort Hunt. Não dá para entrar na propriedade ao acaso, e o pessoal do meu pai está lá direto.

Que bando de ricos escrotos. Ali estávamos eu e Andre, sofrendo, enquanto os dois provavelmente estavam enchendo a cara de Mai Tai servido por um mordomo.

– Posso te dar uma arma – ofereceu ele a Andre de repente.

– Você nunca me ofereceu uma arma! – gritei.

– Tenho duas pistolas. Se você souber usar, posso te emprestar uma – continuou Charles, me ignorando.

Andre pareceu dividido.

– Não... Não sei nada de arma e não quero ser pego com uma. Posso ficar na casa dos meus pais.

– E colocar sua família em risco? – sugeriu Charles. – Você pode ficar aqui. Tenho um quarto de hóspedes e o porteiro não deixa ninguém entrar, sério.

Por que Charles estava sendo tão generoso com Andre de repente? Estreitei os olhos e ele sorriu para mim.

Andre também estava desconfiado, ou pelo menos não era ingênuo.

– Até pode ser, se acontecer alguma coisa... se eu precisar – falou, daquele jeito que as pessoas fazem por educação.

Ele pegou um chaveiro que Charles oferecia, com a chave do apartamento e da porta da frente.

Levantei.

– Bom, tudo ótimo, mas eu tenho mais o que fazer.

Na verdade, só queria ir embora antes que eles começassem a fazer perguntas invasivas sobre Will.

– Lembre o que falei sobre Trevor – disse Charles, quando eu estava quase na porta.

– Você fica bonitinho quando está ansioso.

– Toma cuidado.

Dane-se o cuidado.

45

Dia 5

Havia um recuo em uma das paredes do prédio do departamento de Ciências Humanas onde eu gostava de me sentar com o computador para trabalhar entre as aulas – a contagem regressiva de Will ainda estava em andamento. Sendo mais específica, eu precisava escolher os locais da Fase Quatro, a última etapa. Uma opção seria um lugar muito cheio e caótico – como a sede da fraternidade –, mas isso exigiria um método de assassinato que talvez não fosse confiável, como envenenamento, ou uma só facada seguida de fuga. Eu precisava que o corpo demorasse um pouco para ser encontrado. Queria um lugar onde seria possível matá-lo e escondê-lo, porque transportar um corpo não era algo prático; eu não tinha carro, e nenhuma aula de iogalates tornaria fácil carregar por aí oitenta quilos de peso morto.

O parque Rock Creek foi, claro, um dos primeiros lugares em que pensei. Era a versão de DC do Central Park de Nova York: uns seiscentos e noventa hectares verdes ocupando teimosamente uma terra valiosíssima. Apesar de haver várias áreas de atividade lá – ciclovias, trilhas e um centro hípico –, também havia trechos de floresta. Eu sabia que Rock Creek seria com certeza uma boa escolha, porque uma busca de dois segundos no Google revelou que muitos assassinatos aconteciam lá. Pessoas – principalmente mulheres, claro – iam correr e nunca voltavam. Era tentador, mas o principal problema era o outono. Eu queria incendiar Will, mas, com folhas secas por todo lado, talvez o fogo se alastrasse, o que atrairia *mais* atenção, e não menos.

Não, eu precisava encontrar outro lugar igualmente isolado, porém mais adequado para um incêndio.

Acabei limitando as opções a um canteiro de obras e ao Arboreto Nacional, que eu visitara pessoalmente no dia anterior. O arboreto tinha áreas enormes de terra desocupada, com trilhas, exposições de plantas e campos de grama e árvores. Ainda mais interessante, havia lá uma instalação bizarra: um arranjo cuidadoso das vinte e duas colunas originais do Capitólio, construídas no século XIX e levadas ao arboreto quando foram substituídas por outras mais resistentes. O local lembrava as ruínas de um templo grego, possivelmente o lugar perfeito para um sacrifício humano flamejante. Contudo, eu estava preocupada com a distância do campus, e não sabia se era protegido por guardas à noite. Provavelmente sim, porque o arboreto tinha também uma coleção de bonsais que deviam valer muito dinheiro.

Recebi alerta de um registro de humor: perguntava o que eu estava fazendo, e, como não havia a opção "estratagema", escolhi *Estudo*. Ainda tinha quinze minutos para o início da aula. Dei uma olhada distraída no Instagram até que vi uma coisa que me fez engasgar.

Chad tinha postado uma foto dele segurando uma banana como se fosse um telefone. A legenda era:

E aí, galera! Ainda estamos coletando celulares para o Abrigo de Mulheres! Qualquer celular, em qualquer estado. Não precisa de carregador.

Esse celular aí é diet?, comentou alguém na postagem.

Enfiei minhas coisas na mochila, desci o corredor voando, atraindo olhares, sem me importar, e esperei impacientemente no elevador, com o celular na mão, pronta para ligar para Chad. Isso: ligar, não mandar mensagem! Eu precisava da atenção completa dele. E precisava vê-lo antes de Will ver o post, supondo que ele fosse esperto o suficiente para entender o que poderia significar.

Corri pela rua na direção da sede da SAE. Eram quatro e trinta e cinco da tarde. Will sairia da aula de Ciência Política às quinze para as cinco, isso se tivesse ido. Àquela altura, eu estava só enrolando e esperando; não achei que conseguiria o vídeo, e fazia as preparações finais para Will, no aguardo do dia louco de protestos. Na véspera, o *Post* havia dito que os

Airbnbs da cidade estavam todos cheios, alugados por manifestantes que compareceriam ao evento.

A porta estava aberta. Entrei na casa, e dois caras que jogavam videogame mal me olharam.

– Chad!

– Na cozinha! – respondeu ele.

Entrei correndo, e ele estava fazendo o que parecia uma omelete de trinta e sete ovos.

– Você acha que esqueceu o celular, foi isso? – perguntou.

Ele estava vestindo uma regata e sorria, um pouco confuso.

– Isso, na última festa.

Ele me levou a uma sala atrás da cozinha, contendo uma variedade de apetrechos quebrados. Uma caixa enorme estava cheia de celulares. Comecei a revirar.

– Como é o celular? – perguntou Chad, se abaixando para me ajudar.

– É um iPhone 4, com um adesivo branco redondo atrás. Está amassado no canto inferior direito.

Eu reconheceria aquele celular em qualquer canto, tinha memorizado todos os detalhes.

Revirei a caixa mais um pouco até que... ali estava! Ainda com o adesivo branco da marca de equipamento de lacrosse STX. Will deve ter largado o celular com um monte de lixo quando morara na casa, nos dois primeiros anos de faculdade. Peguei o aparelho e escondi o adesivo de Chad. Em seguida, pulei nele e o abracei, quase derrubando-o.

– Você é perfeito!

– Sou? – perguntou ele, com um sorriso orgulhoso. – Fica pra jantar. Estou fazendo frittata.

– Fica pra próxima! – respondi com um selinho, antes de sair correndo.

De volta à privacidade do meu quarto, com a porta fechada, encaixei o celular no carregador de iPhone 4 que tinha comprado pela internet e esperei ansiosa. Felizmente, aquele modelo específico não tinha a função de reconhecimento de digital – se tivesse, eu teria que fazer uma pequena cirurgia em Will. Não que eu fosse ruim nisso. Impaciente, encarei o celular até ele estar com carga suficiente para ligar. Apertei o botão principal, e os ícones conhecidos apareceram à minha frente. Primeiro, eu precisava garantir que estava em modo avião. Apesar de Will provavelmente ter desativado o celular anos antes, segurança nunca é demais.

Não foi difícil achar o vídeo, porque eu sabia a data em que fora gravado. Se eu assisti ao vídeo? Como se eu precisasse de mais alguma coisa para confirmar inteiramente o que esperava de Will?

Eu tinha o vídeo – era obviamente ele e era obviamente eu.

O crime de estupro não prescreve em Nova Jersey. Mesmo assim, não, eu nunca aguentaria um processo judicial arrastado, em que advogados revirariam meu Instagram em busca de fotos "escandalosas" em que eu ousava ser atraente ou me divertir com amigas à noite; em que questionariam se eu tinha mesmo ficado traumatizada, já que obviamente eu era uma piranha que só tirava nota dez; cuja pergunta não seria "O que aconteceu com a Michelle?", mas "Por que você não...?". Em vez disso, a narrativa seria que eu ousara acabar com a vida de Will, as notas dele e o lacrosse, e que toda mulher está pedindo. Foda-se. Essa. Porra.

No dia em que aconteceu, não fui à polícia nem contei para a inútil da minha mãe. Fiquei em casa e decidi que, um dia, eu mataria Will Bachman. Era só um rascunho de ideia na época, flutuando, nada sólido, como acabaria se tornando. Não – isso só aconteceria depois de horas de pesquisa, experimentos, aulas de defesa pessoal. Will foi para o Ensino Médio, e eu continuei no Fundamental. Depois, fiz Ensino Médio em outra escola. Will andou pelo mundo nos cinco anos seguintes, sem nunca pensar em mim e no que fez. Eu iria garantir que fossem as duas últimas coisas nas quais ele pensaria antes de morrer. Com o vídeo, eu estava finalmente pronta.

46

Charles, parado na entrada apinhada de gente do Ted's Bulletin, procurou por Emma, que avisara por mensagem que já tinha chegado. As banquetas do bar estavam todas ocupadas e uma aglomeração se formara à esquerda dele, fazendo fila para comprar comida na padaria da frente. Ele notou que Emma estava em pé do lado de fora do restaurante, do outro lado da vitrine. Ele acenou e notou o olhar vazio dela, que observava dois padeiros de chapéu branco encherem de creme, com rapidez, a massa folhada, para criar docinhos.

"Que esquisitona, Deus do céu", pensou ele. Charles avançou na direção da vitrine, forçando um sorriso e acenando. Emma o notou. Ela não retribuiu o sorriso, mas andou até a porta giratória e entrou.

– Aí está você! – disse Charles, alegre.

– Eu estava esperando – disse ela.

Ele chamou a *hostess*, que perguntou que tipo de mesa eles queriam.

– Cabine – disse Charles, imediatamente.

A cabine proporcionaria certo grau de privacidade.

Eles sentaram um de frente para o outro e receberam cardápios enormes. Charles a analisou, olhando por cima do cardápio. Ela parecia cansada, com olheiras profundas.

– Você anda bem? – perguntou ele, abaixando o cardápio.

– Como assim?

– Você parece cansada – disse Charles, se inclinando para a frente, com um sorriso de desculpas. – Foi mal, eu sei que garotas odeiam ouvir isso. Mas... com tudo que tem acontecido...

Emma olhou para o cardápio, sem dizer nada. Charles tentou imaginá-la segurando uma faca. Será que ela odiava Kellen ou Michael por causa de alguma ofensa minúscula, e era só isso? Ou talvez fosse apaixonada por eles? "E se ela se apaixonar por você?", ele ouviu a voz implicante de Chloe mentalmente. Charles tinha razoável certeza de que se dava bem com Emma. Apesar de aparentemente não funcionar como as outras pessoas, que respondiam mensagens em até um ou dois dias, ela acabara respondendo, finalmente, e aceitara encontrá-lo. Emma era exatamente o tipo de pessoa que ignorava completamente convites sociais, se tivesse vontade.

– Eles têm milk-shake alcóolico aqui – disse ela.

– Têm, vamos pedir – disse Charles.

– Ainda não tenho vinte e um anos.

– Não precisa se preocupar.

– Só quero isso – acrescentou ela baixinho, largando o cardápio.

Charles pediu bolo de carne e um milk-shake de menta com chocolate.

– É só que... faz tempo que não te vejo, e tudo anda uma doideira.

Emma parecia estar olhando para trás dele, onde uma tela exibia um filme clássico em preto e branco.

– Porque aqueles garotos morreram – disse ela.

– Isso – concordou ele, tentando encorajá-la. – Quer dizer, não dá medo?

– As pessoas morrem. E às vezes não podemos fazer nada.

– Acho que sim... Pode dar a sensação de que tudo saiu do controle, sabe?

– Ou está sob o controle errado – disse ela.

O milk-shake vinha em um copo alto, com o restante em um enorme copo de aço, úmido pela condensação. Charles jogou um terço do milk-shake dele no copo e o empurrou para Emma. Em vez de levar o copo à boca, ela abaixou a cabeça, sem interromper o contato visual com ele, e chupou o canudo. Charles pensou em uma abelha gigante se alimentando de néctar, os olhos pretos opacos, distraídos com seus pensamentos insetoides.

Ela fez uma pausa para afundar mais o canudo no copo.

– Você não está com medo? – perguntou ele.

– Não sou como você, Charles.

Ele se perguntou o que exatamente ela queria dizer com aquilo. Que não sentia medo, ou outra coisa?

– Kellen não era mau sujeito.

– É um dos caras que morreram? Não conhecia. Ele era seu amigo? – perguntou ela.

O bolo de carne chegou. Charles ajeitou o cabelo.

– Não exatamente. Ele era meio espalhafatoso. Prefiro gente um pouco mais introvertida.

Emma abaixou o olhar para o milk-shake.

Charles se inclinou para a frente.

– Você gosta de mim, não gosta, Emma? – perguntou.

O olhar dela percorria uma constelação de pontos na mesa. Ela parecia ter dificuldade para responder.

– Você não respondeu minha mensagem! – provocou ele.

– Respondi, sim!

– Levou cinco dias.

– Era para ter respondido antes?

– Eu queria te ver – disse ele, brincalhão. – Você é minha única amiga parecida comigo.

As orelhas dela ficaram vermelhas. Ele começou a comer o bolo de carne.

– Você não sente que somos almas gêmeas? – perguntou ele, o que pareceu mais incomodar do que agradar Emma. – Ou o papel já está ocupado pela sua irmã?

– Não diria que ela é minha alma gêmea.

– Sempre achei que seria legal ter um irmão gêmeo.

– Dividimos um ventre.

"Pelo amor de Deus, por favor, fale alguma coisa útil!"

– Vocês devem ser muito próximas.

– Mais ou menos – disse ela, cutucando o milk-shake com o canudo. – Não muito. Ela deveria ser mais legal. Ela não queria vir para DC, mas não entrou na Berkeley, e por minha causa nós duas pudemos pagar pela faculdade.

– Como assim? – perguntou Charles, fingindo estar distraído pelo purê de batata.

– Ela serve de controle no estudo, então eles pagam a Americana. Ela disse que vai pegar metade do bônus de participação no estudo e abrir um negócio quando a gente se formar.

– Wyman paga pela faculdade de Megan também?

– Nunca te falei o nome dela – disse Emma, olhando para ele.

– Falou, sim – respondeu Charles, confiante. – A Americana não é bem cara?

Emma deu de ombros.

– Mas ela não está recebendo isso de graça. Ela ainda precisa vir fazer ressonância magnética para comparar o cérebro com o meu e tudo o mais, e para a terapia em grupo.

– Vocês duas? Juntas?

– Isso, é muito divertido.

Ele não conseguia saber se ela estava brincando.

– Bom, eu ainda não decidi o que fazer com meu bônus – disse Charles, sem fazer ideia se tinha mesmo recebido um bônus, ou qual era o valor. Os pais dele tinham cuidado de toda a parte financeira.

– Eu estava pensando em tirar um ano para viajar e fotografar – disse ela. – Vinte mil rendem bastante na Ásia.

Emma saiu da cabine para ir ao banheiro e deixou a bolsa. Charles remexeu nela casualmente, imaginando que, se alguém o visse, acharia que ele era um namorado em busca de um lenço. Não tinha nada lá além de um panfleto de uma exposição no Museu Nacional da Mulher nas Artes e um chaveiro de plástico com formato de fantasma. Quando ela voltou, ele tentou cautelosamente perguntar onde ela estivera nas noites dos assassinatos. O máximo que ele conseguiu descobrir sobre o paradeiro dela na noite do assassinato de Michael foi que ela estivera no laboratório de fotografia. Ele não achava que podia perguntar diretamente onde ela estivera na hora da morte de Kellen sem acabar levantando suspeitas.

Ao sair do restaurante, Charles imediatamente mandou uma mensagem para Chloe e Andre contando de seu sucesso, esperando parabéns, mas não houve resposta. Emburrado, andou na direção da Shaw Tavern, onde Kristen estava jantando com amigos. Ele andava encorajando-a a sair com amigos o máximo possível, o que não fora difícil, porque, como a maioria dos alunos, ela estava assustada com os assassinatos e ainda acompanhava todas as migalhas da investigação.

Será que Kristen sentiria ciúme se ele contasse que tinha jantado com Emma, ou ficaria orgulhosa por ele ter a bondade de sair com uma menina solitária? Ele enfiou as mãos nos bolsos do sobretudo, sentindo o peso familiar da pistola. Apesar de já ter pegado a arma, ele a pedira emprestada ao pai na manhã seguinte à invasão da casa de Kristen.

– Vai, pega, pode pegar a espingarda se quiser – dissera o pai, sem nem desviar o olhar do espelho, dando um nó perfeito na gravata.

Charles parou no sinal vermelho e viu uma silhueta conhecida do outro lado da rua, a meia quadra dali.

– Chloe! – chamou, mas ela não o ouviu.

Ele correu para alcançá-la.

– Te mandei mensagem… – falou ele. – Acabei de encontrar a Emma!

– Que bom – disse ela, soando distraída, sem parar para conversar.

Chloe estava carregando uma mochila enorme. Ele caminhou com ela.

– Espera aí, vamos conversar.

– Estou ocupada.

Ela nunca o afastara antes. Sempre fazia algum tipo de pose; aquela era a primeira vez que parecia genuinamente preocupada.

"Will", notou Charles. Talvez Will finalmente tivesse contado que não tinha o vídeo.

– Amanhã, então – disse ele.

– Ocupada.

– Com o quê?

– A *faculdade* – disse ela, irritada. – Os *protestos*.

– Desde quando você vai aos protestos?

Ela o ignorou.

– Você falou com Will? – perguntou Charles. – Sobre o vídeo?

Silêncio.

– Quer que eu bote pressão nele? – insistiu na conversa. – Posso embebedar Will, perguntar o que ele estava fazendo na noite dos assassinatos.

– Não precisa – disse ela, sem emoção.

– Você não vai… *fazer* nada, vai? – perguntou.

Ela estava prestes a virar a esquina e se afastar, mas ele estendeu a mão e a segurou pelo cotovelo. Ele esperava um flerte brincalhão, mas também o olhar impaciente que ela lhe lançou.

– Chloe… às vezes passamos muito tempo achando que queremos alguma coisa e que vamos ficar felizes ao cumprir o objetivo, mas normalmente não é assim que funciona.

Ela suspirou.

– Não tenho tempo pra te dar conselhos amorosos, Charles.

47

Dia 0

Era chegada a hora. Meu plano estava em andamento, mas um acontecimento inesperado surgira. No dia anterior, Will me mandara uma mensagem pelo app de relacionamento. Estou com o celular e vou te entregar. Sério? Que engraçado, visto QUE EU ESTAVA COM O CELULAR DELE BEM NA MINHA MÃO. Mentiroso do caralho. Deixa eu ver, respondi, curiosa com o que ele estava aprontando. Ele enviou a foto de um iPhone 4 genérico. Ele achava mesmo que eu era tão burra?

Falei que faríamos a troca na noite seguinte, e que eu apagaria o Snapchat do meu celular na frente dele. Will respondeu com um monte de interrogações e perguntou por que não poderia ser naquela hora. (Porque Dia 1 é adiantado, bobinho!) Marquei para o dia seguinte, às onze da noite, e disse que mandaria as coordenadas exatas quando chegasse a hora e que, se ele levasse alguém ou contasse para outra pessoa aonde iria, eu não apagaria o Snapchat e o queridinho do Davey receberia uma visitinha da namorada virtual.

Assisti ao noticiário no computador enquanto me arrumava. A Adams mandara mensagens todos os dias da semana com alertas de segurança – alguns dos protestos que antecederam o maior deles tinham ficado violentos depois de escurecer. A polícia estava toda na rua, e no dia anterior mesmo eu sentira um aumento significativo na quantidade de visitantes de outros lugares carregando cartazes. No dia, quase todos os canais mostravam as ruas do centro de DC engarrafadas.

Eu me vesti toda de preto, com roupas que comprara em um brechó; o cheiro indicava que não tinham sido lavadas. Prendi o cabelo em um rabo de cavalo, alisei com gel e enchi de grampos, e em seguida cobri com um gorro justo. Estava com luvas de couro e tênis masculinos, um número maior que meu pé. Enfiados na mochila estavam dois acendedores de churrasqueira, uma garrafa de fluido para isqueiro, meu saquinho de cabelo e DNA e mais uns presentinhos para Will.

Deixei o relógio em casa e liguei o computador na Netflix, para ficar passando enquanto eu estava fora – transmitiria continuamente por umas duas horas, e Yessica escutaria pela porta fechada do quarto. Em seguida, saí pela janela e desci pela saída de emergência. Não podia arriscar ser seguida pelo caçador, então tomei cuidado especial: corri por becos, sumi dentro de prédios, saí por lados diferentes e finalmente me enfiei em uma estação de metrô, menos por necessidade de chegar ao lugar combinado, e mais por ser um labirinto de escadas rolantes em andares diferentes. Finalmente peguei um táxi e pedi para ser deixada a dez minutos a pé do destino desejado. Cheguei duas horas antes de Will, e uma hora antes de mandar a localização para ele. No caminho, ouvi o barulho de sirenes da polícia e de helicópteros de redes de TV tentando filmar os protestos.

No fim das contas, o lugar derrotou seu concorrente – o arboreto – assim que o vi pessoalmente. A Estação de Tratamento de Água McMillan fora construída no começo do século XX, quando a cidade tirava água de um aqueduto e a filtrava com areia, em vez de produtos químicos, pelo menos até a Segunda Guerra Mundial. A instalação toda acabara abandonada e cercada, e os supostos planos para construir no terreno, presos em um impasse por motivos provavelmente sem graça.

Esperei até não ter nenhum carro passando e escalei a cerca de arame. Do lado de dentro, ela era forrada por um material verde, o que dava a sensação de que a estação era separada do resto do mundo. Era estranhamente isolada no meio de uma cidade com espaços tão disputados.

O terreno ocupava uma quadra inteira, com grama malcuidada e mato que ficavam quase pretos na escuridão da noite. Enfileirados, silos gigantes de tijolo, que antigamente guardavam areia, estavam agora cobertos por hera, e cada um tinha uma entrada em arco cortada no centro.

Entrei por um dos arcos e desci pela escada até a caverna subterrânea onde a areia antes filtrava a água.

Na minha primeira visita, a luz do sol entrava por uma abertura acima, revelando o teto abobadado, que descia em colunas regularmente espaçadas. À noite, estava sombrio como uma catacumba, a areia fria sob meus tênis. Subsolo, isolado, silencioso – era o lugar perfeito.

Escondi a mochila atrás de uma coluna e comecei a trabalhar, espalhando cabelo por todos os lados e pegando o absorvente interno – umedecido com água em um saquinho – para esfregar nas luvas de couro. Não importava meu cuidado ou quanto tinha pesquisado: ao matar alguém, é possível ser pega por causa de uma manchinha de sangue. Eu não fazia ideia de quanto do meu próprio DNA poderia ser transferido naquela situação, e não queria arriscar.

Quando mandei as coordenadas para Will, ele respondeu com um OK. No entanto, vinte minutos depois, ele acabou confuso, parado do outro lado da grade. Expliquei por mensagem que ele deveria pular a cerca e descer para o subsolo por qualquer uma das entradas, e então me veria. Fiquei atrás de uma coluna, agachada, e vi a luz clara do celular dele descer a escada, entrando na câmara.

– Que porra é essa? – ouvi ele dizer, virado para o lado errado.

– Aqui – chamei.

Eu tinha deixado uma luzinha de LED descartável no chão. Ele andou até ela, como previsto.

– Que porra é essa? Por que você me fez vir até aqui? Que lugar é esse?

– Para de mimimi.

Era exatamente o que ele tinha me dito naquela noite.

Assim que ele se abaixou perto da luz de LED, avancei e o ataquei com a arma de choque. Ele soltou um grito curto e caiu no chão, tremendo. Eu me agachei, e ele me xingou, mas fiquei com a arma perto da cabeça dele.

– Você é doida p-pra ca-ralho! Trouxe o celular, me deixa em paz!

Ele arrancou o celular do bolso e, com certa dificuldade, o jogou na areia.

Fingi examinar o aparelho, me certificando de que ele conseguia ver meu rosto.

– Sabe o que é engraçado? Tenho bastante certeza de que é este o seu celular – falei, pegando o aparelho de verdade.

– Se você estava com ele o tempo todo, que *porra*...?

– Você largou em algum canto na sede da SAE, seu idiota.

– Pronto, você tá c-com a merda do celular. Vai deixar meu irmão em paz?

– Assim que acabarmos aqui, vou apagar tudo e parar de falar com o Davey.

Ele pareceu cético.

– Prometo – insisti. – Só quero que você faça uma coisa por mim.

Fiz um gesto, convidando ele a sentar, e pus o celular de verdade na frente dele, com o vídeo pronto para rodar.

– Quero que você veja isso – falei.

– Qu...

Dei mais um choque nele. Ele gritou e caiu.

– Tá bom, tá bom! – falou.

Fiquei parada atrás de Will, que estava deitado de lado, no escuro, e observei o rosto dele, e não o vídeo. Ele não fez nada e também não disse nada; claramente só estava esperando acabar. Olhei para a cara dele, notando que seria a última vez que eu, ou qualquer pessoa, o veria vivo. Ele não entendia a importância do momento, e eu não podia explicar para ele. Não podia fazer um discurso final de vilã, que nem no cinema, porque destruiria o elemento surpresa. Não havia trilha sonora, nem zoom de câmera. Era a vida real. Na vida, não podemos editar as partes doloridas.

Segurei a corda de pular retorcida em uma mão e me aproximei dele por trás quando o vídeo estava a segundos do fim. Enlacei o pescoço dele com a corda e o empurrei na areia, pisando em sua cabeça para me firmar. Ele se debateu, se sacudindo e cometendo o erro que a maioria das pessoas comete ao ser estrangulada: levar as mãos ao pescoço.

Com a obstrução da carótida, a falta de oxigênio no cérebro pode fazer uma pessoa desmaiar entre dez e quinze segundos – é por esse tempo que a pessoa se debate. Contudo, quando ela perde a consciência, não necessariamente está morta: o coração ainda bate, o cérebro ainda pode se recuperar. Há uma variedade de modos de morrer por estrangulamento com corda ou garroteamento. Arritmia cardíaca devido à pressão no gânglio nervoso da carótida. Obstrução do fluxo de sangue para o cérebro por meio das artérias. Obstrução das veias jugulares, impedindo que o cérebro devolva sangue venal, criando um entupimento. Pressão forçada à laringe, restringindo o fluxo de ar pulmonar e causando asfixia. Apertei bem a corda e contei até cem, só para garantir, com os braços e os ombros ardendo.

Soltei, e a cabeça dele caiu silenciosamente na areia. Eu preferiria conferir o pulso, mas não queria deixar sequer uma célula de Chloe nele. Eu o observei; ele não estava respirando. Era preciso agir rápido. Peguei a carteira e o celular dele e guardei na mochila. Em seguida, pus dois acendedores de churrasqueira em cima dele, cobri tudo com fluido para isqueiro e acendi o fogo. O estado do corpo me faria ganhar tempo. Imagino que acabariam conferindo os registros dentários. Quando isso ocorresse, eu já teria armado para nosso assassino misterioso, e Will seria a próxima vítima oficial. Abri o celular dele (mesma senha burra) e apaguei o aplicativo de relacionamento, só por garantia.

Eu tinha um milhão de coisas a fazer e precisava ser rápida, mas de repente meu cérebro pareceu se rebelar contra a ideia de se mexer. Eu me peguei abruptamente, quase violentamente, me sentando na areia, meu olhar voltado para o fogo, que começava a feder.

Eu tinha conseguido. Seis anos de planejamento e pesquisa para isso. Eu tivera sucesso, e Will estava morto. Quase não acreditei, apesar do que via. Eu tinha ganhado e ele, perdido. Não pude deixar de pensar em Michelle, meu eu do passado, meu eu de doze anos, sentada sozinha no quarto, no dia em que tudo aconteceu, com uma ideia começando a se formar. Foi quase como se eu pudesse entrar no fogo, falar com ela através do tempo e dizer "Sim, eu te vinguei", para libertá-la.

Peguei o celular de Will novamente e cliquei no vídeo, pausado no último quadro, um borrão incompreensível e escuro. Não importava, pois eu estava prestes a destruir o aparelho, mas apaguei o vídeo mesmo assim. Tinha acabado. Eu nunca mais precisaria pensar em Will Bachman, pelo menos não depois de atar as últimas pontas soltas.

Pensando nisso, finalmente consegui me levantar e andar. Metade dos meus acessórios de assassinato, incluindo o celular dele, o meu celular descartável e as roupas que eu vestira, acabaria no rio Potomac, e a outra metade seria enfiada na lixeira dos fundos do restaurante chinês

Yum's. Falando nisso, o cheiro estava começando a lembrar churrasco queimado.

Fui embora enquanto ele ainda queimava. Eu tinha escolhido a localização muito bem, porque ele poderia queimar sem parar, sem risco de mais nada pegar fogo, nem de chamar atenção devido à fumaça ou ao cheiro. Pulei a cerca, escalando com os braços ainda doloridos e escutando o barulho das sirenes da polícia no centro. Eu levaria um tempo para chegar aos locais de descarte. Comi uma barrinha de cereal e dei no pé.

48

A primeira coisa que fiz ao acordar no dia seguinte foi abrir o site do *Washington Post*. A maior parte do jornal estava dominada pela cobertura dos protestos e das revoltas. Mesmo no caderno Cidade, não havia menção a um churrasquinho humano misterioso. A coisa mais próxima de checar o status de Will que eu poderia fazer sem que parecesse estranho, considerando meus hábitos on-line, era abrir os feeds de Chad e Charles. Não vi nada sobre o desaparecimento de Will.

Por mais básica que fosse, Kristen era boa fotógrafa e postara uma foto de Charles sorrindo em uma rua cheia de folhas outonais. Não dava para notar que havia uma série de assassinatos acontecendo, nem que Charles estava nos encontrando secretamente, pelas costas da namorada, para fazer estratagemas – ele só estava bonito e estiloso. Fui tomada por um sentimento estranho e tentei afastá-lo sem pensar profundamente no assunto. Não gostara do que ele tinha dito para mim na rua. Era quase como se ele notasse que eu estava prestes a fazer alguma coisa.

Na mesma hora, alguém me marcou no Instagram. Fiquei com a boca seca quando vi quem era: Alfinetada52. Era a mesma conta que postara aquela foto bizarra de mim na aula de Literatura Francesa. Sem dúvida, a mesma pessoa que também me fotografara dormindo. Quando vi a foto, reprimi um grito. Era eu, na noite anterior, a meio quarteirão da estação de tratamento de água, ainda usando todo o meu equipamento preto. Devia ser depois que eu tinha dado conta de Will, mas antes de jogar tudo fora e trocar de roupa.

Eu tinha sido seguida.

Como? Tinha tomado tanto cuidado.

Quem quer que fosse, a pessoa sabia o que eu tinha feito. A foto não era próxima o suficiente para alguém conseguir necessariamente perceber que era eu. Cliquei no perfil de Alfinetada52 e olhei o feed de novo, começando com as fotos mais recentes e voltando. Aquela foto de um banco… no cantinho, dava para ver um busto de bronze, uma das estátuas de John Adams no campus. Aquele banco ficava bem na frente do Tyler, o alojamento de Andre. Depois, vi o interior de Albertson Hall: reconheci o corredor porque vivia cortando caminho por ali para comprar café, na esperança de encontrar Charles em uma das salas de piano. Voltando mais, vi uma foto de um prédio que me parecia vagamente conhecido, mas não identifiquei. No fundo estava uma lojinha que rapidamente encontrei no Google Maps. A lojinha ficava perto do Centro de Imagem, onde o estudo fazia os exames de ressonância magnética – onde Kellen fora morto. Mais adiante, uma foto de um grupo de garotos saindo da academia. Dei zoom ao máximo. Ali, no fundo, com o cabelo lambido escuro característico, estava Michael Boonark.

Eu sabia o que era aquele perfil. O Assassino do Estado Dourado pegava lembrancinhas das casas das pessoas que havia matado. O SED guardava mechas de cabelo. Eu nunca consegui entender isso – eles basicamente criavam um dossiê de provas contra si mesmos, em nome do quê? Orgulho?

Alfinetada52 estava documentando o trabalho em tempo real. Mantendo um portfólio. E tinha acabado de me marcar. Era um ato de agressão. Mal sabia ele que eu era o foco errado, sobretudo porque finalmente podia dar àquilo minha atenção completa.

19

– Você viu o Will por aí?

Charles estava tão distraído pela garota que tinha acabado de entrar na casa da fraternidade que mal ouviu Chad, apesar de ele ter gritado. Estava rolando uma festa, lotada de universitários. Chad o cutucou com uma garrafa de cerveja Michelob Ultra e repetiu a pergunta.

– Will? – disse Charles. – Ele falou que vinha?

– Não – respondeu Chad, franzindo a testa. – Era pra gente ver o jogo junto ontem.

Charles deu de ombros.

– Você sabe como ele é enrolado.

Ele pediu licença, com o olhar concentrado do outro lado da sala, na garota magra de cabelos castanhos que conversava com outra perto da mesa de pingue-pongue.

Menos de oito horas antes, Charles estivera a caminho do departamento de Psicologia, com a intenção de arranjar informações sobre Trevor com Wyman ou um dos assistentes de pesquisa, quando vira aquela garota sair correndo da sala de Wyman, passando por Charles sem vê-lo. Ele fingiu preocupação para Elena, que contou que a assistente, Adelei, se esquecera de trancar o laboratório na noite anterior e Elena o encontrara aberto de manhã cedo.

Charles deu uma olhada ao redor e avistou Kristen com os amigos do lado de fora, perto da fogueira. Ele abriu caminho entre as pessoas e pelo chão grudento. Adelei estava perto da mesa de bebida, tomando um pouco de água. Será que ela o reconheceria do estudo? Ele nunca estivera sozinho com ela, mas já a vira no laboratório uma ou duas vezes.

Charles se aproximou da garota.

– Oi – falou.

Ela se virou e ele sorriu.

– Charles, prazer.

– Você é aquele cara.

Ela estava bêbada. Que bom… isso facilitaria as coisas. Alguém nos fundos da casa soprou uma vuvuzela, provocando gargalhadas e gritos.

– O presidente – continuou ela.

– Isso, sou eu.

Ela cambaleou.

– Que tal sentar? – propôs ele.

Eles se sentaram em um dos sofás da sala. Ela o olhou com uma atração bêbada.

– Acho que te conheço – disse ele. – Você faz Psicologia?

– Isso!

Um lampejo percorreu a expressão dela, e seus olhos se encherem de lágrimas.

– O que foi?

Ele inclinou a cabeça, com olhar de compreensão.

– Levei esporro hoje no trabalho. Era para eu trancar o escritório, e eu *tranquei*, mas acharam que não tinha trancado.

– Talvez você tenha esquecido.

– Não! – gritou ela. – Sei que tranquei, porque tenho TOC. Tranco a porta e preciso mexer na maçaneta cinco vezes para garantir.

– Talvez você tenha destrancado sem querer em uma das vezes que mexeu na porta.

– A-há! – disse ela, cutucando o peito dele. – Tenho um truque. Parte do ritual envolve me afastar e voltar para conferir… duas vezes.

Bom, parecia bastante minucioso. Ela provavelmente tinha *mesmo* trancado a porta. Depois, alguém entrara com a própria chave, ou invadira o escritório, e acidentalmente deixara a porta aberta.

– Talvez alguém tenha roubado sua chave – sugeriu Charles.

– Não. Estou sempre com ela.

– *Sempre?*

– Quer dizer, só tiro na academia, mas a deixo trancada dentro no armário.

Não era difícil arrombar armários, ele refletiu. Adelei estava balançando a cabeça.

– Você bebeu o ponche verde? – perguntou ele.

– Sim. Não. Tem alguma coisa nele?

– Everclear. Álcool retificado.

– Aaaah.

Charles abriu a boca, mas então seu celular tocou, e uma foto do Darth Vader apareceu na tela. Ligação do pai, provavelmente irritado, ou querendo que Charles aparecesse em algum evento entediante para exibir os bons genes Portmont. Ele ignorou o telefonema e se esgueirou pela casa lotada, em busca de ar fresco para conseguir pensar.

Alguém tinha entrado no escritório. Se alguém entrasse lá, teria acesso a quê, exatamente? Chloe e Andre tinham conseguido entrar, mas foram frustrados pelo computador. Por outro lado, alguém que entendesse de tecnologia, *alguém como Trevor*, facilmente descobriria como acessar o que quisesse, se entrasse lá. Ele conseguiria endereços, os números dos pais de todos...

O olhar de Charles recaiu sobre o relógio preto. Ele lembrava vagamente que os dados de localização só eram registrados quando eles respondiam ao questionário de humor, segundo a inscrição do programa. Contudo, isso não significava que não existissem dados de localização mais amplos em *algum lugar*, assim como o iPhone sabia, assustadoramente, quais eram os lugares preferidos dele, ou onde ele gostava de usar certos aplicativos. Michael fora morto quando estava sozinho, e Kellen provavelmente fora forçado a engolir chumbo em algum momento oportuno, sem mais ninguém por perto. Chloe fora atacada no porão de Will, e a mesma pessoa soubera que Charles estava dormindo na casa de Kristen na noite da invasão. Portanto, ou o assassino tinha um instinto sobrenatural para saber exatamente quando seguir alguém no momento mais vulnerável, ou literalmente sabia onde estavam os membros do estudo a todo momento.

Charles imediatamente começou a soltar a pulseira do relógio. Ele podia largá-lo em um táxi para circular. Podia jogá-lo no rio, ou deixá-lo com outro aluno. Teria que responder a Wyman ou Elena, no futuro, mas podia só inventar uma desculpa.

Naquele momento, ele viu Derek cambaleando pelo gramado com uma garrafa de cerveja Steel Reserve.

– Cara! Me ajuda com um negócio! – gritou Charles.

Derek era o expert em tecnologia na SAE. Ele disse que era fácil desligar o registro de localização do relógio. Só que não era exatamente verdade, porque as configurações haviam sido desligadas. Bêbado, Derek entrou na casa com passos vacilantes e subiu a escada, para ligar o relógio no computador e ajustar as configurações de outro jeito. Charles o observou atentamente, para ensinar Andre e Chloe a fazer o mesmo. Ele agradeceu a Derek e voltou para a frente da casa. Sentado na escada, pegou o celular e mandou uma mensagem para Andre e Chloe, contando o que a assistente de pesquisa falara e dando instruções rápidas para desativar o registro de localização dos relógios.

Andre respondeu imediatamente, dizendo Vou fazer isso agora!, mas Chloe não respondeu.

Alguma coisa voltou à memória de Charles. Ele mandara uma mensagem para Chloe na noite anterior, convidando-a para a festa, mas não recebera resposta, sendo que ela normalmente responderia com uma mensagem de flerte, ou exigiria uma conversa sobre o caçador. A falta total de resposta era pouco característica. Da escada, Charles via Chad sentado no sofá, servindo água para Adelei, que precisava muito de hidratação. Chad, sempre bonzinho, a única pessoa no planeta com atenção o bastante para notar que Will sumira. Will... Qual fora a última vez que Charles de fato o vira? "Chloe, por favor, me diga que não fez nenhuma besteira", pensou Charles.

50

Elena se sobressaltou quando uma notificação surgiu na parte inferior da tela. Ela logo clicou no e-mail e viu que sua proposta tinha sido aceita no Congresso da Associação Europeia de Terapias Comportamentais e Cognitivas.

– Eba! – sussurrou ela para si mesma e escreveu um e-mail para Mai, sua noiva.

Entrei na AETCC! Que tal uma viagem parcialmente financiada para Dublin ano que vem?! Ela estava prestes a enviar quando teve a estranha sensação de estar sendo observada.

Virou a cadeira e, com um susto, viu que Trevor estava parado na porta aberta do escritório. Só ali, espreitando, encarando. Ela sentiu um calafrio. Ele estava usando roupas escuras e apertava as alças da mochila com as mãos. Por quanto tempo ele ficara ali, só *olhando para ela*?

– Precisa de alguma coisa? – perguntou Elena educadamente.

O problema era este: às vezes era preciso ser educada, mesmo querendo ser ríspida. Afinal, existindo no mundo como mulher, se não fosse perfeitamente educada, seria considerada grossa, metida, escrota, fresca, vaca, a lista seguia por aí. Ultimamente, a capacidade para paciência infinita de Elena estava enfraquecendo.

– Tenho hora marcada com o doutor Wyman – disse Trevor baixinho.

Trevor sempre a deixava inquieta. Como pesquisadora, ela interagira com muitos pacientes que exigiam graus variados de tratamento, mas Trevor era o único que genuinamente a perturbava de um modo pessoal. Ela inclusive entrevistara agressores violentos na prisão que eram mais simpáticos do que ele.

Elena sorriu superficialmente.

– Ele já vem – falou.

Ela se levantou e fechou a porta com a maior tranquilidade e rapidez que conseguiu. Furiosa, voltou para o computador e escreveu mais um e-mail.

Leonard,

Achei que tínhamos combinado que eu seria avisada quando Trevor viesse para uma sessão. Acabei de vê-lo parado na porta da minha sala e, se são 16h20, imagino que ele só tenha marcado com você às 16h30.

Ela o enviou imediatamente. Em seguida, mandou uma mensagem para Mai e trabalhou por mais duas horas, querendo garantir que só iria embora depois de Trevor. Já era noite quando Elena olhou para fora do escritório. A porta de Leonard estava aberta e a sala, escura. Elena arrumou as coisas e saiu.

Arquitetonicamente, o departamento de Psicologia era lindo, com torres e janelas antigas, mas na calada da noite, banhado pela luz amarela dos postes, era de dar calafrios. Felizmente, Mai tinha saído mais cedo e não demorou para um Honda Civic virar a esquina e estacionar.

– Você não vai acreditar no que o Leonard fez – disse Elena, assim que fechou a porta do carro.

– O que foi? – perguntou Mai, arregalando os olhos escuros. – Trouxe um lanchinho de comemoração – falou, deixando no colo de Elena um saco de papel contendo uma empanada.

A mulher ideal, Mai entendia que Elena estava sempre faminta, e às vezes também mal-humorada depois do trabalho, o que podia atrapalhar os planos de preparar um jantar gostoso juntas.

– Pedi especificamente para Leonard me avisar quando um paciente em particular fosse aparecer.

– Ah, aquele bizarro?

No ano anterior, Trevor se mostrara significativamente mais difícil em sessões com Elena do que com Leonard, o que, muito para o alívio secreto dela, levara Leonard a decidir que Trevor só seria atendido por ele, ou em conjunto com Elena. Trevor passara muitas sessões com Elena sorrindo ironicamente, tentando fazer perguntas pessoais ou se esforçando para impressioná-la com sua inteligência sobre todas as coisas. Leonard explicara a mudança para ele pessoalmente, e Elena esperava que não o tivesse deixado com raiva. Desde então, ela o pegara uma ou duas vezes se demorando perto da sala.

– É. E claro que ele esqueceu. Sabe, ele foi muito compreensivo quando pedi, mas ele sempre esquece, porque não entende.

– Pois é – disse Mai. – É meio difícil explicar seu sexto sentido feminino.

– Tipo, sabe, está tudo em *Virtudes do medo*. Quando falo que alguém me deixa desconfortável, ele não pode me levar a sério? Falei porque é verdade!

– Já descobriram quem deixou o escritório aberto?

Quando elas se conheceram, em um evento da pós-graduação, a pesquisa de Elena impressionara Mai, que gostava de crimes reais e vira todos os episódios de *Dateline*. No entanto, a realidade batera quando o relacionamento se tornara mais sério e Mai começara a questionar se o campo de estudo de Elena convidaria o perigo para a vida das duas.

– Uma das assistentes. Provavelmente foi um acidente, mas, considerando tudo que tem acontecido, está todo mundo ansioso. Bom, tenho notícias sobre isso.

Elena parou de falar para dar uma mordida na empanada.

Ouvia-se o som das sirenes do outro lado da rua. Mai suspirou alto quando dois policiais de moto apareceram e levantaram os braços para interromper o trânsito. Nos dias de carreata, a polícia sempre aparecia repentinamente para bloquear as vias e abrir caminho para os sedãs blindados e as limusines. Nunca dava para saber quem estava lá dentro, nem por quanto tempo seria preciso esperar.

– Vamos ficar um tempo aqui – disse Mai, dando uma puxada no cabelo preto raspado dos lados, um corte que ficaria péssimo em Elena.

Elena dividiu a empanada e ofereceu metade para Mai, que aceitou, grata.

– Se você tiver fofoca, me conte devagar e com uma voz sexy – disse Mai.

Elena riu.

– São boas notícias, na verdade – disse.

Era mesmo; ouvi-las tinha tirado um peso enorme das costas de Elena.

– Um passarinho me contou que a polícia está prestes a prender o culpado pelo assassinato dos dois alunos – contou.

– Peraí, como assim? Que passarinho?

– Leonard é amigo de um dos detetives. Eles se encontraram no escritório hoje, e entreouvi um pouco da conversa pela parede.

– Mas sua sala não é do lado da do Leonard.

– Tá, eu ouvi colocando um copo na porta – admitiu Elena.

Mai começou a rir.

– Isso funciona mesmo?

– Funciona. Mais ou menos. Enfim. Parece que foi uma história de tráfico e estão prestes a expedir um mandado de prisão.

O que ela não podia dizer, mas queria, era como as semanas anteriores tinham sido tensas, especialmente com Leonard.

Elena pensava que dois alunos do programa serem assassinados era coincidência demais, mas Leonard nunca acreditou nisso; ele supunha que comportamentos de risco colocavam as pessoas em situações inerentemente perigosas, e psicopatas tinham atração por comportamentos de risco. Eles tiveram algumas conversas sobre contar ou não aos outros alunos do programa, mas Leonard sempre tinha a palavra final. Se ele iria ignorar as preocupações dela, Elena ouviria mesmo a conversa particular com o detetive. O sigilo do programa determinava que ela não podia contar tudo que sabia para a noiva – que, é claro, não tinha ideia de que Michael e Kellen eram parte do estudo de Elena –, o que a forçava a mentir, apesar de, normalmente, nunca mentir para Mai.

– Que alívio – disse Mai com a boca cheia.

Elas ficaram observando a procissão de viaturas da polícia passar, com as sirenes a mil, seguidas por mais motos e, depois, carros pretos elegantes e anônimos. Elena sorriu, se sentindo leve pela primeira vez em semanas.

Era horrível aquele desastre no programa, a sensação de não saber exatamente o que aconteceu e não se sentir inteiramente segura no escritório. Ela poderia afastar aquela imagem de Kellen deitado no chão em uma poça de sangue e se convencer que fora a consequência trágica de várias decisões ruins, exatamente como Leonard argumentara. Com o fim do caso, a vida inevitavelmente seguiria em frente, e todo mundo poderia suspirar de alívio.

O que ela nunca poderia contar a ninguém – nem a Mai, nem a Leonard –, não agora, especialmente, porque sentiria muita vergonha, era o pensamento intrusivo que tivera mais de uma vez. Ela se sentia boba de pensar, mas, duas semanas antes, enquanto trabalhava em uma análise de dados no computador, uma ideia lhe ocorrera por um momento: "Será que o culpado era Trevor?". Ela não tinha prova nenhuma para sugerir que Trevor pudesse ter matado Michael e Kellen, nem provas de que eles se conheciam. Os dois eram os tipos de cara com quem Trevor nunca faria amizade; tipos que ele odiaria até (embora o critério para ser odiado por Trevor fosse bem simples).

Ela pensara naquilo à toa, unicamente por instinto, e se repreendia do preconceito. Era um alívio nunca ter confessado a suspeita a Leonard – ele poderia tê-la considerado pouco profissional e histérica, ou que lhe faltava um respeito fundamental por seus pacientes. Pular de "essa pessoa me deixa desconfortável" para "essa pessoa pode ser um assassino" era exatamente o tipo de sentimento careta que Wyman passara décadas combatendo. E ali estava ela, a orientanda mais laureada de Leonard, se entregando a esse mesmo tipo de julgamento preguiçoso. Era um alívio nunca ter admitido aquele pensamento a ninguém, e sentia-se feliz por estar prestes a ser convencida a não pensar o pior sobre um de seus pacientes.

51

Eles se encontraram na estação Shaw do metrô. Andre vestia um paletó largo que pegara emprestado de Marcus, para tentar parecer mais velho. Chloe, que praticamente copiara as roupas de Elena, franziu as sobrancelhas para ele por trás dos óculos.

– Você precisa de disfarces melhores – falou ela.

Ao entrar no trem, Andre se perguntou se ela tinha um armário cheio de disfarces.

Foram necessárias cinco cartas cuidadosamente escritas, cada vez mais longas, para Mira Wale, noiva do falecido ex-aluno de Wyman, John Fiola, o único entre os orientandos que parecia ter conexões de pesquisa com o SED. Ela não respondera à primeira mensagem de Andre no Facebook, nem à segunda, que ele e Chloe escreveram com esforço, tentando se passar por estagiários do laboratório de Wyman que precisavam desesperadamente da dissertação e da pesquisa não publicada de Fiola. Chloe acabou roubando um papel de carta oficial de Wyman, e eles escreveram à mão uma carta formal repleta de jargão de Psicologia, e incluíram um novo endereço de e-mail falso antes de mandá-la. Em seguida, receberam um convite morno de Mira.

– Você fez, hum, o que Charles falou pra fazer? – cochichou Andre, depois de se instalarem lado a lado no banco de plástico.

As únicas outras pessoas no vagão estavam lendo o jornal ou mexendo no celular. Ele olhou para Chloe e viu no rosto dela uma expressão de nojo profundo: “Claro que fiz, como você ousa duvidar?”, era o que aquele olhar dizia. Andre mexeu no relógio, conferindo de novo se o rastreamento estava mesmo desligado.

– Você acha que talvez estivessem usando isso desde o começo? Será que Elena e todo mundo vai notar que a gente desligou?

– Problemas de tecnologia vivem acontecendo – disse ela, dando de ombros. – É só se fazer de bobo. E é melhor não presumir que estamos seguros agora. Duvido que seja difícil continuar nos perseguindo, mesmo sem os relógios. Todos nós moramos no campus. Não é tão complicado descobrir quem são nossos amigos, que aulas temos, que lugares frequentamos. Pense em tudo que você posta nas redes sociais. Pense em todas as vezes que circula por aí... Aja com base na suposição de que você talvez tenha sido seguido, porque, quem quer que esteja fazendo isso, entende do assunto.

Como precaução, eles fizeram vários desvios na estação Gallery Place, subindo e descendo escadas, entrando em um trem, mudando de vagão e saindo imediatamente, sem querer arriscar serem seguidos.

Para Andre, parecia que a cada dia era mais provável que atrás de toda porta fechada estivesse alguém pronto para atacar, que em cada carro escuro alguém perigoso estivesse à espreita. Nas aulas, tentava prestar atenção, mas se perguntava se estava sendo observado. Agora ele dormia com o taco de beisebol ao seu lado na cama, em vez de debaixo dela. Não sabia como continuaria aguentando aquilo, porque estava cada dia mais exausto.

Eles saíram na estação Eastern Market e subiram a escada rolante.

– É melhor você falar – disse Andre.

Chloe ergueu o olhar do mapa no celular, estreitando os olhos. Opa. Ele sugerira aquilo porque inventar mentiras elaboradas o deixava nervoso, e ela parecia fazê-lo com tranquilidade.

– As pessoas são mais solícitas com gente branca – disse ele.

Andre esperava que Chloe protestasse e dissesse que aquilo não era verdade, mas ela assentiu e acrescentou:

– Além do quê, eu sou bonita.

Mira morava em Capitol Hill, em uma rua repleta de riquinhos passeando com carrinhos de bebê caros e de janelas com placas de O ÓDIO NÃO É BEM-VINDO AQUI. Andre andou atrás de Chloe, atento à rua no caminho, procurando qualquer um que parecesse prestar atenção demais a eles.

A casa de Mira era em estilo vitoriano, toda de tijolos, com um jardim malcuidado na frente. Chloe tocou a campainha sem hesitar. Fez-se uma longa pausa – longa o bastante para Andre temer que Mira tivesse esquecido o compromisso –, mas depois ele ouviram sons de passos e a porta foi aberta. Mira era uma mulher absurdamente grávida, com cabelo sedoso.

– Pois não? – disse ela, cética, e ficou parada, exatamente na posição de alguém pronto para bater a porta na cara de um vendedor.

– Sou Jennifer, e esse é o Brian. Somos os estagiários do doutor Wyman? – disse Chloe, até mesmo copiando o tom de voz de Elena. – Muito obrigada por nos receber. Estamos no quinto ano. Os prospectos estão chegando, e a gente não encontra a dissertação do John em lugar nenhum…

– Meus pêsames pelo ocorrido – acrescentou Andre.

Mira se apoiou no batente, acariciando a barriga redonda.

– O trabalho de vocês é relacionado ao do John?

– Estamos usando parte dos mesmos dados – disse Chloe. – É por isso que queríamos a dissertação, para ver se ele encontrou o mesmo problema de evidências contraditórias que encontramos. Deveriam existir dois exemplares encadernados na biblioteca, mas os dois sumiram.

– Sério? Que estranho – disse Mira, no tom exato de alguém que não estava nem aí.

– Nós estávamos torcendo para que você tivesse um exemplar.

Mira fez um gesto amplo, indicando a gravidez, a aliança na mão, a casa atrás dela, dentro da qual não enxergavam.

– Isso… já faz uma vida.

– Perdão – disse Chloe. – Não queríamos trazer tudo isso à tona, visto que você está… sabe. Ocupada e tal.

Ela parecia não querer prosseguir a conversa, mas Andre interveio:

– Só que é frustrante pensar que algumas das ideias de John nunca serão concluídas. Ele era brilhante, mesmo quando estudante.

Mira falou:

– Não estou dizendo que *não existe* um exemplar, na verdade.

– Ah, é? – disse Chloe.

– Eu e John tínhamos alugado um depósito. A mãe dele pagava. Depois que ele faleceu, eu fiquei tão mal que não queria lidar com nada, na verdade. Mandei meu irmão largar um monte das nossas coisas lá: roupas, tralhas da faculdade, móveis velhos.

– Você ainda mantém o depósito?

– A mãe dele parou de pagar, mas eu nunca juntei energia para pegar as coisas de volta.

Andre não fazia a menor ideia de aonde ela queria chegar, mas interrompeu:

– Se você acha que a dissertação pode estar lá, que tal limparmos o depósito pra você, em troca de dar uma olhada na tese?

Ela pareceu cética, mas intrigada.

– Basicamente, você quer empacotar tudo e doar, mas nunca tem tempo... – disse Chloe, apontando para a barriga grávida... e não quer jogar tudo no lixo, porque é um desperdício, não é mesmo?

– Isso... não tem nada de valor lá, só uns móveis da IKEA. Na verdade, talvez vocês conheçam estudantes que queiram alguma coisa que está guardada por lá.

– Podemos tirar tudo de lá em até uma semana. Te mando uma foto quando acabar, para você fechar a conta.

– Quer saber? Negócio fechado.

Eles tinham algumas horas até escurecer, então pegaram um táxi até o depósito. Não parecia ter recepção – era só pegar a chave que Mira dera e se dirigir à unidade 345. O cadeado protestou, mas acabou cedendo e, com um solavanco, conseguiram levantar a porta enferrujada.

Mira não exagerara quando chamara aquilo de tralha – mal tinha espaço para andar. Caixas, móveis empilhados, montes de roupas no chão. Não tinha luz no teto, então eles precisaram se contentar com a lanterna dos celulares.

– Vamos fazer uma triagem – disse Chloe. – Até onde sabemos, o caçador vai saber que viemos aqui e botar fogo em tudo quando tentarmos voltar.

"É melhor não termos sido seguidos", pensou Andre, de repente percebendo com clareza que eles estavam em um lugar isolado, sem nem mesmo um funcionário no depósito.

Onde ficariam as coisas que prestavam? Não no meio das roupas, nem das pilhas de móveis. Eles reviraram torres de caixas em lados opostos da área. Uma delas parecia promissora: tinha vários livros de Psicologia, mas nada de dissertação. Andre encontrou fichários grossos e, com um choque de empolgação, notou que continham anotações à mão. Ele se agachou e os folheou, mas só encontrou equações que não entendia. Finalmente se deparou com uma pista: Prova Final de Estatística Multivariada.

– Chloe, isso é da pós.

Ela abandonou a caixa em que mexia e pegou a que estava ao lado da dele.

Andre revirou livros velhos, guias de estudo, um formulário do departamento financeiro da faculdade, e puxou mais uma caixa. Ele hesitou. Atrás das caixas havia uma estante barata, uma prateleira cedendo ao peso de resmas de papel e fichários estufados. Dois fichários estavam grudados, e, quando os afastou, ele estava segurando uma versão ainda não encadernada de "A busca por compreender a violência sexual em homens psicopatas". Ele a ergueu, Chloe sibilou triunfante, e eles a guardaram na mochila. Andre queria desesperadamente sentar a bunda no chão e começar a ler, mas só restava mais ou menos meia hora de luz solar. O último lugar em que ele queria estar se o caçador aparecesse era um depósito escuro e abandonado. Ele não levara o taco de beisebol, por medo de Mira vê-lo, mas estava com a faca.

Chloe sentou no chão, cruzou as pernas e formou três pilhas.

– Esses parecem rascunhos de artigos, e acho que essas são anotações clínicas. Esses fichários parecem úteis?

Andre folheou um e, no momento em que encontrou as palavras "desvio sexual", achou mais seguro enfiar na mochila. A abordagem da seleção era liberal: parecia melhor levar mais coisas consigo e separá-las mais tarde. Chloe, por outro lado, estava interessada, lendo os materiais de fato.

– Vamos logo, já vai escurecer – avisou ele.

A mochila estava ficando cheia demais. Andre abriu um fichário e tirou o conteúdo, juntando à coleção. A luz lá fora estava começando a esmaecer no pôr do sol. Ele começou a enfiar coisas na mochila de Chloe, enquanto ela analisava um único caderno. Quando acabou de guardar tudo, ele se frustrou ao notar que ela nem se mexera.

– Chloe. Está escurecendo. A gente tem que ir.

– Você precisa ver isso aqui.

Ela entregou a ele uma lista datilografada. Consistia de aproximadamente cinquenta nomes desconhecidos, com datas e marcas ou interrogações ao lado de cada item. "O que é isso?", perguntou-se Andre, com um calafrio. Ele sabia que precisavam ir embora, mas não resistiu: abriu a Wikipedia no celular e pesquisou pelo SED, Chloe olhando por cima do ombro de Andre enquanto passavam pela lista dos nomes das vítimas todas. Ou, pelo menos, das vítimas oficiais.

Não havia nenhuma semelhança entre a lista de nomes na mão deles e a lista de vítimas. Todas as datas no papel eram em 2008, dois anos depois do SED ser morto por injeção letal, executado pelo estado de Virgínia. Chloe encontrou o olhar de Andre, e ele sabia que ela se perguntava a mesma coisa: se eles tinham acabado de encontrar uma lista de cinquenta novas vítimas. Assassinatos cometidos por outra pessoa após a morte do SED.

52

Estou na aula, segura, dizia a mensagem de Kristen.

Que bom. Saudades, respondeu Charles. Pela janela do carro, ele olhou para o Cathedral Coffee. Era o horário ideal, depois do almoço, mas antes de os clientes pedirem o café da tarde. Fora surpreendentemente fácil descobrir onde Megan Dufresne trabalhava. Ela postara um vídeo curto servindo um café, fazendo um desenho de pomba com o leite, e Charles procurara cafeterias no Google até encontrar o logo do avental que ela estava usando. Charles ligou para o café, fingindo ter encontrado uma carteirinha de estudante perdida de uma tal de Megan, e um colega dissera que ele podia passar lá para deixá-la, claro, e Megan buscaria na quinta-feira.

Charles entrou no café, vazio exceto por alguns nerds no notebook e Megan, que arrumava docinhos com uma expressão entediada. Era estranho olhar para ela: a estrutura facial era exatamente a mesma de Emma; talvez um pouco mais saudável, e o cabelo castanho-avermelhado era mais estiloso. As gêmeas eram como uma espécie de fotos de antes e depois.

– Oi – disse ele.

Megan ergueu o rosto, mas o olhar dela não foi igual ao que acometia muitas garotas, que imediatamente o achavam atraente.

– Como posso ajudar?

– Na verdade, queria conversar com você. Você é Megan Dufresne, né?

Ela ficou imediatamente desconfiada, mas não negou.

– Sou amigo da sua irmã.

Ela não acreditou. Mais especificamente, não acreditou que a irmã tivesse um amigo.

– Bom, mais ou menos – continuou Charles. – Sou monitor de uma aula que ela frequenta. Ando preocupado com a Emma.

Megan franziu as sobrancelhas.

– Ela não tem aparecido na aula e faltou à monitoria – acrescentou ele.

Charles não fazia ideia se Emma estava mesmo faltando às aulas. A única coisa que ele notara do Instagram na semana anterior era que ela visitara o arboreto e o jardim botânico perto do Capitólio, provavelmente caçando insetos para fotografar.

– Emma não mata aula – disse Megan.

– Eu sei. Por isso fiquei preocupado. Você tem achado o comportamento dela estranho ultimamente?

Megan pegou um pano de prato e começou a passá-lo lentamente no balcão, mesmo que não tivesse nada para limpar ali.

– Como assim, estranho? Você é monitor de que turma?

– Pensamento Pré-Iluminista. Notei… – disse ele, tentando fingir desconforto. – Vi um hematoma no braço dela mês passado. No dia treze, na verdade… lembro especificamente porque é meu aniversário. Não pensei mais nisso, até ela começar a faltar à aula. Talvez alguma coisa tenha acontecido com ela por volta daquela data?

Megan piscou.

– E por que isso seria da sua conta?

Ele se aproximou, abaixando a voz:

– Como professor, tenho obrigação de denunciar. Se eu achar que alguém a feriu, tenho que denunciar, ou conversar com ela. Eu… eu devia ter falado alguma coisa na época, porque sei que ela não conversa com muita gente. Mas ela tinha se aberto um pouco comigo, sabe?

Até a linguagem corporal de Megan se tornara defensiva: os braços cruzados no peito, as pernas firmes em postura teimosa.

– Ela vinha muito à minha monitoria – acrescentou Charles. – Estava interessada em um estudo independente…

– Sobre o quê?

– Fotografia como forma de ontologia visual. Não consigo nem imaginar Emma fazendo mal a ninguém, nem se envolvendo em uma briga, então temi que alguém estivesse fazendo mal a ela.

Aquele era o objetivo de seu encontro com Megan, e ele comentou como se fosse uma reflexão casual. Charles observou atentamente a reação de Megan, para confirmar o que desejava: que a noção de Emma fazer mal a alguém era ridícula. Ele confirmaria que Emma não tinha nada a ver com tudo aquilo, e poderia passar a rondar Trevor.

No entanto, Megan abaixou o olhar para o pano de prato, franzindo a testa. Ele plantara uma semente de dúvida, que ele não acreditava ser viável. Ela estava bem ali, à beira de dizer uma coisa importante.

– Senhor...?

– Highsmith – disse ele, tirando o nome do nada.

Ela ergueu o rosto, apertando um pouco os olhos. A desconfiança voltara.

– Senhor Highsmith, vou conversar com minha irmã, mas somos uma família que gosta de privacidade, e não há necessidade de o senhor se intrometer.

53

– Me ajuda – disse Yessica, procurando na escrivaninha inspiração para uma fantasia.

– Culpa sua por deixar para o último minuto. Podemos ir ao mercado e inventar alguma coisa – falei.

– A gente consegue uma ideia melhor. Gato, talvez?

– Que deprimente. As garotas sempre usam as mesmas fantasias bobas – falei, remexendo minha gaveta de maquiagem. – Bruxa sexy, enfermeira sexy. Seja alguma coisa original... Furacão sexy! – falei, mostrando um punhado de bolinhas de algodão amassadas, pensando no furacão mais recente, do qual alguns estados ainda estavam se recuperando.

O olhar dela dizia não.

– Cedo demais? – perguntei.

– Você é esquisita – disse ela, pegando um delineador grosso e cheirando. – Que fantasia vai usar?

Eu tinha vendido uns livros que encontrara na biblioteca para juntar dinheiro para a fantasia. Eu me vestiria de Clark Kent e gastara quase todo o dinheiro em um corpete de Super-Homem. Planejava usá-lo por baixo de uma camisa branca, meio desabotoada, com uma saia preta e óculos falsos. Tinha um chapéu e sapatos de salto pretos para combinar, mas, ainda mais importante, uma bolsa transversal que continha o essencial: um bloco de repórter, o celular, a arma de eletrochoque e o canivete.

– Mexa essa bunda! – insisti, me vestindo.

Yessica ainda estava parada ali, roendo as unhas e examinando o armário.

– Tenho que chegar cedo lá – falei –, mas te vejo na festa.

• • •

O Baile de Halloween da Adams aconteceria na Fathom Gallery, em Logan Circle, perto do campus. Eu queria me acostumar com o espaço, porque, apesar de amigos irem à festa, eu estaria sozinha.

Tinha cansado daquela brincadeira de gato e rato, e queria poder confrontar meu agressor cara a cara. Eu postara muito no Instagram, deixando claro que estaria no baile enchendo a cara. Trevor talvez aparecesse, ou Emma, e eu estaria pronta. Talvez houvesse uma briga com agressão física, ou eu poderia usar meu frasquinho com uma nova solução líquida: uma dose alta de codeína, perigosa se misturada a álcool, que deixaria qualquer um com muito sono, se não morresse. Trevor podia ser um hacker e tanto, mas era nítido que não tinha jeito nenhum com garotas. Eu o imaginava aceitando tranquilamente uma bebida oferecida por mim, planejando me atacar mais tarde, sem saber que eu já o atacara.

A Associação Estudantil da Graduação alugara o espaço inteiro, que tinha três áreas principais. O DJ ficava na galeria central, cujo piso de madeira fora deixado sem móveis, para as pessoas dançarem. As paredes de tijolo, pintadas de branco, eram cobertas por fileiras organizadas de arte emoldurada. Do outro lado ficava um jardim externo, que fora decorado com lanternas de abóbora. No segundo andar, havia uma pequena cobertura, onde a música era mais baixa e tinham colocado a maior parte da comida.

Peguei um pedacinho de cheesecake em formato de gato e analisei as saídas de cada andar. Não seria fácil fazer um ataque mortal ali; a área não era tão espaçosa e estaria lotada de gente. Por outro lado, era Halloween, e todo mundo estaria gritando e andando por aí com fantasias grotescas. Seria mesmo tão difícil enfiar uma chave de fenda na barriga de alguém e ir embora? Talvez até vissem o corpo morto e achassem que era parte da decoração.

Notei que no andar da galeria havia uma escadaria de vidro que levava a um corredor mal iluminado no andar inferior. Desci, abri a porta e encontrei um banheiro espaçoso, daqueles com área de espera com assentos e uma penteadeira de mármore com toalhas chiques, hidratante e enxaguante bucal. Quando subi de novo, tinha mais gente chegando.

A festa começou de verdade meia hora depois. Uma máquina de fumaça fora ligada, e tinha gente bebendo ponche em copos grudentos. Apoorva apareceu, vestida de gato, e depois Traci, com uma fantasia de caixa de vinho. Já tinha algum drama rolando. O garoto de quem Traci estava a fim dissera que iria com a garota com quem estava saindo, mas Apoorva ouvira falar que eles tinham terminado. Fofocamos enquanto eu ficava de olho na porta, examinando cada pessoa fantasiada que entrava.

Peguei uma água tônica e dei uma volta. Se fosse uma assassina, estaria usando uma máscara, alguma coisa que cobrisse toda a minha cara. Tirei fotos com amigos da Biologia e postei imediatamente. Encontrei Chad perto de uma mesa de comida, com uns dois outros caras da SAE. Ele estava usando uma toga romana, com o cabelo penteado para baixo.

– *Et tu*, Brutus? – falei.

– Sou Augusto, não Júlio! – disse ele, exasperado.

Caímos na risada. Ele estava até com um bebê Cupido amarrado na panturrilha.

– Gostei da sua fantasia, Supergirl.

– Sou o Clark Kent! A versão original, não a light.

Ele me deu um abraço com tom de flerte e pousou a mão nas minhas costas, com a expressão um pouco mais séria.

– Faz tempo que não te vejo.

– Nada de grude – provoquei.

Ele achava que eu ainda estava chateada por causa da foto da gente dormindo, e não parava de se desculpar quando nos encontrávamos. Eu estava mesmo chateada, mas não com ele; e claro que ele não fazia ideia de como eu andava ocupada com outras atividades, como o assassinato do seu irmão de fraternidade. No entanto, Chad sempre teria nota dez comigo, porque encontrara o celular de Will e era um peguete decente. Encostei o rosto na fantasia dele.

– Ando muito ocupada com as aulas – falei.

– Então a gente se vê um dia desses?

– Definitivamente. Vamos marcar de estudar.

Ajeitei os óculos e olhei para ele com um sorriso travesso antes de me afastar para pegar comida. Uma garota quase derrubou bebida em mim e se desculpou com uma voz que me soava estranhamente conhecida.

– *Catinga*? – perguntei, incrédula.

Ele estava usando uma peruca loira e vestido de animadora de torcida zumbi, com os olhos fundos e maquiagem dando a impressão de que alguém arrancara um pedaço de seu pescoço a mordidas. Ele assentiu.

– Cacete, você até que é uma garota gostosa.

– Eu sei – disse ele. – É divertido fingir.

Dancei, mas franzi a testa quando vi Charles e Kristen entrarem. A última coisa de que eu precisava era Charles se intrometendo. Eu não respondera a várias mensagens desconfiadas dele e precisava tratá-lo com cuidado, agora que Will estava fora da jogada. Ele não estava usando nenhuma fantasia reconhecível, e Kristen estava de Mulher-Maravilha. Eu os evitei, saindo para o jardim. Assim que pisei lá fora, recebi o alerta de um registro de humor, que preenchi.

Energia

7

Nervosismo

1

Tristeza

1

Olhei por cima do gradil do patamar para a rua lá embaixo. Tinha gente fantasiada atravessando a rua, gritando em resposta às buzinas dos carros. Conversando com um dos caras do meu andar, vi um movimento pelo canto do olho. Uma figura de capa preta cruzava o jardim. Carregava uma foice grande, que brilhava como se fosse de verdade. A figura andava de um jeito estranho, quase como se flutuasse, sobrenatural. Então, fui distraída por outra figura: um cara de terno e gravata, a cabeça toda coberta por uma máscara de cavalo. Talvez não fosse um cara… o corpo não era tão grande. Havia fantasmas e animais e todo tipo de fantasias com maquiagem e plástico o bastante para encobrir todo o rosto.

Sem pensar, peguei o celular, impaciente, e tirei uma selfie com cara entediada. Vontade de curtir, mas a festa mal começou. Se me derem uma alfinetada, talvez eu acorde, escrevi na legenda. Vem me pegar, filho da puta.

Depois de uma hora de socialização razoavelmente sem graça, me perguntei se o assassino iria mesmo aparecer. Desci para o andar do banheiro/vestiário, para me ajeitar e afrouxar o corpete, que não estava exatamente confortável. O banheiro estava silencioso, e através da porta eu ouvia os graves da música e as gargalhadas das pessoas. Amarrei novamente o corpete, o que exigiu certa paciência e resistência, pois precisei ficar com os braços curvados para trás por um bom tempo.

Saí da cabine e notei uma figura de preto no meio do vestiário, de frente para a pia. Um esqueleto de Dia dos Mortos, o rosto coberto de tinta branca e preta, com uma flor amarela sombria atrás da orelha. Levei a mão à bolsa instintivamente.

O esqueleto começou a dançar, se mexendo de forma estranha e abrupta, como um filme de terror japonês.

– Yessica?

Ela caiu na gargalhada, se curvando e apoiando as luvas de osso nos joelhos esqueléticos.

– Te assustei, não foi?

Eu me aproximei da pia para examinar a maquiagem.

– Impressionante.

– Encontrei um tutorial em vídeo – disse ela, enquanto eu lavava as mãos. – Vi seu veterano queridinho.

– A gente conversou. Vou dançar com ele depois.

Yessica se despediu e foi embora. Sequei o rosto com uma toalha chique e provei o enxaguante bucal azul. Quando saí, Charles estava descendo a escada. Ele usava um dos dois uniformes-padrão de Charles: um terno com gravata fina. Era cinza-azulado e bem decepcionante para uma festa à fantasia.

– Você está vestido do quê? Espécie em extinção?

– Quê? – indagou Charles.

– Homem branco hétero.

– Que engraçado – disse ele, enfiando as mãos nos bolsos e me observando. – Você desativou...?

– Claro!

– Você está me evitando.

– Não estou, não.

Ele piscou. Na luz fraca, só dava para ver uma linha fina de verde ao redor das pupilas enormes.

– Chloe...

Eu sabia, com certeza absoluta, que ele estava pensando em Will.

– Você encontrou a Emma? – interrompi. – Como foi?

Charles me encarou por um bom tempo antes de responder.

– Chamei ela para jantar... Tenho a impressão de que ela talvez goste de mim – disse ele, parecendo estar com alguma dificuldade. – Emma é esquisita. Ela parece de outro planeta. Não sei mesmo se saí com mais informações. Mas rolou outra coisa… encontrei a irmã dela para uma conversa rápida.

– Megan?

– Ela trabalha em um café perto da Americana. Ela é protetora com relação a Emma, o que é estranho…

– … porque nas redes sociais parece até que elas não são irmãs.

– Sim, que a Megan tem uma gêmea esquisita de quem morre de vergonha. E senti que ela estava desconfiando de *mim* porque eu perguntei sobre Emma. Tem uma boa chance de ela falar de mim para a irmã. Quer dizer, dei um nome falso, mas se ela me descrever…

– Não é assustador? Saber que uma provável assassina em série furiosa quer te pegar?

– Quem diria – disse ele, sem sorrir.

– Bom, eu e Andre achamos uns documentos do ex-aluno do Wyman. Ainda estamos analisando, porque ontem perdi o dia todo seguindo Trevor.

– Seguindo?

– Foi meio engraçado, na verdade. Trevor não fazia ideia de que eu passei o dia todo atrás dele. Fui ao alojamento, ao Centro de Atividades, às aulas, até a uma festa horrorosa. Uma vez ele quase se virou e me viu! Não posso dizer que achei provas específicas…

– Ele podia ter te visto! Você poderia ter morrido!

– De que outro jeito vou encontrar pistas?

– Pistas? Isso não é brincadeira. A gente podia ter feito algum plano para trabalharmos juntos, nós três. Você não pode se meter em uma situação em que, se ele se virar, vai ver você de cara. Já te falei, ele é perigoso.

– Eu também sou – falei.

Charles suspirou, levantando as mãos em um gesto de frustração.

– Ele é magrelo e eu estava armada.

– Por que você não me *escuta*?!

– Porque não tenho que escutar ninguém – falei. – Além disso, por que você se importa com o que eu faço?

– É tão estranho assim eu querer que não te espanquem até a morte? Você pode, por favor, prometer não fazer mais nada desse tipo, sem nós três concordarmos?

Ah, eu tinha *conseguido*.

Charles era meu. Fisgado que nem um peixinho no anzol. Só precisava mantê-lo nadando na minha direção, e Will não seria mais um problema.

– Claro que não – falei. – Temos que ser ativos, não passivos.

– *Chloe*.

– Não. Por que você não quer que nada de ruim aconteça comigo? – perguntei. – Por que não admite logo?

– Admitir o quê?

Eu me aproximei e cutuquei o peito dele com o dedo.

– Que você gosta de mim.

Charles colocou a mão sobre a minha e abaixou meu braço, posicionando-o de volta à lateral do meu corpo, como se ajeitasse o braço de uma boneca. Em seguida, voltou a enfiar as mãos no bolso e me encarou. Uma expressão que eu não soube interpretar tomou seu rosto. Alguém uivou no outro andar; virei a cabeça para olhar na direção do barulho. Quando me voltei, Charles ainda estava com o olhar focado em mim.

Ele avançou. De repente, senti suas mãos na minha cintura, e ele me beijou. Não como me beijara no quarto; mais forte, furioso. Parte de mim estivera sempre esperando por ele dessa forma, então respondi naturalmente, abraçando seu pescoço, virando a cabeça de lado para que ele me beijasse mais profundamente. Ele me puxou, com as mãos na minha bunda.

Charles me arrastou para o vestiário vazio e me empurrou contra a parede ao lado da porta. Tranquei a fechadura, cerrei os olhos e inclinei a cabeça para trás, sentindo a boca dele no meu pescoço. Puxei a gravata e o cabelo dele, para beijá-lo. Ele me pressionou e eu envolvi seu tronco com as pernas, não interrompi o beijo nem quando ouvi alguém tentando entrar, a porta trancada balançando. Tentei sem sucesso ficar em silêncio quando ele levantou mais minha saia e senti suas mãos na minha coxa. Murmurei o nome dele. Estava estremecendo toda.

Charles me empurrou em um pufe e caiu de joelhos. Afastou minhas pernas e senti seus beijos na parte interna da minha coxa, bem acima do joelho. Ele puxou minha calcinha com tanta força que ouvi uma linha estourar. Eu me remexi e ele a tirou, então pegou a parte de baixo do meu corpo para me puxar para mais perto. Ele não perdeu tempo:

abaixou a cabeça e soltei um suspiro ao sentir aquela boca quente contra mim. Fechei os olhos por um momento, sentindo uma mão descer da coxa ao joelho e subir de volta, mudando um pouco o ângulo do meu corpo. Ele soltou um gemido de satisfação baixinho, a vibração me atingindo. Eu me contorci, descontrolada, afundando as mãos no cabelo dele enquanto ele mexia a cabeça com firmeza. Olhei para o teto e soltei uma gargalhada fraca e desamparada quando alguém tentou abrir a porta de novo.

– Charles.

Eu o segurei com mais força e ele acelerou o ritmo. Uma tontura começou a me tomar, um orgasmo se aproximando. Ele me levou quase lá e, para minha enorme frustração, se afastou, terminando com um beijinho tímido na coxa. Eu o agarrei pelo cabelo e puxei de volta, fazendo-o soltar uma risada de satisfação. Ele logo fez o que eu queria e eu gozei, soltando um grito, um raio de prazer explodindo pelo resto do meu corpo, me fazendo tensionar os músculos e ficar tremendo. Charles parou, apoiando a cabeça na minha perna, e recuperamos o fôlego. Eu me sentia como uma vela derretida, cera macia, maleável e feliz.

Charles se afastou, dando um beijo rápido no meu joelho esquerdo antes de se levantar e ajeitar a gravata no caminho para a pia. Saciada, eu o vi lavar o rosto e as mãos, inteiramente inexpressivo ao praticar aquele ritual. Ele ajeitou o cabelo, que estava engraçado e todo desgrenhado. Com um pouco de água, ele o deixou em estado apresentável. Sim, ele precisava parecer inocente, como se nada tivesse acontecido, pois tinha que voltar para a namorada sem que ela soubesse o que ele fizera. Charles estava mantendo tudo em segredo dela: a pessoa que nos caçava, e agora eu também. Sorri, satisfeita.

Eu estava puxando minha saia de volta ao lugar quando ele se virou para ir embora.

– Espere alguns minutos para sair – disse ele antes de destrancar a porta e ir embora.

Eu me limpei, ainda sentindo faíscas residuais pelo corpo, os dedos formigando. Meus óculos tinham caído em algum momento. Eu os recuperei e olhei meu reflexo enquanto limpava as lentes na camisa.

Marque um tique ao lado do nome de Charles e o leve para a coluna da Chloe.

Perambulei pela festa, examinando as pessoas, às vezes até tirando suas máscaras. A impaciência me deixou mais ousada, e o calor pós-coito me embebedara um pouco. Meu celular vibrou: notificação do Instagram. Alfinetada52 tinha postado uma nova foto.

Levei um segundo para entender o que era. A porta fechada do banheiro lá embaixo. #vagabundos.

54

Charles estava me ligando. Ele andava nitidamente me evitando desde nossa aventura de Halloween, então deixei o telefone tocar oito vezes antes de atender. Sei que ele não é capaz de sentir culpa, então concluí que estava com medo de misturar sua atração por mim e o que quer que estivesse supondo sobre Will. Eu precisava ir com calma. Pus os pés para cima da mesa, fazendo carinho na minha baleia de pelúcia, e atendi com um tom de tédio.

– Ligou, Charliezinho?

– Por que você acabou de me mandar um vídeo fazendo boquete no Chad? – perguntou ele.

Abaixei os pés.

– Não mandei!

– Mandou, sim. Veio do seu e-mail.

Liguei o notebook e abri o e-mail, mas não vi nada.

– Quando foi enviado?

– Um minuto atrás, por aí… Ah, eita… Foi mandado para um monte de gente.

As câmeras. Trevor. Ele *tinha* filmado. Devia ser de uma das noites em que Chad fora "estudar" comigo. Sentei na frente do computador e abri um novo e-mail, o peito transbordando de raiva.

– Lê pra mim os nomes dos destinatários.

Ele começou a listá-los. Alguns amigos, dois professores, um monitor e Elena e o dr. Wyman. Digitei, murmurando em voz alta:

– Por favor, apague o e-mail que parece ter sido mandado por mim dois minutos atrás. Minha conta foi hackeada e o arquivo anexo contém malware.

Então mandei o e-mail.

– Todo malware não é malicioso? – perguntou Charles.

– Me manda o vídeo. Quero ver.

– Você acha seguro? Talvez tenha mesmo alguma coisa no código. Estou passando o software antivírus agora. Espera… ah… Acho melhor você vir pra cá.

Charles estava inexpressivo e falava ao telefone quando abriu a porta.

– Eu pareço com alguém que acabou de gastar três mil dólares em um Walmart em Kenosha? Congele a porra da conta – disse para a pessoa que estava do outro lado da linha.

Ele desligou e fechou a porta.

Uma exclamação apareceu no meu relógio. Cliquei. *Em uma escala de 1 a 7, quão piranha você é?* A tela mudou para uma foto de um pau, depois outra, e mais outra. Tirei o relógio, irritada. Charles olhou para o dele e o inclinou para me mostrar. Imagens de pornô gay estavam passando na tela.

– Por que ele está fazendo isso? – perguntei, sentando à mesa de Charles, na frente do computador dele.

Um reprodutor de mídias estava aberto. Era definitivamente um vídeo de uma das minhas webcams. Chad de olhos fechados, curtindo muito, enquanto eu cuidava dele.

– Isso… – comecei.

Meu celular tocou. Era Yessica.

– Chlo, você precisa entrar no Facebook.

Abri uma nova aba e entrei no site, e fui tomada por mais raiva. Falei para Yessica que precisava desligar. Muita gente da Adams entrava em grupos de Facebook de memes sobre a vida universitária: os alojamentos, o refeitório, o esquilo albino que aparecia de vez em quando. Tinha até um grupo só do nosso alojamento. Em todos os grupos dos quais eu participava tinha sido postada uma foto minha, nua. Eu a reconheci – provavelmente fora tirada de um e-mail muito antigo, ou do meu iCloud.

Sibilei e comecei a digitar logo abaixo de um comentário que dizia é meme? não entendi.

Oi, aqui é a Chloe Sevre. Não tenho vergonha do meu corpo – devia começar a cobrar para vocês olharem, porra. Mas, falando sério: essa foto foi tirada de mim quando eu tinha 14 anos, por um homem de 22 que depois foi processado legalmente. Por causa da minha idade na foto, é tecnicamente pornografia infantil, então é crime espalhar, e até mesmo olhar. Já falei com a polícia do campus, com a PM e com a Unidade de Crimes Cibernéticos do FBI. Podem acreditar que vão pegar vocês! Valeeeeeeu.

Copiei a mensagem e a postei em resposta a cada foto.

– É verdade? – perguntou Charles.

– A última parte não, óbvio.

Enfurecida, tentei organizar meus pensamentos. Meu problema é que às vezes minha raiva me faz agir de forma impulsiva.

– Talvez Trevor tenha te visto quando você o seguiu – disse Charles.

O tom dele era cauteloso. Abri o Instagram para ver se aquela conta bizarra tinha postado alguma coisa sobre isso. Eu não falara para Charles e Andre sobre Alfinetada52 – não podia, não enquanto aquela foto minha saindo de onde eu largara Will ainda estivesse lá. Tinha um novo post, mas era difícil entender: um cruzamento de sombras, uma luz vermelha neon.

– Ele não viu, juro! Será que hackearam o Andre?

Mandei mensagem para o Andre: Te hackearam? Novidades. Vem para a casa do C. Charles se aproximou do meu celular, e inspirei o perfume dele enquanto esperava a resposta de Andre.

Quê? Ninguém me hackeou. Não posso ir agora. Tô ocupado, saquei qual é a da lista.

– Só nós dois, mas o Andre não – disse Charles. – Que lista?

Ele bateu na lateral do celular, que estava fazendo barulho, e o largou na mesa, frustrado.

– Vou deixar ele explicar quando chegar.

– Tenho uma teoria.

– Diga, por favor – falei, sem olhar para ele, digitando uma resposta para Andre.

Novidade grande sobre o Trevor. O que rolou com a lista?

– Trevor anda de olho em você. Ele é o tipo de machista com pensamento bem retrógrado. Dicotomia virgem-puta. Se ele gosta de uma garota, ela é pura, boa e merece ele. Se ela se provar ser uma puta, o que pode incluir qualquer pecado, desde gostar de outro cara a simplesmente existir, ela é uma piranha safada que pede para ser atacada por aqueles que fazem justiça com as próprias mãos. Então talvez ele tenha descoberto que você não é tão inocente.

– E desde quando eu ando por aí pagando de virgem?

– Alguém tentou abrir a porta quando a gente estava na festa – disse ele em voz baixa, como se Kristen estivesse na sala. – Pode ter sido ele. Trevor acha que estamos transando e ficou puto.

– Que tristeza ser atacada por uma coisa que nem fizemos – falei, irônica.

Ele não sorriu, mas olhou para mim. Suspirei, me voltando para o computador.

– Como vamos destruí-lo? – falei. – Quero que envolva ácido. Acho que a vantagem é que, se Elena perguntar sobre os relógios não estarem rastreando a localização, podemos jogar a culpa nesse hack.

– Ela não te falou nada, né? – perguntou Charles, e sacudi a cabeça, negando. – Acho que ela ainda não notou. Não sei com que frequência eles pegam os dados para analisar.

– Talvez isso nos dê algum tempo.

O telefone de Charles apitou.

– Andre mandou mensagem. Disse que está vindo.

– Que tal mandarmos nossa amiguinha caçadora cuidar do Trevor?

– A não ser que o caçador seja Trevor – disse Charles.

Senti ele atrás de mim, de repente. Ele passou a mão à minha frente para sair do Facebook e clicou no vídeo, o arrastando para a lixeira.

– Você sabe que isso não apaga de vez – comentei. – Talvez você queira assistir mais algumas vezes.

Ele abriu a lixeira e clicou para apagar permanentemente.

– Por que eu assistiria a um vídeo se tenho acesso à versão de carne e osso? – disse ele perto do meu ouvido.

Charles sentou e cruzou as pernas, um tornozelo sobre o joelho, sacudindo o pé.

– Aliás, você não transou com o Chad só porque achou que ia me irritar, né?

– Talvez eu ache que Chad seja digno de transar comigo.

Ele riu.

– Chad é objetivamente horrível em todas as definições possíveis.

– Por que você diria uma coisa dessas?

– Crueldade generalizada? – sugeriu Charles, um ar de diversão nos olhos.

– Ou talvez você esteja com ciúmes?

– Nossa, como você é megalomaníaca.

– Dã. Sou uma psicopata, supera essa. Você anda me evitando.

– Não ando, não. Só tenho estado ocupado, sabe, tentando *não ser assassinado*. E não sei quantas vezes preciso te contar que tenho namorada.

– E cadê essa namorada agorinha?

O olhar dele passou de brincalhão para frio.

– Eu estou orquestrando tudo cuidadosamente para que ela não faça ideia do que está acontecendo, para ficar em segurança e não ter com que se preocupar. Não que você consiga imaginar o que é sentir afeto por outro ser humano, mas eu a amo, de verdade.

– E isso não tem nada a ver com ela ser maravilhosamente rica e com seus pais poderem fazer um lindo casamento da alta sociedade no country club.

– Vai se foder.

– Isso é um convite? – respondi, alegre. – Qual é seu plano? Administração, trabalhar para o seu pai, casar aos vinte e quatro anos, morar numa casinha de cerca branca com a esposa Barbie?

– De jeito nenhum. O que mais você sugeriria?

– A gente pode destruir o mundo.

O olhar dele estava concentrado em mim, a expressão indecifrável.

– Vou denunciar o Trevor à polícia por isso. Se ele se meter em problemas sérios, não vai mais poder atacar ninguém. É melhor do que nada.

– Vamos ouvir a novidade de Andre antes de decidir qualquer coisa.

Charles suspirou, olhou para outra foto de pau no celular, se levantou e se dirigiu à geladeira. Ele comeu comida chinesa direto da caixa e nem me ofereceu. Aproveitei a grosseria para dar uma investigada no computador. Trevor tinha uma conta no Twitter que estava principalmente cheia de tweets sem sentido, mas ainda assim malcriados, sobre computadores e o Elon Musk.

O tweet mais recente, contudo, postado hoje, era Pau no cu do sistema de saúde americano. Interessante. No dia em que o seguira, eu descobrira três aulas dele: Lógica Avançada, Política Comparada e Economia 125. Entrei no sistema da faculdade e abri as páginas das aulas, onde os professores postavam ementas e trabalhos e os alunos podiam postar mensagens.

Quase dei um pulo quando vi que Trevor tinha postado uma mensagem de manhã para a turma toda de Lógica, incluindo uma foto. Oi, vou perder minha apresentação de hoje. Passei o dia todo ontem no hospital e só fui liberado agora. A foto supostamente era do punho dele, com uma pulseirinha de identificação de plástico do Centro Hospitalar Washington. Talvez fosse só uma mentira psicopata para escapar da apresentação, mas o tweet podia demonstrar raiva sincera contra as contas hospitalares que inevitavelmente ele teria que pagar. Além disso, postar aquilo para a turma toda, para receber compaixão e atenção, em vez de falar só com o professor, era um clássico comportamento de psicopata. Ele provavelmente queria que as meninas da turma sentissem pena dele.

Tudo fazia sentido. Alguém tinha atacado Trevor, ele acabara no hospital, saíra e, supondo que o culpado era eu ou Charles, se vingara. "É Emma, então", concluí. Fechei todas as janelas e o notebook. Emma chegara pertinho de acabar com Trevor, e nós estávamos pagando o pato.

Andre bateu na porta antes de entrar com a chave que Charles lhe dera.

– Você acabou de ler a dissertação? – perguntei.

Eu não tinha terminado a leitura. Só podia dedicar um tempo limitado àquilo, visto que eu passara um dia seguindo Trevor e tinha que estudar para minhas provas.

– Acabei. É bem interessante. Acho que John talvez tenha entrevistado Ripley pessoalmente, mesmo que não especifique.

Andre notou o olhar de confusão de Charles – não o tínhamos atualizado sobre nossa aventura no depósito.

– Chloe e eu achamos um monte de tralha no depósito de um dos ex-alunos do Wyman. Pegamos a dissertação dele e esta lista, e a princípio achamos que eram novas vítimas, mas aí eu fui pesquisar. Na verdade são todos, ou foram um dia, agentes literários – explicou Andre.

Andre aceitou uma cerveja de Charles e agradeceu com um aceno de cabeça. Não curti. Eles estavam muito amiguinhos para o meu gosto.

– John Fiola estava escrevendo um livro sobre o caso, o que Wyman nunca fez, nem nenhum dos detetives que trabalharam na investigação. É bem estranho, considerando quanto pagariam por um livro desses, escrito por pessoas diretamente envolvidas na história. Ele queria se dar bem com a venda do livro, e alguns dos agentes se interessaram. Então, sei lá, talvez seja ilegal, mas fiz uma conta no Gmail com o nome de Fiola e entrei em contato com todos eles, inventei umas merdas sobre problemas familiares sérios e falei que agora tinha tempo para me dedicar ao projeto, então será que eles podiam, por favor, me mandar os comentários e edições que tinham feito anteriormente? A maioria não respondeu, mas uma pessoa, sim! Ela encaminhou o último e-mail que mandara para ele, com o anexo: o livro todo.

– Envie pra gente – falei. – Podemos dar uma lida agora, dividir o trabalho em três.

Andre assentiu, mandando o e-mail e nós três começamos a ler, por alto. O livro não estava completo – tinha umas duzentas páginas de texto e o planejamento de mais um capítulo. Quando li o e-mail original, ficou claro o motivo de o livro nunca ter sido publicado.

> Lemos sua proposta e seus capítulos com enorme interesse. Imagino que vários agentes estejam muito motivados a colocar essa história no mundo. Nossa preocupação é com a qualidade da escrita, que não permite que o livro se destaque no mercado competitivo atual. Nossa sugestão seria que você trabalhasse com um *ghostwriter* para ajudar a amarrar melhor o texto. Temos vários profissionais para recomendar, e o processo seria fácil para você. Se estiver interessado, por favor, me ligue no número a seguir para conversarmos.

A sugestão do *ghostwriter* fazia sentido: John era péssimo escritor. As páginas eram repletas de prosa cafona e floreios que tentavam soar profundos.

Li por alto, o mais rápido que consegui. John começava na infância do SED e passava para o início dos assassinatos. Hesitei. Será que era possível que o SED não tivesse mesmo sido executado? Quase fazia sentido: ele tinha fugido da prisão, ou sido perdoado no último minuto por um governador bunda-mole, e voltara para infernizar a vida de Wyman. Pesquisei rapidamente no computador de Charles. O SED tinha sido executado por injeção letal no fim de 2006, e a morte fora observada pelo promotor e por membros das famílias de algumas das vítimas.

– Meu Deus do céu – disse Andre, de repente, e se calou.

– O que foi? – perguntou Charles.

– Foi mal, é que tem umas coisas bem explícitas – murmurou Andre, ainda lendo.

Cheguei na parte em que a polícia pegou o SED, encontrando provas com DNA. O caso iria a público. Passei rapidamente os olhos pelas páginas.

Soltei um gritinho.

– O que foi? O que houve? – Andre perguntou.

– "Eu, meu orientador e os detetives que trabalhavam no caso sabíamos que irromperia um furacão midiático quando fosse anunciada uma descoberta no caso. Além das vítimas nomeadas e não nomeadas, havia mais três vítimas: a esposa de Gregory e suas filhas gêmeas."

Fiz uma pausa para efeito dramático. Charles levantou as sobrancelhas e Andre, comicamente, estava boquiaberto.

– "Mas o trauma não acabou com o SED atrás das grades. Marsha", que era sua esposa, "cometeu suicídio antes da audiência de custódia. Todos concordamos que proteger a identidade das meninas era de interesse geral".

– Você acha que Emma e Megan são filhas do Assassino de Rock Creek? – perguntou Charles. – Muita gente tem filhos gêmeos.

– Elas têm a idade certa para serem filhas de Ripley – falei.

Abri a internet imediatamente para pegar fotos de Gregory Ripley e procurar semelhanças.

– Como pode? A mídia teria ficado doida com isso. Seria necessário só abrir o Google para achar os nomes da esposa e das filhas – disse Andre.

Charles ainda estava lendo o manuscrito.

– A polícia ajudou... Mudaram os nomes das filhas imediatamente e mandaram elas para morar com amigos de Marsha na Califórnia.

– Então, como elas voltaram pra cá?

Andre se levantou em um pulo.

– Foi assim: eles têm uma vida idílica na praia, mas começam a notar que há alguma coisa de *errado* com a Emma. Ligam para o doutor Wyman e ele diz que ela precisa ser tratada.

– Porque ele fez um bom trabalho com o pai dela? Espera aí – disse Charles, devagar. – Vocês receberam um bônus ao assinar o contrato do estudo?

– Bônus?

– Como assim, além da bolsa?

– Vinte mil dólares – disse Charles.

Eu e Andre o olhamos como se ele fosse louco. Ele piscou devagar.

– Quando fui jantar com Emma, ela mencionou que ganhou um bônus de vinte mil dólares ao assinar o contrato, e a irmã também.

– Como assim?

– Eu não ganhei porra nenhuma! – gritei. – E você só conta isso *agora*!

– Bom, eu tinha esquecido! Achei que todo mundo tinha ganhado... Sei lá, não lembro se eu ganhei ou não.

– Como você não sabe se ganhou vinte mil dólares?! – perguntou Andre.

– Os Portmont estão sempre muito ocupados polindo seus monóculos! – gritei.

Andre gargalhou. Ele estava tão puto quanto eu.

– Vocês não entenderam? – interrompeu Charles. – Ele estava disposto a pagar uma nota por elas. Não só por serem gêmeas, mas por serem as gêmeas de Ripley.

– Não é meio inapropriado usá-las como cobaias, já que ele as conhece pessoalmente? – refletiu Andre.

– É a peça que estava faltando – interrompi.

Charles ainda estava duvidando.

– Tá, talvez elas sejam as filhas de Ripley, mas é para eu acreditar que Emma é assassina só porque o pai dela era um? Vocês não a conhecem. Ela... ela é...

– Faz sentido – disse Andre. – Faz vinte anos que o SED começou a matar, o que é uma merda, porque provavelmente também é o ano em que as gêmeas nasceram. Talvez ela quisesse deixar sua própria marca no mundo. Wyman conhece a família, então fica desesperado, acha que pode impedi-la, mas ficou apegado demais, não sabe ser objetivo. Ele sai para jantar com ela! Era para ela ser uma paciente, não uma amiga da família!

– Ou talvez seja Megan – sugeri.

Eu não queria que eles ficassem de olho em Emma o tempo todo, porque eu ainda tinha algumas peças para mexer no tabuleiro. Era Emma. Isso explicava a conexão com o SED. Ela tinha atacado Trevor, que achara que tinha sido eu, ou Charles, porque não conhecia Emma. E ela é a fim do Charles, então talvez tenha se irritado por eu ter ficado com ele, por isso postou a mensagem #vagabundos no Instagram. O que eu precisava era que Charles e Andre andassem em círculos por uns dias para eu cuidar de uma última coisa. Teria que levar Emma para a estação de tratamento de água, para pelo menos colocá-la no mesmo lugar que Will.

Não entendi exatamente por que ela queria matar as pessoas do programa – talvez estivesse com raiva de Wyman, sei lá –, mas, se só matasse Michael, Kellen e Will, ainda podia deixar a impressão de que ela estava visando alunos da Adams, por ser conveniente. Eram todos homens, ainda por cima, então talvez desse para usar esse ângulo.

– Megan é a irmã normal – disse Charles.

– Quem define o que é normal? – falei. – É o crime perfeito, na real. Ela sai por aí matando gente e, quando acusada, é só dizer "Acha mesmo que fui eu? Tem certeza de que não foi a minha irmã idêntica, uma psicopata diagnosticada?".

– Meu Deus, é perfeito mesmo! – gritou Andre. – E, se encontrassem DNA, não seriam capazes de provar a qual gêmea pertence, então Emma acabaria atrás das grades.

Eu sabia que DNA de gêmeos não funcionava bem assim – havia a questão das mutações aleatórias que seriam diferentes entre elas –, mas, felizmente, nem Andre nem Charles tinham estudado Biologia Avançada.

– Precisamos agir, juntar provas o bastante para impedi-las – falei. – Vamos dividir o trabalho. Eu sigo Emma. Charles, vê se você descobre onde Megan mora. Andre, você vai seguir Trevor.

Andre fez uma cara de decepção – ele tinha desvendado a conexão com o SED e nitidamente queria cuidar de Emma. Arregalei bem os olhos e detalhei como Trevor era estranhamente obcecado por mim. Conforme a expressão de Andre se suavizava, Charles, atrás dele, sorriu.

– E aquele tal de Will? – perguntou Andre.

– Charles fica de olho nele. Eles são da mesma fraternidade.

Andre finalmente assentiu, concordando. Ele era surpreendentemente tranquilo para um psicopata, mas eu já tinha entendido que aquela afabilidade – rara entre nós – era parte da pose para fazer com que as pessoas gostassem dele. Combinava bem com as covinhas e provavelmente funcionaria até ele envelhecer mais um pouco.

Charles me encarou. Ele sabia que eu estava aprontando alguma coisa, e eu não precisava que ele me encurralasse. Eu me levantei.

– Fiquem em alerta máximo – falei.

Eu estava com pressa para ir embora, temendo que Charles me interrompesse para insistir em relação a Emma ou Will.

Para minha surpresa, ele não disse nada. Eu não gostava que os dois ficassem ali juntos, sem mim, mas, depois de finalmente descobrir quem era a caçadora, minha lista de afazeres estava cheia.

55

– Vamos bolar um plano? – perguntou Andre, sem desviar o olhar do celular, no qual ainda lia o livro de Fiola.

Ele se sentia deslocado no apartamento chique de Charles sem Chloe ali para agir como mediadora.

– Vamos.

Charles sentou ao piano e apoiou a garrafa de cerveja. Andre se perguntou que tipo de universitário tinha um piano de verdade em casa. Charles começou a tocar, uma música perturbadora e intensa que remetia a duendes e fantasmas.

– Você sabe tocar alguma coisa menos apavorante?

Charles riu e parou de tocar.

– Não é fã de Liszt? Posso te perguntar uma coisa?

Andre levantou o olhar.

– Há quanto tempo você está fingindo seu diagnóstico? – perguntou Charles em tom quase casual.

Andre congelou, com um nó no estômago.

– Como assim?

– Fala sério, pode me contar – insistiu Charles, com a expressão agradável e simpática de alguém prestes a vender uma hipoteca subprime. – Estou morto de curiosidade.

– Por que você pensaria uma coisa dessas?

Charles não respondeu, só continuou encarando. Dava para confundi-lo com um cara legal, né? Um cara com um apartamento maneiro, que tocava piano, que tentava ser a voz da razão no trio. Era difícil conciliar o olhar amigável e acolhedor que ele direcionava a Andre e quem ele de fato era. Andre esboçou algumas expressões – "haha, que boa piada", "que porra é essa?". Ele sabia que estava prestes a receber alguma ameaça, mas uma pequena parte dele, depois de todo aquele tempo e de tudo que conseguira, sentiu uma pontinha de alívio. Alívio por finalmente ter sido pego.

Charles sorriu.

– É o jeito como você age, como você responde às coisas. Notei pela primeira vez quando você sentiu nojo daquele cheeseburguer de bolinho de chuva.

– Quê?

– Eu não sinto nojo – respondeu Charles. – Minha namorada tem o hábito de cheirar as coisas da minha geladeira, porque não interpreto o cheiro de comida estragada como sinal de perigo.

Chocado, Andre se esforçou para pensar em alguma coisa, talvez uma piada, que o distraísse.

– E você ficou bem assustado quando te acusei de mentir sobre isso – continuou Charles.

– E daí?

– E daí que, se alguém como eu ou Chloe for pego mentindo, mentimos de novo no mesmo instante, tão bem que nós mesmos conseguimos acreditar.

– Você *parece* normal. Diferente da Chloe.

– Não sou – disse Charles, direto. – Passei duas décadas criando uma imagem de normalidade.

Andre tomou um gole de cerveja, deixando a IPA quase salgada se demorar na garganta antes de engolir. Havia algo de emocionante na verdade que flutuava quase à superfície, levantando a cabeça em busca de oxigênio.

– Se eu te *falasse* sobre isso… você contaria para alguém?

– Por que eu faria isso?

– Por que não tem um compasso moral?

– Mas é exatamente por não ter esse compasso que eu *não* contaria – disse Charles, o sorriso quase cintilante, porque estava prestes a conseguir o que queria e provavelmente percebera. – Eu estou muito curioso, então prometo que, se você me contar, eu não vou contar, porque quero saber.

– Não vai contar pra ninguém? Nem pra Chloe?

– A gente não troca confidências.

Andre cutucou o rótulo da cerveja.

– Eu preenchi a inscrição de zoeira, mas não achei que ia dar em alguma coisa… Mas aí foi avançando, meio que como uma bola de neve.

– Como assim? O que exatamente você fez?

– O contexto é que fui diagnosticado com Transtorno de Conduta aos treze anos.

– Ah, eu também recebi esse. Mas acho que foi aos nove.

Andre assentiu.

– Na época, nem me liguei… Tipo, eu era criança, mas depois fui ler sobre o assunto e achei uma baboseira sem fim. Minha família só estava em uma situação difícil, então claro que eu dei uma surtada. Meu irmão também, e eu sempre fazia o que ele fazia.

– Como assim, *situação difícil*?

Charles se inclinou para a frente. Se Andre não soubesse o que ele era, poderia considerá-lo uma pessoa interessada e empática. Charles era bom, pensou Andre. Muito melhor em fingir do que Chloe. Era aquilo que incentivara as palavras que estavam jorrando de sua boca, ou só a exaustão, o alívio do peso finalmente sendo tirado das costas?

– Minha irmã morreu muito repentinamente. Ela era a mais velha. Não estava doente, nem nada. Ela só teve uma crise de asma.

– Ela morreu de crise de asma?

– Acontece – disse Andre, a voz seca. – Chamaram uma ambulância que levou quarenta minutos para chegar.

– A eficiência de DC.

– Bem-vindo à zona nordeste. Um monte de merda acontecia no meu bairro… roubo, às vezes tiroteio. Mas isso foi diferente. Meio que quebrou todo mundo. Meu irmão estava no Ensino Médio com ela, na época. Ele era um aluno bom, e ótimo em atletismo. Corrida e obstáculos. Planejava ir à faculdade, mas aí parou de se importar. Não ia mais à aula. Começou a sair com quem minha mãe chamava de "maus elementos" do bairro. Eu ia com ele às vezes. Ou só matava aula.

– Então te diagnosticaram com Transtorno de Conduta?

Andre assentiu.

– Nem acho que tenho esse transtorno nem nada, pra ser sincero, mas acabou funcionando a meu favor. Aos quinze anos, me meti em um problema sério. Uns amigos meus invadiram um lugar. Eu não estava com eles, mas fui buscá-los no carro de alguém depois que rolou, só que eles acabaram sendo pegos. Fui posto em condicional e precisei mudar para uma escola especial. Era tipo uma escola de transição para jovens com problemas de comportamento, e tinha uma galera recém-saída da cadeia – disse Andre, sacudindo a cabeça. – Alguns daqueles caras... Eu me toquei que não queria acabar daquele jeito. Entendi como meus pais trabalhavam pra cuidar da gente, o que eu estava fazendo com eles, além de todo o sofrimento por que eles já tinham passado. Enfim, a conselheira da escola me falou que tinha um programa da Adams interessado em mim.

– Do doutor Wyman?

Andre assentiu.

– Comecei a ler sobre psicopatia. A maioria das pessoas que têm Transtorno de Conduta acabam sendo diagnosticadas como Antissociais, que dá quase na mesma que ser psicopata... Pensei, opa, talvez eu possa convencê-los de que tenho isso mesmo. Não esperava que fosse funcionar, mas *funcionou*, e meus pais descobriram que eu havia recebido uma bolsa integral, e aí já era.

– Mas como você passou pelas entrevistas e por todas as paradas diagnósticas?

Charles parecia fascinado pela história do subterfúgio. Andre sentiu uma pontada estranha de orgulho.

– Pesquisei na internet. A maioria das pesquisas diagnósticas são autorrelatadas. Só respondi como sabia que deveria, com base no que li em livros.

– E as entrevistas por telefone?

– Pedi para meu irmão e uma amiga fingirem que eram os meus pais.

Charles riu.

– Então seus pais não sabem?

Andre negou com a cabeça, desconfortável.

– Não. Eu meio que falei pra minha mãe que era uma bolsa acadêmica especial. Aí vim parar aqui.

Charles levantou a cerveja, como se brindasse.

– Exceto pela coisa dos assassinatos, não é mau negócio.

– Fui tão óbvio assim?

– Não sei. Parece que Wyman e Elena caíram.

– Promete que não vai contar pra Chloe?

– Por que contaria? E ela é egocêntrica demais pra notar sozinha.

Andre sentiu alívio, até que Charles sorriu, apoiando os cotovelos no piano e fazendo soar notas dissonantes graves e agudas. O sorriso dele era um pouco grande demais.

– Por que eu contaria seu segredo? – repetiu.

Era aquilo, Andre notou, que Charles queria. A oferta do apartamento emprestado não era altruísta – era uma forma de exercer poder. Aquela informação também era poder. Charles não se importava de Andre ter mentido, e parecia achar que roubar dinheiro de pesquisa de Wyman era engraçado. Ele só gostava de ter aquele pedacinho de controle. "Não confie nessa gente nem por um segundo", pensou Andre.

56

Eu sabia que devia ser mais paciente, como o Charles, mas agora que eu finalmente sabia quem estava me caçando, queria atropelá-la como um trator.

Emma deveria ser levada a sério; a garota, por artimanha ou força física, fizera Kellen engolir chumbo, esfaqueara um homem e fugira pela janela antes mesmo de ser notada por Andre, e invadira a casa de Kristen. Ela me seguira na noite da morte de Will, mesmo eu tendo tomado todas as precauções.

Abri o Instagram e fui ao perfil Alfinetada52. Mandei uma DM: Precisamos conversar. Encarei o celular, esperando uma resposta imediata. A bolinha verde ao lado do nome indicava que ela estava on-line.

Quanto mais esperava, mais furiosa eu ficava. Quem era ela para não me responder, mesmo eu sabendo que ela estava on-line? Esperei dez segundos, então desci, bufando, até o laboratório de informática no subsolo do Albertson Hall, que estava praticamente deserto. Todo mundo sabia que os computadores mais rápidos ficavam no laboratório novo da biblioteca, mas o do Albertson tinha a vantagem de ser burro a ponto de permitir impressões ilimitadas. Abri o e-mail e imprimi o documento todo que Andre recebera: a merda do livro de Fiola. Em seguida, voltei correndo para o alojamento, parando brevemente no pátio para encher os bolsos de terra.

Felizmente, Yessica não estava em casa para reclamar da bagunça que eu estava prestes a fazer na sala. Comecei a bater na pilha de folhas, amassando o papel, dobrando o canto em partes aleatórias, sujando de terra para dar aparência envelhecida, derramando um pouco de chá para manchar. Talvez pessoalmente desse para notar que o manuscrito tinha sido envelhecido artificialmente, mas eu não precisava que ficasse tão realista – era só usar um filtro. Tirei uma foto da capa e mandei para Emma por mensagem. Em seguida, abri a página onde a palavra "gêmeas" aparecia pela primeira vez e também mandei. "Pronta para conversar agora, cuzona?", pensei, encarando a bolinha verde. Nada de resposta.

Até que, finalmente: Você entendeu que vou acabar com você?

Você entendeu que vou te expor?, escrevi.

Que porra é essa? Não significa nada.

É de um livro que John Fiola estava escrevendo. Sabe, o aluno de Wyman de quando O SEU PAI estava matando gente por aí?

A dissertação?

Pensei nos exemplares desaparecidos da dissertação de Fiola. O que você fez? Roubou os exemplares da biblioteca e queimou tudo? Se não fosse tão preguiçosa, você saberia que ele também estava escrevendo um livro. E eu tenho o único manuscrito. Claro que aquilo era mentira, mas eu precisava que ela acreditasse que eu era burra o bastante para dizer tal coisa. Vou fazer um acordo com você.

Você não tem nada que eu queira. Vou acabar com você de qualquer jeito. Você é um lixo horrível. Seu churrasquinho confirmou tudo que eu já pensava sobre você.

Fiquei boquiaberta. Queria perguntar por que ela não me delatara para a polícia, mas talvez ela quisesse cuidar de mim pessoalmente, e eu definitivamente não confessaria churrasco nenhum.

Do que você tá falando? O negócio é o seguinte. Você me deixa em paz, ou vou contar para o mundo todo que você é filha do SED. Os paparazzi vão arrombar sua porta.

Você sabe que posso só te matar e pegar o livro, né?

Pode tentar. Ou fazemos um pacto. Não sei o motivo de você estar matando essa gente, nem ligo. Mas você não vai conseguir pegar A e C de jeito nenhum. Os dois estão armados até os dentes. A família de C é doida por arma, e ele contratou segurança pessoal. Sei que você nem consegue entrar no prédio dele.

Kkkk, MICHELLE.

kkkkkk você já teria pegado eles se conseguisse. Mas posso entregá-los a você.

???

A confia em mim e C quer me comer. Posso te entregar os dois que nem carneirinhos. Você pega o manuscrito. E me deixa em paz. Fez-se uma longa pausa em que ela não disse nada. Pense bem, avisei. É minha última oferta.

Ela não respondeu. Deixei o celular ao lado do notebook e tentei me acalmar. Eu tinha um artigo de Francês para escrever e uma prova de Biologia para a qual precisava estudar, mas não parava de pesquisar "armadilhas Vietnã" no Google. Então meu celular apitou.

Trato feito.

57

Parte do meu plano estava em andamento. Eu sabia que Emma era inteligente – o bastante para safar-se daquilo tudo. Ela era pelo menos uma rival razoável para mim; exceto por uma falha fatal, revelada pela conta idiota dela no Instagram. Orgulho. Emma estava documentando provas que poderiam ser usadas contra ela, mas as registrava mesmo assim – acho que combinava com o interesse dela em fotografia, talvez. Ela era arrogante e supunha ser inteligente demais para ser pega. Provavelmente achava que eu era burra a ponto de não pensar que, ao entregar o livro, estaria entregando minha vida junto.

Ela não fazia ideia da carta que eu tinha na manga. Mas, para isso, eu precisaria de Charles.

Mandei uma mensagem para ele: Precisamos bolar um plano. Não podemos só esperar.

Estou preenchendo os documentos para solicitar uma medida protetiva contra T e vou registrar o pedido amanhã, respondeu Charles. Ele me mandou uma imagem tirada pela câmera da Kristen. Faz mais de um mês que a hackeou.

Ah, é? Que pena que Trevor não era mesmo o assassino: por um segundo, pensei em como seria conveniente se alguém acabasse com Kristen por mim. Eu me imaginei acalentando o coração partido de Charles depois do ocorrido.

Filho da puta, acrescentou ele. Ela está em segurança agora.

E você?

Tenho arma de jogo, respondeu ele. Fogo, foi mal, foi o corretor. Vou para ft hunt daqui a pouco.

Considerei se era possível convencer Charles a me dar uma das armas. Ele já se recusara, mas, se me visse assustada, precisando de proteção, talvez cedesse. Os alojamentos têm caprichado mais na segurança, escrevi. Mas o pessoal da segurança nunca considera que garotas são um perigo. É assim que me safo das coisas.

Já notei, respondeu ele. Você está em casa?

Tô. Esses assassinatos tão cortando meu barato.

Coitadinha, escreveu ele.

Vem pra cá, a gente pode bolar um plano.

Ele parou de responder. Voltei ao computador, olhando às vezes para o celular, vendo se ele tinha mandado mais alguma mensagem. Com um suspiro, peguei o celular de novo.

Você anda me evitando, escrevi.

?? A gente literalmente acabou de conversar

Nunca vamos falar sobre o que aconteceu?

Não temos do que falar.

Seu escroto

Ele demorou para responder, e finalmente mandou O que você tá fazendo?, a mensagem mais frustrante que existe. "O que você tá fazendo?" é o método de boy lixo covarde para sugerir interesse sem sugerir algo de verdade.

Estudando na cama

Parece sexy.

Pode ser, escrevi.

Ah, é?

Eu me diverti naquela noite

Obviamente, escreveu ele. Você gozou pra valer.

Gozei mesmo. Você é o maior enrolão.

???, escreveu ele, indignado.

Vem pra cá. A Yessica não está.

Não posso.

☹ Te falta jogo.

Eu tenho jogo, insistiu ele.

Me manda uma foto

Está brincando? Nunca poderia entrar no Congresso, respondeu ele.

Eu ri. Você pode ser literalmente um estuprador e entrar no congresso kkkkk.

Kkkkk, escreveu ele.

Então manda uma foto leve.

Fez-se uma pausa do lado dele. Eu me ajeitei na cama, excitada. Apareceu uma selfie nas mensagens. Charlie estava sem camisa, revelando a pele lisa e sem defeitos, as curvas dos músculos. Ele tinha o corpo do jeito que eu gostava: não muito fortão, mas definitivamente malhado. Ele talvez estivesse pelado, mas a foto parava nos quadris estreitos, na penugem de pelos escuros descendo pelo baixo-ventre. Sua vez, escreveu ele imediatamente.

Menos tímida, tirei a roupa, ficando só de sutiã e calcinha de renda preta, e posicionei o celular até conseguir tirar uma foto boa. Entreabri a boca, olhei bem para a câmera.

Porra, você é gostosa pra caralho, escreveu ele.

Posso ir te ver, sugeri.

Não é seguro.

Então traz sua arma e vem pra cá, falei. Não vou encostar em você, a gente precisa conversar.

Sério, existe enrolação maior que "A gente só vai conversar"? Talvez "Só a cabecinha".

Fez-se uma pausa horrivelmente demorada. OK, escreveu ele.

– Isso! – gritei no quarto vazio.

Suba pela escada de incêndio, falei. Ninguém vai te ver.

Ele não respondeu, provavelmente sem querer admitir que tecnicamente estava indo me ver em segredo. Dei uma volta no quarto, pegando roupas sujas e enfiando debaixo da cama. Corri até o banheiro para me arrumar, penteei o cabelo e passei perfume. Arranquei os lençóis e troquei por novos, enfiando os sujos debaixo da cama também.

Quando ouvi o som de alguém subindo pela escada de incêndio, eu já estava confortável debaixo da coberta, com o cabelo cuidadosamente ajeitado, fingindo ler *Graça infinita*. Charles bateu no vidro com a ponta dos dedos. Eu abri a tranca que tinha instalado e ele levantou a janela velha com um rangido. Ele entrou sem muito jeito, engatinhando um pouco até o resto do corpo cair para dentro do quarto. Nós dois rimos. Fiquei debaixo da coberta, mas me afastei, abrindo espaço para ele deitar também. Fiquei de lado e ele, de costas.

– Precisamos de um plano – cochichei.

– Que tal conseguir provas?

– Estou me aproximando do assassino, mas preciso da sua ajuda. Tenho que levá-lo a um lugar específico, em um horário específico.

– Que lugar?

– A Estação de Tratamento de Água McMillan. É um canteiro de obras abandonado.

– Por que *esse* lugar específico?

– Preciso só amarrar umas pontas soltas – falei, fazendo cafuné nele.

– Que pontas soltas? – perguntou ele, se virando para me olhar de frente.

Na meia-luz, suas pupilas ficavam enormes.

– Isso e aquilo – brinquei.

– Chloe… cadê o Will? Faz mais de uma semana que não vejo ele.

– E eu lá sou responsável por ele?

Charles levantou a cabeça do travesseiro.

– Você… fez alguma coisa? Nessa estação. Foi lá?

Cruzei as mãos sobre a barriga nua e não disse nada.

– Não vou contar pra ninguém – cochichou ele.

– Que bom, porque não tem nada pra contar. Will era um filho da puta e mereceu o fim que teve.

– Eu sei que ele é ruim… Você acha… acha que ele fez mais de uma vez?

– E isso importa, porra? – perguntei, irritada.

Charles levantou as mãos, fingindo inocência.

– Não sei. Então seu plano é levar Trevor ou Emma pra lá e… o quê? Fingir que Will foi culpa deles também?

– Talvez – falei, arregalando os olhos em súplica. – O assassino pode ser mais forte do que eu… você é a única pessoa a quem posso pedir ajuda.

– E o Andre?

– Não confio nele.

– Racista!

Eu ri.

– Não por ele ser negro… Andre é cem por cento psicopata. Ele vive fazendo aquela pose inocente e sincera e você cai nessa, igual a todo mundo.

Além disso, havia certas informações que Andre nunca poderia saber a meu respeito, coisas que Charles já sabia.

– O que você quer que eu faça?

– Ainda não sei exatamente.

Na verdade, sabia, sim. Charles, Andre e o manuscrito eram minhas iscas. Ela não esperaria que estivéssemos trabalhando juntos. Entre nós dois e qualquer arma que Charles tivesse, podíamos dominá-la.

– Preciso de apoio físico no sábado à noite – falei. – Não acertei a logística, mas preciso que você esteja lá com sua arma. Talvez a gente devesse chegar mais cedo para armar umas arapucas.

Charles sacudiu a cabeça.

– Você tem plano para tudo, né?

Era praticamente uma promessa. Apertei o braço dele para tranquilizá-lo e deitei a cabeça em seu ombro.

– O que vou fazer com você? – murmurou ele, fazendo cafuné.

– O que você quiser – ofereci.

Ele sacudiu a cabeça, suspirando de frustração.

– Eu nem devia estar aqui – falou, mais para si mesmo do que para mim.

Charles se virou, apoiando a cabeça bem ao lado da minha no travesseiro e me olhando.

– Sabe por que eu gosto de ficar com a Kristen? – sussurrou ele. – Além de ela ser quem é? Eu gosto de como somos normais juntos.

– Esse é um bom motivo pra ficar com alguém?

– Você imagina o que senti quando invadiram a casa dela?

– Não estou negando que você ache que a ama.

– Então o que é?

– Só quero dizer que ela nunca vai te entender. Pelo menos suas partes mais sombrias. Que tem um vazio por trás da máscara.

– O que quer dizer com isso?

– Só quem pode amar esse vazio é alguém exatamente igual a você.

Não consegui ler a expressão dele.

– Às vezes é cansativo passar o tempo todo fingindo.

Eu me aproximei e passei a mão no cabelo dele. Não tinha passado produto nenhum, como na noite do Baile de Halloween. O cabelo estava macio, as mechas loiras misturadas no castanho. Ele engoliu em seco, fazendo o pomo de adão subir e descer.

– E se a gente só se beijar um pouco… isso vale? – cochichou ele.

Sacudi a cabeça, cruzando o espaço até ele. Nós nos beijamos, meu lençol branco formando uma barreira de proteção. Por cima do lençol, Charles passou a mão pelas minhas costas até a cintura e me puxou para mais perto. Nós nos mexemos sem urgência, mas a tensão aflita crescia em mim mesmo assim. Senti a boca dele no meu pescoço. Uma coisa dura me cutucou, e levei um segundo para entender que era a arma que ele trazia enfiada no cós da calça. Ele ficou por cima de mim, segurando minhas mãos acima da minha cabeça, e eu me remexi sob seu peso, querendo tocá-lo por todo o corpo.

– Charles – sussurrei.

Ele se afastou um pouco, me observando. Com o rosto tão próximo, vi que ele não estava usando as lentes de contato. De repente, ele fez uma careta.

– Você está cheirando a laranja – sussurrou.

– Quê?

Ele piscou rápido.

– Laranja queimada.

Charles saiu de cima de mim, sentou na beirada da cama para tirar alguma coisa do bolso e se levantou abruptamente, enfiando algo na boca.

– Você tem Coca?

– Como é que é?! – quase gritei.

Ele engoliu em seco.

– Estou tendo uma aura. Significa que estou prestes a ter enxaqueca. Você tem alguma coisa aí com cafeína?

Ele já estava se dirigindo à janela. Tirei uma lata de energético morno da bolsa, e ele bebeu metade em um gole.

– Tenho que ir deitar.

– Deita aqui. A gente ainda não terminou a conversa.

– A gente se vê, Chloe.

Ele já estava no patamar da saída de emergência. Provavelmente tinha se acovardado, achando que a enxaqueca era castigo por trair a preciosíssima Kristen.

– Você vai me dar cobertura, não vai? – gritei, mas Charles já estava descendo a escada.

– Já falei que vou! – gritou ele de volta.

58

Charles abriu os olhos, vendo os números do relógio digital embaçados. O gramado imaculado da casa de Fort Hunt estava completamente limpo de folhas caídas e umedecido pelo orvalho. Ele ligou o rádio para ouvir as notícias – andava fazendo isso regularmente, esperando ouvir alguma coisa sobre um certo universitário desaparecido.

Ele desceu a escada e passou pelo escritório do pai, que estava no telefone. Charles fez dois Bloody Marys na cozinha e os levou ao escritório. O pai ainda estava no telefone e ergueu as sobrancelhas quando o filho deixou um copo à sua frente. Como bêbado inveterado, era muito exigente. Ao desligar o telefone, tomou um gole, assentiu com a cabeça, indicando aprovação, e se recostou na cadeira preguiçosamente. Era quinta-feira, mas ele estava no modo Pai de Fim de Semana: um bom humor raro.

– Semana passada fui ao Texas e pedi um desses. O cara trouxe com um *camarão frito* na borda.

Charles riu em desaprovação e bebeu um gole do próprio copo. O sabor ardido e salgado o acalmou. Em Fort Hunt, eles estavam seguros. Kristen estava longe de tudo que a ameaçava, e ele não precisava pensar naquela bagunça toda. Por que *não* ficar sentado ali bebendo um pouco? Por que não deixar as provas da faculdade para lá?

O Portmont mais velho se levantou e bebeu um gole maior.

– Vou para Londres daqui a umas seis horas... Você e Kristen querem ir junto?

Pegar o jatinho para Londres. Ficar em um bom hotel e ver algumas peças enquanto o pai fazia suas reuniões com executivos do petróleo.

Do outro lado do Atlântico, Trevor nunca o atingiria. Por que não? Ele não precisava ajudar Chloe com as invencionices dela. Por outro lado, o problema não sumiria sozinho, e Chloe provavelmente pioraria tudo por conta própria; Andre não conseguiria impedi-la depois que ela tivesse tomado uma decisão. Apesar de achar Emma estranha, Charles confiava no julgamento que fizera da garota. Será que ele confiava em Chloe como árbitra do que contaria como prova razoável de que Emma era perigosa? Claro que não.

– Adoraria, mas tenho prova.

O pai fez sinal de aprovação, e Charles, ouvindo a mãe e Kristen surgirem do lado oposto da casa, foi encontrá-las.

Kristen, suada depois da aula particular de ioga, subiu a escada.

– Vem cá! – gritou ele.

Ela riu e correu, dizendo que precisava tomar banho. Ele a alcançou no quarto, e, rindo, os dois se despiram, parando entre peças de roupa para se beijar. Eles transaram no chuveiro, Kristen soltando um gritinho quando Charles abriu a água fria para sentirem o contraste com seus corpos quentes. Depois eles se deitaram no chão de mármore do banheiro, enroscados em toalhas felpudas.

– Por que não deixamos as provas pra lá e vamos pra Londres com meu pai?

Kristen se apoiou em um cotovelo e ergueu uma sobrancelha.

– Porque alguém está tirando boas notas agora e não quer jogar isso fora, já que tem estudado tanto – disse ela, e Charles suspirou. – Qual é? Você só tem mais a prova de Ciência Política, e depois podemos sair para jantar e comemorar.

– É às seis – disse ele, olhando para o relógio de relance. – Quem marca prova às seis da tarde? E você?

– Só tenho dois artigos pra entregar, então posso ficar aqui escrevendo.

Charles a abraçou, encaixando a cabeça dela sob seu queixo. Ele contara parte da situação para Kristen na noite anterior. Não tudo, claro – não que os assassinatos estavam conectados, nem nada sobre Chloe –, mas falara que Trevor hackeara a câmera dela e sobre o pedido de medida protetiva. Charles sabia que ela estava chateada – apavorada, na verdade –, mas que se forçava a não demonstrar. Porque sabia que, se ela se chateasse muito, ele podia se vingar de Trevor e piorar tudo.

– Vamos fazer as provas – disse ele –, e daqui a uns dias tudo vai ter acabado.

Charles estalou os dedos, olhando para o que escrevera na prova. Mais ou menos um terço da turma já tinha acabado, entregado a prova e ido embora. Isso dava a ele vontade de se levantar e fazer o mesmo, ainda que não tivesse terminado. Charles se obrigou a continuar ali e ler todas as perguntas. Como um bom menino.

Quando finalmente acabou, ele desceu a escada do prédio de Artes e Ciências e saiu. Alguns alunos estavam aglomerados ao redor de uma carrocinha que vendia café e rosquinhas orgânicas. Charles olhou para o relógio: eram quase nove horas. Ele pegou o celular para mandar uma mensagem para Kristen, mas congelou ao ver uma mensagem de Chloe.

peguei nossa presa, toda amarradinha e pronta pra curtir, seguido de um emoji de champanhe e da localização.

– Merda – resmungou Charles.

Quem ela tinha amarrado? Trevor? Emma? Qual era o plano dela, afinal? E não era para ser sábado? Por que ela precisava se apressar com tudo, sempre? E se ela passasse dos limites, ou já tivesse passado? Ele imaginou Emma amarrada a uma estaca, Chloe dançando ao redor dela com uma tocha acesa. Ou talvez ela tivesse se decidido por Trevor; apesar de ele ser um cuzão, tomar medidas drásticas não seria bom para ninguém.

Charles chamou um táxi e estava prestes a dar a localização para o motorista quando lhe ocorreu que, dependendo do que Chloe estivesse fazendo, aquilo poderia incriminá-lo. Em vez disso, pediu para ser levado ao Hospital Pediátrico, relativamente próximo da localização que ela mandara.

Ele pagou em dinheiro vivo e correu na direção leste, se afastando do hospital e entrando na avenida 1, que tinha pouco trânsito. Devia ser a estação de tratamento de água, mas ele não fazia a menor ideia do que era exatamente; tinha imaginado um galpão dominado por hipsters.

Ele parou na frente de uma grade de arame alta e apertou os olhos para o celular, notando que a bandeirinha vermelha ainda estava mais a leste de onde ele chegara. Ele escalou a grade e pulou para o outro lado. Parte da luz da rua era bloqueada pela grade; dava para identificar um pouco de mato malcuidado e algumas estruturas, mas ele não fazia ideia do que estava vendo ali. Mesmo de lente de contato, Charles não enxergava bem à noite.

– Oi? – chamou.

Ele circulou entre montes de terra e partes de maquinário descartadas. Havia uma abertura que levava ao escuro total, mas ele pensou ter visto um brilho artificial no fundo. Uma caverna? Não, uma escada de concreto que levava ao piso inferior.

– Chloe? – chamou.

– … aqui! – ouviu ao longe.

Tateando, ele entrou na escuridão. Dava para ver uma luz de LED forte balançando à frente dele, a uns quinze ou vinte metros. Os pés de Charles afundaram estranhamente no chão. Areia? Que lugar era aquele?

– O que você fez?

– Como assim? – disse ela, mas a voz soou estranha.

Charles deu meia-volta, tentando encontrá-la. Ele avançou, então tropeçou em uma pilha bagunçada e grudenta de lenha e quase caiu antes de conseguir se segurar. Não… não era lenha. O cheiro lembrava os restos de um churrasco velho. Carne queimada e fuligem grudenta, e alguma coisa dura sob sua mão. Osso?

Ele se agachou, tirou o celular do bolso e acendeu a lanterna. A luz era tão forte e contrastante que quase não dava para enxergar nada. Ali estava: um crânio tostado, uma clavícula, carne queimada ainda grudada nos ossos. Ele desligou a luz do celular e o deixou na areia. Ela tinha feito aquilo mesmo, afinal. Ele a sentiu atrás dele.

– Isso é o que eu acho que é? – perguntou baixinho, sem saber como definir seus sentimentos.

– É – disse ela.

Ele se virou e sentiu uma pancada na cabeça.

59

De tanto espionar Emma, eu estava atrasada com meus estudos, mas não ia deixar aquela escrota destruir meu CR 10. Relutante, eu recusara o convite das meninas, que iam comer um banquete de sobremesas no centro, o melhor tipo de sobremesa.

Quando acabei meu trabalho de Francês, minha recompensa foi fazer um pouco do planejamento para lidar com Emma. Era preciso orquestrar tudo perfeitamente. Peguei uns salgadinhos de Yessica e abri o navegador.

Entrei na conta de Alfinetada52 para me inspirar. Eu não vira o post mais recente: a foto de uma estátua de um homem musculoso com uma espada, segurando uma tabuleta que dizia LEX. Uma busca rápida no Google revelou que não só era uma estátua na frente do Supremo Tribunal, como Emma simplesmente pegara a imagem da internet, em vez de tirar a foto ela mesma. Ela estava passando um recado.

Frustrada, voltei pelos posts dela, em busca de pistas que não tivesse notado antes. Em última instância, não importava por que ela estava fazendo aquilo, mas entender a motivação podia me ajudar a prever seus movimentos.

Alguns dos posts dela eram fotos de lugares que eu reconhecia do campus, mas outros eram imagens desfocadas demais para identificar. O primeiro post era de julho, uma foto de um cruzamento em DC. Tentei outra estratégia: o único jeito de ver o que ela salvara nos favoritos era segui-la. Ainda não tinha feito isso porque não queria criar mais conexões entre minha conta e Alfinetada52, por causa da minha foto saindo da estação, mas, naquele ponto, já tínhamos conversado por DM. Ou seja, no fim, eu teria que fazer o sacrifício maior: apagar minha conta no Instagram. Antes, no entanto, eu precisaria pegar o celular dela, como pegara o de Will.

Segui a conta e, quando cliquei para abrir os favoritos, abafei um grito. Só havia um post. Era a foto de uma garota mais ou menos da nossa idade. Uma garota negra com um sorriso enorme e cílios compridíssimos, o cabelo preso em um rabo de cavalo incrivelmente apertado. Não a reconheci, mas imediatamente deduzi o que estava acontecendo. Mandei uma mensagem para Charles e Andre no mesmo instante, sem pensar. TEM UMA OITAVA ALUNA NO PROGRAMA!??!! VOCÊS CONHECEM ESSA GAROTA??!!!!

Todo mundo sabe que não adianta ficar esperando responderem mensagens. Andre levou dois minutos para me responder: É a Simone Biles.

Andre conhecia a menina!

ela é do quarto ano?

Simone Biles não estuda na Adams!! Ela é ginasta medalhista de ouro nas Olimpíadas, ganhou um monte de competições nacionais. Pq a pergunta?

A conclusão me acertou como uma porrada na cabeça.

A assassina não era Emma, era Megan.

Ela tinha salvado o post na PORRA. DA. CONTA. ERRADA. Na conta de assassina, Alfinetada, em vez de na conta normal de otária sem graça do cacete.

Cara não é a emma é a megan! Ela era ginasta, posta o tempo todo sobre isso no instagram. Assim que mandei a mensagem, me arrependi. De tão orgulhosa da dedução, não me ocorrera que era melhor não contá-la para Andre, pois não planejava incluí-lo na etapa final do meu plano. OK. Dane-se, hora de ir para o plano B, qualquer que fosse.

Charles digitou: Eu sei. Já descobri. Vem pra estação de tratamento de água. Peguei ela.

Porra, Charles! Como ele tinha descoberto *antes de mim* e por que tinha que falar isso para o Andre? Eu ia precisar inventar um monte de mentiras como explicação plausível para uma certa pira funerária que estava por lá.

Saí o mais rápido que pude, parando só para pegar a arma de eletrochoque e meu moletom. Desci a escada do alojamento correndo e senti o vento frio atravessar minha legging, que não tinha sido feita para aquele clima. Corri pela rua, desesperada por um táxi e chamando um Uber ao mesmo tempo. O táxi chegou mais rápido, mas o motorista pareceu se irritar com minha impaciência. A polícia tinha bloqueado algumas ruas por causa da destruição ocorrida durante os protestos, e tivemos que desviar o caminho duas vezes.

Finalmente saí de novo no frio, meus olhos se ajustando à escuridão enquanto eu escalava a grade da estação McMillan. Eu sabia que Charles estaria onde Will estava. Descendo apressada as escadas que levavam ao interior gelado da caverna, vi uma luz forte no meio do caminho. A não ser que minha orientação estivesse errada, era bem onde eu tinha deixado o corpo de Will.

– Charles?

Uma pancada atingiu minha cabeça, e um clarão branco piscou nos meus olhos antes de se apagar completamente.

60

Vem pra estação de tratamento de água. Peguei ela, leu Andre. O sinal do celular estava fraco, caindo e voltando conforme o metrô avançava para o leste na linha Vermelha.

Primeiro a pergunta ridícula sobre a Simone Biles, depois a conclusão de que Megan supostamente era a assassina, e de repente a declaração de Charles: Peguei ela. "Peguei pra quê?", se perguntou Andre, abruptamente tomado por um mal-estar.

Sem saber exatamente o que fazer, ele saiu na estação Union e, por um momento, ficou parado na plataforma. Claro que Chloe supunha estar certa, e Charles rapidamente aceitara a conclusão, mas e se eles estivessem errados? Será que eles... fariam alguma coisa com Megan? Ou Emma, sei lá? "Peguei ela", dizia a mensagem, e não "A polícia pegou ela", nem "Levaram ela para interrogatório". Ele imaginou a garota amarrada em um canto escuro qualquer, Chloe e Charles a cercando com vários instrumentos de tortura.

Andre andou pela entrada da estação, sem reparar nas pessoas em quem esbarrava. Estação de tratamento... era a McMillan? Um local bizarro e abandonado no meio do nada? Era o lugar perfeito para fazer alguma coisa, *alguma coisa horrível*, sem que ninguém descobrisse. Em toda a sua pesquisa sobre psicopatas, feita por interesse próprio, ele vira as mesmas coisas repetidas: eles podiam ser impulsivos, insensíveis, sem empatia pela dor alheia e, se alguém os incomodasse, podiam guardar ressentimento profundo, até fatal.

Atordoado, Andre encarou o celular, atingido pela conclusão. Ele estivera tão concentrado nas próprias mentiras que caíra facilmente no conto do vigário de Chloe e Charles. Claro, ele às vezes notava que os dois eram diferentes dele, mas fora atraído por Chloe e suas piadas, seu foco insistente em encontrar o assassino, por Charles e seu brilho glamuroso.

Ele pensava no trio que formavam como uma estranha turma do Scooby-Doo, e esquecera que a bússola moral que os guiava era radicalmente diferente. O que ele achava que aconteceria se eles tivessem chegado a determinada conclusão? Alguma coisa *responsável*? Alguma coisa muito, muito ruim podia estar prestes a acontecer, talvez com uma pessoa inocente, talvez acompanhada por Chloe e Charles tranquilamente seguindo com a vida deles, supondo que Andre ficaria de boa com uma justiça vingativa meia-boca qualquer.

Andre soltou um palavrão baixinho, levando as mãos aos lados da cabeça e pressionando. Ele era a única pessoa que sabia o que estava acontecendo. A única pessoa que podia impedi-los. Tateou o bolso em busca do celular enquanto começava a correr até o ponto de táxi na saída principal, planejando o que fazer.

61

Ouvi alguém gemer. Eu estava com frio, tremendo e arrepiada. Minha garganta ardia e minha cabeça latejava. Abri os olhos, notando que era eu quem gemia. Senti areia fria entre os dedos. Fechei os olhos, atordoada, tonta. Charles e eu estávamos na praia?

– Ainda não chegou todo mundo – ouvi uma voz dizer.

A voz de uma mulher.

Desmaiei de novo.

Da próxima vez que acordei, senti alguma coisa me roer. Meus braços estavam doendo, formigando nos ombros. Levei um momento para entender que eles estavam presos às minhas costas, amarrados pelo pulso, e eu estava deitada de lado. Pisquei na penumbra. O que vi me deixou confusa.

Estava muito escuro, mas meus olhos se ajustaram aos poucos. Uma lanterna de acampamento estava acesa a uns três metros de mim. Atrás dela, identifiquei um corpo encolhido: Andre. Ele estava sentado, as costas apoiadas em uma coluna de concreto, as mãos no colo em posição estranha. À direita dele havia uma massa pálida, se contorcendo, que eu não conseguia distinguir porque estava bem do outro lado da lanterna.

Senti mais alguma coisa roendo meus pulsos. Mastigando as amarras. Eu me lembrei repentinamente de *O poço e o pêndulo* e pensei em ratos. O rato seguiu mastigando, às vezes pegando pedacinhos da minha pele. Tensionei os braços, puxei, e as amarras arrebentaram, silenciosas. Virei para o outro lado bem a tempo de ver Charles cuspindo plástico.

Tinha sangue seco na testa dele, e o cabelo desgrenhado estava escuro e grudento. Os olhos dele, entretanto, estavam alertas. Ele falou rápido, praticamente um sussurro:

– Corre. *Agora.* Ela já vai voltar.

Os músculos da minha perna estavam prestes a entrar em ação, mas era tarde. Vi uma sombra projetada pela lanterna. Uma figura avançando. Megan, vestida toda de preto, o cabelo preso em um rabo de cavalo. Andre estava atrás dela. Charles estava deitado a meu lado no chão, aparentemente a única pessoa que tivera a honra de ser amarrada pelas pernas e pelos braços. Trevor estava sentado de pernas cruzadas, parecendo estranhamente relaxado, olhando diretamente para Emma, à sua direita.

Megan andou até nós com passos tranquilos.

– É quase hora da nossa festinha.

– Festinha? – ecoou Charles. – Não recebi nenhum convite.

"Meu Deus, seu idiota! Não é hora para piada!"

Megan o atacou e fiz uma careta quando ela o chutou, primeiro no peito, depois bem na cabeça. Pensei em pular para atacá-la, mas alguma coisa me fez parar: Andre estava me olhando atentamente. Com uma expressão sombria, ele sacudiu a cabeça. Apesar das mãos amarradas, reconheci o gesto de arminha com os dedos. Olhei para Megan e vi que ela estava segurando uma pistola na mão esquerda. A pistola de Charles – ela devia ter tirado dele. Minha arma de eletrochoque tinha sumido; talvez ela também tivesse pegado.

Megan se agachou na frente de Charles, que cuspiu sangue. A agressão o deixara mal, pior do que todo o resto de nós. Trevor e Andre pareciam atordoados; talvez ela os tivesse drogado, ou acertado um golpe na cabeça, como fizera comigo. Era mais difícil entender Emma, sentada imóvel, impassível, com um olhar vazio.

– Já acabou? – perguntou Megan para Charles. – Acabou de ser um idiota monstruoso?

– Achei que teria mais uns bons cinquenta anos – disse ele.

Idiota!

Ela chutou o peito dele de novo. Senti a raiva emanando de mim como calor. Meu Deus, ali estava eu, perfeitamente desarmada, sendo que nas semanas anteriores tinha aperfeiçoado a arte de estar sempre preparada para um ataque.

Charles se encolheu em posição fetal, protegendo o peito com os braços amarrados, mas se voltou para Andre com um sorriso sangrento. Andre arregalou os olhos, não parecendo se divertir.

– Megan, pode parar – disse Emma, em voz baixa. – Não é tarde demais. Só porque começou alguma coisa, não quer dizer que não possa parar.

Megan olhou para ela com nojo.

– Ninguém pediu sua opinião, ratinho. Já estou quase acabando aqui.

Trevor, parecendo muito confuso, não parava de olhar de Megan para Emma.

Prendi a respiração e me aproximei um pouco de Megan. Tínhamos sido organizados em um círculo ao redor dela. Charles estava tentando sentar, devagar e com esforço, e, pela careta que estava fazendo, parecia estar com dificuldades. Ele piscou diante da luz forte e artificial da lanterna.

– Ah – ronronou Megan –, aqui vêm eles.

Duas luzes estavam se mexendo pela caverna, se aproximando, o tipo de iluminação da lanterna do celular.

– Vocês receberam meu recado – disse ela quando as luzes chegaram ao grupo.

Dr. Wyman se aproximou mais, levantando as mãos, uma das quais segurava o celular. Elena estava atrás dele, o rosto atordoado de choque.

– Larguem os celulares! – gritou Megan, levantando a arma.

Ela estava segurando a pistola do jeito errado. De lado, como fazem na televisão. Eu não entendia muito de armas, mas sabia que não era assim que deviam ser usadas, não por quem sabia o que estava fazendo.

Dando crédito a Wyman, ele ficou calmo e obedeceu à ordem de Megan, abaixando o celular, virado para o chão. Elena largou o dela com um baque, deixando cair perto de Andre. Como os olhares estavam todos focados nos psicólogos, aproveitei a distração e me aproximei mais de Megan. Andre tossiu.

– Megan, alguém vai notar que todos esses alunos sumiram e chamar a polícia – disse Wyman calmamente.

Ah, dr. Wyman, que bobo… Eu teria mentido e dito que já tinha chamado a polícia.

Megan riu.

– Claro. Porque a polícia não está ocupada com os protestos no parque Lafayette, nem nada. Sejamos sinceros, ninguém liga para esses cinco. Vocês facilitaram tudo pra mim.

Ela abaixou a arma, apoiando-a no quadril, e fez uma expressão doce e inocente. Foi impressionante, como se seu rosto tivesse sido inteiramente lavado e trocado por outro.

– Vocês ficariam chocados em saber onde consigo me meter – continuou.

Tentei avançar mais, mas Andre tossiu de novo. Olhei para ele, irritada, mas ele encontrou meu olhar e se virou para a esquerda; então, de volta para mim, e outra vez para a esquerda. Olhei para onde ele estava apontando e vi que, a pouco mais de um metro de mim, na base de uma das colunas, uma forma irregular rompia a linha arquitetônica. Um tijolo quebrado.

– Doutor Wyman, vamos fazer mais um joguinho de psicólogo antes de eu matar todo mundo – disse Megan, alegre.

– Acho que você não está pensando com clareza. Nitidamente está muito chateada. Por que não me conta o que está acontecendo? – disse Wyman.

– O que está acontecendo? Está acontecendo essa empreitada nojenta! Você acha que não sei o monstro que meu pai era? Minha irmã?

– Não sou como ele – disse Emma baixinho.

Megan achou esse comentário tão ultrajante que pude aproveitar a distração para me aproximar uns trinta centímetros da coluna com o tijolo quebrado.

– Hum! – exclamou Megan, e apontou a arma diretamente para o dr. Wyman. – O que acha disso? O que todos os seus testes disseram? Vinte anos de pesquisa e baboseira só pra dizer que ela é igualzinha ao nosso pai. Doente. Com a cabeça *estragada*. Não é normal, como eu.

Eu me perguntei se Megan era pior do que todos nós juntos.

– Deve ter sido difícil pensar no seu pai e em quem ele era – disse Elena, em voz baixa.

– Ah, vai se foder! Vão se foder, vocês e esse estudo! Aqui estão, ajudando essas... essas *aberrações* – falou Megan, apontando para nós com a arma –, quando o que deviam fazer era juntar todos eles e dar cianeto para beberem.

– Quem é seu pai? – perguntou Trevor, perdido.

– Gregory Ripley, o assassino SED – disse Charles.

Ele quase levou mais um chute pela resposta, mas Wyman interrompeu o ato.

– Acreditamos no potencial humano – disse ele. – Acreditamos que as pessoas podem aprender a tomar decisões construtivas, até mesmo vocês.

Vinte anos atrás… algumas coisas horríveis aconteceram, e eu queria criar um trabalho que impedisse que coisas assim acontecessem novamente. Megan, você está em uma encruzilhada, como ele esteve. Por favor, abaixe a arma, e vamos conversar, só nós dois.

Megan o encarou, estreitando os olhos, e lentamente se virou para Emma, de um jeito que quase me causou calafrios. Emma estava congelada no chão, abraçando os joelhos com os braços amarrados, olhando para a irmã com uma expressão que eu não sabia interpretar. Não parecia medo – parecia mais resignação. Megan bateu com a coronha da arma na coxa.

– Você quer matar sua própria irmã? – perguntou Charles, soando incrédulo de verdade.

Dava para ouvir a respiração áspera dele até de onde eu estava.

– Minha irmã é um monstro. Passei anos lendo o diário dela. Sempre soube que tinha alguma coisa errada com ela, que nem com o nosso pai, e, quando ela entrou nesse programa, eu tive certeza. No começo, achei que fosse piada. Por que alguém colecionaria um zoológico de aberrações que nem esse grupo? Fiquei de olho nela, de olho em vocês todos, para confirmar que estava sendo justa. Mas acabou que vocês são doentes, são pervertidos. Não posso desfazer o que meu pai fez. O melhor que posso fazer pela sociedade é remover vocês da face da Terra.

– Espera – disse Trevor, de repente. – Sou diferente deles.

Ah, fala sério. O comentário foi tão ultrajante que eu tive que parar de avançar na direção da coluna.

– Posso te ajudar – acrescentou ele, olhando para ela de forma quase sincera.

Ela estava nitidamente cética.

– Como *você* pode *me* ajudar?

Trevor umedeceu os lábios.

– Posso entrar nos arquivos – disse ele, apontando para Wyman. – Todos eles. De anos atrás. Todos os alunos que já participaram do programa. Todos os alunos que cumpriram os critérios, ou mesmo os que chegaram perto disso. A gente… a gente pode fazer uma lista, juntos.

"Seu escrotinho." Wyman e Elena o encararam, incrédulos. Elena olhou para o chefe de relance; foi por um segundo, mas qualquer mulher reconheceria a expressão. Dizia: "Eu te avisei. Eu te avisei sobre esse garoto e você não me escutou". Meus dedos, dormentes por causa do frio, tatearam a coluna atrás de mim, encontrando os contornos do tijolo quebrado. Eu o puxei e ele cedeu um pouco, mas não inteiramente.

– Qual é seu plano? – perguntei, alto. – O que você fez ali? – perguntei, apontando na direção de Will com a cabeça, e Megan se aproximou de mim, sorrindo. – Quantas pessoas você matou? Quatro? Cinco? Seis? Obviamente não está se limitando aos vilões.

– Vilões, é? – perguntou ela, dando meia-volta para olhar para Wyman e Elena.

Feliz com essa distração, puxei uma última vez, até o pedaço de tijolo estar na minha mão direita, frio e pesado.

– Vocês fazem esses joguinhos psicológicos com a gente há anos, e agora é hora de se envolverem no experimento. Eu vou matar todo mundo que está aqui – disse ela calmamente. – Mas se um de vocês – continuou, apontando com a arma para a dupla de psicólogos – estiver disposto a matar alguém, solto vocês.

Charles se animou, o olhar atento observando os cientistas. Ele claramente achava que um dos dois aceitaria a proposta. Emma e Trevor também estavam atentos, mas a expressão de Andre era mais emotiva: "Que porra é essa?", dizia. Um longo silêncio se fez, Megan esperando que um deles aceitasse o acordo.

– Megan, não vamos fazer isso. Que tal irmos conversar no meu escritório? – sugeriu Wyman.

– Ninguém quer conversar com você. Acha mesmo que qualquer um desses doidos quer conversar sobre seus problemas? – perguntou ela.

Eu me aproximei. De tão distraída, Megan não notara que eu estava quase atrás dela.

– Megan, estamos ajudando essas pessoas – disse Elena em voz baixa. – Não, não é uma população com quem qualquer um queira trabalhar, mas é exatamente por isso que há tão pouca pesquisa sobre o assunto.

– É esse o objetivo da ciência – acrescentou Wyman. – Entender as coisas sem julgá-las. Quero te ajudar, e não julgarei o que você já fez, desde que abaixe a arma.

– Me diga o nome de *uma* pessoa que esse programa ajudou – exigiu Megan.

– Eu – disse Charles de repente. – Aprendi a pelo menos parecer um ser humano. Você devia tentar um dia desses.

– Seu *desgraçado*! – gritou ela.

Vi o braço dela se mexer. Um clarão de luz saiu da ponta da arma, um barulho de estouro, de explosão. O corpo de Charles foi jogado para trás, caindo ao chão. Ela tinha atirado nele. Tinha atirado em Charles.

Um frio me consumiu. Era uma sensação calma, mas também uma raiva concentrada e incandescente. Eu estava em uma posição baixa demais para usar o tijolo, então ataquei as pernas dela, derrubando-a, meus dentes enfiados na panturrilha dela, entre a calça e as meias, arrancando sangue. Ela gritou e a arma disparou, um estouro claro no escuro. Nós brigamos como gatos de rua. Bati com o tijolo na cabeça dela, fazendo o barulho de uma melancia quebrando, esmagando o nariz dela.

Ela soltou um grito esganiçado. Golpeei de novo, acertando em cheio. Ouvi gritos, não sei de quem. Não conseguia ver mais ninguém, nem Wyman, nem Charles, ninguém, só aquela filha da puta detestável que eu precisava destruir. Alguém gritou meu nome. Bati de novo e de novo, até uma onda de luzes brancas cruzar a caverna escura de todos os lados. Gritos. Homens de preto apareceram como ninjas, me cegando com as lanternas, aos berros.

– Largue a arma!

– No chão!

– No chão, agora!

Todos gritaram ao mesmo tempo. Reparei, de repente, que as luzes estavam apontadas para *mim*. Os fuzis chiques também. Sangue escorria do meu rosto. Aturdida, larguei o tijolo e levei as mãos à cabeça, piscando contra as luzes ofuscantes.

62

– Chloe, vem cá – disse Elena baixinho.

Obedeci. Havia policiais por todos os lados, lanternas brancas e ofuscantes cruzando a caverna. Os caras da SWAT estavam aglomerados no que fora o centro do nosso círculo de psicopatas. Os policiais à paisana – acho que eram detetives – estavam começando a bloquear uma extensa área e nos empurrar para fora, pedindo para não irmos embora.

Elena tirou um pacotinho de lenços umedecidos da bolsa e limpou o sangue da minha boca e de onde tinha escorrido pelas laterais. Os dedos finos dela estavam tremendo.

– Você está bem? – sussurrou ela.

– O Charles está morto?

Os socorristas tinham aparecido quando os caras da SWAT notaram que eu não era uma ameaça para ninguém. A verdadeira culpada tinha virado picadinho e estava sendo fotografada pela equipe forense. Tinham cercado Charles imediatamente, como um enxame de abelhas, e um único socorrista foi confirmar o óbvio: que Megan estava morta. Depois de muitos gritos, eles levaram Charles embora em uma maca e um policial me segurou pela parte de trás da camiseta para me impedir de ir atrás. Charles estava mortalmente pálido e inerte. Os socorristas tinham saído correndo, e eu estava com um pressentimento ruim.

Elena levou as mãos aos meus ombros e não disse nada.

Merda. Uma coisa me ocorreu: eu precisava do celular da Megan. Devia estar com ela, porque todo mundo da nossa idade vive grudado no celular, ou, se fosse esperta, tinha deixado em casa, sabendo que o celular poderia rastrear a localização dela até a área onde estava planejando nos assassinar. Eu mal consegui dar dois passos antes de uma dupla de policiais aparecer e me empurrar para perto de Andre. Ele estava encarando alguma coisa a poucos metros dali, cobrindo a boca e o nariz com a mão.

Segui o olhar dele e vi que vários policiais estavam examinando os restos de um certo churrasquinho humano no chão. O cheiro devia estar mesmo incômodo – a caverna era subterrânea e o ar, úmido, assim como a areia debaixo do que restava do corpo de Will. Eu precisaria jogar minhas últimas cartas com muito cuidado quando a polícia me interrogasse. Confiava que Charles não diria nada, e Andre não sabia nada substancial sobre Will.

– O que… o que é aquilo?

Dei de ombros.

– Outro corpo, acho.

Andre me olhou de repente, afastando a mão do rosto. Não consegui ler sua expressão. Não dava para saber o que era, mas não era coisa boa. Fingi estar chorando.

– Sinceramente, só quero que essa noite acabe logo.

Ele me encarou.

– Claro. Claro, todos queremos.

De repente, a polícia começou a nos enxotar dali, nos levando até as viaturas à espera. Elena sentou a meu lado no trajeto, a mão magra agarrada a meu braço.

– Vai ficar tudo bem agora – falei.

Ela me olhou, franzindo a testa. Fomos levados à delegacia e separados em salas diferentes, mas uma moça simpática veio me trazer chá quente. Eu não estava com roupas adequadas, e sentia efeitos residuais de ter passado tanto tempo no frio.

Uma porta se abriu e entrou um homem, sorrindo de modo contido, mas amigável.

– Oi, prazer, sou o detetive Bentley – disse ele.

O detetive Bentley tinha um quê de tiozão gostoso, meio *Duro de matar*. Gostei dele imediatamente.

– Estou trabalhando neste caso faz alguns meses – continuou. – Posso te fazer algumas perguntas?

Ele podia. Era *muito* importante que eu respondesse a algumas perguntas. Parte do que contei era verdade: sabíamos que estávamos sendo perseguidos, alguém tinha tentado entrar em um quarto atrás de Charles, e tínhamos descoberto que as gêmeas eram filhas do SED e que os assassinatos pareciam uma forma de imitação. Não falei do Instagram, claro, e inventei uns novos detalhes que ninguém conseguiria verificar.

– Teve uma noite… – falei, começando a tremer de novo, batendo os dentes.

O detetive Bentley tirou o casaco e me cobriu. Bingo. Eu me abracei no casaco, sorrindo com gratidão.

– Eu estava voltando da academia, lá pelas nove, e ia para uma festa numa fraternidade, quando senti que alguém estava me seguindo.

– Que fraternidade? – perguntou Bentley, anotando.

– Acho que foi a SAE? Enfim, achei que era só paranoia, então fui à festa. Fiquei conversando com um garoto loiro… ai, não lembro o nome dele. Conversamos um pouco, mas quando levantei para ir ao banheiro vi que uma garota estava me olhando *feio*. Na hora, não dei muita bola. Achei que talvez a garota estivesse saindo com o loiro, ou que eles namoravam, sei lá, e ela estava com ciúmes. Mas… – falei, arregalando os olhos e os enchendo das lágrimas traumáticas que deveria demonstrar. – Senhor Bentley, era *aquela garota*! A que acabou de tentar matar a gente!

– Era a mesma garota?

– Tenho certeza. Lembro bem, porque ela se *virou* e me *encarou*, tipo, super do mal! Aí ela foi embora com o garoto. Mas foi muito esquisito… ela estava agindo como se tivesse *roubado* ele de mim, sabe, sei lá. Nem lembro como ele se chama.

– Você pode descrevê-lo? A idade? Ele era da fraternidade?

Comecei a fazer a descrição de forma incoerente, mas descrevendo Will razoavelmente bem.

– Acho que isso explica… Ela era doidinha de pedra e deve ter descoberto que a gente sabia que o pai dela era o SED.

De repente, Bentley largou o tablet e se abaixou à minha altura, apoiando as mãos nos joelhos.

– Chloe… Sei que sua lógica moral é diferente da de pessoas normais, mas…

– Quê? Como assim?

– A gente sabe do programa.

– Quem?

– Parte da polícia. Eu sei. Trabalho com Leonard nesse programa faz anos. Você parece uma boa menina, e Leonard me disse que você tira ótimas notas.

– Fui finalista de uma bolsa de mérito nacional.

– É uma conquista e tanto! Mas quero que você pense em Emma por um segundo, e no fato de que ela provavelmente não quer que ninguém saiba quem é o pai dela. Muita gente se esforçou para guardar esse segredo, porque a mídia teria destruído aquelas duas menininhas.

– Você sabia quem elas eram?

– Foi antes da minha época, mas meu pai foi o detetive principal do caso Ripley. Todo mundo se apaixonou por aquelas menininhas.

Eu ri.

– Todo mundo errou, então.

Ele não se deixou abalar.

– Você acha que pode guardar segredo sobre o pai da Emma?

– Gosto de segredos – falei, apertando o casaco contra meu corpo. – Se você me contar uma coisa.

Ele pareceu um pouco cético, mas assentiu.

– Ela me enganou... – comecei. – Eu, Andre, Charles, ela nos enganou para irmos até lá. Como ela pegou o resto?

– Do mesmo jeito, na verdade. Ela mandou uma mensagem para o Charles fingindo ser você, aí pegou o celular do Charles. Fez a mesma coisa com o Trevor, fingindo ser uma garota interessada nele.

Eu precisava admirar aquilo: era o que eu teria feito, e Trevor iria *mesmo* a uma caverna estranha se achasse que conseguiria transar com alguém.

– Mas Emma e os doutores, ela só os chamou – disse Bentley. – Acho que eles não estavam esperando.

Eu não tinha tanta certeza quanto a Emma. Acho que havia coisas que Emma não queria admitir, mas talvez desconfiasse, sobre a irmã.

Andre tentou não encarar o dr. Wyman, que estava sentado do outro lado do corredor da delegacia, com a cabeça entre as mãos. Ele estava pálido.

Andre tinha sido levado a outra parte do prédio para o interrogatório, fora analisado em busca de evidência forense e tinha sido liberado para ir embora assim que sua carona chegasse. Ele abraçou o peito, ainda tentando se livrar do frio que entrara em seu corpo depois de sabe-se lá quanto tempo naquele subsolo. Ele só queria voltar para casa. A casa mesmo, não o alojamento. Ele pegou o celular e, depois de considerar por muito tempo, mandou uma mensagem para o irmão: Longa história mas tô na delegacia de Dave Thomas Circle. Pode me buscar? Vou passar uns dias em casa. Apareceram reticências, seguidas de simplesmente Ursinho!, o que era o jeito de Isaiah dizer: "Estou a caminho, mas quero saber a história toda pra te zoar enquanto a gente come alguma coisa gordurosa". Por Andre, tudo certo.

Ele ficou feliz por ter alguns momentos sozinho para se aquecer e pensar no que vira, o que seu cérebro ainda não conseguia processar totalmente. Tinha acabado. Tudo tinha acabado. Mistério resolvido. Todos voltariam para casa, seguros e... felizes? Naquele momento, Chloe surgiu de uma porta, vestindo um casaco que claramente não era dela. Andre tinha sido separado de todo mundo assim que chegaram à delegacia, e supunha que ela também fora interrogada e analisada em busca de evidência forense.

– Não diga nada – sussurrou para Andre ao sentar na cadeira ao lado dele.

Ele se empertigou. Dizer o quê? Será que ela estava com raiva dele? Será que tinha descoberto que fora ele quem chamara a polícia no caminho da reunião de Megan – ou o que quer que fosse aquilo –, ou supunha que tinham sido Elena e Wyman? Tenso, Andre tentou observá-la sem ser muito óbvio. Ela não parecia perturbada, estava balançando as pernas e jogando Doge Dash no celular. "Você acabou de matar uma garota a tijoladas", pensou Andre. "Vi os miolos dela."

– Será que tem onde comprar um lanche? – perguntou Chloe de repente.

– Provavelmente – disse Andre, querendo que ela fosse embora.

Ela foi, praticamente saltitando pelo corredor. Andre engoliu em seco, a garganta tão ressecada que parecia estalar. Em um cantinho no fim do corredor havia uma mesa com café que cheirava a queimado e copos de isopor. Ele serviu dois cafés, as mãos tremendo um pouco, e caminhou até onde Wyman estava sentado. Wyman aceitou o café com um sorriso surpreso, mas triste, que não chegava aos olhos. Ele parecia estar sentindo alguma dor física.

– Você vai ficar bem, doutor Wyman? – perguntou Andre.

– Perdão, eu... É um déjà vu estranhíssimo. Tudo que eu sempre quis foi que as meninas ficassem protegidas, tivessem uma vida normal.

– Você nunca pensou que tinha alguma coisa errada com Megan?

Wyman suspirou alto.

– Quando recebi o telefonema da Califórnia, quando começaram a suspeitar que Emma tinha psicopatia, só consegui pensar nela... como poderia ajudá-la? Sei que, por causa da nossa relação pessoal, era estranho ela participar do estudo, mas achei que o programa poderia ajudá-la a viver uma vida melhor.

– Mas, doutor Wyman... por que você queria ajudar Gregory Ripley, para começo de conversa?

Ele piscou, como se a resposta fosse óbvia.

– Porque ele era uma pessoa profundamente perturbada... eu só não sabia o *quanto*.

– Mas quando o país todo queria que ele fosse executado, por que você testemunhou a favor dele no tribunal?

– Eu sou quaker, Andre. Não acredito na pena de morte. Muitas pessoas alegam ser moralmente contra a pena de morte e o sistema que a perpetua, mas essa moral desaparece de repente em casos como o de Ripley. Não acredito que o Estado deveria executar um homem, nem que pessoa alguma está além da redenção. Eu queria ajudá-lo.

– Você acha que ele poderia ser ajudado? Se estivesse vivo?

– Não, e sabe por quê? Porque o campo da Psicologia dedica relativamente pouco tempo e energia ao estudo da psicopatia. Nós, quakers, acreditamos em algo chamado justiça restaurativa. Significa que, quando alguém faz algo de errado, não acabamos com a vida da pessoa, nem a retiramos da sociedade, mas exigimos que ela repare o mal que causou.

Andre olhou para o café amargo, em silêncio. Por causa da pesquisa que fizera, Andre conhecia a trajetória profissional de Wyman, mas nunca pensara nele daquela forma. De repente, ele sentiu vergonha. Wyman não era um cientista louco e perturbado, mas um homem tão sincero que quase doía pensar nisso. Ele imaginou como Wyman deveria se sentir, acreditando que ajudara as gêmeas a encontrarem uma vida razoavelmente normal, até vivenciar aquela noite, algo que ele achava que deveria ter conseguido prever e impedir.

Andre procurou o que dizer; ele se perguntou se ali, no meio do caos, seria uma boa hora para se abrir quanto ao diagnóstico. Quando abriu a boca, contudo, o que saiu foi:

– Vão acabar com o programa?

Wyman pareceu assustado, mas a expressão foi quase instantaneamente substituída por pena.

– Não, Andre, eu não me preocuparia com isso. Vocês que foram atacados, não o contrário.

Wyman deu um tapinha meio distraído nas costas dele, e Andre sentiu uma onda de vergonha.

Então um dos policiais apareceu, trazendo Emma e a trocando por Wyman, levando-o a uma outra sala.

A expressão de Emma era vazia e cautelosa. Ela sentou no banco, perfeitamente imóvel, as solas dos sapatos pressionando o chão. Se os acontecimentos da noite a tinham traumatizado, ela não o demonstrava.

– Meus pêsames... por sua irmã – arriscou Andre.

Desde que lera o livro de Fiola, ele estava concentrado no mistério, em se proteger, e não tinha parado para pensar no fato de que aquelas duas garotas, quase da idade dele, sabiam que o pai tinha cometido alguns dos atos mais horrendos na história dos crimes. Era o mesmo homem que as alimentara quando bebês, comprara brinquedos de Natal, dera beijos de boa-noite na mãe delas. O pai das duas era um monstro, e a mãe, de certa forma, também as abandonara. Era trauma o bastante para várias vidas, quanto mais uma só.

Emma se virou para ele. Os olhos dela eram claros, cor de mel, indecifráveis, e estavam focados na parede atrás dele.

– Nada que eu dissesse para Megan era capaz de controlá-la.

Andre tentou encontrar alguma coisa razoável para dizer.

– Não é sua responsabilidade controlar sua irmã.

– É um pouco – respondeu Emma. – Porque sou a única que a conhece de verdade. Eu não queria que ela fosse assim. Ela sempre foi mais inteligente do que eu, sempre via tudo como ameaça, sempre estava cheia de planos.

Ela ficou um bom tempo em silêncio. Andre se esforçou para escutar os detetives do outro lado do corredor, mas havia barulhos intermitentes de rádio saindo de mais de uma sala. Emma olhou para os sapatos sujos de areia.

Ela ergueu o rosto e olhou para Andre, pensativa.

– Você sabia que meu pai é uma figurinha?

– Quê?

– Tem figurinhas com diferentes assassinos, tipo um álbum. Para as pessoas colecionarem.

Ela voltou a olhar para os pés e não falou mais nada. Andre ainda sentiu a reprimenda, mesmo que não tivesse como ser direcionada a ele. Que tipo de gente coleciona essas figurinhas?

As orelhas dele arderam, e ele não conseguiu pensar em como se defender. Pensou na miríade de podcasts, séries e filmes sobre serial killers que consumia como forma de entretenimento. Era fácil esquecer que as pessoas envolvidas naqueles casos eram de verdade, não meros personagens.

– Acho que eu diria que há uma diferença entre querer entender alguma coisa e sentir curiosidade mórbida – disse ele finalmente.

Ela olhou diretamente para os olhos dele pela primeira vez, e respondeu baixinho:

– Não há diferença quando você é filha do Gregory Ripley.

O celular de Andre vibrou: Isaiah mandara um emoji de berinjela, o que provavelmente significava que tinha chegado. Aliviado, acenou constrangido para se despedir de Emma, que só o encarou, e confirmou com o policial da recepção se podia ir embora.

Ele saiu no ar frio. Eram quase três da manhã, e, apesar de não haver trânsito naquela hora, os postes iluminavam a rua bem o bastante para encontrar com facilidade o carro de Isaiah, estacionado em uma vaga proibida, o pisca-alerta ligado. Ele esperava entrar no carro, onde inevitavelmente o rádio estaria ligado em uma música horrível, mas Isaiah saiu, e o rosto dele não expressava humor nem zoeira de irmão mais velho, e sim preocupação e ansiedade. A porta de trás foi aberta em seguida, e os pais dele saíram, o pai um pouco lento devido às costas machucadas. Andre estava tão exausto... ele quase fora assassinado, e era apenas humano... Será que conseguiria segurar as lágrimas? A família se aproximou, feliz de ver que ele estava vivo, querendo abraços, querendo saber o que acontecera para ele parar na delegacia. Andre sabia que, primeiro, ele os abraçaria. Ele os abraçaria bem apertado, porque eram a família dele e ele os amava, e queria o conforto e a familiaridade tranquila de casa, a xícara de chocolate quente que a mãe faria, talvez uma torrada, antes de pegar no sono na cama de infância. Primeiro, ele os abraçaria, e depois mentiria para eles.

63

O carro virou na Rhode Island, entrando na frente de duas pessoas de lambreta que mal notaram. O detetive Bentley era um motorista assertivo. Lá fora, o sol brilhava e as pessoas mandavam mensagens como se não tivesse ocorrido uma tentativa de chacina. Aparentemente, detetives não usavam viaturas policiais, mas carros de aparência comum, com luzes e sirene na parte de dentro.

Depois da festa da noite anterior, eles tinham me pedido para voltar à delegacia e responder a mais perguntas. Reafirmei minha história sobre o loiro misterioso e confirmei todo o resto. Mandei uma mensagem para Andre, que disse que a polícia também o interrogara de novo, e que ia se enfiar na cama e hibernar pelo resto do ano. Falei que era hora de comemorar nossa nova liberdade.

– Podemos ligar a sirene? – perguntei, e Bentley me olhou bem-humorado, mas firme, e sacudiu a cabeça em negação. – Fala sério, seu pessoal esteve a dois segundos de me matar a tiros!

– É, bom, viram uma garota matando outra a tijoladas.

– Do que você está reclamando? – falei. – Acabei de solucionar dois assassinatos pra você.

– Três – resmungou ele.

– *Três?* – perguntei, arregalando os olhos. – Então era *mesmo* outro cadáver na estação de filtragem? Eu e Andre achamos que talvez fosse um animal.

– Esquece o que eu falei. Sabe, tem um pessoal na delegacia que não acha tão bom ter um programa cheio de psicopatas na cidade.

– Vocês sabem que a culpada era supostamente normal igual a vocês, né? – perguntei, e ele deu de ombros, admitindo que eu estava certa. – Ajuste suas prioridades, detetive. O pior que eu faço é beijar garotos que têm namorada, mesmo morando em uma cidade com uma nova acusação por semana.

– Justo.

Bentley chegou ao Hospital GW, estacionando o carro na rua 22, em uma vaga proibida, mas provavelmente não para policiais. Dois alunos do GW nos encararam ao atravessar a rua, a caminho do mercado ou de aulas.

– Não se meta em confusão, senhorita Chloe – disse ele.

Eu o olhei bem de frente.

– E se eu me meter?

– Então definitivamente não me ligue.

Nós nos despedimos com um sorriso.

Assim que descobri qual elevador pegar, vi ninguém mais, ninguém menos que Kristen Wenner, com aparência cansada e abatida, carregando uma embalagem da padaria Buttercream debaixo do braço. Corri para pegar o mesmo elevador que ela.

– Kristen! Sou eu, a Chloe, da sua festa.

– Ah, oi – disse ela, soando exausta.

– É verdade? O que ouvi falar do Charles? – sussurrei.

Ela fez cara de confusão, então expliquei:

– Eu faço trabalho voluntário aqui… a gente sabe de tudo.

– É verdade – sussurrou ela. – Coitadinho.

– Soube que tinha uma garota doida perseguindo umas pessoas.

– É tudo que Charles disse. Aparentemente, ela estava obcecada por meia dúzia de alunos do campus… Ainda está sendo investigado.

– Charles é boa-pinta. Dá pra imaginar.

O elevador estava chegando ao sexto andar.

– Será que posso dar um pulo lá pra falar com ele? – sugeri.

– Ah, por favor, Chloe! – disse Kristen, pegando meu braço. – Passei a noite toda lá e agora só posso ficar uns poucos minutos. Charles não gosta de ficar sozinho. Ele vai ficar feliz de ter companhia.

Claro que Charles tinha um quarto particular. A TV estava no mudo e Charles assistia, sentado na cama. A camisola hospitalar dele não estava apertada, então caía de um ombro, mostrando o curativo logo abaixo da clavícula.

– Trouxe visita! – disse Kristen.

Charles olhou de Kristen para mim e para Kristen de novo, abrindo um sorriso dopado. Ele definitivamente não queria que nós ficássemos amigas.

– Chloe, lembra, da sua festa? – falei, doce.

– Aaah – disse ele.

– Trouxe biscoitos – disse Kristen.

Ela se aproximou para deixar os biscoitos na bandeja, beijando-o e alisando seu cabelo.

– Está se sentindo melhor? – perguntou.

– Cansado. Estou chapadérrimo agora – disse ele, soando mesmo dopado.

Kristen ficou uns minutos ali, mas logo se despediu, pedindo desculpas, dizendo que eu podia fazer um pouco de companhia. Ela foi embora e eu me aproximei da cama dele para pegar um biscoito. Escolhi o que tinha mais chocolate.

– Que engraçadinha – disse ele, amargo, mas com certo humor.

– Você devia ser mais legal com as pessoas que salvam a sua vida.

Charles abriu espaço na cama com certa dificuldade, e eu subi para deitar ao lado dele.

– Não acredito na nossa burrice – falei. – Nunca nem considerei Megan.

– Eu considerei ela seriamente – respondeu ele. – Só achei que tinha mais pistas apontando para os outros suspeitos.

– Que mentira! – gritei, indignada. – Você só está dizendo isso agora que já foi!

Ele riu. Charles deixou a caixa de biscoitos na mesa de cabeceira e eu me aninhei nele. Por baixo do cheiro de gaze e antisséptico, ele ainda cheirava a Charles.

– Tenho um presente pra você – cochichou ele.

– Pra mim? Por salvar sua vida?

Com dificuldade, ele passou a mão pela mesa de cabeceira, onde estavam uma jarra d'água e uma pilha de roupas dobradas. Do meio das roupas, tirou um iPhone e me entregou. O fundo de tela era uma ginasta no meio de uma acrobacia. Abafei um grito, pegando o aparelho.

– Como você pegou isso? – perguntei.

Merda. Precisava de senha. Tentei 1234, depois 0000.

– Bem quando a SWAT chegou, mas antes de os socorristas me alcançarem. Eu estava bem ao lado do corpo.

– Pensou rápido, hein.

– Ela devia saber... sobre o Will, né, para nos levar para lá.

Não respondi, tentando mais senhas. Arriscando, digitei o equivalente numérico de B I L E S. Sucesso! Apaguei imediatamente o Instagram dela, pus o celular em modo avião e o joguei na jarra d'água. Eu já tinha apagado minha própria conta, no segundo em que chegara à delegacia e tinham me deixado usar o banheiro.

Cutuquei Charles, notando que ele estava pegando no sono.

– Você acha que a Emma sabia desde o começo?

– Não sei... às vezes me pergunto se ela descobriu o que Megan estava fazendo mas achou que podia convencer a irmã a parar. Talvez ainda sentisse certa lealdade em relação a ela – disse Charles. – Eu tinha tanta certeza de que era o Trevor.

– Só quando notei que ele estava no hospital se recuperando de um ataque que soube que não podia ser. Megan também estava atrás dele.

– Ele é um cuzão. Teria facilmente entregado todo mundo ligado ao programa para salvar a própria pele.

– Eu sei – falei. – Ele não foi perdoado. Não por mim. Fez uma inimiga poderosa.

– Deixe os estratagemas para outro dia – disse ele, abaixando a voz em um cochicho. – Esqueci... estou na cama com uma serial killer, tecnicamente.

Franzi a testa.

– Não é bem assim.

Ele riu e, como desculpas, me abraçou. Levantei a cabeça momentaneamente, para soltar meu cabelo.

– Charles, você nunca achou mesmo que era eu, né? Que sou capaz dessas coisas horríveis?

– Claro que não – disse ele, tranquilo, o olhar vidrado e chapado focado na TV.

Segurei seu queixo e virei a cabeça dele para obrigá-lo a me olhar.

– Fala a verdade, Charliezinho!

Ele sorriu um pouco demais e ajeitou uma mecha de cabelo atrás da minha orelha.

– Claro que eu precisava *considerar*, mas nunca achei *mesmo* que fosse você – disse ele, o olhar límpido e diretamente concentrado no meu.

Esse é o problema de pessoas como nós: mentimos bem demais. Nunca dá para saber a verdade.

Suspirei, apoiando a cabeça no peito dele, e olhei para a televisão do outro lado do quarto, pensando no que faria para destruir Trevor. No jornal, tinha um protesto a toda em um país cuja bandeira em chamas não reconheci. Depois mostraram uma plataforma de gelo derretendo e caindo no mar. Charles virou a cabeça de leve e beijou minha testa. "Vou relaxar, tirar um dia de folga", pensei. Sempre há tempo para novos estratagemas amanhã.

AGRADECIMENTOS

O fato de este livro existir e de que todo o processo de publicação aconteceu durante uma pandemia global é prova do trabalho e do apoio incrível de tantas partes. Durante um dos períodos mais sombrios que já vivi, ter este livro e tanta gente torcendo por mim me fez sorrir e me deu algo pelo que esperar no futuro. Em um ano loucamente emocionante, quando parecia que todas as melhores e piores coisas aconteciam ao mesmo tempo, ver a felicidade de outras pessoas pelo sucesso desta obra foi como um feixe de luz cortando a escuridão.

À minha agente, Rebecca Scherer, por escolher meu manuscrito modesto na pilha de originais e ter fé inabalável em seu sucesso. Confiei plenamente no seu julgamento sobre como vender o livro apesar da Covid, e você entregou (e entregou e entregou!). É um orgulho estar na sua estante. Obrigada à equipe toda da JRA pelo apoio a esta autora novata.

À minha editora na Park Row Books, Laura Brown, por ver e entender este romance, fazer todas as perguntas certas e levá-lo a outro patamar. Queria que você pudesse ver meu eu da quarta série batendo nas teclas da máquina de escrever, meu eu universitário folheando o *Writer's Market*, meu eu de trinta e tantos anos recebendo a trecentésima rejeição de agente – você concretizou todos os meus sonhos mais loucos de escritora. Obrigada a todo mundo na Park Row que fez este livro acontecer: Erika Imranyi, Margaret Marbury, Rachel Bressler, Loriana Sacilotto, Randy Chan, Rachel Haller, Amy Jones, Lindsey Reed, Punam Patel, Quinn Banting, Heather Connor e Roxanne Jones.

A Liz Foley e Daisy Watt na Harvill Secker, por caírem matando e advogarem por este livro com leitores do outro lado do oceano. Mikaela Pedlow, Anna Redman Aylward e Sophie Painter, por trabalharem tanto para este livro fazer sucesso no Reino Unido.

A todas as comunidades e a todos os indivíduos que me ajudaram a crescer como escritora. Ao meu grupo incrível de escritoras em DC, especialmente minhas amigas fiéis Melissa Silverman e Everdeen Mason: conseguimos! Às várias oficinas e aos vários professores que me apoiaram ao longo dos anos: a oficina de Jenny McKean Moor, Litcamp, o intensivo de escrita de verão Marlboro, Breadloaf, VONA, Sewanee, Juniper, Colgate, aulas universitárias de escrita avulsas nas quais escrevi demais usando o presente e por fim, mas não menos importante, a comunidade de escritores com quem trabalhei na escola. A todos os leitores de todas as versões deste livro, ou de qualquer um dos meus livros. Ao sargento Fluffy, pela consultoria policial e de armas.

A todas as pessoas que publicaram meus contos. Em especial: Susan e Linda na *Glimmer Train,* que publicaram meu primeiro conto; Morgan Parker na *Day One*, por publicar *Twelve Years, Eight-Hundred and Seventy-Two Miles*; Lantz Arroyo, Sarah Lopez e Nick Hurd na Radix Media, por publicarem *Guava Summer*. Sem essas vitórias importantes como escritora emergente, eu nunca teria tido a confiança de continuar.

A todos que contribuíram para me tornar quem sou hoje: da minha casa à minha cidade natal, até a professora de Francês, que me disse que eu faria coisas incríveis, mesmo sem especificar quais seriam. Ao sistema de educação pública e ao programa de doutorado financiado pelo governo que me deixou mais inteligente. Às pessoas com quem trabalho, obrigada por me aturarem. A DC, a cidade do meu coração. Aos meus leitores, espero que este livro traga alguma alegria. Aos meus amigos, todos, sem exceção.